Sten Nadolny

緩慢の発見

シュテン・ナドルニー　浅井晶子［訳］

白水社
ExLibris

緩慢の発見

父ブルクハルト・ナドルニー（一九〇五―一九六八）へ

目次

装丁　緒方修一

第一部　若きジョン・フランクリン

第一章　村

ジョン・フランクリンはもう十歳だったが、いまだにボールを受け止めることができないほどのろまだった。だからほかの子供たちのために紐を掲げている。紐は木の一番低い枝からジョンのまっすぐに伸ばした手へと渡されている。ジョンは木とまったく同じように、ぴんと紐を張っていることができる。ゲームが終わるまで腕を下ろすことはない。ジョンは紐係としては、スピルスビーの、いやリンカンシャーじゅうのどの子供よりも適任だ。村役場の窓から、書記が外を見ている。その目には感嘆の色が浮かんでいる。

もしかしたら、イングランドじゅうを探しても、一時間かそれ以上、紐を持ったままじっと立っていることのできる人間などいないかもしれない。ジョンはまるで、墓地の十字架のように静かに立ち、銅像のように身動きもしない。「まるでかかしだ！」トム・バーカーがそう言う。

ゲームの流れはジョンには追えない。だから審判はできない。ボールがいつ地面に落ちたのか、はっきりと見定めることができないのだ。たったいま誰かが受け止めたのが本当にボールなのかどうかわからないし、ボールが飛んでいった先にいる誰かがそのボールを受け止めたのか、それともただ両手を伸ばしていただけなのかもわからない。ジョンはトム・バーカーをじっと観察する。どうやったらボールを受け止められるんだろう？　トムがとうにボールを手放したころ、ジョンは気づく――決定的な瞬間をまたしても見逃してしまったことに。ボールを受け止めるのがトムよりうまい者はいない。トムは一瞬のうちにすべてを見て、なんのためらいも間違いもなく動くことができる。

いま、ジョンの目にはなにか線状のものが映っている。ホテルの煙突を見上げれば、その線はホテルの最上階の窓に貼りつく。視線を窓の十字形の桟まで下ろせば、線もホテルの看板へと下りてくる。そしてジョンの視線に合わせてどんどん下りていくが、再び空を見上げれば、あざ笑うかのようにまた上へついてくる。

明日はホーンキャッスルの馬市場へ行く。もういまから楽しみだ。道のりはよく知っている。馬車は村から出ると、まずは教会の隣にある墓地の塀を通り過ぎ、それからイン・ミンという貧民街の家々へ向かう。家の前にいる女たちは帽子をかぶっておらず、スカーフを巻いているだけだ。犬は痩せこけているが、人がどうかはわからない。人は服を着ているからだ。

きっとシェラードがドアの前に立っていて、手を振ってくれるだろう。貧民街を抜けたあとは、バラに覆われた塀と、自分の犬小屋を引きずって歩く番犬がいる農家を通る。それから、長い生垣。一方の端は丸く、一方の端はとがっている。丸いほうの端は通りから離れたところにあって、通り過ぎる前も、通り過ぎたあとも、長いあいだ視界に留まり続ける。通りにぐっと迫っているとがったほうの端は、斧の刃のように視界を一度だけ鋭く切り裂く。まさにそれが驚くべき点だった。つまり、すぐ近くでは生垣の杭や花や枝が生き生きと飛び跳ね、輝いている一方、その向こうには牛やわらぶき屋根や丘陵状の森があって、そういったものは、視界に入るのも視界から消えるのも、厳粛かつ心安らぐ一定のリズムに従っているのだ。だが、はるかかなたにある山々は、ジョン自身と同じように、ただそこにあって見つめているだけだ。

馬を見るのはそうでもなかったが、知っている人に会うのは楽しみだった。ボーンバーにある赤獅子亭の主人に会うのさえ。ジョンたちはいつもそこで休憩することにしている。父は主人のいるカウンターに座る。すると、背の高いグラスに注がれたなにか黄色いものが出てくる。父の脚にとっての毒だ。主人は恐ろしい目つきでそれを差し出す。その飲み物の名前は、ルターとカルヴァンだ。ジョンには大人たちの暗い顔は怖くなかった。ただ暗いだけで、表情が突然なんともいえない変わりかたをしないかぎりは。

そのときジョンの耳に、「寝てる」という言葉が入ってきた。目の前にトム・バーカーがいるのに気づく。寝てるだって？　ジョンの腕はずっと微動だにせず、紐はぴんと張っている。いったいトムはなにに文句をつけようというのだろう？　ゲームはそのまま続き、ジョンにはなにひとつわからなかった。すべてが少しばかり速すぎるのだ。ゲームも、ほかの子供たちの話も、村役場の前の通りでの出来事も。それに今日は騒々しい日でもある。たったいまウィロビー卿の狩りの一行がにぎやかに通り過ぎたばかりだ。赤いスカート、神経質そうな馬、尻尾をさかんに振る茶色いぶちの犬、人や犬のやかましい声。卿はいったいどうしてこんな大騒ぎをするのだろう？

おまけに、この広場には鶏が少なくとも十五羽はいる。あまり気分のいいものではない。やつらは図々しくも、人の目を欺いて喜ぶ。身動きもせずに立っているかと思うと、地面を引っかき、なにかをついばみ、その後、ものをついばんだことなんかありませんという顔でまた動かなくなって、まるでもう何分間もじっと立ちつくしているかのようなふりをするのだ。鶏を見て、次に塔の時計を見て、もう一度鶏に目を戻すと、さっきと同じように硬直したまま、なにかを戒めるようにじっと立っている。でもその実、目を離しているあいだにやつらはものをついばみ、地面を引っかき、頭をぴくぴく動かし、首を回し、目は別の場所を見つめていたのだ。ぜんぶまやかしなんだ！　おまけに、やつらの目がついている場所にも混乱を覚える。いったい鶏はどこを見ているんだろう？　片方の目がジョンを見ているとき、もう片方の目にはなにが映っているんだろう？　これだけでもじゅうぶんひどい話だ！　鶏には統一された視線と正しい動きが欠けている。やつらの化けの皮をはがし、動いているところを突き止めてやろうと近づくと、仮面が外れて、ガーガー、バタバタと大騒ぎが始まる。鶏は、人家があるところならどこにでもいる。やっかいな存在だ。

たったいま、シェラードがジョンに笑いかけた。でもそれもほんの一瞬だ。シェラードは有能なボールの受け手になるためにがんばらなくてはならないのだ。イン・ミン出身のシェラードは、最年少の五歳。「鷲みたい目を光らせてなくちゃ」が口癖だ。「鷲みたいに」ではなく「鷲みたい」。「に」抜きでそう言うときのシェラードは、とても真剣な顔で、自分がなにを言いたいのか示そうと、獲物を狙う動物みたいに身をこわばらせる。シェラード・フィリップ・ラウンドは幼いけれど、ジョン・フランクリンの友達だ。

ジョンは今度は、セント・ジェイムズ教会の時計に目をやる。文字盤は、太い塔の側面の石の上に描かれている。針は一本しかなく、一日に三回、誰かが進めてやらなくてはならない。この強情な時計と自分とを結びつけるようなことを誰かが言うのを聞いたことがある。意味はわからなかったが、それ以来この時計は自分と関係があるような気がしている。

教会のなかには、石像の騎士ペレグリン・バーティがいて、信者たちを見下ろしている。何百年も前から、剣の鍔《つば》に手をかけて。騎士のおじのひとりは船乗りで、地球の最北端を発見した。太陽が沈まず、時が流れない、はるかかなたの場所だ。

教会の塔の上には、ジョンは登らせてもらえない。きっと塔の四つのとんがりとたくさんのぎざぎざにうまくつかまりながら、大地をはるかに見渡すことができるはずなのに。教会の隣にある墓地のことなら、隅々まで知っている。どの墓標にも、一行目には「……を偲んで《トゥ・ザ・メモリー・オブ》」と彫られている。ジョンは字を読むことができるが、ひとつひとつの文字のもつ魂を探ることに没頭するほうが好きだ。書かれた文字は永遠のものになる。いつまでも続くものに。ジョンはそれが好きだった。墓石たちは、昼間は死者たちのために少しでも日の光を集めようと、あるものは斜めに、あるものはさらに斜めに傾いて立っている。夜になると横になって、彫られた文字の溝のなかに辛抱強く夜露を集める。墓石はものを見ることもできる。人間の目にはあまりに悠長で映らない動きもとらえる。風が吹いていないときの雲の舞い、西から東へとゆらゆらうごめく塔の影、太陽に合わせて頭をめぐらす花、それに草の成長までも。どこをとっても、教会はジョン・フランクリンのための場所だ。ただ、教会では祈ることと歌うことのほかにはほとんどすることがなく、まさにその歌うことが、ジョンは好きではなかった。

ジョンの腕は紐を支え続けている。ホテルの裏にいる牛の群れは、十五分のあいだに、草を食みながら雄牛の体長ほどの距離を移動する。白くて小さいのは山羊だ。いつも牛たちと一緒に草を食んでいる。そうすると、群れのなかの不安や不穏な空気を防ぐ効果があると言われている。東からカモメが一羽飛んできて、ホテルの赤土の煙突にとまる。反対側でもなにかが動く。白鹿亭という食堂の前だ。ジョンは首を回す。叔母のアン・チャペルが歩いている。海軍士官のマシューに付き添われて。マシューはアンの手を握っている。たぶんふたりはもうすぐ結婚するだろう。マシューは、陸にいるときの海軍士官が皆そうするように、帽子に微章を付けている。ふたりはこちらに向かってうなずくと、お互いに言葉を交わし、立ち止まる。ふたりをじろじろ見ないように、ジョンは出窓の上に寝そべっている白い鹿を観察する。首には金の王冠がはめ込まれている。あんな王冠を、どうやって角のある頭からかぶせたのだろう？　きっとこの質問にも、誰も答えてくれないだろう。鹿の左脇には「食事とお茶」、右脇には「エール、ワイン、蒸留酒」とある。もしかして、アンとマシューは自分のことを――ジョン・フランクリンのことを――話しているのだろうか？　いずれにせよ、ふたりは心配げな顔をしている。でも、見た目は問題ないはずだけど。もしかしたら、ふたりは「あの子は母親似だ」と話しているのかもしれない。ジョンの母ハナ・フランクリンは、この世で一番のろまな母親だ。

ジョンは再びカモメに目を戻す。湿地の向こうには砂浜と海が広がっている。兄たちはその場所をもう見たことがある。そこにはザ・ウォッシュと名づけられた入り江がある。入り江の真ん中に、昔ジョン王が王家に伝わる宝石を落としたという。もしかしたら、それを見つけた者は王になれるのかもしれない。ジョンは水に潜るとき、長いあいだ息を止めていることができる。多くをもつ者に対しては、みんなもすぐに尊敬の念を抱き、辛抱強くなってくれるだろう。

童話に出てくるみなしごトミーは、颯爽と旅に出た。船が遭難したのち、ホッテントットのところにたどり着いたが、チクタク動く時計を持っていたおかげで生き延びた。ホッテントットたちは、時計を魔法の動物だと思ったのだ。トミーは一頭のライオンを飼いならして狩りに行かせ、黄金を見つけ、イギリス行きの船を見つけて乗り込んだ。そして金持ちになって戻り、妹のグーディの嫁入り仕度を整えてやった。グーディはちょうど結婚するところだったのだ。

もしも金持ちになったら、ジョンは何日でも家々の顔を観察し、川を覗き込んで暮らすつもりだ。晩は暖炉の前に寝そべって過ごす。炎が最初にきらめく瞬間から、最後にパチンと音を立てて消えるまで。そして誰もが、それをごくあたり前のことだと思ってくれるのだ。スピルスビーの王ジョン・フランクリン。牛たちは草を食み、山羊は不幸を遠ざけ、鳥はどこかにとまり、墓石は陽光をたっぷり吸い込み、雲は舞い、どこもかしこも平和だ。鶏は禁止にする。

「のろま」と言う声がジョンの耳に入ってきた。トム・バーカーが目の前に立って、薄目でジョンを見つめ、挑発するように歯をむいている。「放っときなよ！」小さなシェラードが、俊敏なトムに向かって言う。「ジョンは怒ったりできないんだから！」だがまさにそれを、トムは確かめようとしているのだ。ジョンは相変わらず紐を掲げたまま、途方に暮れてトムの目を見つめた。トムはいくつもの言葉を立て続けに口にする。あまりに早口で、ひとことも聞き取れない。「わからないよ」とジョンは言った。トムはジョンの耳を指さした。そして、すでにジョンに肉迫していたので、そのまま耳をつかむと、耳たぶを引っぱった。「どうすればいいの?」とジョンは訊く。するとまたいくつもの言葉を浴びる。やがてトムは行ってしまった。ジョンは振り返ろうとしたが、誰かに止められた。「紐を下ろせよ!」シェラードが怒鳴っている。「こいつ、バカだ!」ほかの子供たちがはやし立てる。そのとき、重いボールが膝裏に当たって、ジョンは倒れた。あまりに急な角度で立てかけられたはしごみたいに、まずはゆっくりと、それからすごい勢いで。腰から、肘から、痛みが広がっていく。トムが再びそこに立って、寛大な笑みを浮かべていた。ジョンから目を離さずに、トムは小声でほかの子供たちになにか言う。また「寝てる」という言葉が聞こえる。ジョンは立ち上がった。いまだに腕を伸ばして紐を持ったまま。この姿勢を変えるつもりはなかった。もしかしたら、さっきまでの状況が奇跡のように戻ってくるかもしれないではないか。そのときジョンが紐を下ろしてしまっていたら、どうなるのか。子供たちは、くすくす、げらげら笑っている。まるで鶏の鳴き声みたいだ。「一発叩いてやれよ、そしたら目をさますから!」「こいつなんにもしないよ、じいっと見てるだけでさ」。そんな声のなか、いつもどこかにトム・バーカーがいて、伏せたまつげの下からこちらを見ている。トムはどんどん立ち位置を変えるから、すべてを視界に入れておくために、ジョンはうんと目を見開いていなければならない。楽しい状況ではなかったが、逃げ出せば卑怯者になる。それに、速く走ることなんかできないし、そもそもちっとも怖くなんかない。だがトムを殴ることはできない。つまり、残る手段はトムの姿を追うことだけだ。ひとりの女の子が叫んだ。「この子、いつ紐を放すのかしら?」シェラードはトムを押さえようとしていたが、小さくて弱すぎた。しっかり見えているると思っていたのに、気づくとジョンは後ろから髪を引っぱられていた。いったいどうやってトムは後ろに回ったんだろう? またしても時間の一部が抜け落ちてしまったようだ。ジョンは身体をねじり、よろけた。そして気がつくと、トムとふたりして地面に転がっていた。トムの足が紐にからまったのだ。その紐を、ジョンはしっかりと握りなおす。トムが振り返り、ジョンの口にこぶしを叩きこむと、絡まった紐から抜け出して、どこかへ行ってしまった。ジョンは上の歯が一本ぐらぐらするのを感じた。これじゃあ平和どころじゃない！　遠くから誰かに操られる人形みたいに、ジョンはずんずんトムのあとを追った。そして闇雲に腕を振りまわす。まるで敵を叩きたいのではなく、追い払いたいかのように。一度トムは、嘲るようにまっすぐジョンのほうへ顔を向けた。だがジョンの手は、痺れたように宙に浮いたままだった。まるで平手打ちをする人の銅像みたいに。「血が出てる！」「家へ帰れよ、ジョン！」子供たちは、決まりが悪くなってきたようだ。シェラードもまた割り込んできた。「ジョンはちゃんとやり返せないんだから！」ジョンはさらにトムのあとを追い、トムをつかまえようとしたが、自分のしていることに確たる自信はなかった。笑ったり、面白そうに見つめたりしていても、みんながジョンの敵というわけではないのかもしれない。けれどジョンは一瞬もう、どうして人の顔がこんなふうに見えるのか、わからなくなってしまった。むき出した歯、奇妙に膨らんだ鼻の穴、開いたり閉じたりするまぶた。そして、誰もが人より大きな声を出そうとしている。「ジョンってかんな台みたいだ」と誰かが言った。シェラードかもしれない。「誰かをいっぺん挟み込んだら、絶対に放さないんだから！」だがかんな台も、自分で勝手に薄くなっていく人を挟んでおくことはできない。子供たちは飽きてきたようだった。

トムはあっさりと立ち去った。王者のように悠然と、急がずに。ジョンはあとを追ったが、それも紐の長さが届くところまでだった。それからほかの子供たちも去っていった。シェラードだけが、慰めるようにこう言ってくれた。「トムは怖くなったんだよ！」

血糊がこびりついた鼻がずきずきした。親指と人差し指で乳歯をつまむ。舌はまだ抜けた歯を探して隙間をむなしくまさぐっている。上着は血まみれだ。「こんにちは、ミスター・ウォーカー！」ジョンがそう口にしたときには、ウォーカー老人はとうに通り過ぎたあとだった。

ジョンの目には、またもや面白い線が映っている。よく見ようとすると、逃げてしまう。だが目をそらすと、近寄ってくる。行ったり来たりするこの線の運動こそが、目の動きかたそのものに違いない。点から点へと飛んでいく動き。でもどんな規則に従って？　ジョンは右目を閉じて、指をまぶたの上に置くと、左目でスピルスピーの目抜き通りを見つめた。常に新しいなにかをとらえてぴくぴくと動く眼球を指に感じる。最後には、窓際にいる父が見えた。父はこう言う。「ああ、あのうすのろが来るぞ！」もしかしたら父の言うとおりかもしれない。ジョンのシャツはぼろぼろに破れ、膝は擦りむけ、上着は血だらけ、それなのにジョン本人は市場広場の十字架の前に立って、じろじろとあたりを見ながら、片目を触っているのだから。父が怒るのも無理はない。「お母さんが泣くぞ！」という声が聞こえたかと思うと、すぐにこぶしが飛んでくる。「痛い！」ジョンはそう事実を告げる。父の骨折りが成果を挙げたかどうか、知らせるべきだと思うからだ。父は、末の息子ジョンの目を覚ますためには、しっかり殴らなくてはならないと思っている。闘わない者、自分を養うことのできない者は、村のお荷物になる。シェラードの両親を見ればわかる。うすのろでない彼らでさえそうなのだ。もしかしたらジョンは糸をつむいだり、畑で背中を丸めて働くことになるかもしれない。父の言うとおりに違いなかった。

ベッドのなかで、ジョンは今日一日の痛みを整理した。ジョンは静けさと落ち着きを愛していたが、素早い行動もできなくてはならないとわかっていた。周りについていくことができなければ、なにもかもが不利になってしまう。だから遅れを取り戻さねばならない。ジョンはベッドの上に起き上がると、両手を膝に置き、よりよく考えようと、舌で歯の抜けた跡をまさぐった。これから、ほかの人が聖書や野生動物の足跡を詳細に研究するように、敏捷さを研究していかねばならない。いつの日か、いまはまだ自分に優っているすべての人より敏捷になるのだ。ちゃんと怒って暴れられるようになりたい、とジョンは思った。太陽みたいになりたい！　太陽はゆっくりと天空を渡っているように見える。だがそれは見せかけにすぎず、本当はその光は視線のように速い。朝早くに、ほんの一瞬で、どんな遠い山々にも届くのだ。

「太陽みたいに速く！」とジョンは声に出し、枕の上に身体を投げ出した。

その夜、ウィロビー卿ペレグリン・バーティの石像の夢を見た。石像はトム・バーカーをしっかりとつかまえ、ジョンの話をじっくりと聞くよう仕向けてくれた。トムは石像から逃れられない。自慢の敏捷さも、わずかに身体を動かす役にしか立たない。ジョンはしばらくのあいだじっとトムを見つめ、何度も何度も、トムになにを言おうかと考え続けていた。

第二章　十歳の少年と海岸

いったいなんのせいだろう？　もしかしたら寒さかもしれない。人も動物も、寒いときには身体がこわばる。それとも、おなかを空かせたイン・ミンの人たちと同じなのだろうか？　ジョンはゆっくりとぎこちなく動くことしかできない。ということは、なんらかの栄養素が欠けているのだ。そのなにかを見つけて、食べなくては。そう考えながらジョンは、パートニーへ向かう通りの脇にある木の上に腰かけていた。太陽がスピルスビーの家々の煙突を照らし、セント・ジェイムズ教会の時計はたったいま針を動かしたばかりで、正午から四時間過ぎたところを指している。大きな動物はウサギやスズメバチよりも動きが遅い、とジョンは思う。もしかしたら自分は、隠れた巨人なのかもしれない。見た目はほかの子供たちと同じように小さいけれど、誰のことも踏み潰したりしないように、用心深く動くべきなのかもしれない。

ジョンは木から降り、また登った。ほんとうにゆっくりとしか動けない。手を伸ばして、枝をつかむ。本当なら、ここでもうとうに次の枝を目でとらえていなければならない。いったい僕の目はなにをしている？　枝をつかんだ手を見つめたままだ。ということは、つまり視線のせいなのだ。ジョンはこの木のことは知り尽くしていたが、それでも素早く登ることはできない。目が急いでくれないからだ。

再びジョンは枝の分かれ目に座った。四時十五分。時間はある。誰もジョンを探したりはしない。探すとしてもせいぜいシェラードくらいだし、シェラードにはジョンは見つけられない。今朝の馬車！　兄たちは、ジョンが馬車に乗り込むのをこわばった目で見つめていた。いらいらしていたからだ。皆、ジョンの兄でなんかいたくないと思っているのだ。ジョンは、自分が急いでなにかをすると珍妙に見えることを知っていた。大きく見開かれた目からしてそうだ。ジョンにとっては、ドアノブが突然車輪のスポークや馬の尻尾に変わってしまうこともある。舌を口の端から突き出し、額をぴくつかせ、息を弾ませるジョンを見て、皆はこう言う。「こいつ、また綴りを確かめてる！」ジョンの動きは、そう呼ばれているのだ。最初にそう言い出したのは、ほかならぬジョンの父だ。

自分は見るのが遅すぎるのだ。いっそ目が見えないほうがましなくらい。いい考えがある！　ジョンは再び木から降りると、仰向けに寝そべって、楡の木の姿をまるまる頭に入れた。枝の一本一本、手を置く場所のひとつひとつを、下から見て覚え込む。それから靴下を顔に巻きつけると、手探りで一番下の枝を見つけ、記憶を頼りに、大声で数を数えながら身体を動かしていく。この方法はなかなかいいが、少しばかり危険でもある。まだこの木を完全に把握しているとは言い切れず、へまもやらかしてしまう。ジョンは、数を数える声が追いつかないほど敏捷になろうと決めた。

正午から五時間過ぎたところだ。ジョンは息を弾ませ、汗まみれで枝の分かれ目に座り、靴下を額にずり上げた。時間を無駄にしてはいけない。ほんのひと息つくだけだ！　ジョンはもうすぐ世界一敏捷な男になるだろう。だがしばらくはずる賢く、あたかもなにひとつ変わっていないかのように振る舞うのだ。一見したところこれまでどおりゆっくりと聞き、間延びした話しかたをして、綴りを確かめるように歩き、なにを訊かれても遅れて的外れな返事をする。だがそれから、世間に公表する日がやってくる――「ジョン・フランクリンほど敏捷な者はいない」と。ホーンキャッスルの馬市場にテントを張ってもらおう。皆が、ジョンをさんざん笑いものにしようとやってくるだろう。スピルスビーのバーカー一家、マーケット・レイズンのテニソン一家、苦虫を噛み潰したような顔をしたドニントンの薬剤師フリンダーズ、それにクラクロフト一家――そう、まさに今朝の面々だ！　まずは、ジョンが一番の早口男の話についていけるところを見せる。まったく聞きなれない言葉にもついていき、それから誰にもひとことも聞き取れないくらいの早口で答えてみせる。カードやボールも、皆が目をまわすくらいの速さで扱うのだ。ジョンはもう一度枝の位置を頭に叩きこみ、木から降りた。最後につかむ場所を間違えて、落ちてしまった。目隠しを引っぱり上げる。いつも右の膝だ！

今日の午後、父がフランスの独裁者の話をしていた。その独裁者は倒され、首をちょん切られたという。ルターとカルヴァンをたくさん飲んだときの父の言うことは、ジョンにはよく理解できる。そんなときの父は、歩きかたもいつもと違い、まるで地面が突然ぐにゃりとへこんだり、天候が変わったりするのを恐れているみたいになる。独裁者とはなんなのか、あとから調べ出さなければならない。ひとつの言葉が聞き取れると、それがどういう意味なのかも知りたくなる。ルターとカルヴァンとは、ビールとジュニーバ〔オランダ産のジン〕のことだ。

ジョンは立ち上がった。次はボールのゲームを練習するのだ。一時間のうちに、ボールを壁に投げ、跳ね返ったところを受け止められるようになるつもりだった。だが一時間後、ジョンは一度もボールを受け止めておらず、おまけに殴られて、まったく新しい決意を固めていた。ジョンはフランクリン家の敷居に座り込んで、懸命に考えた。

ボールを受け止めるのは、できたも同然だった。なぜなら、いい補助手段を編み出したからだ。それは視線の固定だ。ボールが上がってまた落ちるのを追うのではなく、壁のある一点をじっと見つめ続けるのだ。ジョンにはわかっていた――ボールは、目で追うのではなく、待ち構えることでのみ、受け止めることができるのだ。現にボールは何度かジョンの張った罠に落ちるところだった。だがそこに、不運が立て続けに襲ってきた。まず、「歯抜け」という言葉が聞こえてきた——昨日以来、ジョンはそう呼ばれている。トムと仲間たちが、ようすを見にやってきたのだ。それから、笑顔ゲームが始まった。誰かがジョンに笑いかけると、ジョンも笑顔を返さずにはいられない。笑顔を抑えることができないのだ。たとえ相手が笑顔のままジョンの髪を引っぱり、向こうずねを蹴飛ばしても、ジョンは笑顔をすぐに引っこめることができない。トムはそれを面白がり、シェラードにはどうすることもできなかった。それから、子供たちはボールを盗んだ。

フランクリン家の横の屋根つきの通路では、騒ぐことは禁じられている。子供たちの大声に、父の機嫌をうかがう母のハナが飛んできた。敵たちは、ハナの歩きかたやしゃべりかたが、ジョンとほとんど同じなのに気づいた。ハナもまた怒ることができず、それが相手をつけあがらせた。母がボールをよこしなさいと言い、相手は母にボールを投げつけた。それも、母が受け止められないほど強く。少年たちは大きくなり、もうのろまな大人の女の言うことなど聞かないのだ。すると、父フランクリンがやってきた。そして、誰を罵ったか？　母だ。誰を殴ったか？　ジョンだ。あっけにとられるシェラードに父フランクリンは、二度とここに顔を見せるなと言い渡した。ことのあらましはこうだった。

視線を固定することは、熟考するときにも適している。最初ジョンには、市場広場の十字架しか見えなかった。だがやがてそこを中心にして、どんどんいろいろなものが見えてきた。階段、家々、馬車——目をきょろきょろとせわしなく動かしたりしなくても、すべてを視界に収めることができる。同時に頭のなかに、あらゆる災難が起きるひとつの大きな理由が、絵に描いたようにありありと浮かんできた。階段や家々や地平線を背景に。

ここでは皆がジョンを知っていて、ジョンが皆についていくのにどれほどがんばらなければならないか、わかっているのだ。ジョンは、知らない人たちのところへ行こうと思った。その人たちは、むしろジョンみたいかもしれない。そんな人たちがいるに違いない。もしかしたらずっと遠くに。そこでなら、ジョンは敏捷さをいまよりずっとうまく学ぶことができるだろう。それに、ジョンは海を見てみたかった。ここにいては、ジョンに未来はない。ジョンは決意した。今晩にでも！　母にはジョンを守ることができないし、ジョンにも母は守れない。むしろ母を心配させるばかりだ。「僕と付き合うのは楽じゃない」。ジョンはそうつぶやいた。「僕は変わる。そうすれば、きっと全部変わるはずだ！」ここを出なくてはならない。東へ、海岸へ、風が吹いてくるほうへ。すでに楽しみになってきた。

いつの日か戻ってこよう。童話に出てくるトミーみたいに、敏捷に、生き生きと、立派な服を着て。そして教会へ行って、ミサの真っ最中に大声で「やめろ」と叫ぶのだ。ジョンや母をいじめた者は皆、自分から村を去るだろう。そして父は倒され、首をちょん切られるだろう。

朝方、ジョンはこっそり家を抜け出した。十字架がある広場は通らず、家畜小屋のあいだを抜けて、まっすぐ牧草地へ向かった。きっと皆が自分を探すだろう。だから足跡のことを考えなくては。インをインを通り抜ける。シェラードを起こしたくはない。シェラードは貧しいから、きっと一緒に来たがるだろうけれど、船に乗せてもらうには小さすぎる。ジョンはハンドルビーの家畜小屋にたどり着いた。あたりはまだひんやりと湿っていて、光はおぼろげだ。ジョンは見知らぬ場所が楽しみでわくわくしていた。計画はよく練り上げてある。

細い溝のなかを水につかりながら、リン川まで歩いた。きっと皆は、ジョンがホーンキャッスルのほうに向かったと考え、海へ行ったとは思わないだろう。大きく回り道をして、今度はスピルスビーの北を通り過ぎる。太陽が昇るころ、ジョンは靴を手に、スティーピング川の浅瀬をじゃぶじゃぶと歩いていた。村よりもずいぶん東に来た。丘陵地帯で羊飼いに出くわすことはあるかもしれないが、羊飼いは、明け方は森の動物たちの時間だという自説に従って、遅くまで寝ている。時間があるので、羊飼いはたっぷりものを考える。ほとんどの場合はこぶしを握りしめて。羊飼いのことは好きだったが、今日は会わないほうがよさそうだった。もしかしたら首を突っ込んでくるかもしれない。大人は、家出についてはいつも子供とは別の意見をもっているものだ。たとえ世間に反逆する寝坊の羊飼いでも。

ジョンは森や草原を必死で歩いた。道は避け、垣根や生垣を這い進んだ。木々のあいだの暗がりを歩き、藪を抜けて森から出ると、太陽がジョンをとらえる。まずは光で、次に暖かみで、どんどん強く。茨がジョンの脚を引っかく。ジョンはこれまでのどんな瞬間よりも幸せだった。完全に自分ひとりの足で立っているからだ。遠くから木々の隙間を縫って、狩りの一行が放つ銃声が響いてくる。ジョンは大きく迂回し、牧草地を通って北へ向かった。狩りの獲物にはなりたくなかったからだ。

ジョンは、誰にものろまだと思われない場所を探していた。だが、そんな場所はまだ遠いのだろう。持っているのはたった一シリング。海軍士官のマシューからもらったものだ。これで、非常の場合にはステーキとサラダを食べることができる。一シリングあれば、数マイルは郵便馬車に乗ることもできる。馬車の外側、つまり屋根に座れば。でも、馬車の屋根にしっかりつかまることはできないだろうし、背の低い門を通るときに頭を引っこめることもできないだろう。いずれにせよ、一番は海と船だ。

もしかしたら航海士の口があるかもしれない。けれど、それにはほかの人たちからの信頼を得なくてはならない。数か月前、皆で森を歩いていて道に迷ったことがあった。ジョンひとりだけが、周囲の緩慢な変化を観察していた。太陽の位置、地面の傾斜――戻る道が、ジョンにはわかっていた。ジョンは森の地面に地図を書いた。けれど誰ひとり目を向けなかった。皆が慌てて決定を下しては、同じように慌ててまた覆した。ひとりで戻ることはできなかった。誰もジョンを行かせてはくれなかっただろうから。不安を抱えたまま、ジョンは校庭の小さな王様たちのあとを、足を引きずるようについていった。俊敏さで皆の尊敬を集める王様たちが、そのときはすっかり途方に暮れていた。スコットランド人の牛追いに出会わなければ、一行は野宿する羽目になっていただろう。

いま、太陽は天頂にある。遠くの丘の北向きの斜面に、羊の群れがいる。溝がしょっちゅう現れるようになり、森の木々はどんどんまばらになっていく。平野をはるか向こうまで見渡すと、風車や並木道や豪壮な屋敷が見えた。風が強まり、カモメの群れが大きくなる。ジョンは慎重に垣根から垣根へと進んでいった。牛たちが、ジョンをよく見ようと、首や身体を振り振り近づいてくる。

とある生垣の陰に、ジョンは寝そべった。太陽が、閉じたまぶたの奥の目を真っ赤な火の色で満たす。シェラードはきっと裏切られたと思うだろうな、とジョンは考えた。悲しくならないように、再び目を開けた。

こんなふうにじっと座って、石みたいに何百年もあたりを見渡していることができたら！　草地は森になり、沼から村や畑ができる。誰もジョンになにかを訊いたりしない。皆がジョンを人間だと認識するのは、ジョンが動くときだけだ。

この生垣の陰にいると、遠くの鶏と犬の声とたまに響く銃声以外には、地上の生き物の気配はなにひとつ感じない。もしかしたら、森で追いはぎに出会うかもしれない。そうしたら一シリングが水の泡だ。ジョンは立ち上がり、再び牧草地を歩き始めた。太陽はすでに、スピルスビーのはるかかなたの地平線へと傾いている。足は痛み、舌が喉に張りつく。ジョンはとある村をぐるりと迂回した。どんどん幅が広くなる溝は、歩いて渡るか、飛び越えるしかないが、ジョンは飛ぶのが苦手だった。溝の幅が広くなる代わりに、生垣が途切れた。村へと続くのはわかっていたが、ジョンは一本の道を進んだ。村の教会は、セント・ジェイムズ教会に似ていた。両親の家と夕食のことは、簡単に頭から追い払うことができた。待つことの苦手な皆がテーブルに座ってジョンを待ちながら、決してジョンの耳に届くことはない小言をあれこれと考えているところを想像すると、空腹にもかかわらず楽しくなった。

村はインゴルドメルズという名前だった。太陽が沈む。ひとりの少女が頭に荷物を載せて、ジョンのほうを見ないまま家のなかに消える。そのときジョンは、村の向こうに探していたものを見つけた。

鉛のような灰色の巨大な平面が、はるかかなたまで広がっていた。薄汚く、霧に覆われ、だらりと伸びたパン生地みたいで、まるで遠くの星を間近で見たように、少しばかり恐ろしげだ。ジョンは深呼吸した。そして足をもつれさせながら、大きく広がるパン生地の上へと、できるかぎり速く走った。ついに、自分のものだと言える場所を見つけた。海は友達だ。ジョンはそう感じていた。たとえいまこの瞬間は、あまり見栄えがよくないとしても。

暗くなった。ジョンは水を探した。あたりには泥と砂と弱々しい流ればかり。まだ待たねばならない。ボート小屋の陰に寝転んで、ジョンは暗い水平線をじっと見つめていた。やがて眠りに落ちるまで。真夜中、霧のなかで目が覚めると、体はすっかり冷え切っていて、おなかが空いていた。潮はすでに満ちている。音でわかる。ジョンはそちらへ向かい、陸が海へと変わる境界線から指数本分のところまで顔を近づけた。だが、その線がどこにあるのかは、よくわからなかった。ジョンは海の側に座っているかと思うと、今度は陸側にいた。これにはいろいろ考えさせられる。こんなにたくさんの砂は、いったいどこから来たのだろう？ 引き潮のとき、海はどこへ消えてしまうのだろう？ 歯をガチガチと鳴らしながらも、ジョンは幸せだった。それから小屋へ戻り、眠ろうとした。

朝になると、ジョンは浜辺を歩きながら、波頭の泡をじっと観察した。どうやったら船にたどり着くんだろう？ 腐臭のする黒い網に囲まれて、ひとりの漁師が逆さにしたボートを修理している。漁師があっという間にいらいらして聞く耳をもたなくなったりしないよう、まずは質問をよく考えて、少し練習しなければならない。遠くに一隻の船が見えた。帆は朝日を受けて何色にも輝き、船体はすでに水平線の向こうに見えなくなっている。ジョンの視線に気づいた漁師が、目を細めて船を見る。「あれはフリゲート艦だ。闘いの男さ」。なんだか驚くべき言葉だ！　漁師は再びボートの修理に戻る。ジョンは漁師をじっと見つめて、質問を口にした。「すみません、船にはどうやったら行けますか？」

「ハルだな」と漁師は言って、ハンマーで北を指した。「または南のスケグネスだ。でもよっぽど運がなきゃ無理だ」。漁師はジョンを上から下まで素早く――宙に浮いたままのハンマーからわかるとおり、ジョンに興味をもって――一瞥した。だがそれ以上の言葉は出てこなかった。

風に身体をさらわれそうになりながら、ジョンは地面を踏みしめるように南へと向かった。きっと運はある。だからスケグネスへ！　絶え間なく陸へと襲いかかる波から、ジョンはほとんど目を離さなかった。ときどき、海が砂をもてあそぶのを食い止めるために階段状に作られた木のバリケードの上に腰かけた。常に新しい流れ、淀み、穴が生まれては、すぐにまたきらきら輝くまっすぐな平面に戻る。カモメが勝ち誇ったように「いいぞ！」「進め！」と鳴いている。物乞いをするのはやめよう！　すぐに船に乗り込めば、食べるものだってあるはずだ。いったん船の乗組員になったら、家に送り返される前に世界を三周はできるだろう。砂丘の向こうに、もうスケグネスの家々が輝いていた。ジョンは弱っていたが、未来への希望に満ちていた。座り込んで、しばらくのあいだ繊細な葉脈状の模様を描く砂を眺める。耳が町の鐘の音をとらえた。

スケグネスの食堂の女将は、ジョン・フランクリンの動きを見て、目を覗きこみ、こう言った。「この子、ここからもう動きゃしない。飢え死に寸前じゃないか」。ジョンは、ごわごわしたクロスのかかったテーブルに、皿を前にして座っていた。皿に載っているのは、分厚く切ったパンのように見えるが、肉の切れ端を固めたものだ。一シリングはしまっておいていいと言われた。肉は冷たく、酸っぱく、塩辛く、鐘の音が耳に、葉脈模様の砂が目にもたらすのと同様の効果を口にもたらした。ジョンは深い喜びに満たされながら食べた。強欲なハエもまったく気にならず、食事のあいだじゅう微笑み続けた。未来もまた、豊かで優しく、おまけに皿の上と同様見通しのきくものに思われた。ジョンはいま、異郷へと向かう途中なのだ。そこで敏捷さを研究し、身につけるのだ。食事を与えてくれる女の人を見つけることができたのだから、いい船までもそんなに遠くはないはずだ。

「これ、なんていうの?」とジョンは訊いて、フォークで皿の上を指した。「これは昔からある料理だよ」と女将が言った。「豚の頭の煮こごりさ。精がつくんだよ」

精はつけたが、船は見つけられなかった。スケグネスではこれ以上の幸運はなさそうだ。煮こごりは食べたが、戦艦は見つからない。だが、そんなことでジョンはへこたれない。近くにジブラルタル・ポイントという場所があり、ウォッシュ湾へ向かう船がたくさん通りかかるのだという。ジョンはそこへ行ってみようと思った。筏を作って、船の航路まで漕いでいけばいいかもしれない。そうすれば皆がジョンの姿を認めて、船に乗せるしかなくなるだろう。ジョンは町を出て、南へと歩き始めた。ジブラルタル・ポイントへ!

三十分後、きらきらと輝く砂の上で、ジョンは引き返すことになった。町は再びもやのなかに消えていた。だがその手前で、ひとつの点が動いているのがはっきりと見えたのだ。誰かがすごい速さで近づいてくる! ジョンは不安な気持ちでその点の動きを追った。点は地面と垂直にどんどん長く伸びていき、上へ下へと弾んでいる。歩いている人間じゃない! ジョンは足をもつれさせながら、急いで角材でできた防波堤の後ろへ回り、砂浜を水際まで這い進むと、砂のなかにもぐろうとした。仰向けに寝そべって、かかとと肘とで砂をかきながら、海がその長い舌で、ジョンの鼻だけを残して全身を水に沈めてくれるよう願った。やがて、遠くから犬の鳴き声が近づいてきた。ジョンは息を止めて、空に浮かぶ雲をじっと見つめていた。まるでジョン自身が防波堤になったかのように、手足をこわばらせて。猟犬たちが耳元で吠えたとき、ジョンはついに諦めた。つかまってしまった。そのとき馬も見えてきた。

スティーピング川から兄のトーマスが、スケグネスからは犬たちを連れた父が、馬に乗ってやってきたのだった。トーマスはジョンの腕を引っぱった。どうしてそうされるのか、ジョンにはわからなかった。それから父がジョンを引き受け、殴りはじめた。午後の太陽が輝くその場で。

家を出てから三十六時間後、ジョンは再び家路をたどることになった。絶えずぐらぐらとふらつく馬の背に、父に抱えられるように座り、腫れた目で、まるで嘲るようにスピルスビーまで一緒についてくる山々を眺めていた。生垣や小川や垣根など、行きには何時間もかけてあとにしたものたちは、揺らめきながら過ぎ去り、永遠の別れを告げた。

未来への希望はもうなかった。もう大人になるのを待つつもりはない！　小部屋に水とパンだけで閉じ込められ、この体験から学ぶようにと言われたが、ジョンはもうなにも学びたくはなかった。身動きもせずに、部屋の一点をじっと見つめ続けたが、ジョンの目にはなにも映っていなかった。まるで空気が泥になったみたいに、呼吸が重かった。まぶたは数時間に一度閉じるだけで、流れるものはすべて流れるにまかせた。いまのジョンは、もう俊敏になりたいとは思わなかった。逆だ。ジョンはもっと緩慢になって、挙句に死んでしまいたかった。なんの補助手段もなしに、心の痛みだけで死ぬのは簡単ではないだろう。でもジョンはやり遂げるつもりだった。あらゆる時間の流れに対して、意志の力で自分を緩慢にし、やがて皆がジョンを死んだと思うほど、鈍重になるつもりだった。ほかの人の一日がジョンには一時間に、ほかの人の一時間が一分になるだろう。ほかの人たちの太陽は空を駆け、南洋にぶつかり、中国の上に再び飛び出してきて、まるでボウリングの球のようにアジアの上空を疾走する。村の人たちは、半時間のあいださえずり、ごそごそ動く。これがほかの人たちにとっての一日だ。それから彼らは静かになり、横になり、月は天空をせかせかと漕ぎ渡る。なぜなら反対側に、すでに太陽が息を弾ませて迫っているからだ。

ジョンはどんどん緩慢になるだろう。昼と夜との交替はただのまたたく光になり、皆がジョンを死んだと思うせいで、ついには埋葬の日が来る！　ジョンは空気を吸い込み、息を止めた。

　ジョンの病気はどんどん深刻になり、激しい腹痛が襲ってきた。ジョンの身体は、それまで溜めていたものをすべて放出した。意識が朦朧とする。窓から見えるセント・ジェイムズ教会の時計は、もうなにも語りかけてはくれない。そもそも、いまさらどうやって時計と共存できるというのだろう？　十時半かと思えば再び十時になり、どの晩もまた前の晩になる。いま死ねば、生まれる前と同じだ。かつてジョンは無だったのだ。

　ストーブのように身体が熱かった。芥子湿布が貼られ、モウズイカと亜麻の種子のお茶が口に流し込まれた。合間に大麦の重湯を飲んだ。医者は、ほかの子供たちを遠ざけておくよう指示した。そして、スグリとコケモモの実を食べるようにと。感染を防ぐ効果があるということだった。四時間に一度、コロンボ根とカスカリラの樹皮と乾燥ダイオウの粉を載せたスプーンが、ジョンの口に運ばれた。

　病気は、再び周囲への見通しを得るには決して悪い手段ではなかった。見舞い客たちが枕元にやってくる。父、祖父、それからエリザ叔母、そして海軍士官のマシュー。母はほとんど常にそばにいる。寡黙に、不器用に、だが決してうろたえず、まるですべてこれから好転するとはっきりわかっているかのように、穏やかに。皆が母よりも優れているが、皆が母を必要としている。父は勝者だが、いつもなんの役にも立たない。いつも高みに立っている。とりわけ話すときには――たとえ優しいことを言おうとしても。「お前はもう少ししたらラウスの学校に行くんだぞ。そうしたらラテン語の格変化を習うんだ。徹底的に叩き込まれるんだぞ。ほかにもいろんなことをな」。病気に守られて、ジョンは身にふりかかるあらゆる出来事をじっくりと研究した。祖父は耳が遠い。だから、小声で話す者、不明瞭に話す者は皆、自分を挑発しているとみなす。明瞭に話さない者の言うことを理解しようなどと努めると、裏切り者とされる。

「そんなことをするから、癖になるんだ！」祖父の演説のあいだ、ジョンは懐中時計を見ることができた。鮮やかに描かれた文字盤には、「祝福せよ……」で始まる聖書の言葉が書かれている。込みいったややこしい文字だ。わしが子供のころにもな、と祖父は話し続ける。家出して海へ向かったんだ。わしもやっぱりつかまったよ。話は、始まったときと同様唐突に終わった。祖父はジョンの額に手を当てて熱を測ると、出ていった。

叔母のエリザは、いま暮らしているセドルソープ・オルセインズからスピルスビーまでの旅について話した。旅の途中にはなにも見なかったという。それでも叔母の話は、ほどけたタコ糸みたいに、どこまでも続いた。エリザ叔母を見ていると、あまりに早口で話せば内容がその速さ同様過剰になってしまうことが学べる。ジョンは目を閉じた。ようやくそれに気づいた叔母は、大げさなほど静かに、少しばかり気を悪くして部屋を出ていった。別の日にはマシューが来た。マシューの話しかたは落ち着いていて、途中には休憩も入る。海の上ではなにもかも非常に迅速に行われなければならない、などとは決して主張せず、マシューはただこう言った。「船に乗ったら、高いところに登れなきゃだめだ。それにいろいろなことを暗記しないと」。マシューは特別に力強い下顎の持ち主で、好意的なブルドッグみたいに見える。視線は鋭く、安定していて、どこを見ているのか、なにに興味をもっているのか、いつもはっきりとわかる。マシューはジョンからいろいろな話を聞きたがり、ジョンが答えを考え終えて口に出すまで、辛抱強く待ってくれた。ジョンのほうにもたくさん訊きたいことがあった。話は晩まで続いた。

海のことをよく知っているとは、航海術に精通しているということだ。ジョンは「航海術」という言葉を何度か繰り返した。この言葉は、星、道具、それに深く慎重な考察を意味する。ジョンはそれが気に入り、こう言った。「帆を張れるようになりたい！」

部屋を出ていく前、マシューはジョンの間近にかがみこんで言った。「これからテラ・アウストラリス

〔南半球にあると推測された仮想上の大陸。のちにオーストラリア大陸を指すようになった〕へ向かうんだ。二年間留守にする。戻ってきたら、自分の船を手に入れる」。「テラ・アウストラリス、テラ・アウストラリス」とジョンは練習した。

「もう家出なんかするな！　お前は船乗りになれる。だけど、少し考え深いタイプだから、将校にならなきゃだめだな。でないと地獄を見る。僕が戻るまで、学校に耐えぬけ。航海術についての本も送ってやるから。お前を海軍士官候補生として、僕の船に乗せてやるよ」

「もう一回言って！」とジョンは頼んだ。すべてを正確に理解すると、ジョンはすぐにもまた敏捷になりたくなった。

「ずいぶん回復しましたよ」と医者は誇らしげに言った。「カスカリラの樹皮には、悪い血もかなわないんですな！」

第三章　オーム博士

ボタンは全部掛け違い――もう一度初めからやりなおし！　スカーフはきちんと結べているか？　膝丈ズボンの前はちゃんと閉じているか？　朝食の前に、下級教師による服装検査がある。落第すると――朝食抜き。掛け違えたボタンひとつにつき――鼻先を指ではじかれる。髪をとかしていないと――こぶしで頭を叩かれる。ベストの襟を上着から出し、靴下をまっすぐに伸ばす。一日の始まりからすでに、いくつもの危険が待ち受けている。靴の留め金、袖の折り返し、上着の裾、帽子。なんとたくさんの落とし穴！

服装を整えることは、きっと後々のためのいい練習になる。学校にも欠点はあるが、世界中のどんな場所でも人生のために学べることはなにかある、とジョンは確信していた。つまり学校でもだ。たとえそうでないとしても、逃亡は考えられなかった。待たなくてはならない――待ちたくはなくても、待つのが賢明なのだ。

マシューからはまだなんの便りもない。でも、どうして便りなんかもらう必要があるだろう？　二年、とマシューは言った。そしてその二年は、まだまだ始まったばかりだ。

授業中に学ぶ。教室は暗く、窓は高いところにあり、外では秋の嵐が吹き荒れている。オーム博士は、まるで祭壇に立つように教壇に立っている。その頭上には砂時計。すべての砂が狭い通路を通って、さきほど上にあったのと同じだけ下に溜まらなければならない。そこから生まれる時間の浪費は、ラテン語の授業と呼ばれている。すでに寒くなっているが、暖炉は先生の側だ。

最年長の生徒たちは仕切り役と呼ばれていて、前方の壁際に立って、ほかの全員を見張っている。ドアの近くには下級教師のストップフォードが座って、生徒たちの名前を書き留めている。

ちょうどホプキンソンの耳の曲線を見つめていたジョンに、質問が投げかけられた。だがジョンにはその意味がわかっていた。よく注意しなくては！　急いで答えようとすると、喉が詰まって口ごもり、聞く者を不愉快にしてしまう。だが一方で、オーム博士はすでに最初の週に、はっきりとこう宣言していた。「正しいことを言うときに、見た目が美しくある必要はない！」この言葉は信じていいだろう。

暗唱し、活用させ、語形変化させる——正しいラテン語を組み立てる。これができれば、ホプキンソンの耳の曲線や、窓から見える塀や、嵐に濡れたレンガや震える蔓植物などを再び観察する時間ができる。

晩の自由時間に学ぶ。校庭での弓術は許可されている。サイコロとカードゲームは禁止だ。チェスは可、バックギャモンは禁止。許可を得られると、ジョンは木登りをしに行く。得られないときは、本を読んだり、なにかの練習をしたりする。ときには、ナイフを使って敏捷さを試してみたりする。片手を広げて机に置き、指のあいだにできた三角形の隙間に、もう一方の手で握ったナイフの刃を突き立てるのだ。ナイフはこっそり掠め取ってきたものだ。机には華々しい傷がつき、ときには指に刃が当たることもある。けれどしょせんは左手だ。

手紙も書く。母宛て、マシュー宛て。字を書いているときのジョンの姿は、とても見るに耐えない。だがジョン自身は書くのが好きだし、丁寧な美しい字を書く。ジョンがガチョウの羽ペンをインクに浸し、滴を落として、絵を描くように文字をしたため、便箋を折りたたんで、封筒に入れて封をするようすを見るのに耐えられる者は、誰ひとりいない。

学校で別の人間になるのは難しかった。ここもスピルスビーと同じだ。皆がジョンの弱点を知っていて、誰もジョンの訓練の成果を信じない。誰もが、ジョンはこれからもいまのジョンのままだと信じて疑わないのだ。

ほかの生徒たちとの付き合いを学ぶ。船の上でもきっと、たくさんの人間と関わることになるだろうし、多くの人に好かれなければ、難しいことになるだろう。

生徒たちは、あらゆることを迅速にこなし、誰かが遅れを取ればすぐに気づく。物や人の名前は常に一度しか言わない。ジョンが訊き返すと、綴りを教えてくれる。だが、早口で綴りを言われるのは、ゆっくり話されるより理解しにくい。ほかの者たちの苛立ちに耐えねばならない。チャールズ・テニソン、ロバート・クラクロフト、アトキンソンにホプキンソンといった奴らが、あらゆる機会をとらえてジョンの悪口を言う。ジョンには、やつらがいつも自分を一方の目でしか見ていないような気がする。そしてもう一方の目で互いに目配せして、意思を通じ合っているのだ。ジョンがなにか言うと、やつらは首をかしげる。「お前、いらいらするんだよ。もう、いい加減に結論を言えよ！」という意味だ。最難関の課題は、相変わらずトム・バーカーだ。トムは、なにかを要求して、それを受け取ると、まるでまったく違うものを要求したのにと言わんばかりの態度を取る。トムに話しかける者は、すぐに遮られる。トムを見つめる者は、しかめっ面に出会う。寝室で、ジョンとトムは、ともにスピルスビー出身だという理由で、隣どうしで眠らなければならない。二台のベッドのあいだのキャビネットは共同で使うことになっているので、どちらにも相手の持ち物が見える。もしかしたら、これも船に乗るためのいい準備になるかもしれない。

船の上も狭く、互いに憎み合う者だっているだろう。

なにひとつ、ジョンを惨めにすることはできない。ジョンの希望は、巨人の希望だ。乗り越えることのできない障害は、さっぱりと無視することにする。だがほとんどの場合は、なんとかすることができる。ジョンはすでに百にのぼる言い回しを暗記している。こういった言い回しは、いつでも口にする準備ができていて、とても役に立つ。というのも、よく知られた言い回しは、多くの聞き手に、ジョンが答えの核心に行き着くまでもう少しばかり待つ勇気を与えてくれるからだ。「君がそう言うなら」「身に余る光栄だけど」や、「おのずと明らかだ」「ご尽力ありがとう」――こういった言い回しは、素早く機械的に口にすることができる。海軍提督たちの名前も、いまはもう流暢に言える。さまざまな海戦の勝利についてはよく語られるので、そんなときに提督の名前をすぐに思い出して、付け加えるつもりだ。

それに、会話することも学びたい。ジョンはもともと人の話を聞くのは好きだし、耳に入ってきた話の断片に意味が見出せたときにはうれしくなる。だがジョンは、ごまかしには用心深い。ただ単に「はい」と言って、まるで理解したかのように振る舞うごまかしは、自分には無理だとわかっている。というのも、多くの場合、「はい」と言った者からは、なんらかの行動が期待されるからだ。だが「いいえ」と言えば、ますます攻撃を受けることになる。どうして「いいえ」なのか？　理由を述べよ！　理由のない「いいえ」は、理由のない「はい」よりもはるかに迅速に暴かれてしまう。

僕は誰のことも説き伏せようなんて思っていないんだから、とジョンは考える。ほかの人たちが、僕を説き伏せようとさえしなければいいんだけど。僕に質問して、答えを楽しみに待ってくれるのならいい。そうなるように仕向けなければ。それがすべてだ。

木。木へと向かうには、「福音通り」と「折れた首」という名をもつ通りを抜ける。いまでは、木登りをしても敏捷になれるわけではないとわかっている。だが、だからといって木が役に立たないわけではない。枝から枝へと渡っているときには、平らな地面にいるときよりもずっと筋の通った思考ができる。息を切らしているときのほうが、ものごとに秩序を見出すことができる。

木の上からは、ラウスの町が一望できる。赤い屋根瓦、白い窓敷居、そしてスピルスビーの十倍は数がありそうな煙突。家々はどれも学校の校舎に似ているが、校舎よりもずっと小さい。それに塀に囲まれた校庭や芝生の庭もない。学校には、長くて四角い煙突が三本ある。まるでなかでなにかを鍛造でもしているかのようだ。確かに鍛錬はじゅうぶん行われている。

「矯正の日」。これは二種類ある。杖の日と鞭の日だ。自然のままに育った植物から、籐の杖ができるものだろうか？　それに、罰に関してはたくさんの名前があることも奇妙だった。頭は「カブ」や「詩人の箱」、尻は「登録簿」、耳は「スプーン」、手は「前脚」、そして罰を受ける者は「罪人」。ジョンにとっては、覚えなければならない慣用句はそうでなくても多い。こういったさらなる語句は、無駄にしか思えなかった。

罰そのものについては無視した。口を閉じ、視線を遠い世界に向ければ、どんな矯正の日も乗り越えることができた。ただ屈辱的なのは、仕切り役たちが、罰を受ける者を押さえつけることだった。まるでそうしなければ逃亡すると言わんばかりだ。ジョンは仕切り役たちのことも、やはり無視した。罰は決まった日以外にもあった。祈禱に遅刻したり、許可を得ずに木に登ったり、サイコロをしているところを見つかったりすると──その度に罰がやってくる！　学校の印章には、こうある。「鞭を惜しむ者は子供を憎む者である（Qui parcit virgam, odit filium）」。オーム博士は、この文章は低級なラテン語だと言う。「惜しむ（Parcere）」という動詞は、与格支配だからだ。

オーム博士は絹の膝丈ズボンを履いて、折れた首通りにある家に住み、そこで――噂によれば――時計や植物を使って学問的な実験を行っている。時計も植物も、熱心に蒐集している。先祖のひとりは、皆の話によれば、有名な「ポーツマスの八人の艦長」とやらのひとりだという。この艦長たちがいったいなにをした人なのかは聞いたことがなかったが、この話によって、このほっそりした教師は、ジョンにとってどこか航海士に似た地位を獲得した。それどころかジョンは、よく博士のことを、神秘的な方法で結ばれた同盟者を見る目で見つめた。

オーム博士は、決して怒鳴ったり殴ったりしない。もしかしたら、時計ほどには生徒たちに興味がないのかもしれない。必要な規律を下級教師に準備させて、本人は授業の時間に教室へ来るだけだ。

下級教師ストップフォードのような人間ともっとうまく付き合う方法を、ジョンは学びたいと思っていた。こういった人間たちは、決して無害ではない。入学したばかりのころ、ジョンは一度、ストップフォードになにか訊かれて、こう答えたことがある。「先生、そのご質問に答えるには、少し時間が必要です!」ストップフォードは苛立ちを露にした。生徒の犯す間違いのなかには、ストップフォードさえ喜ばせないものがある。追加の時間を要求するなどという行為は、もはや言語道断なのだ。

トーマス・ウェッブとボブ・クラクロフトは分厚いノートを持っていて、そこに毎日のように、きれいな字でなにか書き込んでいる。表紙には『箴言と考察』、『汎用ラテン語慣用句』などと記してある。これはすばらしい印象を与える。そこでジョンも『記憶すべき卓越した慣用句および構文』と題した分厚いノートをつけはじめ、そこにウェルギリウスとキケロの引用を記した。ノートは、書き込まないときにはチェストにしまった下着の下に置いておいた。

夕食。長い祈りのあと、パンとアルコール度数の低いビールとチーズだけ。ブイヨンが週に二回出るが、野菜は決して出ない。果樹園を襲って果物を盗んだ者は、杖の罰を受ける。アトキンソンの話によると、ラグビーでは二年前に、生徒たちが学校長を地下室に監禁したのだという。それ以来、週に三回塊の肉が出て、体罰は週に一回しかないそうだ。「その校長先生、まだ地下室にいるの？」とジョンは訊いた。

艦隊でも暗殺はある！ 提督たちに対して。

寝室になっているホールは広くて寒い。いたるところに、この学校で勤勉に学んだおかげでひとかどの人物になったかつての生徒たちの名前が記されている。窓には格子がついている。ベッドはホールにむき出しのまま聳え立っている。ベッドに寝る者全員の左右に、空間がある。安心感を与えてくれる壁のほうを向いて、壁を見つめたり、壁に向かって泣いたりできる者は誰ひとりいない。眠りに落ちるまでは、皆寝ているふりをする。明かりはいつもつけっぱなし。下級教師ストップフォードが、ときどき部屋を見回り、生徒たちの手がどこにあるかを調べる。だが、毛布の下のジョン・フランクリンの旅は、ストップフォードの目にはつかない。ジョンはその緩慢な動きで、監視の目を逃れることができるのだ。

ときにジョンは、眠りに落ちる間際にも、学んだことを繰り返して覚えることがあった。そうでないときには、サガルズと話をした。

サガルズという名は、いつか夢に見たものだった。いつの間にかジョンは、巨体で、白い服を着た穏やかな男を想像するようになっていた。男はホールの天井の向こうからこちらを見下ろして、ジョンの話を聞いてくれる。それが複雑な思考であっても。サガルズとはちゃんと話をすることができる。サガルズは決して唐突に立ち去ったりはしない。サガルズ本人は、ほとんどなにも言わない。ときどき、ほんのひとこと発するだけだ。だがそのひとことは、それがまさにジョンの思考の枠外にあるときには、意義深いものだ。サガルズは助言をくれるわけではない。だがその顔を見ると、ジョンはサガルズがなにを考えているのか、はっきりとわかる気がした。少なくとも、それが肯定に近い答えなのか、それとも否定に近いのかは。サガルズはまた、感じよく、だが意味深長に微笑んでくれることもあった。だがなにより素晴らしいのは、サガルズには時間があることだった。いつも、ジョンが眠りに落ちるまで、ホールの上にいてくれるのだ。マシューもきっともうすぐ来てくれるだろう。

ジョンはいまでは、航海術に通じている。ゴワーの『航海の理論と実践についての論文』をすでに読み始めた。表紙には小さな船の模型が作りつけられていて、調節可能なヤードと動くラダーブレードが付いている。これを使ってジョンは、折り返しの練習、針路を風下に変える練習をする。本自体を海に見立てて。閉じることのできる水路だ。ムーアの『実践的航海指南』はすでに読み終えて、ユークリッド幾何学を試してみた。誰にも急かされなければ、計算は簡単だった。ときにプラスとマイナスを取り違えることがまだあったが、これほど小さな記号の違いがほんとうに重要なのかという疑いからは、どうしても自由になれなかった。船の針路からの偏流角、磁針の偏差、子午線高度、すべて計算することができた。春には、淡色の木の葉に向かって、百回以上も「球面三角法、球面三角法」と唱えた。自分の領域に関わるものごとの名前は、間違いなく口にしたかったのだ。

新しい教師が来ることになっていた。バーナビーという若い男だ。もしかしたら数学の担当かもしれない。

航海術――ラウスでこの言葉が使われるとき、それはラッド川からハンバー川の河口までの運河を意味する。ラウスについてはこれ以上語りたくない！　実際、海はラウスからほんの半日もあれば行き着けるほど近い。サガルズと新たに会話を交わした結果、ジョンは誘惑に抗した。これからもマシューを待ち続けることにしたのだ。
トム・バーカーのことも、一緒に海軍に入ろうと誘うつもりだった。

いつのまにかノートには、英語の文章ばかりを書きつけるようになっていた。必要な場合には流暢に話したいと思っている、自分と時代の感覚に対する説明などだ。

アトキンソンとホプキンソンは、両親と海へ行ってきたという。いや、船はあまり注意して見なかったな、とホプキンソンが言う。そして船の代わりに「海水浴機械」の話をする。それは車輪のついた箱型の小部屋で、馬が引いて海へと入る。すると海水浴客は、人から見られずに水に入ることができるというわけだ。ホプキンソンはさらに、ご婦人たちがフランネルの袋に入って海水浴することを教えてくれた。ホプキンソンの興味の多岐に渡ることといったら。アトキンソンのほうは、絞首台のことしか話さなかった。マクトンの殺人犯キールがそこに吊るされ、その後四つに裂かれて、鳥の餌として撒かれたという。「それはおのずと明らかだね」とジョンは礼儀正しく言ったが、少しばかり失望もしていた。アトキンソンもホプキンソンも、海洋国家の誉れとはいえない。

新しい教師アンドリュー・バーナビーは、ほとんどの場合、顔にやわらかな微笑をたたえていた。のっけから、自分は君たち全員の味方だ、特に弱い者たちの、と言った。そういうわけで、ジョンはバーナビーの微笑をよく目にすることになった。いつも少しばかり緊張して見える微笑みだ。というのも、全員の味方をするには、時間がないからだ。バーナビーは体罰に走る傾向はなかったが、時間を有効に使うことに熱心だった。砂時計で測る時間にはもはや意味はなく、一分、一秒がものを言うようになった。バーナビーは自分の質問への答えに、ときに密かに、ときにはっきりと、しかるべき制限時間を設け、時間内に答えが出せなければ、居残りをさせた。ジョンは毎回この制限時間を超えてしまい、順番でもないのに、唐突にふたつ前の質問に答えることもしょっちゅうだった。たとえその場にすでにふさわしくないとしても、ジョンが問いを最後まで解くのを、なにものといえど妨げることはできない。この点は改善されねばならない。慣用句ノートに、ジョンはこう書いた。「あらゆるものごとには、ふたつのタイミングがある。正しいタイミングと、逃したタイミングだ」。その下に、ちゃんとした引用に見えるよう、こう書き加えた。「サガルズ第一巻第三章より」。いまではノートはもう下着の下ではなく、堂々と下着の上に置いてある。トムが読みたければ読めばいい。だけど、ほんとうに読むだろうか？

復活祭後の第三日曜は雨だった。ジョンはボブ・クラクロフトと縁日へ行った。テントからは雨粒が滴り、皆が地面の水溜りを跳ね返して歩いていた。ジョンは幸せではなかった。トム・バーカーと自分のことを考えていたからだ。もし、ギリシアのみならず我が国にも理想的な人間というものがいるとしたら、その人物はきっと、まさにトムのように長く白い手足をもち、小声で笑い、意地悪にもなれるに違いない、とジョンは考えていた。トムに感嘆のまなざしを向けるようになって以来、自分のことは批判的な目で見るようになっていた。たとえば、自分がどんなふうに歩いているか――大またで、目をまん丸にして、首をかしげて。まるで犬だ。ジョンの動きは宙に貼りついたようで、話しかたときたら、まるで薪割り台に刺さった斧だ。笑えるようなことはあまりなかったが、笑うとなったら、あまりに長く笑っている。声は枯れてきて、まるで身体のなかから鶏が鳴いているようだ。そんなことは、海に出てしまえば重要ではないだろう。だがもうひとつ、いつも思いがけなく顔を出す新しい現象があるのだ。それはある部分の膨張で、いったん膨らむとなかなかもとに戻らない。よりによってこんなところにあるもののせいで人目につくなんて！　ジョンは心配だった。「普通のことだよ」とボブは言ったことがある。「ヨハネの黙示録第三章十九節。『私の愛する者を、私は曝し、罰する』」。またしても、聖書に関する自分のまったくの無理解が証明されてしまった。ジョンは、まるでボールを受け止めねばならないとでもいうように、縁日の雑踏をガラスのようなこわばった視線で見つめた。垣根の脇には、片足のスペイヴンスが立っている。水夫として回顧録を書いた男だ。「金はおじゃんさ！」とスペイヴンスは言う。「なにもかも、いまじゃ倍に値上がりしたってのに、出版社は知らんふりなんだから！」

スペイヴンスからそれほど遠くないところに、不思議な回転盤を置いたテントがある。軸を中心にじゅうぶんスピードをつけてぐるぐる回ると、それぞれ前面と背面に描かれたハーレクインとコロンビーヌが、カップルとして寄り添うのだ。これは速度に関係のある機械だったが、今日のジョンには、これで遊ぶには自分は愚かすぎるように思われた。ジョンは再びスペイヴンスのもとへ行った。スペイヴンスは、ジョンにもわかるほどゆっくりと話すからだ。ひとこと、ひとことを、まるで壁に絵を固定するように話す。「平和とは神のことだ！」鼻から雨水を滴らせながら、スペイヴンスは言う。「だが、神はなにをもたらした？　戦争と物価高騰だ！」切れたほうの脚をマントの下から引っぱりだす。切断面の先には、巧みに旋盤加工して靴墨で磨いた木の棒がついている。「神が我々にもたらす勝利は、高くつく。我々をさらに試すために！」スペイヴンスは一文ごとに棒を芝生に突き立てるので、地面にはすでに小さな穴ができている。そして、あたりに立っている者の靴下に、泥水が跳ねかかる。ボブ・クラクロフトがささやく。「あの男は、あまり客観的とはいえないと思う」。そしてボブは、ひとりでぶつぶつつぶやきはじめる。

聞き手としてのジョンは、いまでは歓迎されるようになっている。なにかが理解できないときには質問をするという、まさにその理由で。トムまでがこう言ったことがある。「お前が理解したからには、それはきっと正しいに違いないな」。ジョンは、それがどういう意味かを考えて、こう答えた。「どっちにしても、僕の理解が早すぎるってことはないよ！」

だが今日のジョンは、いい聞き手ではなかった。さきほど、市場のこことは反対の端に、おとなの背丈ほどもあるフリゲート艦の模型を見つけたのだ。黒と黄色の船体に、大砲、ヤード、シュラウドもすべて揃っている。海軍の新兵募集テントだ。ジョンは細部に至るまでよく観察して、各部分につき少なくとも三つは質問をした。海軍士官は一時間後に休憩を申し出ると、休憩所に倒れこんだ。

その晩、ジョンはノートにこう書いた。「ひとりは速く、ひとりは遅いふたりの友人なら、世界中を共に歩くことができる。サガルズ第十二巻より」。書き終えると、ジョンはノートをトムに見えるよう、下着の上に置いた。

ふたりはラッド川の岸辺に建つ水車小屋の脇に立っていた。あたりには人っ子ひとりいない。たまに馬車が橋をぎしぎしと渡っていくだけだ。トムは片足を水に突っ込んでいる。素晴らしい一対の足の片方。

「あいつら、お前のことで喧嘩してたぜ」とトムが言う。ジョンの鼓動は喉までせり上がっている。トムはあの『記憶すべき慣用句』のノートを読んだだろうか？

「バーナビーは、お前は善良な人間で、権威を理解する分別もあるから、学校を続けるべきだって言った。オーム博士は逆に、お前はただ丸暗記するだけで、古典語をいくら教えてもためにならないって考えてる。オーム博士は、お前が職業実習を受けられるように、親父さんと話すつもりなんだ」

トムは晩に、《ホイートシーフ・イン》の開いた窓から盗み聞きしたのだった。「全部はわからなかったけど、俺の話はひとことも出てこなかったな。バーナビーが言うには――おい、お前は興味があると思ったんだけど」

「うん、すごく」とジョンは言った。「ご尽力どうもありがとう」

「バーナビーは、お前の記憶力のよさのことを話してた。それにあとから、自由はただの中間地点にすぎないとも言ってたけど、まだお前の話が続いていたのかはわからない。バーナビーは怒って、『生徒たちは私のことが好きです』とか言ってたな。俺の印象じゃ、オーム博士も怒ってたと思うけど、でも声は荒げなかった。なにか『神に似た』とか『平等』とか言ってたな。それに、バーナビーのことを、まだ成熟していないとか。あ、時期のことだったかな。とにかく、相当小さな声だったから」

一台の馬車が橋を渡って街から出ていく。ジョンはようやく、気がかりな質問を口にした。

「僕のノート、読んだ？」

「ノートって？　お前の覚書のこと？　それがどうしたって？」

そこでジョンは、マシューについて話し始めた。そして、船乗りになろうと決意していることを。「マシューは僕の叔母さんのことが好きで、僕を連れていってくれるんだ。それに君のことも！」

「なんのためにさ？　俺は医者か薬剤師になるんだぜ。溺れたいんならひとりで頼むよ！」その言葉を証明するように、トムはその素晴らしい足を誰ひとり溺れそうにないラッド川の水から出すと、靴下を履いた。

バーナビーは、最近では本当に数学の授業を担当している。毎週土曜日だ。ジョンがすでにいろいろ知っていることが、バーナビーを本当に喜ばせている様子はない。だがバーナビーの微笑みは消えない。ジョンがバーナビーの説明に間違いを見つけると、バーナビーはよく、教育というものについて話し始める。熱心に、湿っぽく、またときには切なそうに、けれどいつも微笑みをたたえたまま。ジョンは教育というものを理解してみたかった。バーナビーを本当に喜ばせてあげたかったからだ。

オーム博士も土曜日の授業には居合わせ、耳を傾ける。もしかしたらバーナビーよりも数学ができるのかもしれないが、学校法人定款の一節で、宗教、歴史、語学以外の科目を教えることを禁じられている。

ときどき、オーム博士は含み笑いをする。

ジョン・フランクリンは地下牢に入っている。ジョンの答えを最後まで聞こうとせずにいらいらと背を向けた人に、いきなりつかみかかり、羽交い絞めにしたのだ。その際、つかみかかる相手がバーナビーであることを、じゅうぶんに考慮していなかった。僕は離れることができないんだ――ジョンはそう結論を出した。光景からも、人間からも、教師からでさえ。一方バーナビーのほうは、ジョンは厳しく罰せられねばならないという結論を出したのだった。

地下牢は最も重い罰だ。だがジョン・フランクリンにとっては違う。ジョンは、まるで蜘蛛のように待つことができる。ただ、なにか読むものさえあれば！　ジョンはいまでは、あらゆる種類の本が好きだった。紙は急かすことなく待ってくれる。ガリヴァーは読んだし、ロビンソンも、スペイヴンスの伝記も読んだ。最近ではロデリック・ランダムも。ちょうど、哀れなジャック・ラトリンが、折れた脚を切断されそうになる場面がある。おそらく隠れカトリックであろう無能な船医マックシェインが止血器を当てたそのとき、ロデリック・ランダムが止めに入る。やぶ医者は毒々しい視線を投げて退散し、六週間後、ジャック・ラトリンは二本の健康な脚で立って、再び仕事に現れる。これこそ、あらゆる拙速な処置に対するよい戒めだ。「あらゆるものごとには、三つのタイミングがある。正しいタイミングと、逃したタイミングと、拙速なタイミングだ」。ジョンは、ここから出たらノートにそう書くつもりだった。

地下牢はあまり快適とはいえない。地下の石の床は、まだ冬のようだ。仰向けに寝そべって、ジョンは丸天井の向こうにいるサガルズと話をした。サガルズこそ、世界中のあらゆる本を書いた精霊であり、あらゆる図書館の創造主だ。

バーナビーはこう怒鳴っていた。「君たちは私の好意にこう報いるわけか！」どうして「君たち」なのだろう？　ばたばたともがくバーナビーを羽交い絞めにしたのは、ジョンひとりではないか。それから、強い尊敬の念を込めて「おい、お前強いな！」とささやいたホプキンソン。

おそらく学校に留まることはできないだろう。これからどこでマシューを待てばいいのだろう？　マシューだって、もうとうに来てくれてもいい頃なのに。逃げたほうがいい。できるだけ早く！　はしけにかぶせた防水シートの下、穀物のなかに隠れて。皆には、ジョンはラッド川で溺れたのだと思わせればいい。

ハルの港に着いたら、石炭運搬用の帆船で働き始めよう。偉大なジェイムズ・クックみたいに。トムはどうにもならない。シェラード・ラウンドなら、一緒に来てくれるだろうに！　だがシェラードはいま、畑でカブを掘り起こしている。

ジョンがサガルズと話し合っていると、地下牢の扉が開いて、オーム博士が入ってきた。まるで、地下牢は本来教師が入るためのものではないと示すかのように、首をうんとすくめて。

「君と祈るために来たんだよ」とオーム博士は言った。そしてジョンを非常に真剣な、だが決して冷淡ではないまなざしで見つめた。そのまぶたは、必死で働く脳に空気を送るかのように、ぱちぱちとまたたいている。「君の本とノートが私のところに持ってこられてね」とオーム博士は言った。「いったいサガルズとは誰かね？」

第四章　リスボンへの旅

いまジョンは船に乗って、大海原にいる！「遅すぎなかった」とジョンは小さな声で口にし、水平線に向かって微笑みかける。興奮してこぶしで手すりを叩く。何度も何度も、まるで船にリスボンまで向かうリズムを与えようとするかのように。

運河の岸はすでに視界の彼方に消え、霧はいまでは一筋のもやにすぎない。ロープが船のいたるところに横たわったり、縦横無尽に走ったりしている。いつもどこかの地点で上に伸びているため、見る者は頭をうんとそらせることになる。船はただ幾千本ものロープに支えられて、帆にしがみついているばかりに見える。運河で目にしたのだ。船がマストを支えているのではなく、帆が船を引っぱり、持ち上げている船の、なんと素晴らしかったことか！　しっかりと装備を整え、リヴァイアサン号やアガメムノン号などと名づけられた船たち！　セント・ジェイムズ教会の墓地を除けば、船首や船尾ほど、文字に対する畏敬の念を抱かせる場所には出会ったことがない。さきほどは、霧のなかから巨大な定期船が現れ、鐘や霧笛があるにもかかわらず、ジョンの乗った船とあわやぶつかるところだった。

ジョンの前に、大海原が広がっている。この星全体のよき皮膚、真の表層である海。ジョンはラウスの図書館で、地球儀を見たことがあった。薄い膜のような陸地にはさまざまな刻み目が入っていて、互いに絡み合いながら、地球上のできるだけ多くの表面を覆おうと、のっぺりと横たわっていた。ハルの港では、陸の海に対する支配権を証明するために、丸太を海中にピラミッド状に組み立てる様子を見守った。そのピラミッド状のものは、ジョンをますます混乱させようというのか、「イルカ」と呼ばれていた。オランダ人水夫が「これはイルカじゃない、係船杭だ！」と言った。その水夫がにやにや笑いも目配せもせず、水夫らしく唾を吐いただけだったということは、きっと彼の言うとおりなのだろう。ジョンはもう一度繰り返してほしいと頼んで、その言葉を覚えた。ジョンはまた、フランス人があちこちに影響力をもちたがること、革命以来、灯台の凹面鏡は純銀でできていることを聞いた。ジョンは気分がよかった。もしかしたら、すでにこれがまったき自由というものかもしれない。

ハルでジョンは、豚の頭の煮こごりを食べながら、自由について考えたのだった。人が自由だと言えるのは、計画していることをあらかじめ他人に言う必要がないときだ。またはその計画をあえて黙っているときだ。

事前に計画を打ち明けねばならないときは、半分の自由。なにをするべきかを人にあらかじめ指図されるときは、奴隷状態だ。

なにをどう考えても、やはり父を避けてばかりいるのではなく、わかりあったほうがいいという結論に、繰り返し行き着く。海軍士官候補生になるには、つてを頼るしかないのだ。マシューが戻ってきていない以上、残るのは父だけだ。

やがて船は、西経三度を通過した。ラウスは零度にあり、子午線は市場広場を横切っている。オーム博士がいなければ、いまごろはまだラウスにいて、こうして海を眺める代わりに、ちょうどご婦人が海水浴のために入るフランネルの袋のことを考えているホプキンソンの、どんな音も聞こえない耳の曲線を見つめていただろう。ジョンにはそれがわかっていた。

オーム博士は、学校の規則を変えた。いまでは週に二回塊の肉が出るし、仕切り役たちがやりすぎないよう抑える新しい下級教師がいる。

オーム博士！　ジョンは博士に感謝していたし、これからもずっと感謝し続けるだろうとわかっていた。オーム博士は、ジョンの味方だなどと主張はしなかったし、愛や教育について語りもせず、ただジョンという人間個人に関心をもってくれた。好奇心から、だが同情のかけらも見せずに。そしてオーム博士は、ジョンの目と耳と、理解力、記憶力を試した。オーム博士のもとにいると、ジョンは確かな地面に立っていると感じられた。というのも、博士は生徒には関心がなく、珍しく関心をもつとすれば、それはなんらかの価値のあることだからだ。オーム博士は、なにを考えているのか、決して口にはしなかった。なにかを思いついても、ただ笑うだけだった。歪んだ小さな歯を見せて、まるで深い水の底から浮き上がってきたばかりのように、空気を吸い込んだ。

風が強まり、ジョンの身体は冷え始めた。甲板下へ降りて、作りつけのベッドに横たわる。

父は、オーム博士との長い話し合いのあとうなずき、力のない声で「きっと最初の嵐で息子は……」で始まるなにかを言った。ジョンは、皆がなにを考えているのかわかっていた。オーム博士は、ジョンが波に揺られるのに耐えられず、その結果やはり聖職者になろうとするだろうと考えている――これこそ、博士が勧める職業なのだ。父のほうは、ジョンが船から落ちればいいと思っている。母は、ジョンのすべてがうまく行くよう願っているが、それを口に出すことは許されない。

ジョンの視線は、ベッドの上の黒い梁を突き通しはじめる。やがてジョン自身が、消息を絶ったマシューになって、ライオンとともにテラ・アウストラリスをあてどなくさまよっていた。その後は再びジョン・フランクリンに戻って、スピルスビーの住人たちに、陸地が帆走することができるよう、畑を垂直に起こすにはどうすればいいかを説明していた。だが、いやな風が吹き、道に沿ってひびが入り、陸地全体がぱっくりと割れて、めちゃくちゃに揺れ始めた。大きな不安を抱えて身体を起こしたジョンは、黒い梁に頭をぶつけた。額は汗でびっしょりだ。寝床の横には、鉄のたがのついた木製の水夫用バケツがある。小さな樽に似た構造だが、下部の幅は上部の二倍だ。ジョンはいま船に乗って、ビスケー湾の真ん中に、そして嵐のまっただなかにいるのだった。

船酔いするなどもってのほかだ。ジョンは計算問題をいくつか解こうとした。「次の場合、グリニッジ標準時では何時になるか……」とつぶやき、一瞬、グリニッジの確固たる港と、びくとも揺らがない建物群、船の往来を眺めることのできる固定された快適なベンチを思い浮かべた。だが、その想像を素早く頭から振り払う。「東経三四度四〇分で……」。ジョンはベッドから脚を下ろして、片手で自分の身体を押さえ、もう片方の手でバケツをしっかりとつかんだ。「……午後八時二十四分のときには?」あえぎながら、ジョンは頭のなかで角度を計算しようとした。そのとき、身体のなかのものがせりあがってきた。球面三角法も役に立たないようだ。脳は、腹を――この憂鬱な旅人を――欺くことはできない。しばらくあと、ジョンは棒のようにまっすぐ横たわり、頭と手足を踏んばって、自分の気分を悪くする原因を見つけ出そうとしていた。

船の想像上の横軸に、揺れが加わるのだ。三十秒間隔で上へ、下へ、非常に不規則なリズムに従って。胃の機能不全と最も関係が深いのはこの揺れだが、時がたつにつれて、顔の下のこのバケツ同様どんどん愚かになっていく自分の頭の麻痺も関係がある。陸ではなんの問題もなくひとつにまとまっていたものが、ここでは船の動きに対応する際の緩慢の度合いによって、ばらばらになってしまう――頭は身体より速く、腹は胃よりも速く、そして胃はその中身よりも速い。さらに、船の縦軸も揺れる。傾斜や回転が、常に浮き沈みと新しい組み合わせを作って襲ってくる。ジョンの脳は、熱いフライパンのなかの一塊のバターのように、あちこちに揺れたあげく、すっかり溶けてしまうかのようだった。最後の力を振り絞って、頭、胃、心臓、肺、その他のすべてがよりかかることのできる、共通の分母のようななんらかの規則性を認識しようと試みた。「船の位置を決定することができたって、船の動きに耐えられなかったら、なんの役に立つんだ？」ジョンは溜息をついて、計算を続けた。バケツを目の前に置いたまま。「答え。六時五分二十秒！」とつぶやく。なにものも、ジョンが計算を最後までやりぬくのを妨げることはできない。

ジョンは、船首が深く沈みすぎているような気がした。もしかしたら、船首が浸水しているのかもしれない。浸水箇所が深いほど水圧は上がる。船にかかる水圧は深さの平方根だ。つまり船は、沈むときには、一秒たつごとにますます徹底的に沈んでいく。上に行ったほうがよさそうだ。

入念に目標地点を定めたあと、扉を出た。甲板に着くと、ジョンを軽々と好きなようにあちらへやり、こちらへ倒し、木材と索具のあいだに挟む荒々しい自然と、ジョンの哀れなふたつの手との闘いが始まった。気がつけば毎回新たな場所にいるうえ、重たい海がその巨大な口いっぱいの水を、次々にジョンの上に吐き出す。ときどき、ロープや木材にしがみつきながら、新しい支えを探す瞬間を綿密に探っている人間たちの姿が見えた。前に進むにはそうするしかないのだ。まるで皆が、自分は船に固定された部品だと、嵐に錯覚させたいかのようだ。嵐の背後でしか、人間として動く勇気がない。メインマストから、かすかな衝突音と、誰かがなにかを激しく殴る音、きしみ音が聞こえてきた。嵐のせいで弱まっているとはいえ、怒鳴り声がジョンの鼓膜にまで届く。先ほどまで、メイントップスルはまだ張られたままだった。だがそれも終わりだ。海は沸騰した牛乳のように真っ白で、いくつもの村がすっぽり飲み込まれそうな大波が、うねりながら近づいてくる。

突然、嵐のものではないふたつのこぶしが、ジョンをつかんだ。そして、突き落とさんばかりの勢いで、ジョンを甲板下へと引っぱっていく。こぶしの持ち主から唯一出てきたのは、ののしり言葉だった。

船員室ではバケツが、底が幅広いにもかかわらずひっくりかえっていた。その匂いのせいでまた気持ちが悪くなった。「それでも」と、バケツと一緒に転びながら、ジョンは言った。「これが僕の正しい道なんだ」。ジョンは、襲ってくるかもしれない不安の居場所を最初からふさいでしまおうと、肺いっぱいに空気を吸い込んだ。自分は生まれながらの船乗りだ。それははっきりとわかっている。

「これ以上いい風はありえない」とオランダ人水夫が言った。「ポルトガルの北風《ノルダー》だ。いつもちゃんと船尾から吹いてくれる。俺たち、六ノット以上で進んでるぞ」。このオランダ人以外の誰かが話したのだったら、ジョンは「ノルダー」という新しい言葉を理解することができなかっただろう。だがこのオランダ人は、ジョンが時間さえあればすべてを理解できることを知っていた。それに、いまではふたりとも時間をもてあましていた。というのも、オランダ人水夫は嵐で足首をくじいたのだった。

晴れた日が続いていた。フィニステール岬の緯度まで来ると、大きな船のメインマストが漂っているのが見えた。甲殻類に覆われ、艦長の話が正しければ、すでに三年は漂っているのだという。

夜には灯台の光に近づいた。「あれはバーリングズだ」と言う声をジョンは聞いた。城砦と灯台の島だという。そのとき、オーム博士の理論を思い出させるなにかを、ジョンは感じ取った。

光は、灯台の先端の周囲を回っている――一本腕の回転灯がすべてそうであるように。ジョンは光の動きを見つめた。光は、すでに左に回ったあとでも、いまだに右手にも見える。そして、すでに右側に現れたあとも、まだ左に残っている。過去と現在――オーム先生は、なんと言っていたっけ？　光が最も現在に近いのは、そのまたたきが直接ジョンの瞳を射るときだ。それ以外に見える光は、すでに以前輝いていたもので、いまではただジョンの目のなかでのみまたたいているにすぎない。つまり過去の光だ。

そのとき、オランダ人水夫がやってきた。「バーリングズ、バーリングズだと！」と水夫はつぶやく。

「あの島の名前はベルレンガスだ！」そう言われても、ジョンはいまだに灯台を見つめていた。「僕が見ているのは、点じゃなくて、尻尾だ」とジョンは言った。「そして、現在をつかまえられるのは、光が生まれるときだけだ」。そのとき突然、悲しい疑念が頭をもたげた。もしかして、自分の目は周回遅れなのでは？　だとすると、光が生まれる瞬間は現在ではなく、一周前の過去だということになる！

ジョンの説明は時間がかかり、オランダ人水夫にとってさえ冗長だったようだ。「俺の見かたは違う」と水夫は口を挟んだ。「船乗りは、自分の目を信頼できなきゃならん。腕と同じように。そして……」。そこで水夫は黙り込んだ。それから杖を手に取ると、腫れた脚を慎重に引きずりながら、甲板下に消えた。ジョンは甲板に残った。ベルレンガス！　イギリスを出て最初に見た異国の海岸。気分は再びよくなっていた。握ったこぶしを舷縁に載せる。厳かに。これからはすべてが変わるだろう。すでに今日も少し、そして明日はすっかり。

グウェンドリン・トレイルは痩せていて、青白い腕と白い首筋の持ち主だったが、膨らんだ生地に全身をすっぽり包んでいるので、ジョンにはそれ以外なにひとつ正確にはわからなかった。白い靴下を履いていて、目は青く、髪は赤みがかっている。とても早口でしゃべる。グウェンドリンが自分でもそれが好きではないこと、だがそれが必要だと思っていることが、ジョンにはわかった。トム・バーカーによく似ているのだ。グウェンドリンにはそばかすがある。ジョンは、レースの襟にかかった後れ毛を見つめた。そろそろ女と同衾すべき年頃だった。どんなものか知っておくために。今後、海軍士官候補生になったら、いろいろな遅れのせいで笑われることになるかもしれない。だが唯一この点に関しては、人の先を行っておきたかった。ちょうど、グウェンドリンの父トレイル氏が、なにか言ったところだ。どうか質問ではありませんように。どうやら墓についての話らしい。「どんなお墓ですか？」とジョンは訊いた。食事の席では気をつけて、いい印象を残したいと思っていた。トレイル氏が、ジョンの父になにを書いて送るかわからないからだ。

グウェンドリンが笑い、トレイル氏が娘に一瞥をくれた。ヘンリー・フィールディングの墓。ジョンは、その人のことは知らない、そもそもポルトガルのことはまだあまり知らない、と答えた。

この地で不愉快なのは、人の口から出る、ガラガラ、シューシューという音だった。リスボンの人々は、まるでどんな言葉も、口から即座に出さなければ唇をやけどするとでも言わんばかりの勢いで話す。そして、言葉をたくさんの空気でくるんで発音する。さらにその際、手をばたばたとせわしなく動かす。

先ほど、ジョンは道に迷い、アルカンタラの谷にかかる水道橋にたどり着いたあげくに、道を尋ねた。皆が、トレイル家までまっすぐ続く一本道を落ち着いて指し示す代わりに、手をばたばたと動かした。そのせいでジョンは、再び聖心修道院前の広場に出てしまった。この国は当然カトリックだ。それはまだ受け入れられる。だが、皆が強大なイギリスと途方に暮れたジョンとの対比を面白がってからかうことには耐えられなかった。食事のあと、トレイル夫妻は退席した。ジョンはグウェンドリンとふたりきりで残された。グウェンドリンはフィールディングの話をしている。そばかすの散った鼻の穴が膨らみ、首筋が赤く染まる。フィールディングを知らないなんて！　イギリスの偉大な作家じゃないの！　グウェンドリンは本当に得意げに胸を膨らませ、誰かが止めなければ、まるでいまにもモンゴルフィエの気球のように浮かび上がりそうだ。ジョンは言った。「イギリスの偉大な船乗りのことなら知ってるよ」。ジェイムズ・クックのことを、グウェンドリンはなにも知らなかった。グウェンドリンは笑い、歯が見えっぱなしだ。あまりに動きまわるので、服がカサカサと音を立てる。ジョンは、フィールディングが痛風持ちだった話を聞かされた。どうやったらこの子を黙らせることができるだろう、とジョンは考えた。それに、どうやったらこの子と寝ることができるんだろう！　ジョンは、ひとつの質問を準備し始めた。だがグウェンドリンが延々と話をやめないので、気が散ってしかたがない。いま、ほんの一瞬でいいから口を閉じてくれたら、そのあといくらでも喜んで話を聞くのに。グウェンドリンは、トム・ジョーンズという人物について話している。おそらくまた別のお墓のことだろう。「そこに行こう!」ジョンはそう言って、グウェンドリンの両腕をつかんだ。だが、これは間違った思いつきだった。せっかく腕をつかんだのだから、そこから首尾一貫した行動を取るなら、どこかへ行く話をするのではなく、口づけをするべきだったのだ。だが、口づけとはどうするべきなのか、ジョンは知らなかった。よりよい計画を練らねばならない。ジョンはグウェンドリンの腕を放した。グウェンドリンは、早口でなにやらつぶやくと、姿を消した。おそらく、ジョンにわからせようと思って発した言葉ではないだろう。ジョンにわかっているのは、たったひとつだった。自分は長く考えすぎたのだ。これは、オーム博士が言った「こだま」の悪い効果だ。ジョンは、耳にしたり、自分で口にした言葉を、あまりに長いあいだ引きずりすぎるのだ。自分の話す言葉についていちいち黙考するような男は、女を口説くことなどできない。

午後、ジョンはトレイル一家と一緒に、鐘が鳴り響く暗い小路を散歩した。建物がびっしりと並ぶ丘のひとつに上り、光のなかにむき出しで建つ家々を見晴らす。新しい時計の文字盤のように白く、装飾などない、簡素な家々。そしてあたりの土地は緑ではなく、淡い褐色だ。トレイル氏が、何年も昔に起きた大地震の話をした。先に立って歩くグウェンドリンの動きは、上品で愛くるしい。グウェンドリンはジョンをちらりとも見ないが、ジョンの身体のあらゆる部分が動き出す。

だが時は過ぎ、機会は失われた。「考えるのはいいことだ」と、ジョンの父は言ったことがある。「だが、せっかくの申し出が別の人間のところへ行ってしまうまで、長々と考えてはいかん」。周回遅れの者に与えられる「現在」は、うんと幅の狭いものなのだ。陸と海との境のようにはかない現在。もしかしたら、ボールと同じように、正しい瞬間を受け止める努力をするべきなのかもしれない。固定した視線を適時に用いれば、機会がやってきたときにはもう受け止める体勢になっていて、逃すことはないだろう。練習あるのみだ！

「もうすぐリスボンは聖マルコ祭だ」とトレイル氏が言った。「雄牛を聖壇に運んで、角のあいだに聖書を挟むんだ。雄牛が暴れれば、町の未来は困難なものになる。おとなしくしていれば、すべてが順調というわけだ。それから雄牛は殺される」

グウェンドリンは、取りつく島もないという様子ではなかった。ときどきジョンのほうを見る。ジョンには、グウェンドリンが短気な性分を背負っているにもかかわらず、ある種の辛抱強さをもっているように思われた。それはもしかしたら、ジョンには近づくことのできない、女性だけがもつ辛抱強さなのかもしれない。もしジョンが疑いの余地なく立派な船乗りで、勇敢な男だったなら、グウェンドリンもきっと、ジョンのためにたくさんの時間を割いてくれただろう。まるでこの考えを後押しするかのように、テージョ川の河口に停泊する不恰好な三層甲板船が、長く尾を引く礼砲を発射し、海岸砲台がこれに答礼した。グウェンドリンと海——いまはまだ、このふたつを両立させることはできない。ふたつの椅子に同時に座ろうとすれば、床に尻もちをつくのが落ちだ。つまり、まずは将校になり、英国を守り、それから女と寝るのだ！　ボナパルトを打ち負かしたあとでも、時間はまだある。グウェンドリンはきっと待っていてくれるだろう。そしてジョンに、すべてを見せてくれるだろう。その時が来る前に、目立つ動きをするのは得策ではない。おまけに、船は二日後にはもう出発するのだ。

「わかったわよ」。食事のあと、意外なことにグウェンドリンがそう口火を切った。「作家のお墓に行きましょう！」グウェンドリンは、数学を解くときのジョンと同じように、粘り強く慎重だ。

フィールディングの墓には、イラクサが生い茂っていた。人生でなにかを成し遂げた人間の墓は皆そうだ。これは、スピルスビーの羊飼いから学んだ知識だった。

ジョンは決然とグウェンドリンを見つめた。口ごもることも、耳を赤く染めることもなく、自分の自由意志で「それ」を行うことができると示すために。気がつけば、ジョンの腕はグウェンドリンのうなじに回されていて、彼女の巻き毛に鼻がくすぐられるのを感じた。またしても、ことの経過の一部が頭から抜け落ちてしまったのは明らかだった。グウェンドリンは不安そうな目をして、両手をジョンと自分の胸のあいだに差し入れて、ぴんと伸ばした。事態は少しばかり見通しを欠いていた。でもいずれにせよ、いま自分はまたとない機会に恵まれている、とジョンは思い、さんざん練習した問いをここで口にすることに決めた。「僕と同衾することに、君は同意してくれるかい?」

「いやよ!」とグウェンドリンは言って、ジョンの腕をすり抜けた。

どうやら勘違いだったようだ。ジョンは気が楽になった。質問はした。返ってきたのは否定の答えだったが、それはそれでいい。ジョンはその答えを、自分が本気で海のほうを選択するべきだという示唆だととらえた。いまジョンは、航海と戦争を志していた。

帰り道、急にグウェンドリンが見知らぬ女に見えてきた。顔はのっぺりしていて、額は幅が広く、鼻の穴が目立つ。ジョンは再び、そもそもどうして人間の顔はこう見えるのだろう、どうしてまったく違う姿ではないのだろう、と考えた。

スピルスピーの羊飼いからは、女がこの世で求めているのは、男とはまったく違うものだという話も聞かされていた。

港の岸壁から見ると、リスボンは新しいエルサレムのように輝いていた。この港は、まさに世界そのものだ! ここに比べたら、ハンバー川沿いのハルなど、迷い込んだ短艇用の間に合わせの停泊地でしかない。ここには、やぐらに金で艦名を入れた四層艦がいくつもある。いつか艦長になって、ああいった粋をこらした傾斜窓から水平線を眺めたい、とジョンは思った。

ジョン自身の乗る船は小さかった。だが、ほかのどの船とも同じように自力で進むし、最大級の艦とまったく同じように艦長もいる。水夫たちは、ずいぶんたってから地元の人間の漕ぐボートで乗船してきた。あまりに酔っ払っていて、滑車で引っぱり上げ、手すり越しに甲板に下ろさなければならない者もいる。ジョンの父もときどき少しばかり飲みすぎることがあったし、ストップフォードはさらに大酒飲みだった。だが、ここの水夫たちの飲みかたは、まったく別の呼称をつけるべきものに思われた。酔っ払いたちは船室のベッドに倒れこみ、錨を上げたころになって、ようやくまた姿を現した。先ほど、ほかの者ほど酔っ払っていないひとりの水夫が、ジョンに背中を見せてくれた。茶色い皮膚には、縦横無尽に白い傷跡が刻みこまれていた。まるで噴火口や岩礁のようで、いたるところに皮膚がむけた跡があり、そこにまた新たな皮膚が、間違った育ちかたをしていた。もともとは均一に生えていた背中の毛も、この光景に合わせて藪や空き地を形成している。

この光景の持ち主は、こう言った。「これが海軍さ。へまをやらかすごとに、鞭を食らうんだ！」そういった罰を受けて死ぬこともあるのか、とジョンは訊いた。「当たり前さ！」と水夫は言った。

ジョンはいま、理解した――嵐よりもひどいものがあるのだと。おまけに酒もある。この点でもジョンは、周りについていかなくてはならない。こういったすべてが、勇猛さの一部なのだ。そのとき、さっそくジョンにグラスが差し出された。「試してみろ！　俺たちは《風》って呼んでる」。それは液体状のねばねばしたソースで、毒々しい赤色だった。ジョンは懸命に平静を装ってふた口飲むと、身体の反応に神経を集中させた。すると、さきほどまでの自分は少しばかり憂鬱な気分に陥っていただけなのだとわかった。ジョンは液体を飲み干した。すると、すべてが違って見えてきた。

海軍について聞いたさまざまな話は、きっと勇敢な者には通用しないのだ。

ポルトガルの北風にぶつからないよう、船はゆうに二百海里は西へ進み、大西洋に出た。海岸沿いに狙いをつけて待ち構えているイギリスの戦艦を避ける狙いもあった。戦艦は常に、商船の乗組員が多すぎると口実をつけては、自分たちの艦に人員を補充しようと狙っているのだ。ジョンの船にも、そんな目に遭った者たちがいた。彼らは野生動物のように捕らえられ、戦闘に参加させられ、機会がめぐってくるやいなや、また逃げ出してきたのだという。皆、怖かったんだ、とジョンは思った。

あと十日で、一行は再びイギリス海峡に着く。いまではジョンは、よく船長と食事をともにすることを許されていた。おまけに船長は、ブドウやオレンジをくれる。どんな船にも最高速度というものがあり、どれほどいい風が吹いていても、たとえ千の帆を張ろうとも、その速度を超えることはできないことを知ったのも、この船長からだった。

船の上での仕事を、ジョンは非常に正確に観察した。また、綱の結び目の作りかたを、頼んで教えてもらった。そこでジョンは、ある違いに気づいた。練習の際に大切なのは、いかに素早く結び目を作るかららしい。だが実際の仕事では、どれほどその結び目がほどけにくいかのほうが大切なのだ。ジョンは、船の操縦において、迅速さが本当に必要とされるのはどのような場合なのか、よく注意して見てみた。方向転換の場合は明らかだ。帆が逆風を受ける時間が長いほど、船の速度は失われる。つまり、帆桁を回す作業は急がねばならない。ほかにも同じような状況はあった。ジョンは、木を下から見て覚えたように、これからそういった状況を頭に叩き込もうと決意した。

これであとは父次第だった。父には、ローフォード艦長に手紙を書いて、息子に見習い船員の口を見つけてもらわなくてはならない。父がそうしてくれる可能性は、あまり大きくはなかった。だが、もうひとつ可能性がある。マシューが再び現れて、ジョンを航海に連れていってくれることだ。

ジョンは再び家に帰ってきた。マシューはいまだに行方不明だ。マシューの話は、誰もしたがらない。たまに話題にすることがあれば、ジョンに海軍を諦めさせるためだ。学期休みが終わる直前、フランクリン一家は大きな食卓に集合した。さまざまな決定を下す際、父は家族にも発言権を与える。父自身は重要なことを口にし、ほかの者たちは、なにも言っていないようには見えない程度に発言する。

「海だと？　一度行ったが、もう二度とごめんだ！」祖父が確固たる声で言う。もちろん、祖父は一度も海へなど行ったことがないという事実を、思い出してもらわねばならない。

意外にもジョンは、誰の支持も必要とはしなくなった。まったく予期せぬことが起こったからだ――父が意見を変えたのだ。父は突然――家族でたったひとり――船乗りという仕事にすっかり感心し、ジョンの味方になってくれたのだ。母を説得する必要も、もうないようだった。母の目は明るく、ジョンを勇気づけるようだった。もしかしたら、父の意見が変わったのは、母の仕業なのかもしれない。いずれにしても、母はいつも口を開かない。家族会議においてもだ。ジョンは、しばらくのあいだあまりに混乱して、素直に喜ぶことができなかった。

兄のトーマスはなにも言わず、ただ抜け目なさそうに微笑んでいた。そして妹のイザベラは大声で泣いていた。どうしてなのかは、誰にもわからない。こうして、決定は下された。

「もしも海の上で、命令を理解できなかったら」とトーマスがゆっくりと言った。「そのときは、ただ『アイアイ、サー』とだけ言って、船から飛び降りるんだぞ。そうすれば間違いはないはずだ」。ジョンは、こういった言葉については、深く考える必要はないのだと思うことにした。

シェラードに、この新しい知らせを伝えたかった。シェラードは喜んでくれるだろうとわかっていた。だがシェラードは見つからなかった。農場管理人は、シェラードは両親やイン・ミンのほかの住民たちと一緒に畑に出ていると言った。だがどこの畑なのかは教えてくれなかった。仕事の時間に作業を中断されたくはないということだった。

すでに時刻は遅く、馬車が待っていた。

学校もあと一年で卒業だ。ジョンのような人間にとっては、一年など無にも等しい。

第五章　一八〇一年、コペンハーゲン

「ジョンの目と耳は独特で」とオーム博士は艦長にしたためた。「あらゆる印象を長く留めておきます。一見、理解が遅く緩慢に見えますが、それはあらゆるものを細部に渡って知覚するために、脳が非常に綿密に働いている証拠にほかなりません。ジョンの多大な忍耐力は……」。最後の一文を、オーム博士は消した。

「ジョンの計算には信頼が置けるほか、彼には奇抜な計画で障害を克服する能力があります」

海軍はジョンにとって苦しいものになるだろう、とオーム博士は思った。だがそれを手紙に書くことはしなかった。手紙の宛て先は、その海軍なのだから。

ジョンには自己憐憫がない、とオーム博士は思った。

だが、そう書こうともしなかった。教師からの感嘆の念が有効に作用することは稀だからだ。ましてや海軍だ。

それもこれも、艦長が出発前にこの手紙を読めばの話だ。どうしても戦争に行きたいと願ったのは、ジョン自身だ。ジョンが鈍重すぎること、まだ十四歳であることを考えると……いったいなにを書けばいいのだろう？　ジョンに不幸が訪れるのは、火を見るより明らかだ。オーム博士は手紙を丸めて屑かごに捨てると、頬杖をついて、悲しみ始めた。

夜、ジョン・フランクリンは眠れぬまま横たわり、あまりにめまぐるしかった一日の出来事を、ジョン自身の速度で再現していた。ほんとうにたくさんの出来事。これほどの艦に、六百人の乗組員！　そのひとりひとりが名前をもっていて、動いているのだ。それに、質問の数々！　いつ問いかけられるかわからない。質問――君の仕事はなんだ？　答え――ミスター・ヘイルのもとで下層砲甲板と帆走練習です。サーだ。決して「サー」を忘れるな！　さもないと危ないぞ！

総員艦尾へ、処罰しっ……処罰ーしっーこう。発音できない言葉じゃないはずだ！　処罰執行。

総員帆を揚げよ。

武器を取れ。

戦闘準備完了――これは見通しの問題だ。

装塡完了です、サー。砲門を開け。ロープを固定。

下砲列戦闘準備完了。来たるべきものはすべて、常に正確に予知すること！

乗組員を記録したまえ、ミスター・フランクリン！　アイアイ、サー――名前を――書く――速く！

艦内の赤い色の役割は、血しぶきを……血しぶきを――防ぐこと！　違う、目立たないようにすること！　撒かれた砂の役割は、血で足を滑らすのを防ぐこと。すべてが戦闘の一部だ。ブレースで逆帆にする等々――こういった言葉は、理解できる。

艦長からよろしくとのことです。どうか甲板下までお越しください、サー。

帆――メインローヤル、ミズンローヤル、フォアローヤル。その下になると、もうよくわからない。夜の天体の角度なら、ジョンは計算することができる――だがそんな知識はまったく必要とされていない。

そんなものを知りたいと思う者などいない。代わりに──どのロープがどこに属すか？　ジブブームはボブステイのどこに位置するか、いややはりボブステイはジブブームのどこに、と言うべきか？　シュラウドにバックステイ、ハリヤードにシートといった大量のロープの数々は、蜘蛛の巣のように謎めいている。ジョンはいつも、ほかの者たちが結んでいるロープを一緒に結んだ。だが、その作業が間違っていたら？　ジョンは士官候補生で、すでに士官と見なされている。だからこそ、もう一度練習だ──メインスル、メイントップスル、メイントガンスル……

「やかましい！」隣の寝台の男が舌打ちした。「真夜中になにをぶつぶつ言ってやがる！」

「リーフポイント」。ジョンはつぶやき続けた。「ミズンマスト斜桁」

「もう一度言ってみろ！」隣の男が、とても穏やかにそう言った。

「フォアステイ、マーチンゲール、マーチンゲールバックステイ、マーチンゲールステイ」

「ああ、わかった」と隣の男はささやいた。「だがいいかげんにやめてくれ！」

だが、口を閉じたままでも暗唱はできた。ただ、舌だけは動かさないわけにはいかない。フォアマストの足元から、マストトップ、キャップ、トップマスト、クロスツリーを経てトゲルンマストまでたどり着く自分を脳裏に描いてみた。登る際には、常にチェーンプレートの外側をつたっていく。なぜなら、それが唯一、一人前の船乗りらしい登りかたとされているからだ。

自分は間違いを見つけることができるだろうか？　艦が速度を失い、停止してしまった場合、その理由を見つけることができるだろうか？　そして、動索の一部に不具合が出たとき、自分はどうするだろう？

ジョンはほかにも、まだ答えの見つかっていない問いをすべて、頭に叩き込んだ。大切なのは、適切な瞬間にその質問をすることだった。それには、きちんと理解しなくてはならない。艦載艇の帆は特別なものだが、それはなぜか？　いま我々はデンマーク人と戦うために航海しているが、なぜフランス人とではないのか？　さらに、自分に向けられる可能性がある質問を即座に認識することもできねばならない。どんな仕事をしているのか。士官候補生、君の艦はなんという名前か。艦長はなんという名前か。コペンハーゲンを制覇したあと、陸に上がったら、そこらじゅうに海軍提督がうようよしているのだ。もしかしたらネルソンその人もいるかもしれない。英国海軍艦ポリフェーマス号です、サー。ローフォード艦長です、サー。六十四砲です。大丈夫だ。

装備を固めるために、ジョンはまるまる一艦隊分はありそうな用語と、一砲列分はありそうな答えを暗記した。言葉においても行動においても、来たるべきものすべてに対して、備えを万全にしておきたかった。まず理解せねばならないとなったら——時間がかかりすぎるのだ。だが、ひとつの質問が信号と同じになり、ためらうことなく、要求された答えをオウムのようにがなることができれば、文句を言われることもなく、答えはすんなり受け取ってもらえるだろう。きっとやってみせる！　艦は海に囲まれた限定空間なのだから、学べるはずだ。たしかに、ジョンはあまり速く走ることはできない。それなのに、艦での一日は、走り、命令を伝達し、さらに走ることから成り立っている。甲板から甲板へ——いくつもの狭い階段！　だがジョンは、あらゆる道を記憶するばかりか、書き留め、毎晩復習した。二週間ずっと。だから、予期せず誰かが向こうからやってきたりしなければ、もう自動的に動くことができる。もちろん、誰かにぶつかったらどうしようもない。器用に軌道調整などはせず、まっすぐ先へ進むのみだ。謝罪の言葉はすでに練習済みだ。やがてほかの者たちのほうが、ジョンを避けたほうが得策だと学んだ。だが士官たちは、学ぶのが好きではない。「こう想像してみてください」。三日前、ジョンは口ごもりつつも、第五士官にこう言った。士官は、かなりの量のラム酒が配給されたおかげで、なんと耳を傾けてくれた。「どんな船にも、固有の最高速度があります。どんな索具を装備しようと、どんな風が吹こうと、船がこの速度を超えることはありません。私もそれと同じなのです」

「サーだ。私に呼びかけるときには、サーをつけたまえ！」と士官は言ったが、その顔には好意が見えなくもなかった。

説明をしても、ほとんどの場合、逆に命令を受ける羽目になるのが落ちだった。二日目、ジョンは別の士官に向かって、素早い動きはすべて自分の目には景色のなかの一本の線に見えると説明した。「フォアマストに上りたまえ、ミスター・フランクリン！　そして――私にその景色のなかの線とやらを見せてくれ！」

いまでは、少しはましになってきた。満ち足りた気分で、ジョンはベッドのなかで伸びをする。航海は、学べるものなんだ。ジョンの目と耳ができないことは、夜のあいだに頭がやり遂げる。頭のなかでの厳しい訓練が、ジョンの緩慢さを埋め合わせてくれる。

残るのは戦闘だけだ。戦闘は、ジョンにも想像することができなかった。眠ろうと決めて、ジョンは眠りに落ちた。

艦隊は海峡を抜けていく。まもなくコペンハーゲンだ。「やつらに目にもの見せてやる！」頭の形が細長いベテラン士官のひとりが、そう言った。ジョンにはその言葉の響きがよく理解できた。何度も繰り返されてきた言葉だからだ。ジョンに向かって、その士官が言った。「さあ、君も皆を鼓舞しろ！」メイントップスルになにか不具合があるようで、進度が予定より遅れている。そのとき、重要な言葉が誰かの口から出た。「ネルソンはどう思うだろう？」ジョンは、これらふたつの文章を、夜のために覚えておくことにした。さらに、カッテガト、スカゲラク、ペンキや筆の収納室、索具室といった難しい用語も。ラム酒の配給後、慎重に質問したジョンは、デンマーク人がすでに何週間も前からコペンハーゲンの海岸の堡塁を強化し、防衛艦を装備していることを教えられた。「それとも、俺たちが評議会に参加するまで、あいつらがおとなしく待ってるとでも思うのか？」ジョンは、この言葉をすぐには理解できなかった。だが、ジョンの質問への答えでありながら疑問形で発言され、さらに末尾のトーンが上がる文章にはすべて、自動的に「いいえ、もちろん！」と返すことにすでに慣れていた。そう答えれば、相手は即座に満足するのだった。

午後、艦隊は目的地に到着した。夜、または早朝に、デンマークの砲台と戦艦を攻撃することになるだろう。もしかしたら今日のうちにも、ネルソンが艦に視察に来るかもしれない。そうしたら、ネルソンはどう思うだろう！　こうして、一日は慌しく過ぎていった。皆が怒鳴り、息を弾ませ、くるぶしをどこかにぶつけながら、それでも不安も怒りもなしに。ジョンは、皆についていけると感じていた。これから起こりうることが、常にわかっていたからだ。質問に「はい」と答えるか「いいえ」と答えるか、命令されて上へ駆けていくか、下へ駆けていくか、人に呼びかけるときにサーをつけるか、つけないか。頭を動索にぶつけるか、静索にぶつけるか。すべてが、すっかり満足のいくものだ。新しく覚えるべき難しい言葉がひとつ――「トレクローナー」。これはコペンハーゲン沖にある最強の海岸砲台のことだ。この砲台が攻撃を始めたら、戦闘開始だ。

結局ネルソンは来なかった。下層砲甲板は戦闘準備完了、火室の火は消され、砂は撒かれ、すべての人員が割り振られた役割を果たすべく配置についている。砲身の真横にいるひとりの男は、常に歯をむき出している。砲弾を装填する役の別の男は、何百回となく手を握っては開き、その度に点検するかのように爪を眺める。艦の中ほどで誰かが飛び上がり、「合図だ！」と叫んだので、大勢がその男のほうをふり返った。男は艦尾を指していた。だがそこにはなにも見えない。誰も、なにひとつ言葉を発しなかった。

ジョンはといえば、経験豊かな乗組員たちが熱狂したり、硬直したりするなか、自分ひとりの時間をもっていた。というのもジョンはのろまなせいで、めまぐるしい出来事や騒音を無視して、ほかの者はほとんど気づくことのない周囲の変化に集中することができたからだ。皆が、夜明けへと、そしてトレクローナーの砲列へと気持ちをじりじりと高めていくなか、ジョンは、ほとんど凪のない夜空に浮かぶ月の動きと雲の形の変化を楽しんでいた。砲門を通して、ジョンは飽かずに外を眺め続けた。呼吸が深くなり、海の一部になった自分を感じた。いくつもの思い出が脳裏を駆け巡り始める。ジョン自身よりもさらに緩慢に動く、さまざまな光景。ひしめき合うようにそびえる船のマストが目に浮かんだ。その背後にはロンドンの街。船が互いに寄り添い、平和的に集まっている場所の背景には、必ずどこかの町がある。ぶらさがった何百という索具は、長く尾を引く落書きに似た雲のように、海辺の家々の上にぶら下がって見える。ロンドン橋の上には、是が非でも水に入って一緒に航海をしたいが、最後の瞬間にためらっているといったようすで、建物がひしめき合っている。たまに、本当に橋から落ちる建物がある。落ちるのは、いつも人が目を離したときだ。ロンドンの建物は、故郷の村のものとはまったく違う顔をもっている。大げさで、無愛想で、しばしば成金趣味で、ときにまるで死んでいるような建物たち。船渠での火事も見たし、とある店では、靴を泥で汚したくないという理由から、ほとんどすべての服を試着するために馬車の窓まで持ってこさせた女性も目にした。店にはほかの客もいたが、店主は平然と馬車の扉の脇に立って、あらゆる質問に懇切丁寧に答えていた。そのあまりの落ち着きに、ジョンは店主を盟友と見なした。だが一方で、この男は敏捷だ、とはっきり察してもいた。この世には、店員だけがもつある種の我慢強さがある。それは心地よくはあるが、ジョンの我慢強さとは別ものだった。

その馬車にはもうひとり、少女が乗っていた。腕が白く、痩せていて、少しばかり戸惑ったようなイギリス人の赤毛の少女は、ジョンが目をきちんと開けている甲斐があると思える八大理由だか十大理由だかのひとつだった。弟の面倒を見なくてはならず、その結果いらいらして憎しみさえ抱くようになる兄たちに典型的なやりかたで、トーマスがジョンをその場から引きずっていった。その日ジョンたちは、三角帽と、青い上着、留め金付きの靴、船用の長持、短剣を買ったのだった。第一級実習生は、自分の服を自分で用意しなくてはならないのだ。フィッシュストリート・ヒルの記念碑に上り、ジョンは三四五段の階段を数えた。寒い春で、いたるところ石炭煙の匂いがした。遠くに、緑の庭園に留め金で留めたかのような城がいくつも見えた。常に自分の額を叩くか、そうでなければ遠くをじっと見ている癲癇患者を、ジョンは見つめた。辻強盗がいる、と癲癇患者が言うのが聞こえた。そして、タイバーンには絞首台がある、とも。海軍士官候補生は紳士のように振る舞わなくてはならない、と兄は言った。市場では喧嘩も見た。喧嘩の理由は無意味に誇張したように見えたが、そうでないのかもしれなかった。

いたるところから、戦艦のマストが見える。少なくともトガンマストの帆桁より上が。コペンハーゲンの町の何千もの煙突は、どれも一段低いところにある。船が風の助けを受けて、練り上げられた計画どおりに海の上を動けるとは、ムーアの『実践的航海指南』を暗記していてさえ信じがたいことに思われる。帆走とは威厳と気品を備えたものであり、船もまたそれにふさわしい見栄えだ。すべての帆を揚げるまでになにが必要なのかを、ジョンは知っている。まずは船体を建造しなくてはならない。曲げられ、割られ、ゆがめられた木を、慎重に磨き、隙間を詰め、タールを塗り、正確に彩色し、ときには銅張りをし。船の神々しさは、建造に必要な多くの材料と仕事に由来するのだ。

ドカン！

トレクローナーからの音だ。戦闘だ！

紳士のように振る舞うこと。砲の周りでは、なるべく邪魔にならないように。砲甲板から後甲板まで走り、また戻ること。命令をできるだけ迅速に理解するか、それが無理なら、繰り返してくれと熱心に頼むこと。「皆、聞け！」と頭の細長い士官が怒鳴った。「お前たちの祖国のためには死ぬな！」間。「デンマーク人どもを、やつらの祖国のために死なせてやれ！」けたたましい笑い声が起きる。そう、人を鼓舞するとはこういうことなのだ！　ところが、戦いは非常に困難なものとなった。トレクローナーやその他の砲列からの砲撃は、絶え間なしに命中する。常に少しばかり反応が遅れるジョンのような者は、そういった衝撃でどんな支えもなくしてしまう。だが最悪なのは、自艦の片舷砲からの砲撃だ。艦は砲撃のたびに跳躍するかのようだ。艦上のよき規律は、ジョンが学んだとおりにまだ存在した。ただ、その目的はいまや敵を混乱に陥れることであり、その混乱は、ジョンが好まない唐突さでこちらへと跳ね返ってくるのだ。一瞬のうちに、黒い大砲は、側面に不気味に光る深い切り傷を負った。とてつもなく威力のある道具が滑ってできた溝のようにも見える。この金属の傷のいまわしい輝きは、ジョンの心に深く刻印された。いまでは、まっすぐに立っている者はひとりもいない。いったい誰が立ちあがれよう？　皆、砲の操作は徹底的に叩き込まれていたが、それでも作業は滞っていた。というのも、大砲係の半数はもういなかったからだ。それに、血。これほどたくさんの血が流れているのを見ると、不安になる。要するにこれだけの血をなくした人間がいるということなのだから。血が人の身体から流れ出ている。いたるところで。

「ぼさっと見てるんじゃない！　砲を手伝え！」と叫んだのは、さきほど「合図だ」と怒鳴った男だった。気づくと、砲門がかつて見たこともないほど大きく開いていた。砲門を覆っていたはずの木材が、いまは艦の中央でいくつもの身体を覆っているのだ。これらの身体は、いったい誰のものなのだろう？

甲板でジョンは、十二隻の艦のうち三隻が戦闘不能になったと聞かされた。だがそのなかにポリフェーマス号は入っていない。すぐ近くにいる別の艦の舷側から、白い煙が上がっている。その光景は、ジョンの目に焼きついて離れなかった。ポリフェーマス号では、おびただしい数の木の破片が、旋回し、あたりのものをなぎ倒しながら、すさまじい速さで甲板上を飛んでいる。普段なら決して逃げたりすることのない落ち着いた士官たちが、すっかり威厳を失って飛びのくのを、ジョンは辛い思いで見つめた。もちろん、士官たちの行いは正しい。だがそれでも、その動きには尊厳を損なうなにかがあった。ジョンは知らせを届け続けた。

昇降階段はすっかり様変わりしていた。壁から障害物が突き出ているし、上部の角材が外れて、ジョンの額の高さで揺れている。避けることも、立ち止まることもできないジョンは、艦の裂片のせいで、いくつもの切り傷、刺し傷、たんこぶを作った。きっと見た目は英雄そのものに違いない。ジョンは、いかなるときも紳士として振る舞おうと努めた。うっかりしていると、片目くらいはすぐに失ってしまう。ネルソンだって目は片方しかない。いま、ネルソンはなにを考えているだろう？　エレファント号の後甲板のどこかに立っているはずだ。ネルソンは常に、あらゆる知らせを受け取っているに違いない。

ポンプの音が聞こえる。どこかが燃えているのだろうか？　それとも、艦に穴が開いたのか？　甲板では、皆がまるで酔っ払ったかのようにふらふらとよろめいていた。大砲の上に腰を据えた艦長が、こう叫んだ。「皆で一緒に死のう！」さきほどまでとは言っていることが違う。艦長の隣で聞いていたひとりの頭が突然消え、頭とともにその人間自身も消えた。ジョンは不幸だった。唐突な変化は、どんなものであれ、ジョンを混乱に陥れる。席順であろうと、態度であろうと、座標系であろうと。絶え間なく新しい誰かが欠けていくという状況は耐え難かった。そのうえ、自分とはまったく別の人間たちの行動の結果として、なんの前置きもなく自分自身の身体を犠牲にせねばならない状況は、人の頭に対する深い屈辱だと感じた。それは敗北であり、名誉などではなかった。そして、頭のない身体とは、なんと哀しく、ばかばかしい眺めだろう。

再び砲甲板に戻ると、だしぬけに鋭い閃光が走り、轟音が響いた。近くにいた艦が爆発したのだ。「万歳」という声と、その合間に、何度もある艦の名前が聞こえた。万歳の声に重なるように、耳をつんざく破壊音と衝撃音が聞こえた。一隻のデンマーク艦が横付けになったのだ。そして裂けた砲門から、ひとりの兵士が飛び込んできた。

ジョンの脳は、明るい色の見知らぬブーツの像をとらえた。それは突然目の前に現れて止まった。素早い、危険な動きだったが、ブーツの像が頭のなかに静止像として焼きついてしまったせいで、ジョンはそこから先の経過をまったく把握できなかった。ジョンの頭は自動的に「やつらに目にもの見せてやる!」と考えていた。まさにいまこそが、この言葉にはじめて出会ったときに思い描いた状況だったからだ。

ジョンが次に見たのは、ブーツを履いた男の開いた口と、男の首にかけたジョン自身の親指だった。なんらかの偶然で相手が転んで下になり、ジョンは男に手をかけることができたのだ――この自分が!

ジョンが一度つかんだら、相手にもはや逃げ道はない。そのとき、視界の下端にピストルが現れた。その光景は、たちまちジョンを麻痺させた。そちらに目を向けず、なるべく自分の力強い親指に視線を注ぎ続けた。まるでそうすることで、ピストルに打ち勝つ力を親指に与えるかのように。ピストルがジョンの胸に向けられていることは否定しようがない。頭のなかに、たったひとつの不安が、ほかのあらゆる不安を退けて広がり始め、どんどん大きくなっていった。その不安は際限なく膨らみ、ついに爆発する。男がいまにも引き金を引き、自分を殺すのではないか――自分は即死するのではないか、または壊疽を起こしてゆっくりと最期を迎えるのではないかという不安。終焉はいまやそこにあり、逃げることはできなかった。間近に迫っているのに、変えることはできない。突然ジョンは、自分の心臓がどこにあるのかを、これ以上ないほどはっきりと感じた。確実に死を前にした人間が誰しも感じるように。どうして自分はピストルをなぎ払うなり、脇へ飛びのくなりしないのだろう? なぜだかわからないが、そんなことはできない! ジョンは目の前の男の首を押さえつけながら、人は窒息すればもう引き金を引くことはない、とひたすらそればかりを考えていた。だが、まだ窒息してはいないが、誰かに首を絞められているせいで窒息しかかっている人間なら、それこそ引き金を引くだろう――そう、ジョンはそう考えようとしたのかもしれない。だができなかった。脳がすでに死んだふりをしていたからだ。残ったのは、このままこの首をぐいぐい絞め続ければ危険はなくなる、という一念だった。相手はまだ引き金を引かない。

それは、一兵卒にしては歳を取った男だった。四十は越しているだろう。ジョンは、自分の父親でもおかしくない年齢の男に馬乗りになったことも、そんな男を見下ろしたこともなかった。男の首は温かく、肌はやわらかかった。これまで、これほど長い時間、人の身体に触れ続けたことはなかった。いまや本当に混乱が起きていた。ジョンの身体のなかの闘いだ。指に属する神経が、絞め続けるあいだ、首の温かさとやわらかさに恐れおののいている。指は、男の喉を感じていた——喉がゴボゴボと鳴るのを！　喉は惨めに、かすかに震えている。低く哀れな音。だが、両手は恐れおののいていたが、殺される屈辱におびえるジョンの頭——身体を裏切るばかりか、間違った考えまで抱く頭——は、なにひとつ理解できないふりを続けていた。

ピストルが落ち、足が蹴るのをやめ、男は動かなくなった。肩には銃創。明るい色の血。

ピストルは装塡されていなかった。

このデンマーク人は、最後になにか言わなかっただろうか？　嘔吐したのだろうか？　ジョンはそこに座ったまま、死体の喉をじっと見つめていた。恐れていたのは、暴力的に殺される屈辱だった。だが、ひとつの生命を絞め殺すことは——それも、不安がすぐに消えてくれないという緩慢さのせいで——、頭を失う以上の屈辱だった。それは恥であり、無力感だった。殺される屈辱よりもずっと辛い。生き残り、頭が再びあらゆる思考を受け入れざるをえなくなったいまでも、身体のなかの闘いは続いていた。手が、筋肉が、神経が反乱を起こしていた。

「この人を殺した」と言うとジョンは震えた。細長い頭の士官が、疲れた目でジョンを見つめた。少しも動揺しているようすはない。「絞めるのをやめられなかったんだ」とジョンは言った。「やめるには、僕はのろますぎたんだ」

「いいかげんにしろ！」細長頭がかすれた声で言った。「闘いは終わったんだ」。ジョンの震えはどんどんひどくなっていった。小刻みな震えは揺れになり、筋肉のいたるところが代わる代わる収縮して、痛みを伴う島を形作った。まるでそうすることで、内面をよろいで守るかのように。または、皮膚を突き破って異質なものを絞り出すかのように。「闘いは終わった！」さきほど「合図だ」と叫んだ男がそう怒鳴った。「やつらに目にもの見せてやったぞ！」

新しいブイが設置される。デンマーク人は、イギリス艦を座礁させようと、海路につけたあらゆる印を取り払っていたのだ。砲撃を受けて粉々になったトレクローナーのすぐ近く、浅瀬の縁を、艦載艇がゆっくりと岸へ近づいていく。ジョンはぼんやりとマスト座板に座って、陸を眺めていた。鈍重であることは命にかかわる、と考える。他人の命にかかわる場合は、なお悪い。ジョンは、海岸の一部になりたかった。行動が自分のもつ真の速度といつも正確に重なっている岸辺の岩に。叫び声が聞こえて、ジョンは下を見た。澄んだ浅い水に浸かって、数え切れないほどの戦死者が倒れていた。青い上着を着たおびただしい数の人たち。目を見開いて、上を見ている者もいる。怖いのか？　いや。彼らがここに倒れているのは当然だ。

ジョン自身も彼らの一部なのだ。立ったまま残ったぜんまい装置、それがジョンだ。艦載艇の乗組員のひとりであるより、むしろこの死者たちのひとりだ。たくさんの努力を払ってきたのが無駄になったのだけは残念だ。ジョンは命令を聞いたような気がしたが、内容は理解できなかった。あの大砲の轟音のあとでは、命令を理解できる者などいない。ジョンは、繰り返してくださいと頼もうとしたが、やはり理解できたような気がした。そして背筋を伸ばすと、立ち上がり、目を閉じて、あまりに急な角度で立てかけられたはしごのように、ゆっくりと徐々に身体を倒した。水中に入ると、頼まれもしないのに、あの問いが浮かんできた――ネルソンはどう思うだろう？　裏切り者である頭はここでものろまで、この問いから離れようとしない。そういうわけで、溺れ死ぬ方法を考えつく前に、ジョンは水から引き上げられた。

その夜、ジョンはまっすぐに天井を見つめて、サガルズを探した。だが、サガルズはもう見つからなかった。ただの子供だましの神だったんだ、いまでは死者たちと一緒に水に沈んでしまったんだ。ジョンは、フォースルからミズンローヤルまでのあらゆる帆を、前から、後ろから、祈るように何百回と唱えた。フォアローヤルステイからミズンローヤルバックステイまでの静索と、スパンカーブームシートからローヤルブレースまでの動索を数え上げた。あらゆるヤードを、ミズントップからフォアトップまで呪文のように唱える。あらゆるトップマスト、あらゆるデッキ、あらゆる船室、あらゆる階級を秩序立てて明瞭に暗唱していく――ただジョン自身だけが、ときほぐすこともできないほど絡まり合った不明瞭な状態だった。信頼感、安心感は、消えうせていた。

「私が思うに」、再会したとき、オーム博士はそう言った。「君はその男の死が悲しいんだろう」。博士は非常にゆっくりとそう言った。しばらく時間がかかったが、その後ジョンの顎は震え出した。ジョン・フランクリンが泣くと、泣き止むまで時間がかかる。鼻のなかと指先がむずむずしてくるまで、ジョンは声をあげて泣き続けた。

「だけど、君は海が好きだろう」とオーム博士がまた話し出した。「それを戦争と結びつける必要はないんだよ」

ジョンは泣き止んだ。熟考に入ったからだ。考えながら、自分の右の靴をじっと点検した。視線は、ぴかぴか輝く四角い大きな留め金の上をなぞる。上辺を右へ、右辺を下へ、下辺を左へ、左辺を上へと繰り返し、十回以上もとの場所へと戻ってきた。それからジョンは、舌革も留め金もなく、足の甲を覆わずに、前にリボンがひとつ付いただけのオーム博士の平たい靴に視線を据えた。そしてようやく、こう言った。「戦争に行こうと思ったのは、間違いでした」

「まもなく平和がやってくる」とオーム博士は言った。「もう戦闘はないだろう」

第二部　ジョン・フランクリン、職業を身につける

第六章　喜望峰へ

インヴェスティゲーター号の見習い水夫、十歳のシェラード・フィリップ・ラウンドは、家に手紙を書いていた。「一八〇一年七月二日、シェアネスにて。あいするお父さん、お母さんへ！」シェラードは唇をなめると、インクのしみひとつ作ることなく書き続けた――おそらくこの手紙は、教師のライト＝コッド先生が家族に読んで聞かせることになるだろう。

「こんどの旅は、この船にとって、これまででいちばん長い旅になるでしょう。ぼくもそれに加われること、それも一級実習生として加われることを、うれしく思っています。船長は、どんなお礼のことばもうけとらず、ジョン・フランクリンがぼくをすいせんしたと言いました。ぼくも船長になりたいと思います。ぼくはジョンといっしょにロンドンに行きました。ジョンはコペンハーゲンからもどってきてから、前よりもゆっくりになって、よくひとりでぼんやりと考えごとをしています。夜には死んだ人たちのゆめを見ます。ジョンはいい人です。たとえば、自分のとそっくり同じ船用長持を、ぼくに買ってくれました。円すい形で、底がすごく深くて、たくさんのしきりがあります。下には太い幅木がぐるりとついています。持ち手は麻なわでできた輪です。ふたには帆布がはってあります。そのふたの上で、この手紙を書いています」。シェラードは便箋を上へずらし、唇をなめると、羽ペンをインクに浸した。まだ便箋は半分しか埋まっていない。

「ひげそり道具ももらいました。ジョンが言うには、テラ・アウストラリスのどこかで、ぼくにもひげが生えるからだそうです。それにジョンはぼくに、ロンドンのまちについてせつめいしてくれました。ロンドンでは、みんながあいさつをかわしたりはしないのです。なぜなら、みんなおたがいのことを知らないからです。この船には、ジョンのおばさんのアン（チャペル）ものっています。いまは船長のおくさんです。船長はおくさんを、地球の反対がわまでつれていくのです。アンはよくぼくに、なにかいるものはないかときいてくれます。ぼくはわくわくしているし、幸せです。このへんで手紙をおわります。船の上では、しなくちゃならないことがたくさんあるから」

この船の船長は、誰あろうマシューその人だ。すでに消息不明と見なされていたころ、ついに帰ってきたのだ。ジョンはそのとき、ちょうど十五歳になったところだった。

「ジョンの調子はあまりいいとは言えないな」。マシューまでがそう言い、いまではジョンの叔父であることから、前よりもずっと強力に、他の者たちからジョンを守ってくれるようになった。たとえば、ファウラー海尉に対して。

ジョンはよくぼんやりとその場に突っ立って、周りの邪魔になることがあった。「こいつ、ほんとうに大物とは言えないな」とファウラーは言う。「悪いやつじゃないんだ」とマシューは言う。「ただ、いまはまだ、あの戦闘のせいで耳がよく聞こえないだけで」。ファウラーは、口には出さずにこう考える——あの戦闘からもう一か月じゃないか。

下の甲板では、シェラードが言う。「ジョンは実は、ものすごく強いんだ。素手でデンマーク人を絞め殺したんだから。だけど、そのずっと前から、ぼくの友達なんだけどね！」

そんな話を耳に挟むと、ジョンはますます苦しくなった。彼らがジョンのためを思ってくれるのは確かだ。ジョンは、そんな彼らを絶対に失望させたくはなかった。だが、どうすることもできなかったし、そんなふうに褒められると、ますます途方に暮れた。夜、海底の戦死者たちが再び現れないときには、奇妙な物体の夢を見た。それは左右対称で、角のないつるりとした形をしている。表面は感じよく整っており、完全な四角形でもなければ、完全な円形でもない。内側には均一の模様がある。だが突然、それがなにか歪んだ、毛羽立ったものに変わる。ばらばらになり、無秩序で異様ないくつもの顔へと変わり、そのあまりの醜さと恐ろしさに、ジョンは汗をびっしょりかいて目を覚まし、再び眠り込むことに恐怖を感じる。いつしかジョンは、つるりとした左右対称の物体のほうを、それが変形したあとの恐ろしい物体よりも、ずっと恐れるようになっていた。

インヴェスティゲーター号は、かつてはクセノフォン号という名で、名誉の破損を遂げたコルベット艦だった。対フランス戦のまっただなかでは、海軍本部も、たかが調査旅行のために、これ以上いい船を手放すわけにはいかなかったのだ。「調査という言葉を聞いただけでね」と、軍曹のコルピッツは言う。「すぐにわかったよ。こりゃビルジポンプを用意しろってな。せめて船の名前を変えちまわなきゃなあ。これじゃあますます悪運を招くってもんだ！」ミスター・コルピッツはなにをするにも日を気にするたちで、グレイヴズエンドで、この先三年間にやってくるあらゆる不運な日を書き記してもらっていた。占星術師の女は、コルピッツ軍曹にこう言った。「船と一緒に沈まないように気をつけなさい。座礁した場合、うまく脱出できれば、あなたは長生きするでしょう」。乗組員の全員が、すでにシェアネスでこの予言をそっくり暗唱できたのだから、コルピッツは困った男だった。

出航前に規則を読み上げたマシューは、下顎を突き出して、鋭い調子でこう言った。「星が我々に教えてくれるのは、船の位置だけだ——それ以上ではない！」

乗組員のほとんどがリンカンシャーの出身だった。まるでマシューが、この地方の農家の息子たちのなかから、海を恐れないわずかな者たちを全員、ただ一隻の船に集めてきたかのようだ。双子のカークビー兄弟はリンカンの町出身で、筋肉で有名だ。荷物を山積みにした荷車を自分たちの手で引いて――牛はすでに倒れてしまっていた――スティープ・ヒルを越え、教会まで運んでいったことがある。ふたりはとてもよく似ていて、しゃべり方でしか区別がつかない。兄のスタンリーが口にするのは、たいてい「これ、医者の処方なんだ！」で、弟のオロフは「すげえ！」としか言わない――天気についても、煙草についても、やり遂げた仕事についても、船長の妻についても。すべてが「すげえ」なのだ。

それから、陶製のパイプをくわえた、やぶにらみの操縦士モックリッジがいる。片方の目は語りかける目、もう片方は受け入れる目だ。モックリッジの受け入れるほうの目を見て、言葉が実際に出てくる前に、彼がなにが言いたいのか、ジョンにはよくわかることがある。だがたいていの場合は、語りかける目を見るほうが確実だ。

ミスター・ファウラーとミスター・サミュエル・フリンダーズは海尉で、この類の人間の多くと同じように横柄だ。乗組員たちは、ふたりのことを「風上」と呼んでいる。波風を立てるのが好きだからだ。七十四人の乗組員、三匹の猫、三十四匹の羊が、船上に暮らしている。二日で、ジョンはその全員を覚えた。羊たちも。特に学者たちが面白かった――天文学者と植物学者が一人ずつ、それに二人の画家。それぞれが、自分専用の召使を連れてきている。ナサニエル・ベルはジョンと同じ士官候補生で、まだ十二歳にも満たない。シェアネスの停泊地にいるときからすでに、三人の兄も一緒にいて励ましたにもかかわらず、重症のホームシックにかかっている。羊たちが発散するなじんだ匂いさえ、助けにはならない――ただナサニエルの苦しみを増すばかりだ。

羊の糞は、ミスター・コルピッツの意見では、非常に役に立つということだった。「小さい浸水穴をふさぐには、これが一番なんだ」と、陰鬱な調子でコルピッツは言う。「ま、覚悟しとかなきゃならんのは、大きい穴なんだがな」

インヴェスティゲーター号は戦艦だ。だから、海軍兵が十人に鼓手も一人いる。彼らに命令を下すのは伍長で、その伍長に命令を下すのは曹長だ。彼らは港にいるときからすでに熱心に訓練をし、甲板上を行ったり来たり行進し続けた挙句に、設営係と小競り合いになった。設営係のミスター・ヒラーが、甲板は行進よりも大切な仕事のために使わねばならないことをわからせたのだ。備品を甲板に揚げて、備蓄庫にしまうという仕事は、ジョンの好みにぴったりだった。予備の舵ふたつはどこに置くか？ 植物標本のための土五十箱はどこへ？ ラスクと塩漬け肉が一年半分、ラム酒が二年分あるというのはほんとうか？ ジョンは計算した。船室にある本は、『ブリタニカ百科事典』を入れれば、ゆうに一年分の読書量に相当する。先住民への贈り物はどこに置くか——大小の斧五百本、ハンマー百本、釘が十樽、ポケットナイフ五百本、はさみ三百丁、無数の万華鏡、耳飾り、指輪、ガラス玉、色鮮やかなリボン、縫い針と糸、それに国王の肖像付きメダル九十個。すべてが二重のリストに正確に記されており、ミスター・ヒラーはたとえ眠っていても、なにがどこにあるのかわかる。大砲は、マシューが部分的に軽量のカロネード砲に替えた。おまけに、そのカロネード砲さえ、最も邪魔にならない場所にしまわせてしまった。ミスター・コルピッツがなにか言いたそうな顔をすると、マシューは先手を打ってこう言った。「我々は調査隊だ！ フランス政府から通行証をもらえるんだ」

最初の問題！ マシューがしばらくのあいだ話しかけられる状態ではなかったのも、無理のないことだ。皆がマシューを避けた。学者も、士官候補生たちも、猫も、おまけにコックまで。

シェアネスで、海軍本部付きの高級将校ふたりが、船を視察したのだった。そのときまで、マシューの望みのほとんどはかなえられていた。新しく縫われた帆が巨大なソーセージのようにマストを上っていき、壊れやすい古い索具の代わりに、バルト海沿岸の良質の亜麻で作った新しい索具が滑車に通された。氷原を航海することも予測されていたため、船首は銅からホースパイプの上にいたるまでぴかぴかに輝いていた。だが将校たちは、洗濯ロープに女性用の下着が干してあるのに目を留めた。船上に女がいる？　これほど長い旅に？「ありえない！」とふたりは言い、乗組員の誰ひとりとして反感を抱いてなどいなかったアンが、船を降りる羽目になった。戦闘に向かうのでもないかぎり、普通は船に女性が乗ることは問題なく認められているというのに。この官僚頭どもが！　優しく、健康で、皆を元気づけるアンがマシューとともに航海することを、お前たちは許さないというのか！　船長のマシューは、怒りで蒼白になった。「もう二度と」と、不気味なほどの小声でマシューはつぶやいた。「もう二度と、上からのいまいましい指示など受けないぞ！　そんな通知は、そもそも読む前に捨ててやる！」

一行は船出した。次の問題がすでに待ち受けていた。ドーヴァー海峡の手前で、マシューは海軍の海図を信頼して、水先案内人を船から降ろした。だがそこから数マイル進んだダンジネス沖で、船が浅瀬に乗り上げてしまったのだ。一行はブレースを回して逆帆にし、ボートを海上に降ろした。海流が味方になってくれて、すぐに抜け出すことができた。だがインヴェスティゲーター号は、大きな航海を前にして、いったんポーツマスの船渠に入る羽目になった。船体下部が損傷を受けなかったか、確かめねばならないからだ。マシューは海軍本部とその海図について、静かだがどの船室にいても聞き取れるほどはっきりと感想を口にした。

一方、ミスター・コルピッツは喜んだ。今回船がはまりこんだ砂州こそが占いで予言されたものだと考え、これでもう身に危険はないと思ったのだ。モックリッジは別のことを考えていた。「ポーツマスか」となにかを目論むように言う。「あそこなら女をたくさん知ってるぞ」。その遠くを見つめる、受け入れるほうの目は、すでにはっきりと女たちに向けられている。スタンリー・カークビーも賛同し、それは医者の処方だと伝えた。弟のオロフは黙っていた。オロフが判断を下すのは、いつも事後なのだ。「すげえ」という感想はどれも、正確な吟味に裏付けられたものだ。それに、乗組員がポーツマスの町へ入る許しを得られるかどうかは、まだわからない。

ジョン・フランクリンは、ほかの男たちと同じでありたかった。だから、皆が女の話をしているときには、じっと耳を傾けた。「俺はケツがでかめの女がいいな」とコルピッツ軍曹が言う。ダグラス一等兵曹が首をかしげて、「そりゃ場合による、場合によるよ」と言う。園芸家もまた別の意見をもっている。どうやら、誰もが自分の記憶のなかにある像を、詳しく思い浮かべているようだ。ジョンの興味はなにより、実践的な方法にあった。モックリッジのところへ行って、「いつ」と「どうやって」に関する練り上げられた質問をいくつかしてみた。だがここでも答えはたいてい、「そりゃ時と場合による」というものだった。だがジョンは食い下がった。そして、「事前に男が女の服を脱がせるの？」と訊いた。モックリッジはいつになく長いあいだ考え込んだ。そして、「俺はそうするのが好きだ」と答える。「だけど、客はお前なんだから、お前の好きなようにすればいいんだ！」モックリッジのやり方が、きっと普通なのだろう。だがジョンは、女性の服に付いたたくさんのボタンについて、まだ不安が残っていた。「どこにボタンやベルトやリボンがあるかは、自分の目で確かめないと。それから忘れるな。無遠慮な褒め言葉は、年増女にしか使っちゃいかん！――怖いのか？」そのとおり、ジョンは怖かった。だから、本能の制止を振り切って、僕だってコペンハーゲンで兵士をひとり素手で……という話を始めた。そしてすぐに自分を恥じた。モックリッジは、その受け入れるほうの目を穏やかにジョンに向けた。語りかけるほうの鋭い目は、パイプの首に向けたままだ。「一度女と寝てみれば、コペンハーゲンのことも忘れられるさ！」

陸に上がったジョンは、あらゆる女性を見つめ、彼女たちの着ている服を丸暗記しようと試みた。だが、見るべきものが多すぎて、目標を見失いそうだった。町は船乗りで溢れかえっている。これほど大量の若い男たちが一同に集まる場所は、ほかには世界中のどこにもない。そしてジョンもそのひとりなのだ。ジョンもまた軍服を着ていて、そこに立っているだけなら皆の一員だ。だがもちろんジョンは踊れない。そしてここでは踊りが盛んだった。

市庁舎はいくら見ても見飽きなかった。大通りの真ん中に立つ細長い建物で、周囲には馬車が群がっている。それに、港にある腕木式信号塔。たくさんの腕を振り、ロンドンの海軍本部からの命令を受け取ったり、確認したりしている。それから、ジョンは初めて船員向けの酒場に入った。亭主が注文はなにかと訊いたので、ジョンはカウンターの上に並んだいくつもの名前のひとつを読み上げた――「リディア」。皆が笑った。というのも、それはポーツマスの船の名前だったのだ。そういった船の名前は、ここでは飲み物の名前と同じように華々しく書き記されているのだ。

ルターとカルヴァンを飲んで気が大きくなったジョンは、再び女たちに注意を向けた。女の服はほんとうにさまざまだ。共通しているのは、恐ろしいほどの威容でそびえ立つ、畏敬に値するコルセットの前面だけだ。船なら船首にあたる場所。その背後にどんな静索または動索が隠されているのかは、容易には突き止められない。すべては一度試してみてからだ。モックリッジが、ジョンをケッペル・ロウにあるとある建物に連れていってくれて、こう言った。「メアリ・ローズなら大丈夫だ。きっと楽しめるぞ。太ったかわいい娘で、いつも陽気なんだ。笑うと鼻に皺が寄る」。モックリッジが背の低い建物のなかでなにやら交渉するあいだ、ジョンは外で待った。建物の窓は、曇っているか、そうでなければカーテンで覆われている。なにかを見たいと思えば、なかに入るしかないようだ。そのときモックリッジが出てきて、ジョンを招き入れた。

ジョンが見たところ、メアリ・ローズは太ってもいなければ、鼻に皺を寄せることもなかった。骨ばった顔に、広い額、すべてがたわめた線でできているようだ。メアリ・ローズのなにかが、ジョンに船を連想させた。女という性をもった戦士だ。メアリ・ローズはまず、部屋により多くの光が入るよう、窓の下半分を押し上げると、ジョンを検分するように眺めた。「藪のなかで転んだの？」と訊いて、ジョンの頭と両手を指す。「藪じゃないよ。コペンハーゲンの戦いに行ったんだ」。ジョンは重苦しい気持ちで、口ごもりながらそう答えた。

「それで、四シリングは持ってるのね？」ジョンはうなずいた。メアリ・ローズが黙ったので、ジョンは自分の使命をはっきりと自覚した。「これから君の服を脱がせるよ」。嫌悪感を抑えながら、ジョンはそう告げた。メアリ・ローズは、まぶたと眉毛、額の骨から成る何重にもなったアーチと、髪の生え際にある入り江の下から、面白そうにジョンを見つめた。「そんなこと、自分でもできるとは思ってないでしょ！」微笑みながらそう言う。そのやわらかな口から出ると、嘲笑的な言葉も感じよく響く。いずれにせよ、いまのところはまだ逃げ出すほどひどくはない。

三十分後、ジョンはまだそこにいた。「まだ知らないことには、全部興味があるんだ」とジョンは言った。「じゃあ、ここを触ってみて——好き？」「うん、でも僕の身体は、どこもちゃんと働かないみたいだ」。ジョンは少しばかり不機嫌にそう言った。

「そんなことどうでもいいのよ！　ここには大砲はじゅうぶんすぎるくらいあるんだから」

その瞬間、ドアが開いた。太った大柄な男が、もの問いたげな顔で立っている。部屋に入りたがっているのは明らかだ。「出てって！」メアリ・ローズが怒鳴る。太った男は出ていった。「あれはジャックよ。たとえばあいつは大物なの——食べることと、飲むことに関してはね！」メアリ・ローズは上機嫌だった。「船が座礁して立ち往生したとき、あいつは甲板からほっぽり出されたのよ。そうしたら、あっという間に船底が浮いて、船は抜け出せたってわけ!」メアリ・ローズは枕にもたれかかると、目を閉じて、心から楽しそうに笑った。そこでジョンは、メアリ・ローズの丸い膝と腿をじっくり眺めながら、これからどうなるのかと考えることができた。だがそんなことをしても、その気がないものは動かしようがない。ジョンは椅子にかけてあったズボンを取ると、上下を確かめた。それから四シリングを取り出した。「ええ、お金は払わないとね」とメアリ・ローズは言った。「でないと、楽しい思いなんかしなかったって、自分でも信じてしまいかねないものね!」メアリ・ローズはジョンの頭を抱いた。ジョンの唇が彼女のまぶたに触れ、細い睫を感じた。穏やかでやわらかな気分になった。努力も、思慮もいらない。なぜなら、ジョンの頭をゆらゆらと揺らしているのは、メアリ・ローズの手だから。「あなたは真面目な子だわ」とメアリ・ローズは言った。「それって、いいことよ。もう少し歳を取ったら、きっと紳士になるわ。また会いに来て――次はきっとうまくいくわよ。私にはわかる」。ジョンはもう一度ポケットをさぐった。そして「これ」と話し出す。「真鍮のねじシャックルなんだ」。ジョンはそれをメアリ・ローズに贈った。メアリ・ローズはなにも言わずに受け取った。別れ際に、メアリ・ローズはそっけない口調で言った。「外に出たら、ジャックのデブ野郎の脚をひっかけてやって。あいつが首の骨を折ってくれれば、今晩はこれであがりだから!」

ジョンが船に戻ると、モックリッジは初めて両目を同じ角度でジョンに向けたかに見えた。「どうだった?」ジョンは考えた末、結論にいたり、その結論を忠実に言葉にした。「恋に落ちた」とジョンは言った。「ただ最初だけは、怖気づいちゃったけど。ボタンのせいで」。嘘はついていなかった。それから長いあいだ、ジョンはメアリ・ローズの肌の心地よい香りのことを考えていた。女たちの緩慢さは、ジョンの緩慢さとなにかつながりがあるのではないかという希望が残った。

船体下部は少しも損傷を受けていなかった。マシューも、インヴェスティゲーター号の通行証に加えて、ダンジネスでの災難にもかかわらず、海軍省からの出航許可を受け取った。さらなる研究者ブラウン博士と、長いあいだ待ち望まれていた航海長ティスルが乗船して、チームは完成した。マシューは錨を揚げさせた。

四日後、一行はドーヴァー海峡の艦隊に遭遇した──快適な眺めとは言えない。またしても、航海より砲撃に向いた背の高い巨大な艦が、火薬や鉄を満載して、フランス人たちを待ち受けていた。

「もう二度とごめんだ！」ジョンは安堵しつつそう言った。ジョンたち一行はヨーロッパの外の海を行くのだ。そこで重要なのは、観察眼と優れた地図のみに違いない。素晴らしき異郷の地──ついにこの目で実際に見るのだ。でなければ、そんな地があることを、とても信じられなくなってしまう。海そのものが、ジョンを無気力から掬い上げてくれるに違いない。ジョンはもう子供ではない。ある日、シェラードが昔のように「鷲みたい目を光らせてなくちゃ！」と言ったとき、ジョンは、まるで失われたものを偲んで泣きたいような、奇妙な気分になった。

だがいま、ジョンは航海をしている。

航海する者は、いつまでも絶望しているわけにはいかない。仕事が多すぎて、とてもそんな時間がないのだ。マシューは、農民から成る乗組員チームを、皆が立ったままでまぶたが落ちてくるようになるほど、徹底的に訓練した。ジョンは、あらゆる作戦行動や、戦闘での役割のみならず、船のあらゆる角材、あらゆる金具、あらゆる帆の縫い目を記憶した。ロープと鎖をどこで接続するか、どうやってロープ先端の輪をヤードアームにはめるか、ロープをどうやって組み継ぐか、どうトップマストを立ち上げるかを学んだ。あらゆる帆走術に対する命令も暗記していた。決して少ない数ではない。ただひとつの悩みは、雄猫のトリムだった。灰色の斑の美しい猫で、情け知らず。この猫は、士官候補生用の食堂で皆と一緒にテーブルにつくうちに、最ものろまな士官候補生ジョンのフォークからは前脚の一撃で簡単に肉を叩き落とせることと、それをどこか安全な場所で食べることができることを学んだのだった。この作戦の成功率はあまりに高かった。テーブルにつく仲間たちはすでに待ち構えていて、食べ物を喉に詰まらせるほど笑った。この行動のおかげでトリムがどんどん皆に愛されるようになっていくことに、ジョンは嫌々ながらも気づかないわけにはいかなかった。だがそれは、より大きな悩みを忘れさせてくれる小さな悩みのひとつにすぎなかった。

不気味な物体が夜の夢に現れることも、だんだん稀になった。夢のなかのジョンは、今ではむしろ帆をヤードに万全な状態で整備しておくことに熱中していた。自分の鋭い声が聞こえる。「シートを前へ。メイントップスルのハリヤードへ。引き絞れ。メイントップスルを揚げろ。ハリヤードを固定……」。そして、船はこちらの意図にきちんと反応してくれるのだった。

マシューは航海術の授業の初めに、星の位置と名前を知らずに偉業を成し遂げられる人間がこの世にいるとは思えない、と言った。そして、天空と六分儀について説明を始めた。すでに知識をもっていたジョンも、貴重な道具を手にしたのは初めてだった。指示鏡も目盛り板の上の目盛りも、六十分の一インチ刻みで正確だ。中央ではアリダードという異国的な女性の名前をもつ定規が回る。ジョンはまず最初に、六分儀は地面に落としてはならないことを教えられ、それからようやく使い方を学んだ。「正確な数字か、さもなければお祈り。三つ目はないぞ！」とマシューは言った。測定照準儀を覗き込むマシューは、まるで自身が精密機器になったかに見えた。閉じた左目は六十分の一インチ刻みの皺に覆われ、鼻にも皺が寄り、あらゆる不正確なものに対する軽蔑を露にするかのように、上唇はすぼめられる。顎はマシューにできる精一杯のところまで引かれる。そこにいるのは、行動する前に正確に観察する男だった。ジョンとシェラードの意見は、測定をしているときのマシューが一番好きだという点で一致していた。

それに、マシューから愛を込めて「時間の番人」と呼ばれるクロノメーターがあった。正確なグリニッジ標準時がわからなければ、自分たちが西経または東経何度まで進んだのか、計算することはできない。時間の番人は、ひとつひとつ時間をかけて手仕事で造られたもので、それぞれが誇らしげに名前をもっていた。アーンショウのナンバー五二〇と五四三、ケンダルのナンバー五五、アーノルドのナンバー一七六。どれも独自の顔――雪のような白の上に黒い模様――をもっていて、どれも独自の様式で少しばかり進んだり遅れたりする。正確さが保証されるのは、すべてを一緒に使うときのみだ。常に互いを比較することで、それぞれの独自性のひとつひとつが、即座に明らかになるのだ。時計は生き物だ。その最大の奇跡は、バネの強い弾力が、神秘的なアンクルによって、完全に均一に作用することだった。時間の番人が一分遅れただけで、位置測定では十五マイルの誤差になる。ウォーカーのナンバー一という名をもつコンパスもまた、尊敬すべき道具だった。このコンパスは、特に大砲が近くにあるときには、過敏に反応する傾向があった。

ジョンは、地図や海図を眺めるのが好きだった。そこに描かれたすべての線と、その場所の地形が形成された理由が理解できたと感じるまで、じっと眺めていた。海岸線の長さは、インゴルドメルズからスケグネスまでの道のりの何倍にあたるかで判断した。これは実用的な基準だ。「地図や海図というのは、根本的には不可能なものなんだ」とマシューは言った。「なにしろ、立体的なものを平面に変えるんだからな」

ジョンが一番好きなのは、速度を測ることだった。初めて自分で測定する許可をもらい、細心の注意を払ってログリールを繰り出し始めたとき、ジョンはついに、心の底から幸せだと感じた。ラインが八十フィート流れたところで、ログチップが正しい位置に留まり、最初のノットがすべり落ちて、シェラードが砂時計をひっくり返した。二十八秒のあいだ、砂時計の砂と測定儀のラインは流れ続け、その後ジョンがラインを止めて、ノットを調べた。

「三ノット半、たいしたことありませんね」。ジョンはすぐにもう一度測りなおした。

ジョンは、できれば夜にも、ログラインと砂時計を寝床に持っていきたいくらいだった。人間がどれほどの速度で眠るか、夢がどれほどの距離を進むかを、それで測ることができるならば。


マシューには奇怪な癖があった。毎日のようにハンモックを風に当てさせ、壁を酢で洗わせ、甲板を「聖なる石」で磨かせるのだ。この磨き石が床に当たるすさまじい音で、どんなに寝坊な者でも目を覚ました。

マシューは、食事に酢漬けキャベツとビールを出すよう指示することも多く、船にはレモン果汁が大量に備蓄されていた。こうして壊血病を克服しようとしていたのだ。「私の隊員は、誰も死なない」。マシューは脅すようにそう言う。「せいぜい、ナサニエル・ベルがホームシックで死ぬくらいだ」

「または、俺たち全員が死ぬか。ただ病気でじゃないけどな」。下士官たちのあいだで、コルピッツがそうささやいた。コルピッツは、予言された遭難事故はやはりまだこれから起こるに違いないと、再び確信をもつようになっていたのだ。だが、第三の死因も考えられた。船が一時間に二インチ浸水していたのだ。大工が何時間も船底にこもって調べた結果、青ざめた顔で甲板に戻ってきて、マシューにふたりきりで話したいと頼んだ。すぐに噂が駆け巡った。

「ナナカマドの木でできた板があるに違いない」と誰かが推測した。「俺たちはこれで魚の餌食ってわけさ！」「バカなことを言うな！」とモックリッジが怒鳴った。「イチイでできたこの甲板の板を見ろ。どんな悪い運命も、これで帳消しだ！」

水をくみ出しながら、皆が話し続けた。あれやこれやのあやふやな古い言い伝えには、理性も太刀打ちできない。特に、その言い伝えが現実になりそうな場合には。三日後には、皆の不安はさらに大きくなった。「いまじゃ一時間に四インチだぜ」と一等海尉が言った。「もうすぐ猫もいらなくなる。ネズミが勝手に溺れるようになるからな」


マデイラ島！　ジョンは再び陸に上がった。地面はあまりにも安定していて、それを信じられない足が震えた。戦争がまたしても近づいてきていた。ちょうど第八十五連隊の兵士たちが陸に運ばれてきて、ウサギやトカゲを追い出しながら、延々とフンシャルの町周辺に堡塁を築いているところだった。フンシャルはフランスの攻撃から守られねばならないということだった。だが、フランスの攻撃が迫っているのは、イギリス軍が堡塁を築いているからにほかならない。イギリスは、ポルトガル領であるマデイラを、友好関係に基づいて占領したのだ。なんらかの事柄について、他の者とは共有できないかもしれない独自の考えをもつとき、ジョンの胸にはいつも不安が湧き上がる。だがジョンは同時に、自分はあまりになにも知らない、とも思っていた。

フンシャルで、インヴェスティゲーター号は上から下まで隙間を詰められた。夜には全員が陸で眠った。士官と下士官はホテルで。ジョンは、どれほどの数の蚤がたったひとつの場所に同時に集まることができるのかを学んだ。これは自然研究向きの題材だ！

樽の水が新たに満たされ、マシューは牛肉を買った。そして士官候補生たちに、青みを帯びた肉が古い牛のものか若い牛のものかを見分ける方法を教えてくれた。マデイラワインは高すぎて買えなかった。一樽四十二スターリング・ポンドもするとは、まさに手段を替えた海賊行為だ。こんな値段が払えるのは、この地で牛に曳かせたそりに乗ってあちこちを回り、小説を読んでいるような肺病病みのイギリス貴族くらいだろう。

研究者たちは、ピコ・ルイヴォに登ろうとした。古く広大な火山クレーターの端にある高い山だ。だが足にかなりのマメができたせいで、頂上にたどり着くことはできなかった。おまけに帰り道でボートが浸水して、甲虫のコレクションをなくしてしまった。「残念だ！　マデイラの甲虫ほど興味深いものは、世界中のどこにもないのに！」とブラウン博士は溜息をついた。


船が穏やかな南風を受けて島をあとにしたとき、後甲板にいたのはジョン・フランクリンとタイラーだけだった。ほかの皆は食事中だった。タイラーは、北東から海上をやってくる赤い砂塵を見た。ふたりとも、はじめはそれがなにを意味するのかわからなかった。ジョンは「砂漠だな」と思った。風がサハラ砂漠の赤い砂を巻き上げ、海岸を越えて暗い海へと——もしかしたら南アメリカまで——追いやる様子を思い浮かべた。なにかが奇妙に思われた。「待って！」ジョンはそれから数分考えたあと、「あの砂塵は……」と言った。しばらくすると、帆はすべて逆帆になり、北東からの強い突風が弱い南風にぶつかって、インヴェスティゲーター号のリギングを引っぱるようになった。マストの円材が一本、けたたましい音を立てて落ちてきて、大きな角材に当たった猫が一匹死んだ——雄猫のトリムではなかった。だが事態はまだ無害なほうで、皆は釣り上げた大亀を食べ、死んだ猫の天国での健康を祈ってマルヴァジアワインを飲んだ。

ジョンは考え込んだ。自分はあれを目にしたというのに、どうしていいかわからず、ぼんやり立っていたのだ。もちろん、危険を察知しようと思えば、まずはよく見なければならない。だが行動するときには、身体で覚え込んだ感覚が必要なのだ。目に頼らず、しゃにむに動くことが。「待って、あの砂塵は……」ではなく、「風向きが変わるぞ」と叫ぶべきだったのだ。針路を風下に転じ、同時に転桁することでマストの円材を守る時間は、ゆうに六分はあったはずだ。さらにトガンスルを畳むことさえできたかもしれない。ジョンは、あらゆる予想外の事態に対しても訓練を積まなければならないと確信した。いつか、迅速に正しく行動して、船を救いたいと思った。

シェラードがジョンに問題を出す。「いまは嵐だ。風下の空間が狭すぎて、針路を変えることができない。こういうときはどうするか」。または「詰め開きで帆走しているとき、人が船から落ちた！　どうする？」ジョンはどの質問にも、心の目でよく観察するために、毎回きっちり五秒かける。それから答えを言う。『『人が落ちた！』と叫ぶ。昼用救命ブイを落ちた人間に向かって投げる。だが落ちた人間の頭上に落としてはならない。夜用救命ブイを投げる場合は、この限りではない。どうせ暗くて見えないから。船首を風上に向けて減速、リーボートを降ろす。誰かが落ちた人間から常に目を離さずにおく」。「よし」とシェラードが言う。「じゃあ今度は、船首から火が出ているのが見える！」五秒──息を吸う──答え。「すぐに針路を風下に転じる。昇降口を閉じる、大砲から火薬を抜く、薬筒を海に捨てる、火薬庫の扉を閉めて閂をかける、排水口をふさぐ、海水を汲むためにボートを降ろす」。ジョンの後ろには、とうにマシューが立っている。「悪くない」とマシューは言う。「だが、火を消すのが少し遅すぎるかもしれないな」。ジョンはその言葉をゆっくりと理解し、赤くなる。そして消え入りそうな声でつぶやく。「バケツに向かう……」

何週間も、陸地の影も形も見えない。夜でも上着を着て歩く者がいないほど暖かい。ジョンは、海の穏やかさを心地よく感じていた。それは、風の強さに左右されることのない穏やかさだった。乗組員たちの仕事の質は、どんどん上がってきていた。コルピッツ軍曹までが、弾薬類を平和的な目的にしか使うことができないにもかかわらず、感じよくなっていった。スタンリー・カークビーが腕に怪我をして熱を出したとき、火薬と酢を混ぜたものを飲まされた。すると瞬く間に回復した。

夢のなかで、ジョンは新たな物体を見るようになった。月の明るい夜の海が独特の姿に変わり、らせんを描いてぐるぐると渦巻く水の雲となってそびえ立つ。雲は上に行くほど太くなる。増殖する植物のように。揺らめき、燃える、水でできた藪のように。または、風や海流によってではなく、自ずからできる渦のように。海は自分自身の身体を形作る。そして、傾き、さまざまな姿勢を取り、方角を指し示すことができる。夢のなかでは、一見どこまでもまっすぐな水平線から、この巨大な物体が難なく立ち現れる。それはまるで、なにもかもを変えてしまうに違いない真実のようだった。空に向かって、ひとつの穴が開く。口か、深遠か。もしかしたら、これらすべてがリヴァイアサンなのかもしれない。何百万もの小さな命の舞踏なのかもしれない。ジョンはしょっちゅうこの夢を見た。目が覚めたあと、長いあいだ考え込むことも多かった。ポーツマスのメアリ・ローズのことを考えた。そして、女たちにとって決定的なのは、外界の時間ではなく、隠された内側の時間なのだということを。またあるときは、紅海を渡るイスラエルの民のことを考え、彼らを救ったのは神ではなく、海そのものだったのだろうと考えた。

朝、ハンモックに横たわって考えていると――「聖なる石」の轟音のせいで、とうに目は覚めている――陶酔のなかですべてがはっきりと見える瞬間があった。ジョンは、なにか新たなものが、非常に緩慢ではあるものの、始まりつつあるのを確信していた。同時にジョンの背中は、今日一日の海の状態をすでに感じ取っている。あといくらもたたないうちに、ジョンは骨の髄まで船乗りになるだろう。

第七章　テラ・アウストラリス

修繕を受けたにもかかわらず、インヴェスティゲーター号はやがてまた浸水するようになった。それも以前よりひどく。「いまじゃ一時間に五インチもゴボゴボ吸い込みやがる。大酒飲み女めが」と二等兵曹が言う。「喜望峰でまた隙間をふさがなきゃ、すぐにでも救命ボートに乗り換えさ。一度でも嵐が来れば、もう医者もいらないってわけだ」。だが、こんなふうに悲観的な意見が口にされることは少なかった。ミスター・コルピッツは思わせぶりに黙りこむようになっていたし、乗組員の残りは、喜望峰まではなんとかたどり着くだろうと考えていた。

夏はいつまでも続き、どんどん暑くなった。短いズボンの季節で時が止まってしまったようだった。十月になったが、ここではまだ夏の始まりだ。暑さは、持続するだけでも人を変えるのにじゅうぶんな理由になる。船の上でいまや重要でないものはなかったし、誰の意見も耳を傾けられた。こういったすべてがジョンに、自分はもうほんの数か月前のようにのろまではないという感覚をもたらした。おまけにトリムがジョンに恥をかかせることももうなかった。トリムが手を出す前に、ジョンのほうから食べ物をやるようにしたのだ。

マシューは、サクセンバーグという島を見つけることができずに怒っていた。百年ほど前に、リンデマンなる人物が見つけたと主張している島だ――リンデマンは、正確な位置を書き記している。だが、昼夜通して三人の乗組員が見張ったにもかかわらず、サクセンバーグは発見されなかった。もしかしたら、リンデマンの頭か、でなければリンデマンのクロノメーターがおかしかったのかもしれない。または、島は平坦すぎて、水平線の向こうに隠れたままだったのかもしれない。もしかしたら、島からほんの十五マイルのところを通り過ぎたのかもしれない。「誰にも見つけられなかったら、島は僕のものだ」とシェラードが言った。「僕は島に家を建てるんだ。誰にも取り上げられない家を」

喜望峰にはイギリスの戦艦隊がいて、大工を派遣し、資材を援助してくれた。新しい槙皮が、インヴェスティゲーター号の疲弊した継ぎ目に詰めこまれた。ホームシックがさらにひどくなる一方のナサニエル・ベルが、フリゲート艦の一隻で故郷に送り返された。代わりに別の士官候補生が送られてきた。デニス・レイシーという名で、自分のことをよく話す男だった。自分がどういう人間かを皆が知るべきだと考えていたのだ。ジョンは、いまのところはデニスを避けることに成功していた。

天文学者が痛風のひどい発作でケープタウンに送られたため、ファウラー海尉とジョンが天文台を設えることになった。望遠鏡で空を観察し始めたあとで、ふたりは初めて、サイモンズタウンからカンパニーズガーデンまで続く道が天文台のすぐ横を通っていることに気づいた。朝の乗馬を楽しむ紳士、たきぎを運ぶ奴隷、フォールス・ベイに停泊する船の乗組員――通り過ぎる者が皆立ち止まっては、なにか面白いものは見えたかと尋ねる。シェラードがその場にいたのは幸運だった！　シェラードは、杭と綱で柵を作り、質問してくる人間を自分のもとに集めて、まん丸い目を見開きながら、望遠鏡で見た天体について、胸躍る新しい情報を話してやるので、紳士は乗馬に、奴隷は荷物へと戻ってくれるのだった。

三週間後、一行は再び船出した。最後のヨーロッパの戦艦が、視界から消える。「僕は、身体が重要じゃない場所にいつもいたい。または、重要だとしたら尊敬を込めて扱われる場所に」とジョンはマシューに言った。

マシューは、ジョンの言わんとすることをわかってくれた。「僕たちがこれから行くところでは、戦争の芽は摘み取ってしまえる。まだ小さいうちならな」

インヴェスティゲーター号は、速度六ノットでまっすぐに東へ向かっていた。あと約三十日で、テラ・アウストラリス上のすでに知られた場所、ケープ・ルーウィンに着く。ジョンはすでに原住民たちの姿を想像し始めていた。「素っ裸なのかな?」とシェラードが訊く。ジョンは心ここにあらずといったようすでうなずく。野蛮人にとって白人は、はるか遠くから来たという理由で、すばらしい人間に見えるに違いないと考えていたのだ。きっと原住民たちは、白人の言うことに、常に長い時間、耳を傾けるだろう。たとえひとことも理解できなくても。さらにジョンは、テラ・アウストラリスには、別の水場を探すために木に登る魚や蟹が本当にいるのだろうかと楽しみにしていた。これはモックリッジから聞いた話で、モックリッジはたいていの場合信頼できる。もちろんモックリッジも、テラ・アウストラリスのことをまだよく知らないのは確かだが。

ジョンの新たな悩みの種は、例のレイシーだった。

デニス・レイシーは、ジョン・フランクリンを見ると、いらいらし始める。「とても見ちゃいられないよ!」とデニスは言って、申し訳なさそうに微笑む。レイシーは皆のなかで最も敏捷で、それをジョンのみならず、誰にでも見せつけた。敏捷だという理由から、他の者がちょうどやり始めたことを横取りする権利があると考えているようだった。「俺にやらせろ!」デニスは、時間のかかることはなんでもどこかで中断して、短く区切らないと気がすまない。相手の話が長くなればなるほど、デニスがそれを遮って、自分は理解していると相手に示す頻度も高くなる。話の最中に、なにかをしなければならないと言って飛び上がる――テーブルから落ちるかもしれないコップを置きなおす、そのあたりに置いてある軍服の上着で爪を研ごうとしているかもしれない猫のトリムを追い払う、もしかして陸が見えはしないかと窓から覗いてみる、など。ちなみにデニスは、自分の脚に恋をしているようで、踊るような足取りであちこちを歩いたり、まるで太鼓の連打のような音を立てて階段を駆け下りたりする。ヤードの上を、ロープにつかまることなく、端まで歩いていく。いつかマストの先端から別のマストの先端へと飛び移っても不思議ではない。たまに珍しく落ち着いてどこかにもたれていることがあると思えば、こっそり自分の筋肉質の脚を眺めている。だがデニスは、自分より落ち着いた緩慢な者たちを、悪く思っているわけではない。一度など、もっと皆とうまくやると誓ったことさえある。「それでもだ」と、普段は決してなにも言わない岩石研究者が言った。「あいつは俺たちにとりついた災いだ！」デニス・レイシーの前では、誰もが亀になったような気がするのだ。

「陸が見えたぞ！」

乗組員全員が、太鼓の連打で甲板に集められた。マシューは仏頂面ではあったが、その目は満足げに輝いていた。一マイルも違わず、三十日でケープ・ルーウィンにたどり着いたのだ。「これから、未知の海岸の調査を行う。見張り員の役割は、命に関わる重要なものだ。どこに暗礁があってもおかしくないからな！」

それからマシューは声を落とした。「我々は、原住民にも遭遇するだろう。彼らと争いを始める者は――このマストの前で、これだけははっきり言っておく――、三十六回の鞭打ちより軽い罰で逃れられると思うな。我々は調査隊であって、征服者ではない。それに、大砲は甲板の下にしまってあるからな」

コルピッツ軍曹が、まるで首筋になにかが当たってこすれるかのように、天を仰いで顎をあちこちに動かした。マシューが続ける。「争いは、原住民の女に手を出しても起こる。そんな行為を見つけたら、ただではおかないぞ！　ちなみに、ミスター・ベルがこれからすぐに全員の性病検査をする。これは上からの指示だ。だが、だからといって、私が君たちに禁じることをしてもいいなどとは思うな！　原住民への支払い手段である釘などを盗む者は、倒れるまで見張りに立たせる！　命令なしに発砲してはならん！　ほかに質問は？」

質問はなく、ベルが検査を始めた。

マシューがオーストラリア原住民を好ましい相手として紹介したとは言えない。だが、あまりに長いあいだブライ艦長とともに航海し、クックやマリオンの凄惨な経験についてあまりに多くを耳にしていたマシューは、とても軽々しい態度ではいられなかったのだ。

検査をする外科医ベルの表情から、ジョンとシェラードは、おそらく自分たちは性病にかかっていないだろうと結論を出した。そして、とても喜んだ。

ケープ・ルーウィンに初上陸。海尉たちは船に残り、ボートが船に逃げ戻る場合に備えて、カロネード砲の準備をした。マシューはまず、ヴァンクーヴァー船長がほぼ十年前にここに残していったという瓶を探させた。「その瓶には、まだ中身が入ってたんですか？」とシェラードが訊く。一行は人気《ひとけ》のない小屋と、荒れた庭、それに打ち捨てられた鉱床を見つけた。一本の木の股に、銅板がかかっていた。〈一八〇〇年八月。クリストファー・ディクソン。エリグッド号〉。一行が岩に無数に貼りついた牡蠣で腹を満たしているとき、マシューが言った。「このあたりには、ずいぶん人が訪れたようだな。この十年で、我々がもう三隻目の船だ。だがミスター・ディクソンという名前は聞いたことがないな」

やわらかくうねる入り江に、インヴェスティゲーター号は、まるでまったく見知らぬ船のように威厳に満ちてそびえていた。遠くからだと、船板に隙間などあるようにはとても見えない。若い画家ウィリアム・ウェストールは、ちょうど船と入り江を描いている。船長のマシューが牡蠣を食べながら、肩越しに覗き込む。「それじゃあ、錨をふたつ下ろしているのがわからないな。鎖を二本とも描いてくれ！」マシューはいつもこうだ。成し遂げられた仕事を、目に見えるものにしたいのだ。

踏査を始めたとき、一行は突然、にぎやかな拍手の音を聞いた。だがそれは、池から飛び立った二羽の黒い鳥にすぎなかった。木に登る蟹は、どれほど見渡してもいない。

やがて、一行は最初の原住民を見た。歳を取った男だ。おぼつかない足取りで近づいてくる。だが、白人たちに注意を払うようすはみじんもなく、森のなかにいて姿の見えない仲間たちと大声で話している。ミスター・ティスルが一羽の鳥を撃ったが、老人は少しも驚かない。ちらりとこちらを見ただけで、会話を続ける。しばらくすると、手に長い棒を持った茶色い肌の男たちが十人、近づいてきた。老人と同じように裸だ。マシューは部下たちに止まれと命じて、白いハンカチと仕留めた鳥を、オーストラリア人たちへの贈り物としてその場に置いた。だがもしかしたら、この種類の鳥はあまりいい意味をもたないのかもしれない。男たちの態度が拒絶的になり、腕を振り回して、白人たちを船へと追い返し始めた。ハンカチも取らない。インヴェスティゲーター号が停泊しているのを見ると、男たちは何度もそちらを指さしては、命令するような口調で話しかけてくる。誤解の余地はない。「戻れ！って意味だろうな」とミスター・ティスルが推測する。だがマシューは、男たちはただ船を見学したいだけだという可能性もあると考え、招く身振りを示した。それを見て茶色い男たちは、船をこちらに持ってこいという身振りをする。原住民との意思疎通は、少しばかり困難になりそうだった。キリスト教の伝道師ならば、ここで十字架を取り出し、祈りの文句を唱えるところだろう。もしかしたら、ハンカチと間違った種類の死んだ鳥よりは、そのほうがましだったかもしれない。女の姿は見えない。おそらく隠してあるのだろう。ジョンは、エリグッド号のミスター・ディクソンのことを考えた。彼がこの地でどんな振る舞いをしたのかは、誰にもわからない。オーストラリアの男たちは、その分厚いまぶたの下から、なにやら怪しげな客を紹介されたときの一家の主のような目で、真剣に白人たちを見つめていた。髭も髪ももじゃもじゃだ。もしかしたらそれもまた、疑念を抱いている印なのかもしれない。猫のトリムと同じように。

「こいつらみんな、すげえ似てる！」ひととおりの吟味を終えたオロフ・カークビーが、双子の兄にそう言った。

オーストラリア人たちは、最初は互いにあまり話をしなかった。だがやがて会話が増え、最後には数人が笑い出した。やがて、ひとりを除いて全員が笑い出した。しゃべりながら笑っている。マシューは、きっと彼らは我々を信頼してくれたのだろうと言った。ミスター・ティスルは、白人の出現によって少しのあいだ不安な驚きに襲われただけで、これが彼らの通常の状態なのだと推測した。シェラードは、「僕たちが服を着てるから、笑ってるんだよ」と言った。ジョンは、言葉を口に出す前に、誰よりも長いあいだ観察した。ジョンの答えは、皆がもうこの問題は片付いたと思ったころに、いつものようにゆっくりと口に出されたので、耳を傾けてくれたのはマシューとシェラードだけだった。「この人たちの言葉を僕たちが理解できないことに気づいたんだ。だから、わざと変なことをしゃべって、笑ってるんだ」。マシューは驚いて太ももを叩いた。「そのとおりだ」。そう叫んで、同じことをもう一度、ほかの者のために少し早口で繰り返した。そこで全員が、じっと観察してみた——そのとおりだ！　それから一行は、ジョンを見つめた。静寂のなか、シェラードが言った。「ジョンは頭がいいんだ。僕はジョンをもう十年前から知ってるんだから！」

そのあいだに、画家のウェストールは入り江の光景を描き終えていた。丘ひとつ、木一本にいたるまで、正確に描けている。錨を下ろした船も、大洋へと続く港も。だが絵の前景には、実際にはどこにも存在しない巨大な古木が描かれている。その枝はすべてを取り囲むように伸び、木陰には美しい姿をした一組の原住民の男女がもたれて、感嘆のまなざしで船を見つめている。「原住民の女に最初にお目にかかったら、この少女をもっと正確に描くよ」とウェストールは言った。ジョンは、心のなかに疑念が湧きあがるのを感じた。だがそれがなんなのか、まだよくわからなかった。

この状況のすべてが、どこか間違っているように思われた。すぐにでも「やめろ！」と叫ぶべきだという気がしたが、なにをやめさせるべきなのかが、よくわからなかった。仲間のイギリス人たちのなにかが、普段と違っていた。原住民の存在が、仲間たちのなにを変えたのだろう？　ジョンは、さきほどオーストラリア人を観察したときと同じように鋭く、今度はイギリス人を観察し始めた。

カークビー兄弟は落ち着いている。じっと原住民たちを見つめたまま、ひとことも発しない。だがほかの者たちは、近づきすぎと思われるほど前に進み出て、大げさな身振りを示している。それも、すさまじい速さで。原住民の気持ちを和らげたいのか、またはこの状況に関してなにか思いついたことを示したいだけなのかもしれない。だからといって、そのしつこさ、押しつけがましさには変わりがない。皆がジョンをまだよく知らなかったころ、ジョンを驚かそうとしていたように、いまも彼らは原住民を驚かそうとしている。特に不快なのは、顔を寄せ合って原住民たちのことを笑っている数人だった。

「君たち、もっと敬意をもちたまえ！」マシューが恐ろしいほど静かに言った。「冗談はもうよせ。たとえ面白い冗談でもだ、ミスター・タイラー！」

突然、ジョンは状況を理解した。皆が、野蛮人たちは自分たちの前にいるのがどんな人間なのかをまだあまりわかっていないと思っているのだ。白人たちは、まだじゅうぶんな敬意を払ってもらっていないと感じているのだ。そして、その間違いが正されるのを待っているのだ。

一行が再びボートに乗りこむとき、ジョンは自分のことを考えるのに精一杯で、それ以上正確に周囲を観察することができなかった。そのとき、マシューの鋭い声が聞こえた。「私の我慢にも限界があるぞ、ミスター・レイシー！」デニスが血気にはやって発砲しようとした銃のことを言っているようだった。

マシューの動きがいつもより緩慢なことに、ジョンは気づいた。船着き場を、ほかの誰よりものろのろと歩いている。オーストラリア人のなかにも、同じような動きの者がひとりいた。落ち着いてそこに座り、ほとんど笑わず、すべてを知覚している――その目は、常に動いている。

そのとき、銃声が響いた。茶色い肌の男たちは黙り込んだ。弾に当たった者はいない。海軍兵士のひとりが、銃の引き金に手をかけたのだった。

けれど、どうしてよりによって、別れ際にこんなことが起こったのだろう？　それも、武器の扱いには習熟している兵士によって。

数日後、探検隊一行は、さらに奥まった海岸沿いで原住民の一族全員に出会った。つまり女も子供もいたが、彼らはすぐに安全な場所に移された。ジョンは、オーストラリア人たちを互いによく見分けることができた。見分けられるまで、いつまでもじっと見つめるからだ。研究者であり、原住民を頭からつま先まで測定したブラウン博士でさえ、ジョンほどはよく見分けられなかった。ブラウン博士は、ノートにこう書いた。「キング・ジョージ・サウンドとその周辺地域。Ａ・男性。調査例二十体の平均値。身長五フィート七インチ。上腿一フィート五インチ。頸骨一フィート四インチ」

「なにをやってるんですか？　この人たちの服でも作るとか？」とシェラードが尋ねた。「いや、これは民族誌だよ」とブラウン博士が答えた。ジョンは、測定した身体の各部分がなんという名前かを書きつけるように言われた。「カート」が頭、「コブル」が腹、「マート」が脚、「ヴァレカ」が尻、「ベブ」が乳頭。それは交換条件だった。イギリス人たちは釘と指輪を差し出す代わりに、測定値と言葉を手に入れるのだ。

「火」と「腕」という言葉を覚え、それによって、オーストラリア人が「銃」をなんと呼ぶのかを知ったマシューは、海岸で太鼓を連打させた。白人も原住民も、興味深げに集まってきた。マシューは銃を空に向けて高く掲げると、オーストラリア語で何度か「火・腕」と怒鳴った。それから、石の上に置かせたかい出し用の桶を撃った。弾は命中し、桶は水に落ちた。マシューは再び銃を装填させ、桶をもとの場所に戻させた。今度はジョンが撃つよう命じられた。ジョンはすぐには命令を理解できなかった――ジョンはマシューとは別の意見をもっていて、撃ちたくはなかったのだ。もうずいぶん長いあいだなかったことだが、ジョンは再び自分を実際よりものろまに見せかけた。だがなんの役にも立たなかった。マシューに逆らうことはできない。

それはブリキでできた桶で、撃つとすごい音がする。そしてジョンは、皆のなかで最ものろまな者だ。マシューは原住民たちに、たとえのろまなイギリス人であろうと、「火の腕」を使えばものごとに急激な変化をもたらすことができるのを示したかったのだ。ジョンの手は落ち着いていて、的を狙うのがうまかった。弾はブリキの桶に命中した。拍手はもらえなかった。マシューが禁じたからだ。射撃をごく日常的な出来事だと思わせなければならないのだ。結果は妙だった。オーストラリア人たちは笑い出したのだ。もしかしたら、怪訝に思ったせいかもしれない。「火の腕」という言葉を、原住民たちは使ったりしない。銃を表すには、別の言葉がある。弾が命中すると鳥や桶が落ちるのは、原住民たちも目にした。だがもしかしたら、人間に命中しても同じことになると、まだわかっていないのかもしれない。だが少なくとも白人たちは、これで野蛮人たちも相手の優越性を認めたのだと考え、自分たちのほうも、船長のマシューに対して敬意を取り戻した。

時間ができたので、ジョンは長いあいだ木の梢に座って、イギリス人と原住民とを観察した。そして、原住民のほうでも民俗誌を記述しているらしいことを認めた。毎回インヴェスティゲーター号からボートが来るたびに、原住民たちは、きれいに髭をそった白人たちをじっと見つめ、触り、新しく上陸してきた者もまた女ではないことを、お互いに確かめ合っているのだ。

海岸沿いを航海するあいだ、ジョンが一番好んで座ったのはフォアマストだった。そこからは暗礁を適時に目で見て、耳で聞くことができた。なぜならジョンは、決して同時にふたつのことをしたり、考えたりはしないからだ。波が砕け散るようすを確認して、それを報告するまで、少々時間はかかった。だが、二秒や三秒の遅れは問題ではない。重要なのはただ、退屈で気が散ったり、ましてやぼんやりしたりしないことだ。「浅瀬の匂いがぷんぷんするぞ」とマシューが言った。「ミスター・ファウラー、深さを測るんだ。そしてフランクリンをフォアマストに登らせろ。ほかの者ではだめだ！」

ジョンは、自分が見張りに適していることに気づいていた。だから満たされた気持ちで持ち場につく。そしてこう考える――僕は、絶対に船を沈没させない船長になるんだ。僕の指揮下にいる乗組員は、全員が海上で生き延びる。七十人だろうと、七百人だろうと。水の色、海岸線の風景、どこまでもまっすぐな水平線――そのすべてを、ジョンはいまだにいくら見ても見飽きなかった。海図が目に浮かぶ。テラ・アウストラリスとその周辺は点線ばかりで、まったくなにも描かれていない箇所もある。おまけに「推測上の海岸線」という言葉。ジョンの空想力は、さらにさまざまな言葉を海図に付け加える。推測上の未来の都市、推測上の港。目に入る山はどれも、将来名前をもつことになるだろう。そしてそこを道が走ることになるだろう。ジョンは絶え間なく、マシューが「決定的な入り江」と呼ぶ場所を探した。それは、テラ・アウストラリスを横断する広い通り道の始まりになるかもしれない入り江だった。自分が、このジョン・フランクリンが、その通り道を最初に目にしたい。たとえそのために、二回、三回と続けてマスト上で見張りをしなくてはならないとしても。ジョンはそれを、マシューにも伝えてあった。

船長には、すべてに名前をつける権限があった。どの島にも、どの岬にも、どの進入口にも、リンカンシャーに由来する古きなつかしき名前がつけられた。スピルスビー島、ドニントン山。そしていつの日か、スペンサー湾にフランクリン港ができるのだ。ジョンとシェラードはすぐに、そこに発展するであろう「フランクリン」という名の町に思いをめぐらせた。シェラードが見取り図をスケッチして、早くも町を豊かにする方法を考え出した。牛と羊の飼育、食肉処理場、そして毛織工場だ。シェラードの特別船が、半年に一度南極へ渡って、ロンドンの冷凍倉庫のための氷を調達する。「僕は肉を冷凍する。そして、飢饉になったら解凍するんだ」。シェラードの一番のお気に入りの空想は、イエス・キリストの奇跡同様、五千人に食料を供給するというもので、常にそのための技術的説明をした。ジョンも賛成した。豚の頭の煮こごりのことを思い出してもいた。誰もが他の者のためになにかをするだけで、世界中が船上での生活と同じように素晴らしいものになるだろう。

「でも、金持ちにはならなくちゃ」とシェラードは言った。「金持ちじゃなければ、人を助けることもできない。僕は両親をこっちに呼ぶよ。そうしたらふたりとも読み書きを習って、一日中散歩をするんだ！」

ジョンはフォアマストに座って、雄猫トリムをなでている。身体を大胆に傾けてジョンの手に身を寄せるトリムは、肉の塊に手を伸ばす猛獣にはとても見えない。生まれながらの水先案内人である一人と一匹は、いつまでも引き裂かれたままではいられない。ジョンはいまでは、ほかの乗組員たち同様、トリムには船乗りとしての判断力があると確信していた。ロープの端をほどけといったものから、トップスルを縮めろといった知らせまでが、トリムから発せられる。おまけにトリムは、常に水平線の少なくとも半マイルは向こうを見通していると言われている。トリムをよくよく見てみれば、そう思えるのも不思議ではなかった。その探るような瞳で、トリムはマシューの番犬のような目よりも、ジョンの鳥のような目よりも、さらにモックリッジの繊細に折れ曲がった視線よりも、さらに遠くを見ているようだった。トリムが関心をもって見つめるときには、そこにはなにかがある。いまもそうだ。

トリムははるかかなたを見つめている。まるでそこで海が開けて、巨大な渦が水平線に現れるとでも言うように。ジョンはトリムの視線を追ったが、なにも見えなかった。目に入るものはすべて、穏やかで秩序正しい印象を与える。風景は、ほとんど行き過ぎと言えるほど左右対称だ。背後の船首も、左舷に見える海岸も。そして右には静かな海が、かなたのやわらかな雲の層とともに広がっている。だが、あそこになにかがある！　海の真ん中に、白いものが盛り上がっている。十二マイルほど向こうだろうか——先端がちょうど望遠鏡で確認できる。もしかしたら岩かもしれない。ジョンはそう報告した。「氷山かもしれません」と甲板に向かって呼びかける。たっぷり十五分、ジョンは身動きもせずに見つめ続けた。船の速度はわずか三ノットなのに、どうしてあの物体はあれほどの速さで近づいてくるのだろう？「船だ！」ジョンは叫び、口をぽかんと開けたまま、望遠鏡を覗き続けた。あっという間に、下の甲板には人が集まってきた。船？　こんな場所に？　マシューがマストによじ登り、自分の目で確かめた。そう、確かに船だ。横帆船だ。ローヤルスルとトガンスルはもうはっきりと見える。原住民のボートでないことは確かだ。「戦闘準備！」マシューはそう怒鳴り、望遠鏡をしまった。甲板じゅうに、不安げな慌しさが広がった。いまいましい大砲を、まずはもとの場所に持ち上げ、削り具で錆を落とさなければならない。とんでもなく大変な作業だ。上から見ると、静かな完結した船が、まるで突然、すさまじい活動量のせいで幾千もの破片に砕けるかのようだった。滑車があえぎ、鉄がきしみ、砲架が叫ぶ。まもなく、本物の破片が飛び散るだろう。それはまさにジョンが航海の当初、夢でうなされた光景だった。いま死がやってきて、あの夢を現実にするのだ。空っぽの心で、ジョンは水平線上に浮かぶ点を見つめ続けた——たったひとつの点から、あらゆる不幸が始まる。トリムはとうに甲板に降りて、マシューの船室にもぐりこんでいる。猫たちはそこを安全な場所だと決めているのだ。

太鼓の音が響き始めた。ミスター・コルピッツは重責に顔を赤くして、ひたすら怒鳴っている。風がこのままの状態を保てば、残された時間はあと二時間だ。聞きなれた音楽を、ジョンはぼんやりと耳にした――火室の火を消し、砂を撒き、弾薬を運ぶ音。再びこの時が来たのだ。

一時間後には、さらに多くのことがわかっていた。見知らぬ船は、バウスプリットの下にふたつの帆を張っている。ふたつの帆はスプリットセイル、スプリットトップセイルと呼ばれて、フランスの戦艦にしか見られないものだと、ジョンはどこかで聞いたことがあった。やがてフランスの旗が揚がるのが見えた。インヴェスティゲーター号にも、タイラーがユニオン・ジャックを揚げた。大きな帆を、即座に砲撃を受けてぼろぼろにならないよう、絞り綱で絞って膨らんだボール状にする――フランス人がリギングを狙うことは、よく知られているのだ。

導火線が燃える。舵手の横にはすでに補助要員が立っている。僕らには通行証があるのに、とジョンは思った。そして、マシューがなにを考えているかを想像しようとしてみた。きっと奴らは通行証のことなんか訊かないだろう。奴らは僕たちを沈めて、僕たちが発見したものを、なかったことにしたいのだ。そしてこの土地に、奴らの革命にちなんだ名前をつけるのだ。フランクリン港も存在しなくなる！　交代要員の水兵が登ってきたので、ジョンは場所を譲り、マストを降りた。マシューが一同を激励していた。「我々は奴らの思いどおりにはならんぞ！　奴らが仕掛けてきたら、思い知らせてやる！」だが実際のところ、インヴェスティゲーター号より敵の船のほうが重装備なのは、かなりはっきりとわかる。おまけにもう敵はインヴェスティゲーター号を砲撃する必要さえなさそうだ――船はすでに、一時間に八インチも浸水しているのだ。

ジョンは、以前コペンハーゲンで自分が抱いた感情がなんだったかを、いまはっきりと悟った――恐怖、恐慌！　強い力でそちらに押し流されていきそうではあったが、ジョンは今度は恐怖を抱きたくなかった。正確な観察と首尾一貫した考察で、できるかぎり理性的な行動を取りたかった。あとせいぜい三十分。ラム酒が振る舞われる。破局に向かう準備はすべて整えられた。その破局を乗り切ることができるかどうかは、また別の問題だ。

そのとき突然、ジョンは耳をそばだてた。非常にはっきりと、命令が聞こえた。どこから来たのかはわからない。だが、それは素晴らしい命令に思われた。ジョンはできるかぎり迅速に行動した。

シェラード・ラウンドは左舷砲列のあいだに立って、近づいてくるフランス船を感嘆の目で見つめていた。化け物のような船は、少なくとも三十門の大砲を搭載している。シェラードはジョンのほうを振り向いたが、ジョンは姿を消していた。いや、船尾からよたよたと歩いてくる。畳んだ白旗を右手に持って。シェラードは戸惑った。信号旗手はタイラーなのに。誰かが叫んだ。「おい、ミスター・フランクリン、いったいなにを……」。だがジョンは振り向かなかった。どうやら聞こえなかったらしい。ゆっくりと、ジョンは旗をくくりつけ、一手、一手と綱をたぐりながらマストの先端に揚げた。その瞬間、衝撃が走った。インヴェスティゲーター号の船首の手前に、砲弾が落ちたのだ。敵船の大砲はとうに姿を現している。脅威的な眺めだ。喧騒のまっただなかでシェラードは、二等海尉が冷たい表情でジョン・フランクリンに面と向かってなにかを言う声を聞いた。タイラーもその場にいて、大急ぎで白い旗を降ろそうとするが、てこずっている。ジョン・フランクリンが作った結び目は、タイラーごときにはほどけないのだ。後甲板からマシューの声が響いた。

「その布切れはいじるな、ミスター・タイラー。いったいなんのための命令だと思ってるんだ？」

そのとき、誰かが前甲板で叫んだ。「あれを見ろ！」フランス戦艦のマストにイギリス国旗が揚がり、フランスの三色旗に並んだ。

一瞬、深い静寂が訪れた。シェラードには、まだよくわからない点があった。どうしてタイラーじゃなくてジョンが……それに、それならどうしてタイラーは……だが、それ以上考えることはできなかった。どこからともなく安堵の歓声が沸き起こったからだ。

フランス船ル・ジェオグラフ号は調査船で、イギリスの通行証を持っていた。二隻の船は減速しながら並び、停止した。互いの平和的な目的には、もはやほぼ疑う余地はない。

「兄弟よ」とフランス人たちが呼びかける。「お前たちに会えてうれしいよ！」とモックリッジが叫ぶ。誰かが、どう聞いても間違った音程で歌い出し、それに続いて、驚くべき正確な音程で大合唱が轟き渡った。歌ならフランス人も負けてはいない。二隻の船の士官たちは、すぐ隣の者に意思を伝えるのにも苦労するほどだった。後甲板にトリムが現れて、目をしばたたきながらその光景を検分すると、片方の後ろ肢を上げて身体を舐め始めた。マシューがボートを降ろすよう命じる。「船長は船を離れるぞ、諸君！」士官候補生たちがチャンネルへと急ぎ、帽子を取る。甲板長が呼笛を吹く。儀式は、故国イギリスの停泊地スピットヘッドと同じように行われた。この平和がどれほどのあいだ保たれるのかまだよくわからない状況では、それがよかったのかもしれない。いまだにインヴェスティゲーター号は戦闘準備を整えたままで、相手の船に舷側を向けている。だがもしかしたらそれは、コルピッツ軍曹を安心させるためでしかないのかもしれない。

「さっきの、なんだったの？」シェラードが友人ジョンに訊いた。だがジョン自身にもよくわからないようだった。モックリッジがただこう言った。「ミスター・フランクリンは目がいいんだ。命令を耳で聞かずに、目で見ることができる。それも、分厚い壁を通してさえな」

二隻の船は、一晩と半日のあいだ並んでいた。船長どうしは心ゆくまで語り合い、互いの乗組員は手を振り合った。ヨーロッパでは戦争、テラ・アウストラリスの南では平和！　歴史上初めてこの地域で、国籍の違う二隻のヨーロッパ船が出会った。そして――互いに攻撃し合わなかった。画家のウェストールが言った。「これは人類の栄誉と言えるな」。ジョンは黙りこくっていたが、シェラードには、ジョンがこれまでになく自信ありげで、朗らかだと思われた。それどころか、人の言葉をいつもよりも早く理解してさえいるようだ。ジョンは間違いなく、偉大な善き力と固く結ばれている。そしてなにより、マシューと。それに僕の友達でもある、とシェラードは思った。

トリムはいつの間にか、防水シートの上で眠っている。コルピッツ軍曹がぶつぶつ言っていた。「まずは散々働いて、あれだけ長いあいだ導火線を手に持って、結局最後はくたびれもうけとはな！」

第八章　長き帰路

東インド貿易船アール・カムデン号の船長室に、英国海軍のファウラー海尉と、東インド会社のダンス船長が立っている。

「まだまだ話してもらいたいことがたくさんあるよ、ミスター・ファウラー」とダンスが言った。「いまは、君たちはまずイギリスに帰らねばならない。インヴェスティゲーター号の乗組員で、まだ残っているのは誰かね？」

「アール・カムデン号に乗船するのは、画家のウィリアム・ウェストールや――」

「その画家の兄を知っているよ。聖書をモチーフにしたいい絵を描く。『イサクの祝福を求めるエサウ』という絵を見たことがあってね。まあ、それはともかく、ほかには？」

「士官候補生のジョン・フランクリン。十八歳で、航海経験は三年です」

「有能な男か？」

「文句のつけようがありません、サー。ですが、彼の与える第一印象は少し――」

「なんだね？」

「とても敏捷とは言えないのです」

「無気力で怠惰というわけか。貝のように動かない？」

「そうかもしれません。ですが特別な種類の貝です。文句のつけようがないんです。彼がいなければ、我々は生き延びることができなかったかもしれません」

「なにがあったのかね？」

「結局インヴェスティゲーター号を解体せざるをえなくなって、我々はシドニーからポーパス号とカトー号で航海しましたが、二週間後に暗礁に乗り上げてしまいました。一艘きりのボートで、わずかな備蓄食糧を持って、細長い砂州に逃げました。陸地まではゆうに二百海里ありました」

「それは気の毒に！」

「船長が、助けを呼ぶためにボートでシドニーへ向かったとき、すでに希望を捨てる者も現れました。砂州は海面とほんの数フィートの高度差しかなかったんです。備蓄食糧はわずかでした。誰ひとり、船長がシドニーまでたどり着けるとは思っていませんでした。私たちは結局、五十三日も待ったんです！」

「それで、フランクリンはなにをしたのかね？」

「彼は希望を捨てませんでした。そもそも希望を捨てることができないのかもしれません。フランクリンは、何年も待つことを計算に入れていたようです。我々は彼を、砂州委員に選出しました」

「なんだね、それは？」

「一歩間違えば反乱が起こる状況だったんです。フランクリンは、絶望的になっている者たちに、時間はたっぷりあること、緩慢な反乱のほうが拙速な反乱よりもましであることを説得しました。砂州委員というのは、我々全員の政府のようなものです」

「非常にフランス的な響きだね。だが、砂州にはふさわしいのだろうな。それで、そのフランクリンという男は、どんな特別なことをやってのけたのかね？」

「フランクリンは、最初の瞬間からすでに、備蓄食糧を保存するための高床式倉庫を建て始めました。三日後に建て終えたとき、嵐がやってきて、島を水浸しにしました。ですが倉庫は無事でした。フランクリンはあまりに悠長なので、決して時間を無駄にするということがないんです」

「素晴らしい！　その男に会ってみよう。ところで、ミスター・ファウラー、君のほうはどうかね？　できれば、砲撃隊の訓練をお願いしたいのだが。平和はまたも終わったようだ。フランスに拿捕される危険も考慮に入れねばならない」

「戦闘も辞さないとおっしゃるのですか、サー？」

「ありうる。私の船隊は十六船から成る予定だ。そのうち武装していない船は一隻たりともない。さあ、どうかね？」

ファウラーは、形式的にはただの乗客だった。だが、ナポレオン・ボナパルトを痛い目に遭わせる機会があれば喜んで参加したいと思ったので、承諾した。

アール・カムデン号の出航まではまだ数日あったので、ジョン・フランクリンは画家のウィリアム・ウェストールと並んで、なにをするでもなくワンポアの港の岸壁に座り、荷物が積載されるのを眺めていた。喫水が八フィート以上の船は、広東まで河川を遡ることは禁止されている。だからここワンポアで、荷物の積載を待っているのだ。銅、茶、ナツメグ、シナモン、木綿、その他のたくさんのもの。ちょうど港の将校が、香辛料の入った袋の抜き取り検査をさせている。ここにはアヘンも年に何千箱と運ばれてくるのだと、ジョンは聞いたことがあった。アヘンを吸うと、色鮮やかな幻影が見えて、向上心というものがなくなるのだという。だが、いま検査を受けた袋に入っていたのは、ただの寒天だった。棒状に固められた海藻で、イギリスの豚の頭から出る汁を煮こごりに固めるときに使われる。

ホームシックとはなにかも、いまのジョンは知っていた。

春の陽気のなか、ジョンとウェストールの座る岸壁は、スピルスビーのセント・ジェイムズ教会にある墓石とまったく同じにおいがする。

「これまで僕が描いてきた絵は間違いだった。もうこのままではだめだ！ まったく違う絵を描かなくては！」ウェストールが眉間に深い皺を刻んでつぶやいた。「これまでは、対象をひとつひとつ、ひたすら正確に描いてきた――地形、植物、人間の姿、自然に忠実に、正確に、対象の姿そのままに」。「それって、いいことじゃないかな」とジョンは言った。「いや、欺瞞にすぎないんだよ。我々は、世界を植物学者のように見るわけじゃない。建築家、医者、地理学者、船長のようにでもない。知識は視覚と同じじゃないんだ。それどころか、視覚と相容れないことさえある。存在するものを確認する手段としては、知識は視覚に劣ることが多いんだ。画家というのは、知識じゃなくて、視覚を使わなくては」

「それじゃあ、いったいなにを描くっていうの？」ジョンはじっくりと考えたあと、そう訊いた。「だって、画家にだって、いろいろな知識があるじゃないか」。ウェストールはこう答えた。「印象さ！ 見知らぬもの、少なくとも見知ったもののなかの見知らぬものを描くんだ」

常に感じよく、どこか驚いたような様子のジョン・フランクリンは、徹底的に考え抜く思想家にとっては理想的な聞き手だった。だから、ほかの誰も聞こうとしない言葉を、ジョンはよく聞かされることになる。そして、たとえ理解できなくても、好奇心は失わない。未知の思想は、ジョンを尊敬の念で満たす。もちろん、ジョンは用心深くもなっていた。思考はときに、行きすぎる場合がある。ダグラス一等兵曹は、死ぬ直前に、あらゆる平行な線は無限に伸びると最後には直角に交わるのだと告げた。歯の一本もない口でダグラスはそう主張し、その直後に死んだ――壊血病だった。ジョンは、学校の若い教師バーナビーが平等について話す姿も思い出した。微笑みながら、目を大きく見開いて、けれどよく支離滅裂な話をしたバーナビー。用心に越したことはない。

「これからは、可能なかぎりあらゆることを問うつもりだ」とウェストールが言った。「問うことを拒む者は、いつかなにひとつ正しいことをできなくなる。絵を描くことは言うに及ばずさ！」ウェストールはさっそく実践を始めた。「我々はたとえば、この世界でなにが不変で、なにが変わりゆくかを知っていると思っている。だけど、実際にはなにひとつ知らないんだ！　最も冴えた瞬間には、ぼんやりと予感できるかもしれない。そして、いい絵とは、この予感を含むものなんだ」

ジョンはうなずき、ジャンク船と埠頭から成る巨大な水の都市を見つめた。そして、ウェストールの言葉が理解できたかどうか、自分の内面に耳を澄ませて問いかけた。目の前では何千人もの人間が動き、商売している。腹を空かせた者、裕福な者。ジョンの目に映るすべては、商業と関係があった。帆筵、日傘、尻尾のような装飾のついた鋸壁のある壁、筏のように平たいボート、そして、そのボートを大きな船に寄せるときに使う長い竿。ジョンはもう何日も、ここでの商売のようすを見つめてきた――草で編んだ筵と銅貨の交換、絹と金、漆、または繊細なガラス製品との交換。こういったすべてのなかで、最も重要なことがらは、直接目には見えない。それは常に存在するもので、画家のようなやり方ではなく、論理的な思考によって予感できるものだ――忍耐強さがなければ、商売は商売ではないという事実。忍耐強さがなければ、商人はただの盗人にすぎない。忍耐は、時計における雁木車のようなものなのだ。

「いずれにしても僕は、ずっと変わらないものは全部知りたいと思うよ」。ジョンは答えなど期待せず、とうに別の話を続けていたウェストールに言った。不変のものと自分とは似ていると、ジョンは感じていた。だがそれはとらえどころのない感覚だった。

いまのジョンは、さまざまな地を知っている。だがそれがより大きな安心感に繋がることはなかった。なぜ不変のものは不変なのかが常に不確かなのだから、なおさらだ。なぜダチョウには羽があるのに、飛ばないのか？　どうしてウミガメには重い甲羅があるのに、魚にはどれひとつとして甲羅がないのか？　どうして雄馬には角がないのに、ノロジカにはあるのか？「そもそも安心感なんてものはないんだよ！」とウェストールは言い張る。

だが、ほとんどそれ以上にジョンの不安をかきたてるのは、異なる人種どうしが似ていないという事実だった。特に、どの人種にも、その人種内での矛盾さえあるのだから、なおさらだ。たとえばオーストラリアの人たちは杖で身体を支え、視線はぼんやりしている。ところが、すさまじい早業で、小川から魚を素手でつかみ取ることもできる。中国人は、身体を苦もなくぴんと張りつめてまっすぐに保ち、とても誇り高く見える。ところが、こちらが話しかけると、ぺこぺこおじぎを繰り返す。フランス人は荘重で、熱狂的で、すべてを変えたいという意志をもっている。だが食事を準備し、食べることには、永遠とも思える時間をかける。イギリス料理のことは嫌悪していて、たとえ餓死寸前であっても手をつけようとしない。ジョンはシドニーでそんな光景を見た。そしてポルトガル人たち――常に次の地震が来ることを計算に入れて、それに備えた家造りをしている。ところが、自分たちの教会は常に、それまで建っていた、地震で崩壊した場所に、豪華絢爛に建てなおすのだ。極めつけはイギリス人だ！　愛国心に溢れていながら、できるかぎり母国から遠く離れようとする。ウェストールがうなずいた。

「なにひとつ、予知することなんてできないんだ。すべての出来事が、なぜこのようであって、ほかのようではないのかを、説明できる人間なんていない。偶然と矛盾は、あらゆる予言よりも強力なんだ」

ジョンは画家に感心していた。自分とほんの五歳しか違わないのに、ものごとを実行に移す力、事物がほんとうに見たとおりのものなのかを問う力をもっている。ジョンにはそんなことはとてもできない。たくさん問う場合は、できるだけ迅速にしなくてはならない。問いかける者からは、誰でもなるべく早く逃げようとするからだ。さらにジョンは、人は与えられる答えにいつも満足できるわけではないことを実によく知っていた。妙な答えを返せば、いさかいにさえなりかねない。

だが偶然について、ジョンはもっと知りたかった。特に、偶然の死について。トゲルンマストから五十フィート以上も落ちて、甲板の真ん中に叩きつけられたデニス・レイシーの姿が再び目に浮かんだ。なぜ、最も機敏な者が落ちたのだろう？　最も鈍重な者ではなく。事故はなぜ、すべての困難を乗り越えて、生き残った乗組員が広東へ向かう、まさにそのときに起きたのだろう？　ジョンは、あの凄惨な光景を、再びまざまざと思い出していた。多彩な水の都の全景も、脳裏に浮かぶ像を覆い隠してはくれない。頭を粉々に砕かれたデニスが横たわっていた血の海が見える。シャツの生地から、砕けた骨が長い針のように突き出ていた。胸はまだ上下に動いていて、口と鼻から泡が溢れていた。しばらくすると、心臓は鼓動をやめた。あのときの光景から逃れるために、ジョンは、カンガルー島でアザラシに尻をかまれた——ちなみにとても痛かったらしい——スタンリー・カークビーのことを考えた。だが、ここでもやはり同じだ。どうしてそんなことが起こったのだろう？　どうして起こらないわけにはいかなかったのだろう？　または、ボートから落ちて、クラゲにひどく刺された設営係。刺された痕は、何週間も残った。ところがあれは、あの付近で唯一のクラゲだったのだ。それに、航海長のティスルと士官候補生のタイラーは、乗っていたボートが波で転覆したせいで、サメに食われた。だが、そんな目に遭ったのがどうしてあのふたりで、コルピッツ軍曹ではなかったのだろう？　コルピッツならば、そんな目に遭ったとしても、少なくとも意外には思わなかったろうに。だがコルピッツには不幸は訪れなかった。むしろその逆だ！　いまはシドニーにいて、総督の命令で商品倉庫を管理しながら、大量の食事を規則的に取っている。

「人間がどんなふうに生きて、どんなふうに死ぬかについての表を作るべきだよ」とジョンは言った。

「一種の幾何学なんだ」。どんなふうにその表を作るのかについても、ジョンにはすでに考えがあった。考えうるかぎりのあらゆる速度を測る、不変の基準を用いるのだ。ジョンはふと、「時間の番人」クロノメーターと、マシューのことを思い出した。マシューはいま、貴重な海図と郵便と猫のトリムを携えて、イギリスへ向かっている。マシューにはスピルスピーで再会するだろう。一方シェラードは、テラ・アウストラリスに留まった。定住して、場合によっては港を建設するために。シェラードを思いとどまらせることは、誰にもできなかった。

モックリッジは死んだ。カトー号が岩礁にぶつかって粉々になったとき、三人が溺れ死んだ。たったの三人。そのなかのひとりが、よりによってモックリッジだったとは！　人間がひとりひとり異なっていることは、まだ受け入れることができる。そして、好きになれる人間と、なれない人間がいることも。だがそこに偶然が思いのままに威力を振るうことを受け入れるのは、苦しかった。ジョンは意識を集中させて、ウェストールとの会話に戻った。「正確さと予感については、もっとよく考えてみないと」とジョンは言った。「僕には絵は描けない。船長にならなきゃいけないから。だから、やっぱりできるだけ多くの知識をもっているほうがいいな」

「さて、君が体験したことがらについてだが、ミスター・フランクリン」とダンス船長が言った。「要約して報告したまえ！」ジョンはこの命令を予想していた。ダンスはジョンの人物像をつかみたいと思っているのだ。ダンスがジョンたち一行の旅について、すでにファウラーからすべてを聞いていることは、疑う余地がない。ジョンは準備を整えていた。要約というものにおいてなにが大切なのかを、よく考えておいたのだ。

どんな報告にも、外面と内面がある。外面は論理的につじつまが合い、容易に理解できるが、内面は話す者の頭のなかにだけ浮かぶものだ。この内面を抑圧するべきではない。そんなことをすれば、話す際に口ごもって手間取ったり、あらゆる間違いをしでかすのが落ちだ。ということは、この内面を外に出すことなく、内面のための時間を取ってやらねばならない。ほんの数か月前までジョンはまだ、内面に浮かぶ像を大切にするあまり、続きを話すことができる状態になるまで、最後の言葉を何度も繰り返す傾向にあった。だがいまのジョンは、間を入れることを身につけていた。その際、相手が口を挟んできて、それでもジョンが話しやめないので気を悪くするという危険もあったが、それも泰然と受け止めることにしていた。

よく練られた文章から、ジョンは始めた。その文章は、船と船長の名前、乗組員と大砲の数、シェアネスを出航した日時とを含むものだった。そこからは、鍵になる言葉、日時、位置を、できるだけ同じ形式で続ける。この方法でまとめられたものが、一般的に「よい報告」とされている。インヴェスティゲーター号とル・ジェオグラフ号――船長ニコラ・ボダン、大砲三十六門――の遭遇までは、ジョンが考えるために挟む間を、ダンスは辛抱強く受け入れていた。だが話がそこまで来たとき、ダンスは言った。「もっと速く、ミスター・フランクリン！　いったいなにを考えることがあるというのかね？　君はその場にいたのではないか！」この言葉に対しても、ジョンは準備を整えていた。

「サー、私は、話すときには自分なりのリズムを必要とします」

ダンスは驚いて振り返り、ジョンに驚愕の目を向けた。

「そんな言葉を聞いたのは、これまでたった一度きりだ。スコットランドの教会の長老だったよ。続けてくれ！」

ジョンは、テラ・アウストラリス――または、マシューが簡略化のために使う名前を借りればオーストラリア――をめぐる二年に渡る旅について報告した。ポート・ジャクソンについて、ティモール島のクパンでの滞在について、マシューがそれまで打ち勝とうとしてきた恐ろしい病の発生について。船は実質的には沈みかけていて、まだ健康だったわずかな者たちが必死に水を汲み出すことで、なんとか水上に留まった。死や、水の汲み出しや、病に倒れることへの恐怖がどんなものであったかについては、ジョンは口にせず、時折挟む間のなかに逃がした。ダンスの耳に届けられたのは、ただ数字と、地理的概念、それに間だけだった。再びポート・ジャクソンに到着。総督がインヴェスティゲーター号はもはや航海不能と申し渡した。廃船。乗組員は、ポーパス号とカトー号とブリッジウォーター号に分かれて、シンガポール経由で帰路についた。定住のためにオーストラリア植民地に留まりたい者は、その許可を得た。ここでシェラード・ラウンドのための長い間。喧嘩にはならなかった――シェラードにはシェラードの夢がある。「間が長すぎる」とダンスが警告した。ダンスは、いまでさえこうなのだから、船の難破のくだりに来たら、この若い男がさらに鈍重になるのではないかと恐れていた。そう、ポーパス号とカトー号は、真夜中に同時に難破したのだ。すぐ近くを帆走していたブリッジウォーター号からは、なんの助けもなかった。パルマー船長！　ダンス自身と同じように、東インド貿易船の船長だ。ダンスはパルマーと、昔知り合いになった。ホイストが非常に下手だったが、いまではそれに加えて、あろうことか義務を怠る船乗りになってしまった！　ここでダンスは、自分がジョンの報告を先取りしていたこと、そのせいでジョンの話を聞いていなかったことに気づいて戸惑った。パルマーに対してダンスが怒っているあいだに、士官候補生ジョンはダンスをあっさりと抜き去り、難破、ひび割れる船板、無力な乗組員たちの叫び、珊瑚でできた切り傷、死んだモックリッジなどのためにたびたび長い間を挟みながらも、すでに砂州で備蓄食糧を守ったくだりを話していた。飢えと待つことから成る日々。ひとりの士官が、正当防衛でふたりの男を射殺した。この件については、ファウラーからはなんの報告もなかった！　フランクリンは、反乱についてはひとことも言わず、こう言い換えた。「木の残りで筏を作って、西へと漕いで脱出しようという提案は却下されました」。フランクリンがこの件よりもさらに詳しく語ったのは、船長のフリンダーズのことだった。屋根もないボートで九百海里も帆走し、ボート・ジャクソンに戻ると、三隻の船とともに引き返して、乗組員を救った。マシュー・フリンダーズ――驚嘆すべき航海士！　士官候補生フランクリンは、次のような文章で報告を締めくくった。「砂州で待機していた者たちは、ローラ号で広東へ向かいました。船長だけは、スクーナー型帆船カンバーランド号で」――ここで猫のトリムのための短い間――「直接英国へ向かいました」

「船長が無事に着くことを祈ろう」とダンスが言った。「再び戦争が始まったからな」。ジョンはダンスの言葉を理解し、驚愕した。

「フリンダーズ船長は通行証を持っています！」とジョンは言った。

「それはインヴェスティゲーター号のためのものにすぎない」。ダンス船長の指が、船長室の机に何本もの線を引いた。まるで額の皺のように。それから、ダンスは用件を切り出した。「君は我々の船においては、ただの乗客にすぎない、ミスター・フランクリン。だが、君は有能な信号旗手だと聞いた……私の言うことを聞いているかね、ミスター・フランクリン？」

ジョンは心配だった。マシューのことを考えていたのだ。なんとかダンスのほうに向き直る。「アイアイ、サー！」

「アール・カムデン号は東インド貿易船隊の旗船で、私は船隊司令官だ。そしてここで君を、信号旗手に任命する」

船隊司令官ナサニエル・ダンスは六十歳、背の高い痩せた男で、大きな鼻と、ぼさぼさの白髪の持ち主だった。ダンスの言葉は、聖書の内容を説明したり、なにか精神的なことがらについて話すとき以外は、落ち着いていて、説得力があった。まったく力むことなしに、ひとつの動きから次の動きへと移ることができる。温厚な人々には、その目がときに意地悪く光るように思われた。せっかちな人間であると見せかけていたが、その実、人の話には耳を傾ける。ときに「お話どうもありがとう、そろそろ退屈し始めたよ！」といった乱暴な言葉を吐くことがあった。

画家のウェストールと、ダンスは言い争いをした。それも食事の席で。ダンスは、芸術は美しくなければならないと言った。そして、事物を詳細に正確に描くことでしかその美しさには到達できない、神の創造物は人間が空想するどんなものよりもずっと美しい、と。ウェストールは賢しげに、人間は神の創造物の頂点であり、人間に宿る精神は最も高尚なものだと答えた。美しいのは、事物の物理的な性状そのものではなく、人間の目と脳がそこから創り出すものだ。そこには予感と不安と希望が含まれている、と。食事のあと、ウェストールはこう毒づいた。「あいつの叔父は、画家のナサニエル・ダンスなのさ。だからあのじじい、自分は人よりも芸術に親しんでいると思ってるんだ」

翌日、争いは再び始まった。船隊司令官にとって、芸術家ウェストールを混乱に陥れること以上に楽しい遊びはないようだった。「不安を描くだって？　視線の恣意性？　それなら最初から盲目だって同じことじゃないのか？　私は六十年間にわたって不安と恣意まみれで生きてきたんだよ！　いや、ミスター・ウェストール、人間は己の弱さを、神の慈悲によって克服するべきだ。君のお兄さんはそれをよく知っている。『イサクの祝福を求めるエサウ』のことを思い出してみたまえ――あれこそが絵というものだ！芸術は、人の信仰心を強めるものでなければ！」

アール・カムデン号は、荷物を満載した十五隻の東インド貿易船から成る船隊の先頭に立って、ワンポアを出航した。これらの船は戦備も薄く、造りも戦艦ほど頑丈ではなかったうえ、なんといっても人員配備が手薄だった。海軍兵はひとりも乗っていない。索具はタールを塗っていないマニラ麻でできていて、扱いやすそうだった。数日たったころ、ジョンは、その理由が麻ばかりではなく、乗組員にもあることに気づいた。黒い肌をしたインド人水夫たちは素晴らしい熟練ぶりで、理解も早く、労力も惜しまない。船には乗組員の妻たちも何人か乗っていた。黒い肌の者も、白い肌の者も。誰もそれにとやかく言わない。船東インド貿易船は、海上戦闘施設ではないのだ。海賊の目をごまかすために、船体だけが黒と黄の縞に塗られていたが、内部は平和的な船だった。日夜の仕事をするうちに、ジョンはやがて、船隊全体を把握するようになった。インド人水夫の名前も、将校の名前同様に記憶した。何度も繰り返し、よい船長とはなんだろうと考えた。そして、ダンスはそれに当てはまるだろうか、とも。

この世界で、他者を支配するのはどんな人間であるべきか？

いずれにせよ、マシューのような人間だ。根拠もある。たとえば船が難破したあとマシューは、澄み渡った夜空に星が見え、六分儀で自身の位置を測定できるまで砂州に留まった。まる三日間その場で、嵐が過ぎ去るのを待たねばならなかった。同じ状況に置かれたとしたら、とうの昔に出発しただろう人間を、ジョンは何人も知っている。だがそんな者たちは、決してポート・ジャクソンにたどり着くことはなかっただろう。ましてや砂州まで戻ってくることなど。もしかしたらマシューはもともと悠長な人間で、船長にまでなったのだろうか？　モックリッジの言ったことが正しければ、マシューが士官候補生になったのは、ある戦艦司令官の家政婦の後押しがあったからにすぎない。そして、もしも海軍本部に友人が――特にバンクスとかいう友人が――いなければ、妻がインヴェスティゲーター号に乗っているのを発見されたときか、遅くとも船がドーヴァー海峡で座礁したときに、船長の任を解かれていただろう。

ある人物が、朽ちた船と死病に苦しむ乗組員を抱えて大陸を一周し、さらに信用のおける海図まで作ることができるかどうかを、陸にいる提督たちの目が見分けられるわけではない。鈍重な者も、多くを成し遂げることができる。だが、いい友人をもたなくてはならない。

司令官が船隊に通達することがらはジョンの手を経るうえ、返信を最初に読むのはジョンの目だった。ジョンはいまでは、あらゆる信号旗とその組み合わせを、頭で考えることなく操ることができた。ものを見るときに目を頼らない――信号旗の場合には、それができた。ときに、老船長ダンスがジョンをじっと見つめることがある。その目には感嘆の色がある。だがダンスはなにも口にはしなかった。

ジョンは、自分自身の目標を記したリストを作った。船乗りとしての能力を発揮して、どの港にもたどり着くこと。事故を避けること、たとえば、嵐のなか、岸に近づいたりはしないこと。ブリッジウォーター号のパルマー船長のように自身を恥じねばならない状況に陥らないこと。悪い結果を引き起こさないこと、他者の死の原因とならないこと。リストは決して長くはない。

船隊は南シナ海を渡り、アナンバス諸島に近づいていた。「なにも起こらなきゃいいけどな」と、ある晩唐突にウェストールが言った。だが、詳しく説明しようとはしなかった。

「帆が見えるぞ!」

恐れていたことが現実になった。フランスの軍艦だ。「やつらは俺たちを待ち構えていたんだ」。ファウラー海尉がうなるように言った。「もし俺に指揮権があったら、味方の船を全速力で動かして、三方向に分散させて逃げるんだがな!」「それ以外に道はないな」と別の誰かが言った。「ありゃ間違いなく七四門艦だ。俺たちを筒に詰めて煙にしちまうことだってできるだろうな。本当はもうとっくに逃げておくべきだったんだ」。さらに、年少のもうひとりが言った。「司令官の親父は、のんびりしすぎなんだよ」

この世界を支配するのは、どんな人間であるべきか? 三人の人間がいた場合、ほかのふたりになにをなすべきかと指示を与える三人目の人間は、誰であるべきか? 誰が最も多くを見るのか? 誰がよい船長なのか？

ちょうど、ナサニエル・ダンスがメインマストに登り、事態を正確な目で観察しようとしているところだ。だが、歳を取った司令官が、まだ安定した視線を保っているのか、それとももう失ってしまったのかを判断するにはどうしたらいいのだろう？　いま、ダンスはようやくマストトップにたどり着き、慎重に望遠鏡のレンズを調節し、覗き込み、鼻をかむ。それからまた甲板に降りてくる――わずかなりと速度を上げることなしに。士官たちを集める必要はもうない。士官をはじめ乗組員全員が、とうにそこに立っているからだ。

「諸君」と老司令官は言い、見張り台にいるあいだに痺れてしまった左脚を、人目もはばからずぶらぶら揺らす。「五隻のフランス船がいる。なにかたくらんでいるようだ。だが、彼らは計算を間違えたようだな。ミスター・スターマン、悪いがこの船の戦闘準備を整えてくれ。それからミスター・フランクリン」

「サー」。これはもう機械的な応答だった。自分の姓を耳にすると、ジョンはなにも考えずに、即座に「サー」と言う習性になっていた。だからこの返答は、ほかの者に比べて遅れることはなかった。

「信号を打ってくれ。『全船戦闘準備、一列になり、船首を風上に向けて停止！』」

ためらいがちな歓声が上がった。ジョンが掲げた旗信号は、最初は船隊からいくつもの質問を引き出した。船隊全体が、信じがたい思いで驚きを露にした。だがそれでも最終的には、なんとか戦列らしきものが整った。だがそのとき、全員を戸惑わせることが起きた。フランス戦艦のほうも減速し、停止したのだ。敵艦隊の船体は、マストの上からもまだ見えない。「俺たちだって、向こうからは見えないってことさ！」とファウラーが砲甲板で笑った。「明日までは、やつらもなにもしかけてはこないだろう」

先端をちょうど確認したばかりのプラウ・アウ島の向こうに、日が沈んだ。船体の膨らんだ商船の一隊は、恐ろしげな黒と黄色の衣をまとって、まるで重装備の戦艦であるかのようだ。だがこの船隊は、狼の皮をかぶった羊にすぎない。フランス艦隊の目も、長くはごまかせないだろう！　夜のあいだ全員が、帆を揚げろという命令を待っていたが、それが発されることはなかった。ダンスは本当に、いまいる場所に留まるつもりなのだ。誰ひとり眠らなかった。かすれた声で、こう言う者たちもいた。「どうして闘わないんだ？　やつらに目にもの見せてやるのに！」一種の勇気に似た気分が広がった。その気分に感染しない者も、少なくとも、フランス艦隊がイギリス優位と勘違いして自主的に退却してくれないかという希望をもっていた。

暗闇では信号を掲げることはできない。ジョンには、自身の疑念に没頭する時間があった。決意と確信が、今日のジョンにはもてなかった。自分がいつも正しい行動を取るという保証はない。かつてインヴェスティゲーター号で掲げた白旗！　ジョンにはあのとき、はっきりと命令が聞こえた。もしかしたら、発されてなどいなかったかもしれない命令が。もし本当に命令がなかったのなら、船長がマシューでなければ、軍法会議を覚悟せねばならないところだった。

だが一方、ネルソンはどうだ！　コペンハーゲン沖で、ネルソンは最高司令官の退却命令をあっさりと無視した――それなのに軍法会議にはかけられなかった！　だがネルソンもまた、事後になってから、出した成果のおかげで守られたにすぎない。確信をもつことができるのは、自身が永続的に存在し続けるもののみだ。たとえば、星や、山や、海のように。だがそういったものたちは、長い時間存在し続けてきたことで蓄えた知識を表現する言葉をもたない。この点においては、思いもよらないほど自由な解釈が可能だ、とジョンは思った。正しいことをしたとしても、自分以外の全員がそれを間違いだと考える可能性もある。そして、そう考える人のほうが正しい場合さえあるのだ。

日が昇った。水平線に見える帆はいまだにその場所から動かない。フランス艦隊は停止したままだ。ダンス司令官は、敵に決断を迫るため、味方の船を以前と同様の方向へと動かした。いくらもたたないうちに、水平線の向こうの帆の数が増え、どんどん大きくなってきた。ジョンも忙しくなった。ダンスは新たに針路を変え、味方の船を敵の真正面へと動かした。

ジョンは、腹立たしいことに、自分が震えているのに気づいた。気づいたことで、恐怖はますます大きくなった。コペンハーゲンの海戦と同じことが繰り返されることはないだろうと思ってはいたが、だからと言って気が楽にはならなかった。そこでジョンは、この出来事もすべていつかは終わるのだと考えようとした。西にはプラウ・アウ島。ジョンは、戦いのあと、生き残った者たちが、イギリス人もフランス人も一緒に、この島へと逃げることを想像した。そうなったら、両者は食料を分け合い、共同で決断を下すのだろうか？　それとも互いに殺し合うだろうか？　こんなことを考えることがそもそも、恐怖のなせる業にほかならない。そこでジョンは、まったく別のことがらを考えることにした。役に立つ、楽しいことを。そして、数え始めた。「備蓄食糧、水、火熾し器具、道具類、包帯、銃と弾薬……」。それは、船が難破した場合にボートに積み込むべきもののリストだった。こういったことを、ジョンは暗記している。恐怖に打ち勝つことができないのなら、せめて惨めに震えるのだけは避けたい。

どうしてダンスは、夜のあいだに逃げなかったのだろう？　危険はいまよりも少なかったはずだ。敵が船に乗り込んでくる危険を冒すなど、ありえない！

ジョンは、自分が弱っているのを感じた。それでも見張りをし、暗号を解き、報告し、正しく確認した。信号が来ると、それがジョンの脳を外から動かした。信号が来ないときには、リストの暗唱を続けた。「望遠鏡、六分儀、コンパス、クロノメーター、紙、測鉛線、釣り針、鍋、針……」。リストは恐怖の大きさに見合うだけのじゅうぶんな長さだった。沈みゆく船から絶対に持ち出すことのないわずかなもののなかには、「聖なる石」も含まれる。

だが、震えはむしろ増すばかりだった。

「円材、帆布、より糸、旗……」

フランス戦艦は、すさまじい速度で近づいてくる。

「信号」とジョンはつぶやいた。「ああ、信号さえ来てくれれば!」


フランス艦からの最初の砲弾がアール・カムデン号の舵手に当たった。ダンスは待機している補助舵手のほうを見ると、彼に向かって顎を持ち上げた。同時に首を傾けたので、額が操舵輪を、顎が補助舵手のほうを向くことになった。「君が引き継ぎたまえ!」と口に出して言うこともできただろう。だが操舵輪の周りは血まみれだ。そんなときには、顎と額で話すほうがいいのだ。それからダンスは時計を取り出して、まるで舵手のジェイムズ・メドリコットの死において最も重要なのはその時刻だとでもいうかのように、注意深く見つめた。

ジョンの震えはどんどん激しくなった。それをどう隠そうかと頭を絞る。自身の顔、自身の身体を押さえつけられる人間はいない。ジョンはかがみ、死んだ舵手の背中と膝に手を回して、女性や子供にするように死体を抱き上げた。モックリッジはかつて、事故に遭ったニューキャッスルのある少年について話してくれたことがある。九歳の少年で、ある晩、疲れていたせいで、動いている機械に躓いたのだという。その話はジョンを激しくおののかせた。そして、もし自分がその場にいたなら、どうやって怪我をした少年をその場から運んだだろうと想像したものだった。

「その男はもう死んでるんだぞ!」インド人水夫のひとりが叫んだ。だがジョンは答えなかった。死体を慎重に運び、どんな障害物にもぶつからなかった。もちろん、自分のしていることは無意味だ。だがいまは最後までやり遂げる。死体を運んでいるあいだは震えが隠せるのだから、なおさらだ。大砲が轟き、船は揺れ、跳ねる。ジョンは死体を病人たちの隣に横たえると、できるだけ素早くその場を離れた。外科医が、舵手にはもう手の施しようがないことを確認するだろう。ジョンは再び甲板へと階段を上り始めた。自分がこの無意味な行為に出たのは、臆病からではないことを確信していた。むしろそれは、一種の拒絶感だ。そう、まさに拒絶感。そして、それは尊厳を傷つけるものではない。ジョンの呼吸は穏やかになり、恐怖は消えていった。甲板にはまもなくフランス軍が乗り込んでくるだろう。ジョンはそれを、この状況下でのほかのすべてと同じように拒絶した。ジョンのなかには反抗心しかなかった。ジョンは言った。「僕はこんなこと認められない。僕は闘わないぞ!」

事態を見据えたいとは思った。山のようにどっしりと待ちたい、と。そのとき死んでいるにしても、生きているにしても。戦争をするには、誰もがあまりに緩慢だ。ジョンだけではない。

心底穏やかに、ジョンは階段の最後の一段を上り、甲板へ出た。いまこの船で、ジョンほど腹を据えた者はいない。それだけは確かだった。

だが、決意を試す機会は訪れなかった。

すべてがまったく違った展開になったのだ。

四十五分後、ジョンは新たな信号を送ることになった。「総員での敵の追跡は二時間以内」。フランス艦隊は攻撃をやめて、逃亡し始めたのだった。そして、日本の銅、硝石、寒天、茶を船体いっぱいに積み込んだ十六隻のイギリス商船に追われることになった。大砲と弾薬をこれでもかと積み、甲板には装着済みの銃剣を構えた大勢の海軍兵を乗せた五隻の戦艦が、逃げていく。

いつしかジョンは、周りが皆、狂ったように笑っているのに気づいた。誰も笑うのをやめない。いまこの瞬間ほど、世界が奇妙で明るいときはないからだ。それに、誰かが前甲板でこう叫んだからだ。「あいつら、俺たちのところには来たくもないみたいだな！」ジョンは、自分がとうに一緒になって笑っていることに気づいた。だが自分の反抗心は消えないこと、むしろ逆に、この笑いのなかに解き放たれていることにも気づいていた。

後甲板から、司令官が呼びかけた。「ミスター・ウェストール、スケッチが何枚か描けただろうね？」画家はこう答えた。「残念ながら、サー。この訓練の経過に、少し驚いてしまったので」。たちまち「訓練」という言葉が皆に伝わり、笑いはさらに続いた。

この勝利のために、ナサニエル・ダンスはすべてを危険にさらしたのだった。いま、ダンスは英雄だ。乗組員全員が英雄だった。

ダンス司令官は、「プラウ・アウの勝利」を祝うために、士官と各船の船長たちを旗船に招いた。そしてグラスを掲げる。「うまく行ったのは、神のお慈悲があり、我々が事を急がなかったからこそだ。検討は三度、行動は一度。若い者には、これがわかっていないことがある。迅速に事を起こして失敗するより、じっくりと間違いなく行動するほうがいいんだ。そうじゃないかね、ミスター・フランクリン？」

全員がジョンを見つめた。おそらく、こういう場にふさわしく、ジョンが快活に「アイアイ、サー！」と言うのを期待したのだろう。だがジョンは司令官をじっと見つめるばかりで、わずかに震えていた。なんだかおかしいぞ！　全員が驚いた。だがジョンはまさに、言いたいことを表す言葉を準備しているところだった。皆にあまり忍耐を強いることのないよう、導入部としてとりあえずこう始めた。

「サー、私は認めません……」。それからジョンは、どう続けようかと再び考え込んだ。全員が突然水を打ったように静かになった。そこでジョンは、最も重要な言葉を最初に言ってしまうことにした。

「サー、戦争は、我々全員にとって、緩慢すぎるのです！」

どっと沸き起こった楽しげな笑い声のなか、ジョンは、たったいま言ったことと、本来言いたかったことを、もう一度必死で比較した。だがそんなことをしても、もう遅かった。ファウラーがジョンの肩を思い切り叩き、すべてを再び混乱に陥れてしまったから、なおさらだった。

ただ司令官だけが、もしかしたら理解したか、または理解しようとしてくれたかもしれなかった。「遅すぎるのも、速すぎるのも考えものだ」と、ダンスは真剣な顔で言った。「我が時はすべて汝の御手にあり。主よ、我を敵の手から、我を憎む者の手から救いたまえ！」それからダンスはこう付け加えた。「さあ、これでミスター・フランクリンからも、ついに沈黙の代わりに言葉が出てくるようになった。ミスター・フランクリンからは、これからも大いに得るところがあるだろう。まったく今日はいい日だ！」

この言葉の意味は、その場にいた誰にもわからなかったが、それでも全員が、面白い冗談を聞いたかのように笑った。勝利の栄冠に輝く老英雄の前では、そうするものだからだ。

だがやがて、アール・カムデン号上の誰もが、ジョンの真意が逆だったことを知った。ジョンはダンスはじめ全員のところへ行って、正しく言いなおしたのだ。ウェストールにはこう言った。「僕はいつでも、すぐに勇気をもちたいと思ってるよ。でも、僕のすることは、正しくなくちゃならないんだ。なにをするにも、僕はゆっくりとしかできない。勇気をもつことも」

ウェストールは片目をつぶって、こう言った。「だけど、君はいい印象を与えてるじゃないか」

船隊はセイロンをあとにして、コモリン岬を通過していた。ジョンは海を眺め、画家のウェストールはそんなジョンをスケッチしている。ウェストールの舌が、絶え間なく下唇を舐める。そうしないと描けないのだ。ジョンは改めて話し始めた。

「ミスター・ウェストール、ほかにも言いたいことがあるんだ。僕はやっぱり正確さのほうが、予感よりもいいと思う」

ウェストールは親指を立ててジョンの両目の間隔を測ると、今度は左手のへりで耳の付け根の高さを測った。「この絵は正確なものになるよ」とウェストールは言った。

ジョンは大変満足した。そして、口をつぐんだまま動かずに座っていた。ウェストールがジョンを古き良き手法で描いてくれるというのなら、ぐらぐら身体を揺らしてその絵を歪ませることは絶対にしたくなかった。

ボンベイの停泊地で、モンスーンが迫ってくるのが見えた。ウィリアム・ウェストールは船を降りた。そしてこう言った。「僕はここに残って、インドを描きたい。モンスーンから始めるよ。僕の兄の絵のなかでとりわけ美しいのは、『トロイの滅亡を予言するカッサンドラ』っていう題なんだ。僕の絵は、『迫り来るモンスーン』っていう題で、兄の絵と同じものを表現することになる――ただ、兄よりも上手にね！」ジョンにはひとことも理解できなかった。この愛すべき変人もまた去ってしまうことが悲しかった。


ポーツマス！　堡塁と港はまったく変わらないように見える。町全体も、まるで最後に見たのがつい昨日のことのようだ。ジョン・フランクリンという人間が三年に渡る旅を終えて南洋から戻ったからといって、ここでは誰ひとりとして、飲んでいたグラスをテーブルに戻すだけの手間さえかけない。ポーツマスは若い男女、騒音、仕事、進取の気性に溢れている。町は自分自身のことで精一杯なのだ。ここに老人が住んでいるとすれば、それは町のそんな特徴「にもかかわらず」ではなく、まさにその特徴「のために」ここを選んだ人たちだ。ここでは誰ひとりバラを丹精したりしないし、説教をする者も、説教に耳を傾ける者もいない。ここでは、皆が急いで生きている。そうすれば、人生の終わりもやはり急いで来てくれるかもしれないからだ。船渠では皆が懸命に働いている。夜も、魚油ランプのもとで。ここは貪欲で迅速な町だ。その点は、常に変わらない。

ジョンは、なにも知らないマシューがフランス軍に捕らえられ、スパイと見なされてモーリシャスに収監されたと聞かされた。やはりマシューは、まだ平和が続いていると思っていたのだ。だから、携行書類がいまは亡きインヴェスティゲーター号にしか通用しないにもかかわらず、フランス領であるモーリシャスに錨を下ろしたのだ。あれほど苦労して仕上げた海図を、フランス人に取り上げられていませんように。そして、間もなく故郷に戻ってこられますように。

メアリ・ローズはまだ健在だった。

相変わらずケッペル・ロウに住んでいる。ただ、二軒先だ。巧みな構造の器械にぶら下げられた大きなやかんが、火にかけられている。この器械のおかげで、湯を火から降ろさずにお茶をいれることができる。どこから見ても、メアリ・ローズは元気そうだった。

メアリ・ローズが言う。「あなた、三年前よりも速く話すようになったわね」

「自分のリズムを見つけたんだ」と、ジョンは答えた。「それに、前よりもいろいろなものを拒絶するようになった。それで、速度が上がったんだ」

メアリの顔のさまざまな曲線の周りには、皺が増えていた。ジョンは、彼女の呼吸する身体を見つめた。腕には繊細な毛が光を受けて輝いている。この産毛はなによりも魅力的で、ジョンをおおいに奮い立たせた。偉大な行為が始まった。「まるでサインカーブみたいだ。なにもかもがぐんぐん昇っていく！」

やがてジョンは幾何学を忘れ、その代わりに、この世界のさまざまなことが再びうまく行くようになること、そしてそれをやり遂げるには、たったふたりの人間がいればじゅうぶんであることを知った。ジョンは空を覆いつくす太陽を見た。だが不思議なことに、その太陽は同時に海でもあり、上からではなく、むしろ下から暖めるのだった。もしかしたら「現在」というものも、すぐに手をすり抜けていってしまうのでなければ、こういうものなのかもしれない、とジョンは思った。

メアリの声が聞こえた。「あなたとだと、なんだか違うわ」と言っている。「ほとんどの男は、速すぎるの。そのときが来たと思ったら、もう終わってる」

「それってまさに、しばらく前から僕も考えてることだよ」とジョンは答え、メアリから理解されたと感じてうれしかった。メアリの白い皮膚が、盛り上がった肩甲骨の上に張っているのを見つめる。ジョンはすべてを正確に見ていった。肌が一番やわらかいのは、鎖骨の上だ――その肌は、ジョンを再び興奮させた。それは、新たな「現在」と下からの太陽を約束するものだった。

メアリはジョンに、触れること、感じることが、ひとつの言語であることを教えてくれた。その言語を使って話し、答えることができるのだ。そして、どんな混乱も避けることができる。ジョンはこの晩、多くを学んだ。最後には、ずっとメアリの側にいたいと申し出た。するとメアリは言った。「あなた、おかしいわ！」

ふたりは夜が更けるまで話をした。ジョン・フランクリンを説得してなにかを諦めさせるのは難しい。もしもほかの客たちが外で待っていたとしても、文句を言いながら立ち去る羽目になっただろう。

「ついに自分の身体でなにもかもできるようになったことも、うれしいよ」とジョンはささやいた。メアリ・ローズは胸を打たれた。「今日からはもう、こんなことのために三年間も世界中を旅する必要なんてないのよ！」

《ホワイト・ハート・イン》の前に、エイスコー老人が立っている。八十歳で、そのうち六十五年をヨーロッパとアメリカで兵士として過ごした。郵便馬車が来る時間、老人は毎日そこに立っている。そして、誰が降りてくるか、どこから来たのかを正確に見極める。

若きフランクリンのことは、その身体の動きで見分けた。そして、この士官候補生の手をしつこいほどしっかりと握り締めた。というのも、すべてを真っ先に聞かせてほしかったからだ。

「そうか！」話を聞き終えると、老人は言った。「じゃあ、また船に乗るというわけだな。それも大きな船に！　それじゃあ、まもなくまた戦って、イギリスを守るんだろう」

その後、ジョンは両親の家のほうへと歩き始めた。太陽が果樹の上を登っていく。記憶にあるかぎりいつも、ジョンはここからずっと遠くへ行きたいと思っていた。だが、はるか彼方に希望を向ける一方で、ジョンはこの村の煙突を、市場広場の十字架を、村役場の前の木を眺めて育ってきたのだ。もしかしたらホームシックというのは、昔のあの希望をもう一度感じたいという望みなのかもしれない。ジョンはそれについてよく考えようと思い、荷物を十字架の脇に置いた。

自分には、現在の希望がある。新しい希望だ。当時のものよりも、しっかりした根拠のあるものだ。それならなぜ、ホームシックになるのだろう？

もしかしたら自分は、いまはもう思い出せないいつかの時代に、この場所を愛していたのかもしれない。いまでは、ここそがまさに見知らぬ場所だった。ワンポアの春めいた岸壁のにおいのほうが、広場へと続く階段のそれよりも身近にさえ思われる。それでもやはり、愛情のかすかな気配は残っていた。

「そう、家に帰ってきたんだからな！」ジョンのあとをつけてきたエイスコー老人の声が聞こえた。「あちこちに腰を下ろすほかないよなあ」。士官候補生ジョン・フランクリンは立ち上がり、ズボンについた汚れを払った。祖国への愛情というのは義務感なのか、それとも生まれもったものなのかと考えた。だが、老兵にそんなことを尋ねるわけにはいかなかった。

細い路地にあった家は、いまでは知らない人間のものになっていた。太った男で、「ああ――ふん」しか言わない。挨拶にも、説明にも、別れにも。

ジョンの両親は、以前より小さな家に住んでいた。母はうれしそうに目を輝かせ、ジョンの名を呼んだ。家のなかは静かだった。父があまり話さないからだ。父は悲しそうで、ジョンは同情を覚えた。お金がなくなったのだろうか？――けれど父は、財産を持っていたはずではないか？　ジョンは尋ねるのはやめておいた。よい時代は過ぎ去ったのだと、耳にしているではないか。兄のトーマスについては、父はただ、いまは志願兵の連隊を指揮しているとだけ、手短に述べた。その連隊は、もしナポレオンがこの地域に現れたら、痛い目に遭わせてやるつもりなのだという。

祖父は、いまではすっかり耳が聴こえなくなっていた。話す者がいれば、誰であろうと長いあいだじっと見つめて、「怒鳴る必要はないよ。どうせ聴こえんからな。大事なことは、自分でわかる。誰にも言ってもらう必要なんかない！」と言うのだった。

叔母のアンの家に向かいながら、ジョンはメアリ・ローズの顔を思い出そうとしてみた。だがうまく全体像が思い浮かばず、戸惑った。愛しているなら、相手の姿を忘れたりするだろうか？　いや、もしかしたら、まさに愛しているからこそ、忘れるのかもしれない。

アン・フリンダーズ、旧姓チャペルは、以前よりふっくらしていて、ジョンに会えたのを喜んでくれた。夫マシューを襲った不幸については、アンもとうに知っていた。「最初は海軍提督たち、それからフランス軍――あの人は、誰にもなにもしていないのに」。アンは悲しんでいたが、泣かなかった。ジョンの旅については、すべてを聞きたいと言った。最後にアンは、ひとことだけこう言った。「フランス人はきっと罪を償うことになるわ！」

その後ジョンは、シェラード・ラウンドの両親を訪ねた。

シェアネスから手紙が来て以来、両親はシェラードからなんの便りも受け取っていなかった。マシューが預かっていった手紙は、おそらく没収されたのだろう。そしてポート・ジャクソンからは、シェラードは手紙を書かなかった。ジョンは、友人シェラードが向かおうとした土地のことを思い浮かべた。青い山々のかなた、あらゆる川が西へ向かって流れる場所、またボタニー・ベイの流刑者たちが逃げようとする場所――そもそも脱獄に成功すればの話だが。

「いい天気が続く、緑の土地です」とジョンは言った。「でも、郵便事情がすごく悪いんです」

イン・ミンの状況は悪化していた。人は増え、食料は減っている。ラウンド家はまだ牛を飼っていた。だが、地域共用の放牧地は以前よりずっと狭くなっていて、貧民家庭の家畜すべてを養うのは難しかった。「金持ちどもが、勝手に柵をずらすんだ。それに放牧地は食い尽くされて、あとには草一本生えやしない！」シェラードの父は脱穀を仕事にしている。収穫期には、一日一シリング半で働く。妻は亜麻を紡ぐこともできたはずだが、糸車はとうに、紅茶沸かし用のやかんとともに質屋行きになっていた。質屋というのは、どんなときも「ああ――ふん」しか言わない例の男だ。

「下の息子たちは、みんなまだ家にいるよ」と父ラウンドが言った。「海辺のほうが、賃金はずっといいんだ。または、紡績工場に行くって手もある。そうすりゃ子供たちも稼げるしな。それに冬も。戦争に勝ったら、少しはましになるかもしれん」

両親はジョンに、シェラードからの最後の手紙を見せてくれた。ジョン自身について、こう書いてあった。「夜には死んだ人たちのゆめを見ます」

村はまるで死んだようだった。トム・バーカーはロンドンの薬局で見習いをしているし、ほかの者たちは軍務についていた。なかには村をすっかり去った者もいた。教会のなかにはウィロビー卿ペレグリン・バーティの石像があり、空の信者席の集まりを見下ろしていた。

寝坊で反逆者の羊飼いはまだいた。

《ホワイト・ハート・イン》のカウンター前に立つ羊飼いは、なにひとつ認めようとはしなかった。「世界をぐるっと回るって？　俺なら船なしでやれるね」と羊飼いは言った。「だって地球自体が自力で回ってるんだぜ」

ジョンはその説を辛抱強く聞いてから、「でも、人も一緒に回ってるんだよ」と答えた。「だから、結局いまいる場所から動いてないってことじゃないか」

羊飼いが笑った。「そりゃ、足は上げなきゃならんさ！」

それからふたりは、地域共用の放牧地について話した。「奇跡ってなにか知ってるか？　草を食い尽くす牛が多けりゃ多いほど、どんどん狭くなる放牧地のことさ！」

「僕は奇跡は信じない」とジョンは言った。「そんなの子供だましだ」

羊飼いは酒を飲み干すと、再び反抗的になった。

「そりゃ間違ってる！　経済においては、驚異とは思考があって初めて起こるんだからな。でも、お前は英雄になったんだな！　少なくとも、家に送金はしてるか？」

第九章　トラファルガー

オーム博士はあっけにとられて、口もきけずにジョンを見つめた。それから立ち上がり、喜びを露にした。「ジョン！」と博士は叫び、まつげが脳に空気を送るかのようにまたたいた。「待っていたんだよ。だが希望はもうほとんど捨てていた」

ジョンは、この昔からの師を見つめる己の冷静さに、自分でも驚いていた。僕は先生にとって意味のある存在なんだ、とジョンは思った。よかった、だって僕もいまでも先生を好きだと思うから。

ふたりは折れた首通りにある家の裏手に置いた庭椅子に腰を下ろした。沈黙が生まれた。どう話を始めればいいか、ふたりともよくわからなかったからだ。オーム博士は、「場の雰囲気をほぐすためのちょっとした話」をした。どこまでもきちんとした教師なのだ。

「世界で一番足が速かったアキレスだが、亀を追い抜くことができないほど足が遅かった」。そう言ってオーム博士は、ジョンがこのパラドクスの奇妙な点をしっかり飲み込むまで待った。「アキレスは、亀のスタート地点を自分のものより先に置いてやった。両者は同時にスタートした。アキレスが亀のスタートした地点にたどり着いたときには、亀はもうその先にいる。アキレスはそこへ向かって走る。だがアキレスが着くと、亀は今度もそこより先へ進んでいる。こんなことが何度も繰り返された。両者の距離はどんどん縮まる。だが、アキレスは決して亀を追い抜くことはなかった」。ジョンは眉根に皺を寄せて考え込んだ。亀？ と思い、地面を見る。そしてオーム博士の靴を見つめる。アキレス？ 架空の話じゃないか。オーム博士が思わず笑い出した。歪んだ小さな切歯が、いまは一本欠けている。

「まずはなかへ入ろう」とオーム博士は言った。「君がいないあいだに、私の自然研究も進展したんだよ」家に入ると、博士はある部屋のドアを開けた。そしてジョンの腕をつかんで、言った。

「さっきの競走の話だがね、あれはきっと亀が語ったものに違いないよ！」

部屋には、細心の注意を傾けて作られた小さな機械があった。ハンドルを回すと、板が横軸の周りを回転する。前面と背面にはひとつずつ顔が描かれている。前面の左側には男の顔、背面の右側には女の顔。板が回ると、ふたりの顔が交互に現れる。「これ、縁日で見たことがあります」とジョンは言った。「六年前、復活祭後の第三日曜日に」

「このハンドルは、車職人に作ってもらったんだ」と博士は説明した。「そして、このカウンターは時計職人に。速度をつけて回すと、ハーレクインとコロンビーヌがカップルとして寄り添う」。オーム博士は小さな本をめくり、読み上げた。「私自身の目は、七一〇回転ですでにごまかされる。教会用務員のリードの場合は七八〇回転、名誉長官のジョゼフ卿は六三〇回転、私のラテン語のクラスで一番怠惰な生徒の場合は五五〇回転、うちのてきぱきした家政婦は八三〇回転！」ジョンはカウンターのレバーに砂時計がついているのに気づいた。「時間はどれくらいですか？」「六十秒以内だ。座ってくれ。君の目にはっきりとカップルが見えるまで、どんどんハンドルを回す速度を上げていくから。はっきり見えたら、私はそのスピードを保ったまま、砂時計をひっくり返す。同時にカウンターのスイッチも入れることになる」

オーム博士は慎重にハンドルを回し始め、期待に満ちた目でジョンを見つめた。機械のうなる音が、どんどん高くなっていく。

「はい！」とジョンが言った。カウンターが回り始めた。一の位の歯車が一回転するごとに、そこについた突起が十の位の歯車を動かし、十の位の歯車の突起が、同じように百の位の歯車を動かす。砂時計の最後の砂粒が落ちると、オーム博士は再びそれをひっくり返した。カウンターが止まる。厳かに、博士は言った。「三三〇回転！　君が最も遅いな」。ジョンは喜んだ。自分の特徴が証明されたのだ。

「速度の違いは、人間どうしの相違のなかでも非常に重要なもののひとつだ」とオーム博士は言った。「この発見は、これからいろいろと役に立つだろう」

午後、オーム博士は授業をするために学校へ向かった。ジョンは同行しなかった。学校へ行けば、生徒たちの前で自分の経験を語るよう求められるのではないかと恐れたのだ。話したところで、ジョンを動かしたものがなんだったのかを、生徒たちが理解することはないだろう。それに、誰かの話に調子を合わせたくもなかった。学校へ行くよりは、昔なじみの木のところへ行くほうがいい。だがその木もまた、ジョンにはすっかりなじみのないものになっていた。けれどジョンにはもう木は必要ない。船のマストがあるのだから。ジョンは木の下に立ったまま、もう一度梢を見上げ、そこを立ち去った。町をぶらぶらと歩きながら、人間の速度について考えた。生まれつき鈍重な人間がいるというのが本当ならば、そういう者は鈍重なままでいい。ほかの者と同じになる義務はないはずだ。

浮き立った気持ちで、ジョンはオーム博士の夕食に相席した。世界はあるがままであるべきだ！　ここで豚の煮こごりが出てくれば言うことはない。だが、きびきびした家政婦に、どうしてそんなことがわかるだろう？

ジョンはオーム博士に、これからはもう本当に戦争は起きないだろうかと訊きたかった。いまのところ、戦争がなくなりそうには見えない。だがナポレオンに勝ったら、その後は永遠の平和が来るのだろうか？　けれどジョンは、質問を口に出すのを先延ばしにし続けた。どうしてなのかは自分でもわからなかった。

オーム博士は、これから作らせようと思っている新たな機械の数々について話した。「まだ正確なところはわからないんだ。もっとよく考えてみなければ」。ついでのように博士は、アイルランドのある司教の話をした。知覚の理論を考え出したというクロインの司教だ〔ジョージ・バークリー（一六八五―一七五三）〕。「彼は、世界のあらゆる人間、もの、動きは、見せかけだと考えるんだ。だから世界は、神がまやかしの感覚的印象で我々の脳に語る物語にすぎないというわけだ。だが神は、おそらくクロインの司教の脳にしか語りかけないんだろうな。最後には、存在するのは司教の脳と目と神経と、神が司教に送るイメージだけということになる」

「どうして神がそんなことをしなくちゃならないんですか？」とジョンは訊いた。

「創造の意味は、人間にはわからない」とオーム博士は答えた。「それに、面白い物語に目的がなきゃならないわけではなかろう」

「神がなんでも本物に見せかけることができるのなら」と、考え込みながらジョンは言った。「どうして滅多に奇跡を見せてくれないんでしょう？」

オーム博士には、その質問は荷が重すぎた。博士は、この話において博士自身の興味を引くことがらについて話した――もしクロインの司教が正しいとしたら、神はいったいどんな機械を使って人間の脳にそういった仮象を送り込むのか。「もちろん、これはほんの参考程度の考えにすぎないよ」と博士は言った。「神の手段は、実際には研究不可能だからね」

気がかりなことがひとつあって、ジョンはいまだに平和についての質問ができずにいた。ジョンは、なにかを説明するときにむやみに神を持ち出すことのないオーム博士が好きだった。だから博士には、ずっとそうあってほしかったのだ。

オーム博士は、自分からその話題に触れた。人類は学ぶだろう、と博士は言った。ただその速度が、思っていたよりも少し緩慢だ、と。「その理由は、有能な者たちが、世界のなかで自分の知っているわずかなことがらを変えようとばかりするからだ。だがいつか彼らも世界を発見するだろう。世界を改良するのではなく。そして、一度発見したものは決して忘れないだろう」

ジョンは世界についての長い話が好きではなかったが、オーム博士やウェストールのような賢明な人間が、自分との会話でそういった話をするのは問題ないと思った。

オーム博士がいまの言葉を書き留めておいてくれるといいのだが。

「忘れるといえば、思い出したことがあります」とジョンは言った。「僕はある女性を好きになって、その人と寝ました。なのにもうすでに、その人の顔が思い出せないんです！」

会話が一瞬途切れた。オーム博士が、うっかりカップを受け皿の縁に置いてしまったのだった。

メアリ・ローズに会う時間はもうなかった。ポーツマスから遠く離れたテムズ河口に停泊するベレロフォン号に乗船せねばならない。シェアネスまでの船でジョンは、海尉艦長の階級章をつけた士官と話をした。黒い目をした痩せた男で、鼻が長くて尖っている。まるで普通の鼻にもうひとつ鼻をかぶせて長くしたかのようだ。その士官はラプノティエールという名で、人並みはずれて早口だった。ピックル号というスクーナー型帆船を指揮している。海軍で最小の船のひとつで、たいていはフランス沿岸で偵察の任務についている。ピックル号の乗組員は、要塞を偵察したり、巡視船を拿捕したりする。ラプノティエールは、捕虜を尋問する能力にかけては有名だ。「あなたがフランス人なのも役に立つんでしょうな」と、別の士官が言う。

「私はイギリス人です！」ラプノティエールは無愛想に答える。「私は人類の善き情熱のために、悪しき情熱と戦っているのです」

「善き情熱というのはなんです？」と、ラプノティエールをフランス人呼ばわりした士官が尋ねる。

「信仰と愛です」

「では悪しき情熱は？」とジョンが訊いた。

「すべての人間に平等な自由、誇大妄想的論理、そして――ボナパルト！」

「そのとおりだ。まったく、あなたに神のお恵みがありますよう！」士官はそう叫んで飛び上がり、梁に頭をぶつけた。

ジョンはすべて無駄なおしゃべりだと思い、心のなかで拒絶した。

フランス人はイギリスに近づくべきではない。それだけの話だ。


乗組員だけを見れば、ベレロフォン号はイギリス船ではなく、アイルランド船だった。数多くの戦いで、七十四門の大砲を積んだこの船は、怒号と死の舞台となってきた。有名な船だ。なぜこれほど多くの水夫がアイルランド人なのかは、誰にもわからない。船乗りたちのあいだでは、この船は《乱暴号》《無骨号》と呼ばれている。一七八六年からすでに、船は手がつけられない乱暴者で、ポートワイン半瓶でおざなりに進水式を済ませると、時期尚早でありながら進水した。だから年齢はジョンと同じだ。マシューもまた、士官候補生としてこの船に勤務したことがある。船首像は歯をむき出した悪魔だ。きっとこれも、ポリフェーマス号の船首像である一つ目の巨人と同じように、ギリシア神話の人物なのだろう。一つ目巨人同様、こちらにも腕がない。

それは、インヴェスティゲーター号とはまったく異なる船だった。いたるところ、分厚い木材、重い索具、広い通路、数え切れない人で溢れている。赤毛の兵士たちに加えて、本来なら陸の大砲を扱う青い軍服の兵士までがいる。青い兵も赤い兵も、毎日のように甲板で教練をしている。哀れなやつら。乗組員たちは、兵士たちが「装塡、安全装置をかけろ」「右向け右」「回れ右」といった号令とともに動くのを、同情と軽蔑の目で見つめた。ただオーストラリアの原住民だけは、太鼓の音と行進にすっかり喜んだ。最近も、杖を使って一緒に教練を始め、回る、かがむといったいくつもの動作をダンスへと発展させた。ジョンは、人類を観察しようと思った。人類が学ぶときには、なにか目に見える兆しがあるはずだ。

乗組員にも兵士にも、酒と体罰とでむりやり任務につかせる必要のない者はほとんどいなかった。女たちもわずかながら乗っている。すすんで乗船したというが、もしかしたら夫たちに強制されたのかもしれない。女たちは男たちとともに下甲板で寝起きし、ズボンを履いていて、見た目は水夫となんら変わるところがない。女たちのことは話題にしなかったし、誰ひとり話題にしないものは、存在しないのと同じだった。誰ひとり女たちのことは話題にしなかったし、イギリス船を装っているだけのアイルランド船の上では、誰もそれを不審に思ったりしない。

針路は？　ブレストへ。港の封鎖——いつまでも終わらない任務だ。皆が不機嫌だ。むりやり働かされている乗組員たちは言うに及ばず。

士官候補生の食堂は、海面下の最下甲板にある。空気は切り裂くことができるほどぴんと張りつめている。テーブルの上には煙草、グロッグ、ケーキ、チーズ、パイプ、ナイフとフォーク、シャンパングラス、讃美歌の本、ティーカップ、豚肉の残り、石盤。テーブルの周りには倦怠、倦怠による殴り合い。さらに、すべてを知っていると思っている十九歳のバントの賢しげな言葉。バントは「三十くらいの女が一番だぜ！」といった声明を常に口にする。デヴォンポート近くの村の出身だ。村の人たちはきっと、バントが艦隊に志願したことを喜んでいるだろう。「三十くらいの女は、いろいろ知ってるんだ。二十歳の女が持ってるものは全部持ってるけど、無駄な時間を使わなくてすむ！　それどころか、四十絡みの女はもっといいことが多い！」食堂で最年長のウォルフォードが煙を宙に吐き出し、「いいかげんに黙れ！」と言う。そしてしばらく間を置いて、「また誰かに吹き込まれたな。たぶん七十の男だろう」。バントは怒り狂うが、なにかを言ったりしたりする前に、シャンパングラスで手を叩かれ、痛みで呆然と座り込む。ウォルフォードはそれほど俊敏なのだ。さらに、最年長者はいつも正しい。これはナポレオンと戦って守るべき原則のひとつだ。

ほかの者たちの退屈のせいで、ジョンにとっては惨めな日々が始まった。残酷さを習得してこなかった者は、少なくとも厚顔になることができなければならない。最初の数週間、ジョンはほとんど誰からも尊重されなかった。だがジョンは確信を失わなかった。自分の状況は変わると知っていたからだ。ひとりだけ、たまにジョンに助言を求める者がいた。最年少のシモンズで、両親の家を出たばかりだ。

ときにジョンは、将来のことを考えた。戦争が終わったら、自分のような者はなにをすればいいのだろう？　船に乗らない士官候補生は、俸給の半額さえもらえない。シェラードとともにオーストラリアに移住する？　だが、シェラードをどこで探せばいい？　いまやジョンは年長者の部類だった。シモンズは十四歳で、ヘンリー・ウォーカーは十六歳だ。

秋と冬のあいだじゅう、ブレスト沿岸を帆走するばかり！　ジョンのような者には、それも耐えられた。ジョンは新しい信号コードを学び、手に入る本は片っ端から読んだ。

戦争はまもなく終わるだろう。ジョンは、東インド会社に入ろうと思った。

シモンズには同情を覚えていた。晩にウォルフォードが、習慣どおりフォークを厳かにテーブルに叩きつけると、年少の者たちは食堂を去り、ベッドへ行かなくてはならない。彼らはまだ育ち盛りであり、年長者よりも多くの睡眠を必要とするということになっている。だがそれは建前にすぎず、真の目的は年少者に屈辱感を与えることだった。シモンズが寝過ごして見張りの交代時間に遅れると——シモンズは曹長と下甲板で船室をともにしていたので、そういうことはよく起きた――バントが行って、下からハンモックを押し上げ、シモンズを揺り落とすのが常だった。シモンズ少年は、かつてのジョンと同じように、こぶとすり傷だらけだった。それに、いたるところで嘲笑の的になる。基本的で単純なことがらを、まだ習得していないからだ。ロープ切断後の木口処理のしかたさえ知らない。これはシモンズ本人のせいでもあった。真剣さが足りないのだ。学ぶ代わりに、シモンズはバークシャーの家の飼い犬のことばかり話している。感じのいい、のんきな少年で、いつも人当たりがよく、自信たっぷりだが、メインヤードを転桁するための滑車をフォアマストに探す有様だ。ジョンはシモンズをつかまえた。「頭を使え！　ミズンマストにあるに決まってるじゃないか！」ジョンはシモンズに、より複雑なことも説明してやる。やがてジョンは、年長の者も自分ほどは知識をもたないことに気づいた。これまでジョンはなにひとつ忘れなかった。ジョンの頭は、ものがいっぱいに詰め込まれた納屋と同じだ。最初、年長者たちはそのことで腹を立てた。だがジョンは、自分の知識を伝えることをやめようとはしなかった。ほかの者たちに知識がないなら、それを教えることは自分の義務だと思った。半年たつころには、皆がジョンのことをよく知るようになっていた。そしてジョンは、当初の予想どおり、尊重されるようになった。重要な局面になると問いかけられ、答えるための時間を与えられた。これ以上のものを手に入れることはできない、とジョンは思った。ひとつだけ間違いが残った――いまは戦争中だったのだ。

冬が過ぎた。ついにブレストを出発！　新しい艦長が来た。名前はジョン・クック、禿げ頭の痩せた男で、顎が割れている。バーナビーと同じくらい高貴な雰囲気をたたえ、よく微笑む。クックは骨の髄までネルソンの部下で、人を鼓舞する術を知っていた。ネルソンはまだ遠くにいる。フランス艦隊の一部を追っているのだ。だがクックは艦をもうすでに、まるでネルソン提督が船尾楼甲板で自分の隣に立っているかのような雰囲気に変えてしまった。死、名声、義務について語り、その際ただならぬ感じのよさを振りまいた。誰の話にも耳を傾けたが、はっきりと反応を示すことはなかった。もしかしたら、聞いているふりをしているだけなのかもしれないが、誰もが、より高尚な意味で艦長から理解されていると感じた。まるで、自由と善意の時代が幕を開けたかのようだった。バントはもう御託を並べず、ウォルフォードは人を助け、勇気づけるようになった。皆がより善くなろうとした。そのすべてが、艦長の言葉のみによって起きたことだとは！　ただジョンだけが、自分の心の奥にむなしく耳を澄ませ、「まだなんの変化もない！」と思っていた。「名声」という言葉には、特に強い疑念を抱いた。名声——人は、より善き側に立ちたいと思う。だが、戦いにおいてどちらがより善き側かは、確かではない。そもそも、死によって確実に証明できることなど、ひとつもない。ジョンは頭のなかで、自身の演説をしてみた。閉じた口の奥で舌を動かす。やがて、名声についてははっきりした。だが「名誉」という言葉で舌を止め、あれこれと考えた。名誉というものはある。だがそれが正確にはなんのことかは、これからもっと追究していかねばならない。

ベレロフォン号はスペインのカルタヘナへ向かっている。船首像が新しく描き直された。ネルソン自身もやってきた。物腰のやわらかい、だが決然とした紳士で、やはり微笑む術を心得ていた。ベレロフォン号の乗組員の前に立ったネルソンは、囁くような、ほとんど懇願するような声で話した。愛に溢れた男に見える——名声と、自分と同類の人間への愛に。そういうわけで、艦上ではすぐに、ネルソンと同類になりたがらない者はいなくなった。

「僕には感染しない」とジョンは言った。このネルソンという人物は、誰もが自分に愛されるために行動すると信じて疑わないようだ。そして実際、皆がそうした。ネルソンは熱狂的な者を愛したので、イギリスのために熱狂的になることが魅力的だと思われるようになった。抑圧される水夫たち、酷使される兵士たちが、英雄的行動を取ろうと、突然のように決意を固めた。彼らはいまや、地球が生み出した事物のなかで最も高い次元に属すると信じている。あとはそれを実際に証明するだけだ。名誉とは誰もに、すでに与えられた賛辞にふさわしい行動を取るよう義務づけるものだ。名誉とは、自分がその賛辞にふさわしい者だと、あとから示すべき証明なのだ。

「サーベルが人間の身体のなかと肋骨で受ける抵抗はどれくらいかな？　心臓壁ってどれくらい硬いのかな？」十四歳のシモンズが質問する。「意志を強くもちさえすればいいんだ。そうすれば簡単さ！」十六歳のウォーカーが請け合う。皆、力がみなぎり、死や凄惨なことが起きる状況を待ちわびている。自分が落ち着きと尊厳をもってそれを乗り越えられるかを見極めるために。そういった場面をまだ知らない者は、誰もが経験したいと思っている。新人たちはどんどんやってくる。ジョンは、自分が歳を取ったような気がした。そして、若いシモンズを鋭く観察した。シモンズの熱狂的愛国心がどれほど急速に強くなるのか、朝よりも夜のほうが強いのか、それが外から来るものなのか、それとも彼の内面から来るものなのかを知りたかったからだ。

フランス船とスペイン船は、いまだにカディスの艦隊の庇護下にある。ベレロフォン号はそこへ向かった。艦隊が勢ぞろいした。ある晩、ジョンは食堂でこう言った。「一分に三三〇回転なんだから、僕は戦いに向いてないよ！」だが誰も、そんな言葉は聞きたがらなかった。

「君がクエーカー派だとは思えないがね、フランクリン！」とウォルフォードが言った。「だが、君には熱意というものが足りないな！」ジョンは船の上のことならなんでも知っているので、クエーカー派が船上でなにを意味するかもよくわかっていた。クエーカー派とは、大砲の修理中や上陸中に、砲門から出して見せるまがいもののことだ。ジョンはまがいものにはなりたくなかった。そこで、任務にはこれまでの倍の努力をするようになった。ジョンは今回もまた信号旗手だ。ジョンはあらゆる規則、間違いとその修正を覚えた。熱意がないなどと誰にも言われないくらい、よい船乗りになりたかった。

ある海尉がこう言うのが聞こえた。「人類の思想のなかで最も尊いのは、自己犠牲の精神だ。我々は殺すために戦うんじゃない。イギリスのために自らの命を危険にさらすためだ！」ジョンがまだ『記憶すべき卓越した慣用句および構文』のノートを持っていたら、そこに書きつけるのにまさにふさわしい言葉だっただろう。海尉は話しながら、聞き手たちを素通りして、その向こうに目を向けていた。その顔には、一種の臆病な満足感が表れていた。まるでこう考えているかのように——まだすべて揃っている、まだすべては明快だ、まだ自分は間違いを犯していない。

勇気については、おおいに語られた。言葉が隅々まで行き届けば、男たちは戦いにおいてもその勇気を発揮するだろう。それに多くの者は、昇進したがっていた。そうすれば、英雄的な戦いの時代が終わったあとも、もう苦しまずに済むと思っているのだ。それに皆、こう考えてもいた——千人の乗組員のうち、一般的に考えて二百人から三百人以上が戦死することはない、燃えて沈む船にも常に生き残りはいる、と。

イギリス艦隊はいま、カディスの南西にいる。朝が来た。朝食、ラム酒の配給、戦闘準備。バントがカップを置いた。「栄光の時代だ！　そして俺たちは、ネルソンとともに戦えるんだ！」どうやらバントまでもが、こんな話しかたをするようになってしまったようだ。だが、たとえ狩りを前にした猟犬のように熱狂的に語ってはいても、その言葉は誰かの真似をしているように響いた。デヴォンポートなどという場所の出身では仕方がない。シモンズの場合は違った。シモンズはほんとうになにか偉大な感情をもち、真実を感じ取っていると主張した。「いまこそ、戦いがどんなものか知りたい！」とシモンズは言った。ジョンは、シモンズがほんとうにそう思っていることを確信していた。

ジョン・クックが最後の演説をする。「我々は不滅への途上にある！」そう言って微笑む。「普段より努力してほしい。ほんの少しでいい。それで諸君は、フランス人の三倍は強くなる」

どうやって計算したのだろう？

士官候補生の食堂に救護室が設えられた。シモンズは興奮のあまりもう普通に歩くことができず、まるで生死がかかっているかのように全力疾走している。シモンズの楽観的なところが、力と勇気に変わるかもしれない。乗組員全体も似たようなものであることに、ジョンは気づいた。ただほんのときたま、まるで油が足りなくなったかのように、英雄的精神がしぼむことがあった。前甲板で、ジョンはこんな言葉を聞いた。

「死人の見方は違うさ」

ジョンは、すぐに口にできるようにこの言葉を暗記すると、ウォルフォードに向かってぶつけてみた。いまだにジョンは、戦いにはならないだろうとたかをくくっていた。

だがそのとき、見張り台から怒鳴り声が聞こえた。「外国船だ！」いくらもたたないうちに、海は見渡すかぎり帆で真っ白に埋まった。ジョンは見事に落ち着いていた。だが一瞬だけ、空気に雪のにおいをかいだような気がした。鼻が冷たくなった。北へ向かって海上を進む海の要塞の不規則な列が、東の水平線の三分の一を占めている。つまり敵はいったん出発したあと引き返し、いまカディスへ戻ろうとしているのだ。

この冷気は、内面から来るものに違いない。ジョンは船尾楼甲板に、第三士官と並んで立っていた。そこがジョンの持ち場なのだ。だが気分が悪くなった。「旗艦から信号です、サー！」「命令はなんと？」ジョンは、自分がまたしても震えているのに気づいた。それは、これまで覚えてきた信号のどれとも違っていた。「一一五三」で始まる信号。「イギリス」という意味だ。きっとあいまいな内容の信号に違いない。

だがジョンには信号が理解できなかった。自分の胃を制御することに精一杯だったのだ。じっと視線を固定させても、いつものような明晰さは訪れない。呼吸がほとんどできず、ジョンは守勢に立たされていた。僕は決してネルソンのようにはなれない。互いのすべてを信じ合う男たちの仲間には、決してなれない。彼らは勝利をもぎ取るまで、互いの勇気さえ信じているのだ。甲板に嘔吐だけはしてはならない、とジョンは思った。そんな行為は、王冠に唾するものととらえられる。そんなことは絶対にしたくなかった。

北東からわずかに風が吹いている。「早く戦いたい！」と皆が言う。「とにかく早く！」皆、もう時間がない。いますぐに名声を必要としている。早く終わらせてしまうためにも。英雄的な気分は、永遠に続くものではない。いま起こりうる最悪の事態は、戦闘にならないことだ。二十七隻の英国戦艦が、頼りない風に吹かれながら、古い波にうねる海を敵に向かって進んでいく。前方を見つめる何千人もの男たち。骨、筋肉、脂肪、神経、皮膚、血管、汗、そしてやみくもな怒りに身を任せることを決意した脳――彼らはすでに、その血を担保として与えてしまったのだ。遠くから見れば、有無を言わせぬ脅威的な眺めかもしれない。だが近くで見れば、実習生は士官候補生に、二等兵曹は一等兵曹に、第五士官は第四士官になりたいだけだ。ジョンは改めて、人間がどれほど異質なものに見えるかに驚いていた。だが、戦闘は避けられないのではないか？　それなら、そこにまつわるなにひとつ、おかしなものなどない！「イギリスを守る！」とジョンは大声で言ってみた。だが、気分はよくならなかった。フランス人がイギリスに上陸したところで、スピルスビー周辺の丘が気をもんだりするだろうか？　ジョンを麻痺させているのは恐怖ではなく、むしろ深い迷いだった。なにをするべきなのか？　アール・カムデン号の船上でジョンを襲ったあの拒絶感を、再び呼び戻したいとは思わなかった。死者を運び、山と同じ視線をもつ？　あれは、単なる震えのせいだった。もうひとつの可能性は、ものごとをクロインの司教と同じように見ることだ。つまり、この自分、ジョン・フランクリンは精神をもつ人間であり、どこかの誰かが、不愉快な状態に置かれたときにジョンが不平を言うかどうかを確かめるために、すべてをまことしやかに見せているにすぎない、と考えるのだ。実在するものなどなにひとつない、確かなのはただ、すべてが仮象だということだ——そう考えてみようと思った。

それでもなお、ジョンは自分を役立たずで孤独だと感じた。船までもがまったく見知らぬものに見えてきた。だが自分は戦艦の船乗りだ。戦闘の真っ最中に職業を替えるわけにはいかない。ジョンは歯を食いしばって、混沌とした信号を伝える旗を、マストトップに揚げ続けた。できるだけ深く息をして、計画的に仕事をした。視線を固定させて船の中心線を追い、あらゆる動きは視界の端でとらえるのみにした。それはわずかながら役に立ち、落ち着きが戻ってきた。ところがよりによってそのとき、第一士官のロザラムが、ジョンに鋭い視線を向けた。

「フランクリン、震えているぞ！」

「サー」

「震えているじゃないか！」

「アイアイ、サー！」どうやらロザラムには、クエーカー派だと思われているようだ。皆が互いの勇気を信じ合っているいまこのとき、どうしてジョンだけが例外扱いされるのだろう？

艦長が甲板下に向かい、ネルソンの信号を告げた。男たちは汗をかき、笑顔になって、歓声を上げた。いまは皆が、偉大な言葉を聞きたいと思っていた。いくら聞いても聞き足りない。航海術講義で使うチョークで、彼らは大砲の筒にこう書いた。「ベレロフォン——名声を、さもなくば死を」。艦の外からは、フランスの二層甲板軍艦が近づいてくる。彼方から最初の砲声が聞こえた。

誰かが一定のリズムでなにかを叫んでいる。やがて他の者たちが唱和する。気づくと艦全体が、まるでひとりの巨人のように、割れんばかりの声でこう叫んでいた。「恐れるな！」何度も何度も、脅すように、誓うように。「恐れるな！」ジョンは、まるでこの脅しが自分に向けられているような気がした。

コーススルは絞帆され、緞帳のように持ち上げられた。船首の大砲が砲撃を始める。その後に続くものは、ジョンもよく知っていた——煙、破片、そして二種類の叫び声——全員共通の叫びと、それぞれ個々の叫びだ。それに、このいまいましい震え。ジョンは後甲板の、ジョン・クックからほんの四歩離れた場所に立っている。それに、このいまいましい震え。ジョンは後甲板の、ジョン・クックからほんの四歩離れた場所に立っている。クックは肩に肩章をつけている。なんということだ、肩章は取り外せるじゃないか！敵の恰好の的だというのに！

甲板に瀕死の男が倒れていた。「恐れるな！」とささやいている。航海長のオーヴァートンだ。ジョンはアイルランド人水夫と協力して、オーヴァートンを甲板下に運び、ウォルフォードが一年のあいだ毎晩のようにフォークを叩きつけ続けたテーブルに横たえた。いま外科医が手にしている道具は、そのフォークと大差ない代物だ。

「僕はみんなのところへ戻ります、ミスター・オーヴァートン。みんなを放っておくわけにはいかないので」。返事はない。オーヴァートンは、手術の前に死ぬほうを選ぶようだ。

落ち着いて呼吸しろ！　後甲板。船体中心線。視線を固定して、すべてに向けると同時に、どこにも向けない——展望をもて。フランス艦隊は、イギリス艦の帆を粉々に撃ち破った。敵艦は左舷を直接ベレロフォン号の右舷前部に向けて、あらんかぎりの勢いで撃ってくる。ついに白兵戦が始まった。二百人の兵士たちが、すさまじいわめき声をあげて、フランス艦の前甲板から突撃してくる。刀身が光を受けて震える。そのとき、波がふたつの艦を何秒かのあいだ引き離し、突撃してくる者たちは隙間に落ちていった。足を踏み外して、ブドウの房のように互いにしがみつきながら、落ちる最中にもなおも驚いた目をして消えていく。ベレロフォン号の前甲板にたどり着いたのはほんの二十人弱で、イギリス軍が即座に殺した。

ジョンは別の方向を見た。船はいま、三方向からの砲撃にさらされている。

ジョン・クックが倒れた。「下にお連れします、サー」

「いや、数分だけ休ませてくれ！」と艦長は言った。そのとき、「あそこに！」とシモンズが叫んだ。「ミズントップに！」

互いにもつれ合い、絡まり合った索具のなかに、ジョンは銃身を認めた。三角帽が見える。そして狭く赤らんだ額の下に、狙いを定めるひとつの目が。ジョンはそれを無視することに決めて、たったいま弾に当たった黒い肌の水夫を助け起こした。ほかの者たちは艦長を甲板下へ運んでいった。ジョンとシモンズが黒人水夫を支えて階段を降りていると、水夫の身体が再びたわんだ。「またミズントップのあいつだよ。もう音でわかるんだ！」とシモンズが叫ぶ。彼の言うとおり、いまでは本当にひとつひとつの銃声が聞き分けられる。銃撃が減ってきているのだ。「あいつを撃たなきゃ、僕たち全員やられる！」たったひとりの男が、艦の全員を脅かしている。銃と、大きく見開いた鋭い目を、絡まり合った索具のなかに隠して。その男を殺そうとすれば、自身が次の獲物になってしまう。

黒人水夫はもう息をしておらず、心臓の鼓動も止まっていた。ジョンとシモンズは彼をその場に置いて、引き返した。「僕を先に行かせて。僕のほうが速いから！」とシモンズが言った。そして階段を駆け上がったが、突然飛び上がり、まるで驚いた獣のように脚をもつれさせながら跳ね回ると、最上段を踏み外して、ジョンのほうへ落ちてきた。

シモンズの喉の真ん中に穴が開いていた。

フランス人射手は、階段をずっと狙っているに違いない。もしかしたら二人組で、ひとりが銃を装塡し、ひとりが撃っているのかもしれない。ジョンはシモンズを腕に抱えて、引きずりながら階段を降ろした。「身に余る光栄です！」とシモンズ少年が言う。急にこんな口をきくようになって！　シモンズは冗談を言うにはまだ若すぎる。それとも、いま急に歳を取ったのだろうか？　ジョンは一瞬、アイルランドの司教とその理論のことを思い出した。あの理論にはすっかり見捨てられてしまった。

重症のシモンズが、ぜいぜい言い始めた。長く伸びる責めるような音が、喉から漏れる。ふたりの目の前で、弾丸が手すりを打ち砕いた。ジョンはシモンズの身体をはね上げ戸のように使って、破片を押し戻さなければならなかった。いつもみんなを運び降ろしてばかりじゃだめだ、とジョンは思った。もう誰も運ばない。甲板に留まるんだ。救護室に着いたとき、シモンズはまだ生きているようだった。クックはすでに死んでいた。ジョンは、ひたひたと押し寄せる、のしかかるような怒りを感じた。さきほどの信号文の、最後の四つの信号旗の色を反復することで、再び頭のなかを明快にしようと試みた。「四、二一、一九、二五〔それぞれD、U、T、Yに対応し、ネルソンが海戦に際して掲げた信号文「英国は各員がその義務を尽くすことを期待する」の最後の言葉「義務」を表す〕」。どんな場面でも、単純極まりないことをするのは役に立つ。

オーム博士はかつて、他人の声ではなく、自分の内なる声に耳を傾けよと助言してくれた。だが、恐怖はどうすればいいのだろう？　ジョンはしばらくのあいだ、腕をだらりとたらしたまま立ちすくんでいた。きっと僕はバカみたいに見える、と思った。それだけじゃない、きっと臆病者に見えるだろう。皆が僕を笑うのも無理はない！　もうだめだ、これ以上こんな状況を見ていられない。シモンズがうめき、絶命した。ジョンは視線を固定させて、シモンズを目に入れまいとした。だがうまくいかなかった。

やらなくては。甲板へ上らなくては！　巻き込まれずにいられるなどと思ったのは、ただの夢だったのだ！　頭のなかのためらいが消えた。ところがそうすると、身体が反抗を始めた。足がすくみ、舌が喉に貼りつき、顎と両手は以前にも増して激しく震え始めた。ジョンは頭でそれを押さえ込んだ。自分がどこまでやれるか、試してみたかった。最初の銃は、下甲板で装塡した。そのとき嘔吐して、銃を汚してしまった。汚れをふき取り、それから中甲板に出た。そこで第二の、すでに装塡済みの銃を見つけた。第三の銃は、怪我にうめく兵士が階段の最上段の真横で装塡して、ジョンに手渡してくれた。こうしてジョンは銃を三丁手にした。自分が恐怖と怒りで震えているかぎり、撃てないことはわかっていた。どっちつかずではいけない。怒りを払いのけ、恐怖を打ち消し、嫌悪感を押しやらねばならない。そしてその状態から、あまりに拙速に抜け出してはならない。自分がすべての罪を背負い込んだあげくに的を外しては、なんの意味もないではないか！　ジョンは最初の銃を頭のうんと上に持ち上げ、防御扉から突き出すと、手以外を敵の視界に入れずに、銃口をフランス艦のミズントップに向けようと試みた。角度も距離もすべて、記憶で見積もらなくてはならない。ジョンの右手の後ろ、木の階段に、突然明るいくぼみができた。射撃音も、跳ね返った弾丸の音も聞こえた。おかげで角度をより正確に調節できる。ジョンは銃の方向を修正した。

「いい加減撃てよ！」後ろにいる誰かが怒鳴った。だがジョン・フランクリンには──何時間でも空中に紐を掲げていられる人間には──、狙いを定める時間はたっぷりあった。もはや命中したも同然になるまでは、引き金を引くつもりはなかった。ジョンは待った。もう一度、すべてを互いに関連した、納得のいくひとつの像にまとめる──角度、見積もった高さ、打ち勝った疑念、より善き未来。そしてジョンは撃った。銃を放り投げると、二丁目を手に取り、狙いを定めて、再び撃ち、三丁目を手に取ると、階段を駆け上がった。あの狙撃手はまだいるだろうか？　索具はさきほどよりもさらに密に絡まっていて、ぼろぼろになったフランス艦のトガンスルが、狙撃手の正確な居場所を包みこんでいる。まるきり無防備な状態で、ジョンは再びミズントップを狙って撃った。なにひとつ動かない。

後甲板にいるのは、ロザラム海尉ひとりだった。ウォルフォードは、突撃命令を受けて敵艦の甲板にいる。

そのときジョンは、風がトガンスルの切れ端とともに、三角帽を海へと運んでいくのを目にした。ミズントップから、突然人の足が垂れ下がった。それはほんのかすかな動きだった。人の足が、もはや足場を探らないせいで、わずか数インチずり落ちたのだ。「あれを見ろ!」アイルランド人水夫のひとりが叫んだ。

敵の狙撃手が、頭を下にして落ちてきた。まるで落ちたいのは頭だけで、身体はいやいやながらそれに従うかのように、何度もマスト上に支えを探しながら、結局どうすることもできず、海へ落ちていった。

「運命のときが来たってわけだ!」と水夫が叫んだ。

「違うよ、僕が撃ったんだ」とジョンは言った。

ベレロフォン号の船尾楼甲板と後甲板で戦死するか、または実質的に戦死と変わらない重傷を負ったのは、わずか八十名だった。生き残った者たちは疲れきっていて、歓声を上げることもできなかった。英仏どちらの艦にも、ほとんど静寂に近い空気が流れていた。異臭が漂っている。

シモンズは死んだ。本人が望んだとおり、「戦いがどんなものか」、いまは知ったことだろう。

「確かにあれは、お前が正しいかもしれない」と、かすれた声でウォルフォードが言った。「死人の見方は違うってな」。ウォルフォードひとりが、話すことで立ち直ろうとしているようだった。仕事は山のようにあった。信号も解読しなくてはならない。ネルソン提督は銃弾に倒れた。指揮権はコリングウッドに移った。ウォルフォードは第五士官と拿捕船回航員とともにフランス艦レグル号へ、ハリー・ウォーカーはスペイン艦モナルカ号へ向かった。おもにアイルランド人水夫が任務についていた船だ。

嵐がやってきて、ジョンが十四歳のときにビスケー湾で体験したよりもひどく暴れまわり、大砲が成し遂げたよりも多くの船を沈めた。なにより、捕獲物が紛失してしまった。海は独自の言葉を話し、人は艦の穴をふさぎ、トップマストを連結し、倒れるまで水をくみ出さねばならなかった。迫り来る岸から離れるために、皆が一晩中闘った。

五日目の朝、嵐は収まった。ジョンは最下甲板へ降りて、怪我人たちのあいだにぼんやりと座り込んだ。考えたり泣いたりするには、疲れすぎていた。眠ることさえできない。いくつもの像が目に浮かんでは消えるにまかせる。せっかく見慣れたにもかかわらず、死んでしまった人たちの顔——モックリッジ、シモンズ、クック、オーヴァートン、黒人の水夫……さまざまな顔のあいだに、あのフランス人狙撃手の姿が浮かび、それから突然ネルソンの姿が見えた。なんという無益な損失！「なにが人類の名誉だ！」それに、ジョン自身の行動についてもよく考えなくては。女たちのひとりが、座っているジョンに目を向けた。きっとジョンが泣いていると思ったのだろう、女は「よしよし！」と言った。ジョンは額に当てていたこぶしをどけて、こう答えた。「もうみんなのことを覚えていられない。みんな、あまりにも早く行ってしまうから」

「そのうち慣れるわよ」と女が言った。「それに、あなたがまだ知らない、もっと辛いことにもね。ここに飲み物があるわよ」。女たちは、その揺るぎない家庭的本能で、戦争に、本来それが値しないなにか当たり前の顔を付与していた。ジョンに話しかけたこの女は、色白でそばかすのある女たちのひとりで、いまは死んだ主計士官の妻だった。数時間後、自分が彼女に口づけたのか、彼女と寝さえしたのか、それともすべてはただの妄想、クロインの司教の説く仮象にすぎなかったのか、ジョンにはもうはっきりとわからなかった。いずれにせよ、メアリ・ローズと味わった太陽も「現在」もなかった。

ジョンはいまでも確実に仕事をこなす。「僕は三十六時間寝ずに働ける」と、自分の支えになるものを求めてジョンは言う。フランスに対する勝利は、少しも自信にはならなかったからだ。だがジョンは、過去の時間を数えたところでどうにもならないことに気づいた。それに、誰かを撃ち殺すことが「働く」ことになるのかどうかもわからなかった。遠くにユーリアラス号からの信号が見える。コリンウッドの新しい旗艦だ。勝利を知らせるため、スクーナー型帆船ピックル号をロンドンへ派遣するという内容だ。ジョンは一瞬、長い鼻の海尉艦長ラプノティエールがロンドンに現れ、本来の饒舌を押し殺してたったひとことを発し、皆を飛び上がらせるようすを想像した。「トラファルガー岬で勝利」

ベレロフォン号は、ポーツマスの港外スピットヘッドに停泊した。岸からは旗をはためかせたサウスシー・キャッスルの明かりが届き、その右には、性能のいい望遠鏡があれば、捕虜収容用の老廃船が見える。使い古されて朽ちた戦艦たちは、これからフランス軍捕虜たちを収容するのに使われる。巨大な古い船体は灰色に塗られ、マストは取り去られ、どの船にも高い傾斜屋根といくつもの煙突が取り付けられている。まるで水に浮かぶ不恰好な家のようだ。マストのない船など、いったいなんだろう。

ポーツマスの通りの雑踏は、いまだに勝利に酔っていた――それとも、そう見えるだけだろうか。もしかしたら、ただ酒のせいにすぎないのかもしれない。なんといっても日曜日で、港湾労働者たちも造船所へ行く必要はないのだ。腕木式信号塔の下で、ジョンは塔の腕木がたゆまず動いているのを見た。またしても海軍本部宛てのなんらかの知らせが作成され、丘から丘へと、ロンドンまで運ばれていくのだ。きっとトラファルガー勝利のさらなる確認だろう。そういう知らせなら、提督たちは何度でも喜んで聞く。

ジョンは大急ぎでケッペル・ロウへ赴き、いくつもの背の低い建物のなかから正しい家を見つけ出した。

メアリ・ローズの家の扉から顔を覗かせたのは、ジョンの知らない老女だった。

「どこのメアリだい、ここにはメアリなんていないよ！」

ジョンは言った。「メアリ・ローズです。ここに住んでいたんです！」

ジョンはしばらく前からまた、メアリの顔をはっきりと思い出せるようになっていた。そして、この家はメアリの家だ。

「メアリ・ローズ？　沈んじまったよ」。扉が閉まった。なかから笑い声が聞こえた。ジョンは扉を叩き続け、ようやくまた開けてもらえた。「だから、ここにはメアリなんて名前の女はいないんだよ」と老女が言った。「それとも、隣の家のあの年寄りのことを言ってるのかい？――ええと、なんて名前だっけ……」

「違います、若い人です」とジョンは言った。「眉毛が大きな孤を描いてるんです！」

「その人なら死んだよ、そうだろ、サラ？」

「なに言ってるの、母さん、どっかへ引っ越したのよ。頭がおかしくなって」

「ああそうかい。娼婦なんてそんなもんだよ！」

「いまどこにいるんですか？」とジョンは訊いた。

「誰も知らないよ」

「あんな眉毛の人はひとりしかいません」とジョンは言った。

「それならまた見つかるだろ。じゃあ、忙しいから」。そう言って老女は家のなかに消えた。若いほうの女は一瞬ためらったあと、こう言った。「諦めたほうがいいわよ。あんたが探してる人は、どっかに行っちゃったの。たぶん感化院かどこかにいるんだと思う。もう家賃を払えなくってね」

感化院とは救貧院のことだ。ウォーブリントン・ストリートに一軒あるらしい。ジョンはそこへ行って、メアリ・ローズと話したいと頼んだ。門番は、残念だけど、と言った。そんな女はここにはいないという。背後で、ひとりの老人が何度も何度も「ネズミだ、ネズミだ、助けてくれ！」と叫んでいた。門番は最後にひとことだけ、こう言った。「ポートシーへ行ってみたら？　エルム・ロードだ」

三十分後、ジョンはその場所に着いた。もうひとつの救貧院で、分厚い塀に囲まれている。建物には窓がなく、壁に開いた穴から貧民たちが外を覗き、通り過ぎる者たちに物乞いをしている。いくつもの年老いた痛風病みの手が差し出されている。そのなかに、子供の腕も二本あった。管理人の女性は、たいへん感じがよかった。「メアリ・ローズですか？　それなら、自分の子供を殺した女性のことです。もうここにはいません。ハイ・ストリートのホワイト・ハウスにいるはずです。あら、どうなさったんです、将校さん？」

ジョンは再び町へと向かった。ここが救貧院だというのなら、牢獄はいったいどれほどひどいところなのだろう？

ホワイト・ハウスの看守は、肩をすくめた。「どこにいるかは知らんが、ここにはいないよ。もしかしたら、もう船に乗せられて、オーストラリアに流されたのかもな。または、新しい牢獄のほうに行ってみるという手もあるよ。ペニー・ストリートだ」

ジョンはそこまで歩いていった。すでに日は沈んでいた。ペニー・ストリートに着いたが、明日の朝まではなにもできないと言われた。

今晩はベッドで眠ろうと決意していたため、ジョンは高級ホテル《ザ・ブルー・ポスツ》に部屋を取った――ほかの宿には空きがなかったのだ。それに、よりによっていまベレロフォン号と船乗り仲間たちに再会するのは気がすすまなかった。まずはメアリ・ローズを見つけ出さなくては。たとえ彼女を船からむりやり降ろすことになっても。

朝が来た。ジョンはあっさりと牢獄の作業部屋へ通された。職員がひとり付き添っている。ジョンの目に映ったのは、手に血をにじませながら、タールを塗った古綱から麻くずをむしっている、みすぼらしく疲れ果てた人たちだった。職員がもうひとりやってきた。「ええ、メアリ・ローズはここにいます。ですが危険で反抗的で、何時間も叫び続けることもしょっちゅうです。いったいどうしてお会いになりたいんですか？」「言づてを預かっているので」とジョンは言った。「ご家族から」

「家族？」職員が疑い深そうに、ジョンの言葉を繰り返した。「まあいいでしょう。もしかしたら、これで彼女もおとなしくなるかもしれませんし」。職員はメアリ・ローズを迎えに行った。

その女は、鎖につながれてやってきた。両手は背中に回されている。彼女はメアリ・ローズではなかった。いずれにせよ、ジョンの探しているメアリ・ローズではなかった。やや小太りの若い女で、顔色は病人じみており、その視線は完全に空虚だった。ジョンはその女に、ケッペル・ロウに住んでいたもうひとりのメアリ・ローズはどこにいるのか、と尋ねた。すると女は突然笑い出した。笑うと鼻に皺が寄り、ほとんどかわいらしいとさえ言える顔になった。

「もうひとりのメアリ・ローズですって。それは私のことよ」と女は言った。

それから女は叫び始め、引き立てられていった。

ジョンは町を歩き回りながら、考えた。昼どきには、貧民のための炊き出しが行われている場所に長いあいだ立って、メアリ・ローズの眉毛を見なかったかと尋ねて回った。「沈んだよ」という言葉を、また何度か聞くことになった。というのも、彼女と同じ名前の船があったからだ。

それを除けば、皆メアリ・ローズという名の女をまったく知らないか、あまりにたくさん知っているかのどちらかだった。目元の特徴を覚えている者は誰もいなかった。そもそも、彼らになにかを見る習慣などなさそうだ。だが、ものを見ずに、いったいどうやって生きていけるのだろう？　彼らはあらゆる善きものを、そのうつろな目で浪費してしまうのだ。もしかしたら、自分たち自身を、すでになにか浪費されたものと見なしているのかもしれない。ジョンは、貧窮に嫌悪感を抱いている自分に気づいた。

ジョンは三日間町に留まり、町で最も怪しげな酒場を訪れた。そういった酒場は、ほとんどが《ザ・ヒーローズ》といった立派な名前を掲げていた。キャプスタン・スクエアにある悪名高い《シップ・ティグル》にさえ足を踏み入れた。だが、手がかりはひとつもなし！　ジョンはその酒場で、三人の失業した港湾労働者に尋ねてみたが、彼らにはほかの心配ごとがあった。ブルネルという名の卑劣漢が新しい機械を導入したせいで、これまで百十人の熟練工が一日あたり生産したのと同じ量の滑車を、十人の素人労働者が生産できるようになったという。三人は、このいまいましい機械を宙に吹っ飛ばすための火薬を手に入れたがっていた。ジョンは、それはやめたほうがいいと忠告して、先に進んだ。こうしてゆうに百人を超える船員、三十人の娘、ふたりの医者、ひとりの市役所書記に尋ね、さらにはメソジスト派の日曜学校まで訪れた。《フォーチュン・オブ・ウォー》という酒場では、ひとりの老人が、答えの代わりに自分のしなびた腕を見せた。そこには美しい裸の女の刺青があった。かつてははちきれそうな胸と豊かな髪を誇っていたであろうその女は、いまでは老人の肌の皺のせいで、少しばかりしなびて見えた。女の刺青の上には、こう彫ってあった。「メアリ・ローズ」。そしてその下に「愛《ラブ》」。

ようやくジョンは、ひとりの娘からこう聞いた。「そういう顔の人、知ってるわよ。でも名前はメアリ・ローズじゃなかった。少し前に結婚したわ。サセックスの商人だったか、帽子職人だったか。いまなんて名前なのかは知らない」

ジョンの靴の底は、すっかり磨り減ってしまった。足の裏に、敷石のひとつひとつを感じる。やがてジョンは、とある辻で荷車の上に座りこみ、途方に暮れた。ぼんやりとあたりを見つめながらジョンは言った。「こんなことがあるなんて」

ベレロフォン号はまもなくまた出航する。ジョンの船旅用の行李は、艦に積んだままだ。もちろん、必ずしも行李のある場所に向かう必要はない。ヴィクトリー号の艦上で、あの偉大であいまいな信号を揚げたルームという名の二等兵は、戦闘のあと、最初の機会をとらえて脱走した。だがジョンは、絶対に脱走などしたくはなかった。脱走したとしても、その後なにを始めればいいのかわからない。海軍は、ジョンが東インド会社に入るのを許可してはくれなかった。とすれば、ほかにどんな道があるだろう？　さらに、いまとなってはジョンには戦友しか残っていない。少なくとも戦友たちのことなら知っている。見知らぬ誰かに話しかけるのを、これほど難しいと感じたことはなかった。自分が途方に暮れていることを誰かに打ち明けるのを。栈橋へ行こうと、ジョンは立ち上がった。

「イギリスを守る」と口に出してみて、自分以外の人間の顔に浮かぶのを見れば嫌悪感を抱く、あの薄笑いを浮かべた。

ジョンが最後にメアリ・ローズのことを尋ねた相手は、幼い少年だった。少年もメアリ・ローズの行方は知らなかったが、ジョンの腕をつかんで、地球の反対側にいる動物たちについて話してほしいと言った。ジョンは腰を下ろして、サルヴァトールと名づけられたペレンティーオオトカゲの話をした。

ジョンはティモールで、そのトカゲを観察したのだった。いまこの動物について、意志に反してこれほど多くの苦い言葉が出てくることに、ジョンは自分でも驚いた。

「サルヴァトールは逃げないんだ。だけど、闘うのも好きじゃない。本来の性格に反するんだ。人間と同じように頭がよくて、友達を作るのが好きだ。でも、ほとんど動かない――たいていは、じっと座ってるんだ――、だから、あんまり友達が見つからない。ほかのどんな動物よりも長生きするんだ。だから友達はみんな先に死んでしまう」

「それで、サルヴァトールにはなにができるの？」少年がいらいらしながら訊いた。

「サルヴァトールは謙虚で、おとなしい。ただ鶏だけは嫌いだから、機会があれば食べてしまう。すぐ目の前にあるものがなにかは、あんまりよくわからないことが多くて――」

「もういいから、見た目がどうかを教えて！」

「目の上に高い庇があって、鼻の穴は卵型なんだ。黒い肌に、黄色い斑点。尻尾は長くてぎざぎざ。舌は薄っぺらい。その舌で、なんでもすごく慎重に舐めるんだ」

少年が言った。「僕、その動物、あまり好きじゃないな。きっと毒があるよ」

「ないよ」。悲しくなって、ジョンは答えた。「でもみんながそう思ってる。だから、サルヴァトールはいろいろなことに耐えなくちゃならない。シンハラ人たちは、石を投げたり、火をつけたりして、サルヴァトールをいじめるんだ」

「そんなにのろまなら、いじめられてもしかたないよ」と少年は決めつけた。

ジョンは立ち上がった。「のろま？　そう見えるだけだよ。世界で一番足が速い人間だって、サルヴァトールを追い抜けないんだ。それに、水平線の何マイルも向こうまで、うんと遠くを見渡せるんだよ！」

そう言って、ジョンはその場を立ち去った。それは、ポーツマスとの別れでもあった。

ジョンはたとえようもなく疲れていた。自分が身を滅ぼすとは思っていなかったが、それでもまだ漠然とした形ながら、たとえ人生はこのまま続くとしても、もはやすべてが終わってしまったかのような気がした。ジョンはもう子供のようには泣けなかった。泣くことでこの世界のなにかが変わるとは思わないだけでも、じゅうぶん泣かない理由になる。だがその代わりに、ジョンの心の奥深くに、いつまでも消えない痛みが巣食った。光を厭う普遍的な痛みが。その痛みは、ジョンのなかで大きくなりながらも、姿を隠したままだった。メアリ・ローズという名をもつその痛みは、同時にほかのあらゆるものにも手を伸ばす。ジョンは沈みたくなかった。だから気持ちを切り替えて、再び皆に歩調を合わせてついていくことに専念した。ものごとを拒絶する自分の能力を行使し続けることを、慎重に避けた。そのおかげでジョンは褒められ、海尉に昇進した。なかなかの出世だ。

十年間、ジョンは自分の人生における最も重要な決断を、船旅用の行李に委ねた。もう少しで、長く委ねすぎる結果になるところだった。

第十章　戦争の終わり

ぬかるみのなか、ばらばらに壊れた砲架の横で、ひとりの男が目を覚ます。頭をもたげ、指の、それから両手の関節を動かし、両腕を肩からぐるぐると回す。それから男は、自分の身体を触り始める。額の真ん中に穴が開き、血がしたたっている。さらに後頭部にも穴があるのがわかる。肋骨と片方の肩も激しく痛む。脚は動かすことができない。

男はしばらくのあいだそこに座りこんで、軍靴を履いた自分の脚を見つめている。両足が恐ろしいほど静かに横たわっているのを眺める。それから男は、砲架の破片の散らばる、少し高くなった場所へと身体を引きずっていき、あたりを見渡そうとする。

すぐ近くの踏み荒らされた泥沼に、イギリス兵の死体が転がっている。その二歩先にはアメリカ兵、さらにその先にまたイギリス兵。皆が、緊張や怒りに歪んだ顔をしている。アメリカ兵は、頭の上に掲げた手に、まだサーベルを握っている。

脚の麻痺した男は、今度は小さな丘に登ろうとする。誰かが自分の姿を目にしてくれるように。だが、まばらな草は簡単にちぎれてしまい、支えになってはくれない。男は深く息を吸って、空を見上げる。硝煙でできたのかもしれない丸い雲の上に、鋭く研いだような灰色のもやが見える。太陽は隠れている。

あたりから、まだ生きているわずかな者たちのうめき声が聞こえる。男の呼びかけに答える者はいない。なだらかな丘は、やわらかい土に覆われている。ここに倒れているイギリス兵たちが突撃した際、そしてアメリカ兵たちが迎え撃った際、彼らの軍靴に踏まれた土。

数マイル先からは、いまだに戦闘の音が聞こえてくる。脚の麻痺した男は、両手で穴を掘り、そこを手がかりにして、斜面をよじ上ろうとする。死体にしがみついても意味がないことはすぐにわかる。死体はあっというまに転がり、斜面を落ちていく。そうなれば、よじ登る男も道連れだ。あたりは寒く、これからさらに寒くなりそうだ。時は一月半ば、おまけにかなりの出血だ。近くでなにかが燃えているせいで、ときどき脂肪と煤の雲で息がつまる。

遠くをひとりの男が歩いている。背が高く、わずかに前かがみだ。一瞬、その男が白い服を着ているかに見える。その動きはぎこちなく、手探りしながら、何度も瓦礫や死体につまずき、怪我人の胸をひどく踏みつけさえする。

やがてその男の声が聞こえてくる。「見えない！」と叫んでいる。「目が見えないんだ。誰か聞こえるか？」

「ここだ！」と足の麻痺した男は叫ぶ。

盲目の男がやってくるまで、ずいぶん時間がかかる。口元には微笑みをたたえているが、顔の上半分は、まるで絵の具を塗ったように真っ赤だ。盲目の男が言う。「俺をここから連れ出してくれるか？」

「うまく動けないんだ。脚のせいで。だけど、少なくとも目は見える」

「じゃあ、俺が君を背負おう。君はただ方向だけを教えてくれ！」

「身に余る光栄だな」と脚の麻痺した男は言う。盲目の男が、脚の麻痺した男を背負う。

「左舷へ二ポイント！　もっとだ！　さあ、起き上がれ！　ちゃんと支えて！　そうだ」

新しい前進の仕方は、まだ練習不足だ。脚の麻痺した男が一時間かけて上った斜面を、ふたりはさっそく一緒に転げ落ちる。そして地面に伸びる。

「杭が見えなかったんだ」。足の麻痺した男は言う。

盲目の男の口に微笑が浮かぶ――間違った方向に向けた微笑だが。「目の見えない人間が、脚の動かない人間を背負ってるんだ。こうならないほうがおかしいじゃないか！」

それが陸の戦争だ――ぬかるみのなかの困難な匍匐前進、絶え間なく地面に伏せては、またさまざまな姿勢で起き上がる。だがどんな姿勢を取っても、見通しはきかない。それは、いかなる自由も奪われた行為だ。陸の戦争を戦う船乗り――なんという惨めさ！　脚の麻痺した男と目の見えない男は、その点では意見が一致した。ふたりとも、もううんざりだった。弾薬を積んだ車の爆発。アメリカ軍のスクーナーが、ミシシッピ河でイギリス軍の野営地に忍び寄り、一斉射撃を浴びせたようす。そしてそのスクーナー、カロライナ号自身が、その後吹き飛ばされたようす。「火のついた手袋が飛ぶのを見たんだ。あれはきっと本物の人の手だったと思う」。イギリス軍はカラタン川とミシシッピ河を結ぶ運河を掘り、屋根のないボートを指揮して、アメリカ軍の砲艦に攻撃をしかけようとした。夜間、流れに逆らって三十六マイル漕ぎ進んだが、目的地に到着したのは太陽が昇ったあとだった――敵の狙撃手にとっては恰好の的だ。いったいどうして、怪我もなく生き延びることができたのだろう？　そして、なんのために？　今日の戦闘は、ニューオーリンズそのものが相手だった。そして負けた。いまはまだ生きている者も、もう長くはないだろう。

ふたりのうちどちらの体験がより凄惨だったかなど、重要ではなかった。いま大切なのは、開けた平野へ出ることだ。たとえそれが砂漠であろうとも。それでもここよりは生に近い場所だろう。大切なのは、どこか落ち着ける場所を見つけること、そして決してここへ戻らないことだ。助けも、助けられもしない――ただここから逃げること。できるだけ遠くへ。

脚の麻痺した男は、盲目の男の頭越しに、ぐらぐら揺れる景色を見つめながら、自分自身について語り始める。「いま二十九歳なんだ。そのうち十年は軍務についてきた。オランダ、ブラジル、西インド諸島。全部間違いだった。本当はちゃんとわかっていたのに。でもこれからは違う。まだ時間はある」

ふたりは歩きやすい道にいる。盲目の男は大またで進み、なにも言わない。名前さえ名乗らない。けれど、脚の麻痺した男の話を聞きたいと思っているようだ。

「トラファルガーの海戦でもう自分を見失ってしまったんだ。その後はどんどんひどくなるばかりだった。だけど本当は、震えを止めたかっただけなんだ。もう卑怯者や愚か者だと見られたくなかった。もう二度と。それが本末転倒だったんだ」

答えはない。

「頭は人を間違った方向へ導く場合もある。頭は裏切り者になって、長いあいだにすべてをだめにしてしまうこともあるんだ。だけど、長いあいだ続いた間違いも、乗り越えることはできると思う。――もっと右舷へ！　常に風に逆らって進むんだ。でないとぐるぐる同じところを回ることになるぞ！」

盲目の男は黙ったまま方向を修正し、大またで進む。

「これから、『見ること』について話そうと思う。すまない。すべてが『見ること』と繋がっているんだ。『見ること』には二種類ある。個々の事象への視線。これは新しいものを発見する視線だ。それから、固定した視線。これはできあがった計画を遂行するだけの視線で、一瞬のあいだ、ものごとを加速する。僕の言うこと、わかってもらえないかもしれないな。でもほかにどう言っていいかわからないんだ。これだけ話すにも、かなり努力してるんだよ」

盲目の男はなにも言わないが、じっと考えているようだ。

「戦いの最中には、固定した視線しかない。それ以外にはないんだ。その視線が攻撃し、まるで罠のように、三つか四つの可能性を引っ掛けるために配置される。自分自身を救うために他人に危害を加えなきゃならないときには、確かに役に立つ。でもそれが習慣になると、ペースを見失ってしまう。自分の歩き方ができなくなるんだ」

脚の麻痺した男は、しばらく前から木の根にもたれかかっていて、盲目の男は身体を休めている。

「僕は依存症になったんだ。戦争依存症にね！　ねえ、目の見えない君、いまなにか言ったかい？『奴隷』って言ったかい？」

盲目の男は座り込んだまま、黙っている。脚の麻痺した男は続ける。

「僕はすっかり混乱してるよ。海から盛り上がる柱が見える。水のなかから塔が出てくる。目の前が真っ暗だ。僕たちはネルソンを愛した。ネルソンは僕たちから自立した歩き方を奪って、射撃の速度を上げたんだ。きっと勝つことはできなかっただろうな、もしも――」

「俺たち、どこにいる？」と盲目の男が尋ねる声が聞こえる。

「故郷の海岸だよ」。脚の麻痺した男は、自分がそう答えるのを聞く。「北海沿岸のスケグネスの向こう、ジブラルタル・ポイント」

脚の麻痺した男は目を閉じ、地面に身体を横たえる。

盲目の男がまだなにか言うのが聞こえるが、もう理解できない。

「ずいぶんよくなりましたよ」とベッドフォード号の外科医が満足げに言った。「これ以上奇妙な現象は見たことがありませんな。前に穴、後ろにも穴、なのに弾はどちらも頭を貫通しないで、頭蓋骨に沿って、皮膚の下をぐるりと回ったんですからね！　これは科学の研究対象ですよ。あなたは死んだと思われていたんですよ、ミスター・フランクリン！」

怪我人の口が開いた。外科医の言葉が理解できたかどうかはわからない。外科医にとっても、それほど重要なことではなかった。

「もう少しであなたを埋葬するところだったんですからね。ただ、あなたがそもそもどうやって海岸にたどり着いたかだけが、謎なんですよ。おまけに上陸地点からあれほど離れた場所に……」

ジョン・フランクリンはつぶやいた。「盲目の……」

「え？」

「盲目の男はいませんでしたか？」

「サー、おっしゃることがよくわかりませんが」

「白い服の男です。目が見えないんです」

外科医は面食らい、不安げな顔になった。

「あなたのそばには誰もいませんでした。死体もありませんでしたよ。まあ、数日前の話ですから――もしかしたら、なにか勘違い――」

「それじゃあ、私の脚も麻痺していないんですか？」

「麻痺？　高熱を出して、まるで大陸を横断しそうな勢いで脚を動かしていらっしゃいましたよ。縛り付けなければならなかったほどです」

「ここはなんという船なんですか？」

「あなたの船じゃないですか！」

フランクリンは黙り込んだ。

「ベッドフォード号ですよ、ミスター・フランクリン！　あなたはここの第二士官です！　あなたはミスター・フランクリンです！」

怪我人は医者をじっと見つめた。

「自分が誰かはわかっています。ただ、その名前に少しなじみがなかっただけで」

そう言うと、フランクリンは再び眠り込んだ。医者は艦長に報告するために、甲板へと上がっていった。


平和が訪れた。ニューオーリンズへの攻撃をいまだに思い出させるのは、勇敢褒章だけだ。それに、日々の仕事――いまでは以前よりもずっと大変だ。人員があまりに減ってしまったからだ。

あの戦いは無意味だったと言われている。実際にはとうに戦争は終結していたのに、残念ながらその知らせが届くのが遅れたのだと。だが、「遅れた」とはどういうことだろう？　知らせをじゅうぶん長いあいだ待たなかったということではないか！　そう、そういうことなのだ。

艦はいま、イギリスへの帰路についていた。最初の数週間は、まだ敗北のことが話題になった。五五〇〇人のイギリス兵に対し、たった四〇〇〇人のアメリカ兵。それなのに、イギリス軍はやみくもに突進して二〇〇〇人を失い、アメリカ兵はより堅固な堡塁のおかげで、たったの十三人しか戦死者を出さなかった。その十三人さえ、英雄になりたくて突撃した者たちにすぎない。

これらについてジョン・フランクリンが言わんとすることは、沈黙によってじゅうぶんに表現された。ひとつの戦闘が無意味だと語れば、戦争自体には意味を認めることになる。おまけに、ジョンはまだかなり衰弱していた。「たかが数人の脱走兵と密輸品を隠してたってだけじゃないか」と誰かが言った。「そんな理由でアメリカ人と戦争をする価値なんてなかったのさ！」そう言った者はもちろん、戦争をするだけの価値のある目的というものが存在すると想像しているに違いない。

「ワシントンとボルティモアを攻撃するべきじゃなかったんだ。そもそもアメリカ人は親戚みたいなもんじゃないか！」戦争自体はいい、だが親戚に対してはだめだ、というわけだ。

「あの狂乱状態のペケナムさえいなければな！」

「アメリカ人の砲撃があれほどうまくなかったら！　いったいどこで覚えたんだ？」

「あいつらの独立を認めるべきじゃなかったんだよ！」

フランクリンはうめきながら、壁に身体を向ける。

「まだ弱ってるな」と言う周りの声が聞こえる。

三週間後、ジョンは軍務に復帰した。ほとんど以前と変わらない仕事ぶりだった。ただ、以前のジョンよりも、さらに以前のジョンらしくなった。それまでとは呼吸のしかたが変わった。身体は落ち着いていて、頭はもうなにかを秘密にしたり、ジョンを裏切ったり、ジョンに強制したりはしなかった。

「あいつ、変わったな」と皆が言い、ジョンをじっくりと観察した。ジョン自身は、こう考えていた──僕はもうなにも怖くない。そもそも、自分がまだなにかに心を動かされることなどあるだろうか？

そう思うことが、新たな恐怖でさえあった。

艦長はウォーカーという名のスコットランド人で、骨の髄まで闘士だった。痩せていて、神経質だが、事態が急を告げ始めても、常に謹厳に上機嫌を保った。このウォーカーと第一士官のペイズリーは、簡潔と正確の見本のような存在だった。ほかの人間がお茶、ラム、煙草、またはよき言葉によって生きているように、ふたりは迅速さによって生きていた。以前は、ふたりともジョンのことをこれ以上なく公平に、だが無慈悲に扱ってきた。ジョンは最善を尽くそうとしたが、すべて無駄に終わった。だが少なくとも、それだけの犠牲を払っただけあって、多くを学ぶことはできた。ウォーカーとペイズリーの口から出るのは、常に報告か命令だった。意見や考えといったもののきざしさえ、含まれていたためしはない。なにかを繰り返して言う場合には、最初に選んだ言葉をそのまま使ったので、混乱を避けることができた。だが、簡潔さによってかなりの時間を節約しているにもかかわらず、ふたりともそのうえ早口で話そうとまでした。ジョンはふたりの恰好の生贄だった。早口の言葉と不完全な報告とで、ふたりは毎日のようにジョンに罠をしかけた。小さい罠、大きい罠。とうに済んだ仕事をジョンにさせるといったことなどは、最も無害な部類だ。「もう言ったじゃないか、ミスター・フランクリン！」そして、ジョンが訊き返したり、繰り返してほしいと頼めば、ふたりは短気を起こしてジョンを苦しめた。

だがいま、すべては終わりを告げた。ジョンは突然また、他人の短気に耐えるだけの強さを身につけたのだ。それによって、このゲームは終わった。ジョンは自分の歩き方で歩いた。命令は、大工が打つ釘のように、しっかり所定の位置に納まるまで、ひとつひとつまっすぐ、深く発した。他人に中断されるときではなく、自分の入れたいときに間を入れた。困難な状況においても、固定した視線と不平じみた口調は控えた。

快適な帰路ではなかった。風は何度も嵐にまで高まり、アゾレス諸島の間近では、「船尾で出火！」という事態になった。毎回、当直士官はジョンだった。

自分より優れた人間がいることを、ジョンはとうに知っていた。自分の職業を完全に把握していたからだ。迅速な行動ができないので、機転の利く友人がいなければ困難に陥る。だが突然、そういった友人たちが現れた。

「ミスター・ウォレン、当直が全員そろっているかを確かめてくれ。君のほうが速い！」士官候補生ウォレンは、自分のほうが速くできる仕事をし、満足のいく結果を残した。ジョンは他者を信頼し、どんな機会に誰を使うかを、慎重に決断した。

「フランクリンが以前より楽になったわけじゃない」とウォーカー艦長が吐き捨てるように言った。「だが、突然なんでもうまく行くようになった。自分にできることと、できないことがわかっているんだ。仕事の半分はそれで完了も同然だ」

「運もよかったんですよ！」とペイズリーが言った。それからふたりは、以後また数週間、どんな意見も口にしなかった。そして別の生贄を探した。


平和がやってくるのなら、それは貧困を意味する。仕事のない士官には、半額の俸給しか支払われない。未払いのままの捕獲賞金など言うに及ばずだ。下士官や水夫たちには一ペニーもない。そしてイギリスは困窮していた。

「俺たちにはなんのチャンスもない！」主計士官が毒づく。

間が入る――考え深げな沈黙。「じゃあそのチャンスを生かさないと！」別の誰かが茶化す。

「僕たち自身がチャンスだよ」という声が聞こえ、耳にした者は振り返る。ジョン・フランクリンだ。

フランクリンの言葉を、皆が理解したわけではない。だが、自分の言葉を熟考し、吟味する者がいるとすれば、それはフランクリンだ。というわけで、皆も少しのあいだ熟考してみた。フランクリンは、賢明さを発揮できる時が来るまでは愚かに見えることをいとわない勇気をもっている。これは見習うに値する。それにフランクリンには鉄の頭蓋骨がある！　どんな銃弾も彼の頭を貫くことはできない。きっとフランクリンは、神からまだこの世での使命を与えられているのだろう。皆は、できるかぎりフランクリンに助力した。

ジョンは、もしかしたら存在してさえいなかったかもしれないあの盲目の男との会話以来、これまでのどんなときよりも力に溢れているような気がしていた。さらに、額にできた傷跡が、説明しがたい新たな尊敬の念を周囲にもたらした。それが、すでに強くなったジョンをさらに強くした。

あとの者が先になる〔マタイ福音書より〕、とジョンは自分に言い聞かせ、その際少しだけ、ウォーカーとペイズリーのことを考えた――ジョンとて聖人ではない。

いまや本当に、自分で指揮権をもつべき時だった。

平和！　それもすでに二度目の！　一度目の平和のあと、ナポレオンはエルバ島に流されたが、そこを脱出して、再びフランスの支配者となった。またしても戦争、そして大敗。だが今度の平和こそは、決定的なようだ――ロンドンじゅうに旗がはためいている。

将校たちのために、数々の舞踏会や午餐会が開かれた。敬意を表した語りかけ、万歳の声、シャンパンとビール。

ジョンは少しばかり手持ち無沙汰に、隅のほうに立っていた。平和を祝うことに反対なわけではない。だが、皆の興奮と感激にはもともとついていくことが苦手なうえ、いまとなってはその性質に拍車がかかっているような気がした。そんな自分の性質を、喜ばしいとは思っていなかった。国家から完全に遊離してしまわないよう、義務感をもってなんとかしなくては、とジョンは思った。

ある将校と、ジョンはインヴェスティゲーター号とシェラードについて話をした。「なんですって？」と相手が言った。「シェラード・ラウンド？　ジェラルドじゃないんですか？　ジェラルド・ラウンドという男のことなら、聞いたことがあるんですがね」。ジョンは、詳しく聞かせてくれと頼んだ。

ジェラルドという男は、リディア号が中米へと航海した際の第二士官だったという。少し怪しい評判のある男だった。それに、ホーン岬沖を航海中、レディ・バーバラ・ウェルズリーと関係をもった。いや、本当ですよ！　艦長自らが介入する事態になったんですからね。ちなみに——と言って、話し手の士官はあたりを見回した——レディのほうは、その介入に気を悪くなさったようですがね。ところがラウンドは、一八一二年の戦闘のあと、忽然と姿を消したんです。噂によると、艦長自らが……

ジョンは嫉妬の物語には興味がなかった。そして、話し手の士官が名前を混同しているのだと確信した。

シェラード・フィリップ・ラウンドは、オーストラリアという国を建設しながら、富と喜びに満ちて暮らしている——ジョンはそれを疑いたくなかった。

石像になったペレグリン・バーティ卿の親戚だったヒュー・ウィロビーは、数世紀前、太陽の動きが日や時間を刻むことのない島を見つけた。その話を、ジョンは忘れたことがなかった。そしていま、それはジョンにとって新たな意味を獲得した。大英帝国海軍士官ジョン・フランクリン——目下勤務を離れて、ほかの何千という士官同様、半額の俸給で暮らしている——は、ただひとり、自分の向かいたい場所がどこなのかを、はっきりと知っていた。人前では、自分の夢についてはあまり語らないようにしていた。だが自分自身に対しては、機会があるごとにこう言った。「北極にはまだ誰も行ったことがない！」夏には太陽が沈まない北極には、ふたつのものが存在するだろうと、ジョンは確信していた。結氷していない開水域と、日時に区切られていない時間だ。

ロンドンではノーフォーク・ホテルに滞在した。マシュー・フリンダーズと最後に会ったホテルだ。当時と同じ部屋を取ることもできた。ジョンにとっては重要なことだった。

五年前、このベッドの上にマシューは座っていた。捕虜生活やその他もろもろの苦悩のせいで、顔色は悪く、目は赤かった。フランス人たちは、オーストラリアの地図を即座に書き換えた。スペンサー湾とセント・ヴィンセント湾は、ボナパルト湾とジョゼフィーヌ・ボーアルネ湾に改名され、そうした行為を決して許さなかったであろう唯一の人ニコラ・ボダンは、嵐で命を落とした。さらに、スパイとして扱われ、湿った房に何年も監禁され、病気になり——かわいそうなマシュー！

モーリシャスでマシューの唯一の友だった雄猫のトリムは、腹をすかせた原住民たちの鍋に消えた。毛皮はマシューに返された。いまでは、地図は再び修正されている。フランクリン港さえまた書き入れられている。ただ、ポート・フィリップ・ベイの最北端にある入り江であるトリム・ベイだけは、もうどこにも見当たらない。いつかこの場所に集落ができることがあれば、そこはトリム・シティと名づけられねばならない。もしもそのとき自分になんらかの影響力があれば、そのために尽力しようとジョンは思った。

もしもマシューがまだ生きていたら、といまジョンは思う。やっぱり北極へ行きたがったに違いない、と。そこになにがあるのかを、ただその目で見るためだけに。

ブラウン博士——インヴェスティゲーター号で一緒だったロバート・ブラウン——は、いまでは有名な自然科学者だ。北極行きの計画のためにブラウンの手助けが必要だと思ったジョンは、彼を探した。昼どきだった。ロイヤル・ソサエティには、尋ねることのできる人は誰もいないようだ。皆がホールに座って、バベッジとかいう男の天文学に関する講義を聴いている。ジョンは空いた椅子を見つけて、意識を集中した。星については多くの知識があるので、早口の講義にもついていけた。

ジョンのあとにもさらにふたりの女性がホールに入ってきて、ジョンの後ろの列に座った。ジョンの隣の男が振り向き、小声でこう言った。「いつから女が科学に関わるようになったんだ？　女は家でプディングでも作ってろ！」その声は、ふたりの女性にも聞こえた。若いほうの女性が前にかがんでこう言った。「あら、プディングはもうできてるんですよ！　でなきゃ来たりしませんわ」。それからふたりは大声で笑い始め、笑いはほかの聴衆にも伝染していった。バベッジ博士が腹を立て、聴衆に向かって、いったいガリレイの発見のなにがそんなにおかしいのか、できれば自分も一緒に笑いたいものだ、と言った。だが、バベッジ博士が本当に笑いたいとは思っていないことは、誰の目にも明らかだった。彼は星に関してはあまりに真剣なのだ。

講義が終わると、ジョンはふたりの女性のうち若いほうのところへ行き、天文学のなにが特に面白いと思うかと尋ねた。女性はジョンを不審げに眺めて、自分はチャールズ・バベッジに心酔しているのだと答えた。だが彼女は本気でそう言っているわけではなかった。ジョンはいくつかの的を射た問いでそのことを突き止め、最後には彼女も認めた。

女性はブンブンうなるような声で話し、質問されると喜んで不真面目な答えを返した。ときどき笑い声を上げて、片足でぴょんと跳ぶ。おかしな若い女性だった。

「我らの砂州委員じゃないか！」ブラウン博士が叫んだ。「グレート・バリア・リーフを覚えているかい？　なんて大男になったんだ！　誰にも止められない男――そうだろう？」ジョンは、なんと答えるべきか、非常に長いあいだ考えた。こういうおしゃべりは好きではなかったが、ブラウン博士は必要だ。「僕を止めることはできます」とジョンは言った。「僕の頭は、根拠を示してもらえれば受け入れますから」。ブラウン博士は笑って、こう叫んだ。「いい答えだ！」長い年月で、ふたりのあいだには距離ができていた。

だがそこで、ふたりはマシュー・フリンダーズの話を始め、距離は再び縮まった。ブラウン博士は勇敢な艦長を忘れておらず、愛情と尊敬を込めてマシューのことを語った。

「ただひとつだけ、残念なことがあってね。艦長はコンパスの偏差を金属の棒で修正する方法を発明したんだが、それを書き残してくれなかったんだよ」

「それなら、僕が全部知っていますよ」とジョンは言った。

「なんだって？　ぜひ報告書を書いてくれ、ミスター・フランクリン。計算と図面もすべてつけて！　ロイヤル・ソサエティと海軍本部に提出しよう。この発明にはフリンダーズの名前をつけるべきだ」

「わかりました」とジョンは答えた。そして北極の話を始めた。ブラウン博士は眉を上げたが、しっかりと聞いてくれた。そして最後に、ジョンの力になろうと約束してくれた。北極にしろどこにしろ、探検旅行、いいじゃないか！　ジョゼフ卿とバローとに話してみよう。いまのところ金はないが、もしかしたら……

「どんな成果をあげたか、手紙で知らせるよ、ミスター・フランクリン。いずれにしてもね！」

書面での報告は、口頭よりもさらに難しかった。ジョンは何日も四苦八苦した。ようやく報告書を書き終えると、ロンドン見物をしようと思った。ジョンはエレノア・ポーデン——例のプディングの婦人だ——を探し出して、馬車で少しその辺を案内してくれないかと頼んだ。エレノアは笑って、すぐに承知してくれた。

エレノアの父は高名な建築家で、裕福だった。国王のためにいくつもの城やロトンダ〔丸屋根のある円形建築〕を建ててきた。エレノアはその一人娘だ。

「ウォータールー・パノラマへ行きましょうよ」とエレノアは提案した。「現実そっくりですって」。ジョンは、以前エレノアが詩を書いているとほのめかしたことを思い出した。話をそっちへもっていかないようにしよう、と思った。ところが、馬車のなかからさっそくその話になってしまった。「ちょっと待って。

詩をひとつ朗読してあげるから！」待つまでもなく、エレノアは続けざまに三つの詩を朗読した。韻はきちんと踏めているようだ。だが、「さあ」と「ああ」という言葉が出てくる頻度が、少々高すぎるような気がする。

「僕は愛の詩は苦手で」とジョンは堅苦しく言った。「もしかしたら、あんまり長い年月戦争をしてきたから、愛にはそれほど注意を払えなくなったのかもしれません」。女流詩人エレノアは、戸惑ったように黙り込み、数秒後に「さあ……」と言った。エレノアが黙りこんだので、ジョンは自分が覚えている唯一の詩を暗唱することにした。

「前もっては誰も知らない
自分が払う代価がいくらなのか」

これは『ジョニー・ニューカム』〔ジョン・ミトフォード『海軍におけるジョニー・ニューカムの冒険』（一八一八年）〕からの引用だが、自分にとっては探検旅行についての詩なのだ、とジョンは説明した。

エレノアはまだ黙っている。

短い詩が好きなんです、と恥じ入ったジョンは小声で言った。

エレノアは気を取り直した。ふたりはすでにパノラマのすぐ近くまで来ていた。

天井の丸いテントのなかで、ジョンは心ここにあらずのまま、たくさんの錫の兵隊や馬を見てまわった。死んだ兵士、特に階級の低い兵士は、まだ生きている兵士よりも常に少しばかり小さく作ってある。色もこころもち淡くて、すでに地面に同化し始めているかのようだ。ジョンはパノラマの光景を前に、エレノアに対して、固定した視線の長所と短所を説明した。それからふたりは、少し町を散歩した。

「変わってるわね！」とエレノアが言った。「人ごみのなかを歩くときに、人を避けようとしないのね。ただぶつかったら謝るだけ。あなたが熊と違うのは、そこだけだわ！」その声にはブンブンという響きがあった。ジョンは熟考した。この人は僕をよく見ている、と思った。もしかしたら僕個人のことを評価しているのかもしれない。ジョンはエレノアに返事をするために、文章を組み立て始めた。

ロンドンの街は、ジョンにはかなり奇妙なものに思われた。皆が穏やかに明快に自分の道を歩き、方向性を保ってくれさえすれば！　実際、ここでは、常に思いがけない方向転換や、突発的な押し合いが起こるのだ。二十歳以下で性別が男である人間は皆、同じ種類の人間と殴り合いをしている。そして、攻撃した者か、攻撃を受けた者のどちらかは、信頼に値する確実さで必ずジョンの足もとに倒れるのだった。それに馬車の御者たちときたら！　ジョンは不安な思いで、丸い帽子をかぶったこの無思慮な生き物たちが、実に見通しの悪い場所で、車輪も触れ合わんばかりに追い越し合戦を繰り広げ、全速力で走り去るのを見つめた。ロンドンのすべてが、速度に恋をしているようだった。歩道ができて本当によかった――車道に沿って一段高くなった道だ。ところが、そこで四人の酔っ払った兵士にでも行き会おうものなら、歩道の端に押しやられ、二重の危険にさらされることになる。道路状況の全体像をつかもうと立ち止まれば、たちまち後ろからこぶしで突かれ、かかとを蹴飛ばされる。こういったあらゆる混乱にもかかわらず、エレノアは涼しい顔で会話を続ける。

「父に紹介しましょうか、ミスター・フランクリン？」

「僕は妻を養うことはできません」とジョンは答えた。その拍子に格子垣につまずいて、錬鉄製の柵の先端に引っかかった袖を外さねばならなかった。「いま俸給は半額なんです。それによそからお金をもらうつもりはありません。探検旅行のためのお金は別ですけど。でも、文通をしましょう。僕もあなたのことは評価しています」

ミス・ポーデンは、横目で思いきりジョンをにらんだ。これからなにが起きてもおかしくない不穏な雰囲気だ。

「ミスター・フランクリン」とミス・ポーデンは言った。「ちょっと性急すぎるわよ！」

ジョンは仕事を探したが、成果はなかった。どの港町でもいたるところに、腹をすかせた水夫や意気消沈した士官たちが何百人と、成す術もなくぼんやりしている。船のほとんどは廃船になるか、あと数年のあいだは捕虜の収容施設として、港にしっかり錨を下ろしたままになる。ベレロフォン号も同様だ。

海軍省の役人は、探検旅行に出るか、さもなければもう航海はしたくないというジョンの言葉に、苦しそうな表情を見せた。

「もうなにもかも、発見されつくしているんですよ」と役人は言った。「あとはそれを見張るだけです」

「僕は待てます」とジョンは明るく言った。

ジョンは未来に確信をもっていた。ほんの一年前には、麻痺した脚で戦場に横たわっていたじゃないか。けれどそこから抜け出すことができ——どうやってかは誰にもわからないが——、死ぬことも、発狂することも、脚が麻痺することさえなかった。どうしてそうなったのかはわからなかったが、まさにそのことが勇気をくれた。いまもやはり、ジョンのチャンスはわずかだ——だが、なにか説明しがたいことが再び起きないと、どうして言えるだろう？

ジョンはマシューのコンパス修正に関する報告書を送付すると、リンカンシャーの実家へ行こうと決めた。ブラウン博士やその他数人に連絡先を知らせて、旅立った。

スノウヒルの《サラセン・ヘッド》の前に、郵便馬車が待っていた。午後五時だ。

「スピルスピー？」と御者が訊き返した。「きっとのろまな場所なんだろうな！」

ジョンは、御者とは臆面のない人種だという自分の説が証明されたような気がした。だが話すうちに、御者はジョンのことを言ったのではないとわかった。郵便馬車が滅多にやってくることのない土地はどこも、のろまだと表現されるのだ。

ジョンは節約のために「外側」に乗った。自分がもう落ちる心配をしていないことに気づいて、うれしくなった。十五年間の航海は、やはり無駄ではなかったのだ。


馬車の屋根から、ジョンは月明かりに照らされた夜の光景を見つめた。ぎざぎざの先端をもつずんぐりした教会の塔がいくつも、丘をひとつ越えるごとに遠ざかり、小さくなっていくのを。そして、農家どうしが互いに臆病に身を寄せ合うのを。

各地の村の困窮は、二マイル先からも目に見えた。まずは修繕されていない屋根、それからひび割れた窓。今年と昨年は凶作だった——金が不足している。

突然ジョンは、どうして夜がこれほど不自然に明るいのかに気づいた。火事だ！　どこか東のほう、エリーの方角で、少なくとも三か所が燃えている。いったいこの国はどうなっているんだろう？　ジョンは船乗りだ。だから、すべてを即座に把握できるとは思っていなかった。だが、これほど長いあいだ航海したあとで陸に上がったのだから、居心地が悪くもなるというものだ。

故郷で自分を待ち受けるものがなにか、少なくとも手紙からはわかっていた。新しい顔、金欠、苦渋に満ちた報告。一八〇七年、一番上の兄トーマスが自殺した。家族の財産を投資ですってしまったせいだった。六年前に祖父が、その一年後には母が亡くなった。父はいま、村からうんと離れた農家に住んでいる。娘たちのひとりが世話をしている。

地平線が再び暗くなった。ジョンは、自分が凍えていることを認めざるをえなかった。

翌日の朝まだ早い時間に、ボストンに着いた。ジョンは新しい知らせに触れた。ここにはいま「ラッダイト運動」なるものがあるのだという。夜中に顔を黒く塗って、自動織機を粉々に破壊する失業者たちがいるのだ。それに、ホーンキャッスルには最近、スリーフォードまで航行可能な運河ができたうえ、図書館まであるということだった。

スティックフォードからは、道が悪くなった。最後の道程、ジョンは「内側」に乗った。胸がどきどきしていた。

キールで馬車を降りて、オールド・ボリングブロークまで、荷物を持って徒歩で進んだ。そこは父が暮らしている場所だ——まだ生きていればの話だが。

遠くに、道端に佇む人影が見えた。ふらふらしながら、杖で身体を支えている。動きのひとつひとつを改めておさらいするかのようだ。周りの出来事のなににも増して、自分の動きに集中している。それが、父のいまの姿だった。

父はジョンを、ほぼその声だけで認識した。目がほとんど見えなくなっていたからだ。「疲れたよ」と父はこぼした。時間、力、すべてが勝手に流れ去っていく。金は言うに及ばずだ、と。ジョンは父に、身体を支えようか、それとも手を引こうかと尋ねた。そして、ご婦人にするように、父に腕を差し出した。父は持って回った言い方で、自分の動きののろさを詫びた。ジョンは、こぶ、しみ、静脈の浮き出た父の手をじっと見つめた。そして指でその手を撫でた。年老いた父は、少し驚いたようだった。

ジョンは涼しい気候に触れ、旅の話をした。ハンティントン、ピーターバラという地名を口にする。父はなじみの名を聞いて喜び、言葉が明瞭に順を追って出てくると、そのことに感謝した。玄関の手前で父は立ち止まり、ジョンのほうへ身体を向けると、その顔を覗きこんだ。

「帰ってきたんだな」と父は言った。「で、これからどうするんだ?」

第三部　フランクリンの領域

第十一章　己の頭と他人のアイディア

スピルスピーの《ホワイト・ハート・イン》の前に馬車が到着し、ジョンは手紙は来ていないかと尋ねた。

ブラウン博士からの手紙はない。ということは、仕事もない！　来たのはただ、エレノア・ポーデンからの手紙だけだ。長い手紙。エレノアは書くのが好きなのだ。それを読むのを、ジョンはもっと気分のいい日まで延期することにした。

スピルスピーでは多くが変わっていた。エイスコー老人は、もう馬車と旅人を待ち構えてはいない。ジョンは、セント・ジェイムズ教会の塔の傍らに、老人の墓を見つけた。

羊飼いは数か月前に、放火犯として判決を受け、ボタニー・ベイへ送られた。三軒の大農場の納屋に火をつけたのだ。いったいどうしてそんなことをしたのだろう？　残念だ。

そしてトム・バーカーは、森を歩いていたときに追いはぎに遭って、殴り殺された。おそらく抵抗したのだろう。でなければ、いったい誰がわざわざ薬剤師を殴り殺したりするだろう？

ラウンド一家は、もうイン・ミンには住んでいなかった。夜の闇にまぎれて村から逃げたのだと言われている。目的地は、蒸気ポンプが上下する石炭の町シェフィールドだということだ。そこならいま仕事があるから、と。

シェラードはまったくの消息不明だった。

ジョンはボリングブロークへ戻り、歯を食いしばりながら、こう思った――僕は待てる！

一ポンド十シリング六ペンスの料金を払って、ジョンはホーンキャッスルの「第一読書会」会員になった。かなりの出費だったが、図書館からは八百冊近い本を借り出すことができるし、ジョンは待機の期間を有効に使いたかった。クックの旅行記を持って、ジョンは馬車に乗り込み、ラウスへ向かった。北極について、オーム博士とじっくり話し合おうと思ったのだ。


ところがオーム博士は、すでにこの世の人ではなかった。健康状態はすこぶる良好だったのに、昨年突然倒れたのだった。教会でジョンは、オーム博士の学会および教会での称号をすべて刻んだ石版を見た。称号はあまりに多く、それぞれの頭文字しか彫ることができなかったようだった。

折れた首通りの家には、とうに別の住人がいた。その住人からジョンは、薄い革の袋に入れて何重にも紐で縛って封印をした包みを渡された。「英国海軍海尉ジョン・フランクリンへ、直接渡すこと」と書いた紙が貼ってある。学校の教師に尋ねると、「聖書じゃないかな」と言った。教師はジョンに、腰を下ろして包みを開けてみたらと勧めたが、ジョンは断った。墓地に戻るほうがよかった。オーム博士からの手紙を読むときには、ひとりになりたかったからだ。


包みの中身は二本の原稿だった。一本目の題名はこうだ。

『速度による個人の成立、もしくは神が個々の人間に植えつけた独自の速度に関する観察。卓越した実例において』

二本目はこうだ。
『緩慢な目に特定の動きをまことしやかに見せるのに適した有効な方法について。信仰心を高め、教訓を与え、主の言葉を告げることに応用可能』

添えてあった手紙には、こう書いてあった。「親愛なるジョン、この二本の原稿を読んでから、送り返してくれないか。ぜひ君の意見が聞きたい」。挨拶、そして署名――それだけだ。泣く理由はどこにもなかった。快活で簡潔な手紙――この手紙を書いた人間は、自分が死ぬとは思ってもいなかったのだ。ジョンは即座に原稿をめくった。まるでオーム博士が、本当に早急な返信を待っているかのように。

最初の論文には、ジョンのことが書かれていた。匿名になっていて、論文のなかでは「生徒F」と呼ばれている。理由はわからないながら、ジョンは胸が締めつけられるような気がした。そこで、すぐに二本目の原稿に移った。こちらには色付きのスケッチがついていたので、読みやすくもあった。それにこの『有効な方法』のほうが、『個人の成立』よりもずっと文章が短いような気がした。

ジョンは、妹をはじめ家に住むほかの者たちの目から原稿を隠した。自分より先に、誰か別の人間がオーム博士の思想を学ぶことになるのは嫌だった。

原稿を読むときには、川へ行った。ボリングブロークには、歴代国王のひとりの生誕地でもある城の廃墟があった。崩れた守衛小屋の土台に、ジョンは一日中腰かけていた。川沿いでは牛たちと一匹の山羊が草を食んでいる。たまにサシバエが飛んでくる。ジョンは全身を刺されるにまかせて、読み続けた。

オーム博士が挙げる「有効な方法」のなかで最も重要なのは、「図像めくり機」と呼ばれるものだった。分厚い本を挟んだ器具で、強力な装置の力を使って本のページが実に素早くめくられる。どのページにも絵が描いてあり、それぞれが前ページの絵とほんの少しずつ違っている。こうして、わずか数秒のうちにすべてのページを連続して見せられると、それがひとつの動く図像に見えるのだ。オーム博士は論文で、この錯覚は鈍重な者のみならず、あらゆる人間に起きると主張していた。その主張に間違いがあるはずはなかった。博士があのきびきびした家政婦にも同じ実験をしてみたことは、疑いがないのだから。ジョンは、その家政婦とこの話をしてみようと思った。ところで、オーム博士の数々の機械はどこへ行ってしまったのだろう？　売られたか、壊されたか、それとも折れた首通りの屋根裏にあるのだろうか？　ジョンは、新しい思いつきが自分をとらえつつあるのを感じた。明日になったら、早速またラウスに行こう。オーム博士は、自分の発明をどのように有効活用するつもりかも書き記していた。幻灯機を使って、図像めくり機によって生まれる動画を光学的に転写し、暗い部屋の壁に映し出すのだ。こうすれば多くの人間が、楽な姿勢で、動く絵を使った物語を鑑賞することができるというわけだ。言葉がなくても、どのように物語が展開するのか、見る者にはちゃんとわかるに違いない。見る者は、危険に陥ることも、間違いを犯すこともなしに、ひとつの出来事に参加できるというわけだ。

ジョンの頭には、オーム博士の発明精神がすっかり乗り移った。まだ解決していない問題が残っていたため、なおさらだった。

たとえば、少し長めの物語を映写するためには、非常に多くのページ数が必要となる。そもそも、こういった機械用の本を作るには、何人もの画家が、何か月ものあいだ絵を描き続けなければならない。さらに、ページ数が多くなれば、技術的な困難も生まれる。いくつもの機械を、ひとつが終われば遅滞なく即座に次のものに移れるように設置しなくてはならない。三つ目の障害は、光学的な転写だ。オーム博士は、必要なだけの光を供給できる光源があるかどうかに疑念を抱いていた。

だがジョンは、この点は問題ないと思った。最近の灯台は、銀の凹面鏡で何マイルも先まで照らし出すことができる——こういった種類のものが、広間にも応用可能なはずだ。真の障害は画家であるように思われた。たとえばウィリアム・ウェストールのような芸術家が、毎回わずかな相違をつけながら、同じ風景画を何千枚と描くことに同意するとは思えなかった。ウェストールなら、どの絵も毎回違った雰囲気と気分で描くだろう。この計画の最大の弱点は、やはり画家なのだ！

オーム博士は、イギリスの歴史における偉大な場面を上映することを提案していた。だができるだけ戦争ものではなく、なによりも平和と秩序に満ちた国家における生活の絵を、「動くパノラマのように」映し出すことが望ましいとしていた。博士が考えていたのは、和解し、ともに祈る人たちの動画、船が故郷に戻ってくる動画、見る者が見習おうと思えるような気高い心、優しい振る舞いの動画だった。反対に、神の奇跡を映写することを、博士はきっぱりと否定していた。五千人に食べ物を分け与えたり、ハンセン病患者を治したりといった奇跡の場面を上映するなどありえない。なぜなら、それでは神の猿真似をすることになるからだ。

あたりが暗くなった。ジョンは五千人に食べ物を分け与える話について熟考しながら、原稿をしまって、家に帰ることにした。いま読んだ内容についてあまりに深く考え込んでいたので、危うく道に迷うところだった。いまこそ、シェラード・ラウンドとこの問題について話し合いたかった。

眠りに落ちる直前、ジョンは再び飛び起きた。

「印刷機だ！」とつぶやく。「何千枚も同じ絵を印刷できて、同時に少しずつ変化をつけられる、特別な印刷機があればいいいんだ！」だが、どこからお金を調達すればいいのだろう？

こうしてジョンは眠りについた。

ラウスでは、家政婦も学校の教師も、オーム博士の実験のことはなにも知らなかった。機械ももうなくなっていた。残った金属や木の部品、ハンドル、ねじといったものはすべて、別々の職人に売られていた。そして博士の遺稿には、図像めくり機に関する記述は、それ以上なにもなかった。考え込んだまま、ジョンは家へ戻った。金がないせいで実現できないアイディアについて考えるのは、時間の浪費だ。それにこういった問題は、もしかしたらジョンを北極から引き離すことになるかもしれない。そんなことは問題外だ。

だがジョンは、待機の時間を無為に過ごしたくはなかった。なにか名誉ある仕事を見つけなければならない。できれば、お金にもなるなにかを。

村の住人や農場主は、いまではジョンを以前よりも丁重に扱うようになっていた――ジョンの社会的地位と額の傷跡のなせる業だ。もう一度いまの言葉を繰り返してほしいと頼んでも、もう嘲笑された挙句にその場に放っておかれることはなく、相手はまず謝罪をして、それから言葉を繰り返すのだった。

大人の男にとって、この地は快適なところだ。

ジョンは、もう一度オーム博士の案の実現を試みようと思った。読書会の会員のなかで図像めくり機を支援してくれそうなのは、薬剤師のビーズリーだった。優しい顔をした薬草収集家で、裕福であり、情熱的な性格だ。その愛情はイギリスの歴史に向けられている。ビーズリーは、オーム博士の発明についてのジョンの報告に、注意深く耳を傾けた。

「いい思いつきだ！　本当にできるかどうか、興味があるよ」

だが、なにかが気になっているようだ。「でもミスター・フランクリン、どうしてオーム博士は歴史を絵にしようと考えたんだろう？　時代の精神は、絵に描けるものじゃないのに」

その言葉を聞いただけでジョンは、残念ながらミスター・ビーズリーの意見が正しいことを認めざるをえなかった。

「歴史とは、真面目に営まれれば、不確実なものだ。だけど絵とは、確固として存在するものだろう」

ある論への反対意見は、常に最初の瞬間には正しく響く。少なくともジョンの耳には。だがジョンは、弱気になるつもりはなかった。そこで、よい例があれば人間はより善くなれるのだと、懸命に力説した。

「人間をより善くするだって！　そんなことができるとしたら、三つだけだよ。過去を学ぶこと、自然のなかで健康的な暮らしをすること、病気になったら薬を飲むこと。それ以外はすべて、やらないほうがましだ。ただの政治か、憂さ晴らしにすぎないからね」

この薬剤師を感心させる話をするのは自分には無理だと、ジョンは悟った。彼に北極の話をしてみるべきだろうか？　だがどんな答えが返ってくるかは、あらかじめ想像がつく。そこでジョンは、少しだけ自分の話をするに留めた。ビーズリーは喜び、父親のような態度になった。

「歴史を扱う場合、緩慢さは長所だよ。歴史研究者は、恐るべき速さで通り過ぎた昔の出来事を、自分が理解できるところまでゆっくりと引きのばすものなんだ。そうして研究者は、歴史上最速の国王にさえ、戦闘において本当はどう行動すればよかったのか、あとから証明してみせることができるというわけだ」

ジョンは唖然とした。この薬剤師は冗談を言っているのだろうか？　そもそもこの男には、どこか得体の知れない、浮世離れしたところがある。

だが、状況はすぐに変わった。ビーズリーは突然熱烈に語り始め、また信頼に値する真面目な人間に見えてきた。

「ここから三マイルも離れていないんだ！　そこでイギリス人どうしが闘ったんだよ。いまでもまだ、ウィンスビーの畑を耕すと、兵士たちの骨が出てくる。あそこには、ほかのどの場所とも違う植物が生えるんだ。ミスター・フランクリン、僕にとって大切なのは、この感じなんだよ！　何世紀ものあいだに、地球上のひとつの場所で、どれだけのことが起こりうるかを知ること。それが視野と人間性を広げてくれるんだ」

ジョンは、なにがこの薬剤師を本当に感動させるのかを知り、尊敬の念を抱いた。

「己の地平を広げること」とビーズリーは語る。「これこそ、人間が到達しうる至高のものなんだ」

ジョンはこれを球面三角法の観点から考えてみようとしたが、ビーズリーはとうに先を行っていた。

「僕は、貴族の家系という観点からリンカンシャーの歴史を調べているんだ」とビーズリーは続ける。

「家系図を追い、年代記を読み、財産目録を調べ、高貴な人たちになったつもりで考えなきゃならない。手伝ってくれないか！」

話をするビーズリーの顎は、まるで捕らわれたネズミのようにひょこひょこ上下するので、集中して耳を傾けることができない。ジョンはためらった。

「歴史というのは、偉大さや持続性と関わり合うことだ。歴史は我々を、時間から超越した存在にしてくれる」

「でも僕は船乗りなんです」とジョンは答えた。

「でも、君の船はいったいどこにあるんだい？」

ジョンは考え込んだ。緩慢さが美徳となる領域など、滅多にあるものではない。時間を超越する――これも魅力的だ。だが、金にはならない。

いつしかジョンは、やはり自分が失業者であることに気づいた。そして、役立たずだと感じていることにも。よりによってこの自分が退屈する日が来ようとは、考えたこともなかった。いまでは「待つ」という行為は、以前とは違うものだった。ジョンには職業があり、目的がある――それなのに、前進することができないのだ！　ジョンは何度も繰り返しロンドンに手紙を送ったが、無意味な慰めの手紙が一通来たほかには、なんの返事もなかった。

発揮することのできない能力は、ないも同じだ。もしかしたら、自分の能力はもう二度と表舞台に出ることはないのだろうか？

読書も活動欲から気持ちをそらしてはくれず、むしろそれを一層高めるばかりだった。かつてジョンは、船の上で頭と身体を調和させることを学び、いまではよい士官となり、後にも先にもないほど強くなった。それなのに、この先にはもうなにもないのだろうか？　半額の俸給とは、ただ金額が半分だというだけではなく、脈絡を失った虚空であり、強迫的ななにかだった。特に夜、生きた悲しい図像めくり機のように、眠れぬまま横たわっているときには。

司祭の未亡人であるフローラ・リードは、急進的な女性だと言われていた。ロバート・オーウェンの『新社会観』を持っていて、薬剤師ビーズリーとの論争では、そこから引用をした。

ジョンはある日の午後いっぱい、ミセス・リードとともに、ホーンキャッスルの《ファイティング・クックス・イン》で過ごした。一緒にいて気持ちのいい、礼儀正しい女性だった。ただ、彼女の話す内容だけは、理解するのに苦労した。

動く図像のための支援は、ミセス・リードからも得られなかった。「飢えや貧困は、絵を見るまでもなく理解できます。耳で聞き、字を読むことのできる人にとっては、単純な真実でじゅうぶんなんです。聞くことも読むこともできない人たちは、あなたのおっしゃる機械の助けを借りても、いまより賢明になることはありませんよ、ミスター・フランクリン」というのがミセス・リードの意見だった。だがジョンは、この主張にはどこか論理的でない箇所があるような気がした。

ミセス・リードは、アルコール度数の低いビールとケーキを注文した。ジョンは、話が中断したのでほっとした。耳を傾けるのは骨が折れたからだ。ミセス・リードの声は小さく、話に熱がこもっても、声は大きくはならずに、どこか舌足らずな発音がひどくなるだけだった。髪はまっすぐで黒く、表情は穏やかだ。危険を察知すると、その目がきらりと光る。

「己の地平を広げるですって？　ビーズリーさんはそう言ったんですか？　きっとまた、薬草集めの話から歴史の話に移ったんでしょうね。ミスター・フランクリン、地平線というのは、私たちの前にあるんです。後ろではなく！　私たちが前進するその場所に、常にあるんですわ。そうじゃありませんか？」

航海士としてジョンには異論があったが、ミセス・リードを傷つけたくはなかった。それにミセス・リードの話は、すでに別のところへ移っている。

「穀物税のことを考えてごらんなさいな。フランスは豊作で、納屋はいっぱいなんですよ。余ったぶんをこちらへ回してもらえれば、助かるんです。そうすれば、誰ひとり飢える必要なんてないのに」

ミセス・リードはジョンを優しく、だが真正面から見つめた。ジョンは、ミセス・リードは僕の目を覗き込むのが好きなのだろうか、それともこれは、彼女の主張に筋が通っているかを確かめるための固定した視線にすぎないのだろうか、と考えた。この人がもう少し大きな声で話してくれさえすれば！

「それなのに、どうしてフランスとの国境は閉ざされているんだと思いますか？　それは土地所有者が民衆の困窮で稼いでいて、議会を構成しているのがそんな土地所有者ばかりだからです！」

「ミセス・リード、実はトラファルガーの戦い以来、僕は少し耳が遠いんです。大砲のせいで」

「それならもう少し近づきますわ」。声を大きくすることなく、ミセス・リードはそう言った。

「さて、では貧民たちはどうでしょう。彼らは納屋に火をつけて、食糧不足に拍車をかけています。こちらは暗愚、あちらは強欲。これが地平というやつですわ。あら、なにか言おうとなさいました？」

「いいえ、続けてください」。ジョンは、できればすべてを書き留めたものをあとから読み返したいと思った。話があまりに速すぎるのだ。だが、フローラ・リードには好感をもった。夫の司祭が亡くなってから、どれくらいになるのだろう？

「塩税、パン税、新聞税、窓税。でもこういったお金は、間接的にはまた――」

「ちょっと待ってください、ミセス・リード、僕は――」

「いいえ、ミスター・フランクリン！　とにかく貧困が蔓延しているんですよ。周りを見回してごらんなさい！　いたるところ、密猟者、泥棒、密輸犯だらけじゃないですか。どうしてだと思います？　ほかにどうしようもないからじゃ――」

「あの、できればそれをどこかに書いて――」

「土地所有者の良心が痛めばいいんですけど！　そうなって初めて、変化が起きるんですわ。それまではどうにもなりません！」

「はい、僕もそう思います」。ジョンはうなずいた。「でも、航海があまりに長かったので、いろいろなことがまだよくわからないんです……」

ジョンが話すあいだに、ミセス・リードはケーキをひと切れ口に入れた。食べながらジョンを感じよく見つめ、自分の話の続きができるまで待つ。それから微笑んで、こう言った。

「図像めくり機なんていらないんです、ミスター・フランクリン。歴史だっていりません！　真実が書いてある新聞、貧困と闘うための組織、そして貧民の選挙権――私たちが実現するべきなのは、そういったものです！」

ジョンは、ミセス・リードのきっぱりとした態度を、とても気持ちがいいと思った。フローラに手を握られると、その言葉をもうひとつとして疑うことができなくなった。フローラには、どこか獅子に似たところがある。けれど、黙っているとはかなげだ。だが、黙っているときでさえ、フローラはその明るい瞳でジョンをじっと見つめ続けたので、ジョンのほうもしっかりと視線を返す以外になかった。

「ミスター・フランクリン、私があなたのどこを気に入ったか、わかりますか？　ほとんどの人は、理解するのは早いけれど、いざとなるともうなんにも覚えていないんです。でもあなたは違います。一緒に闘いましょう。これは人間としての義務です！」

真実だ、とジョンは思った。真実こそが重要なのだ。真実を愛する新聞においては、編集者が少しばかり鈍重かどうかなど、問題にならない。確かに、この仕事でもやはり金を稼ぐことはできない。でも……。「わかりました」とジョンは言った。

ジョンは戦争中、急激に襲ってくる困難に対して機敏に対処することができないのに悩んだものだった。対処が遅れた経験が、どれほど多いことか！　銃弾の雨に身を曝したのもひとえに、自分は鈍重ではあっても臆病ではないと証明するためだった。だがいまジョンは、フローラ・リードを通して、機敏であろうと鈍重であろうと、正義の側につくことで人間としての義務を果たすことができるという事実を発見した。ジョンにとっては、まさに好都合だった。ジョンはますます頻繁にフローラに会うようになった。オーウェンの本を借りて、貧困が戦争を含むあらゆる苦悩の原因であること、空腹でほかに選択の余地がなければ、誰しも善人ではいられないことを学んだ。誰もがなにかを所有したいと思っている。だが、少数の者が多くを得、多くの者がなにも得られなければ、憎しみが生まれる。つまり、平等が必要だ。さらに、平等のための教育が。これは普遍的な法だ。フローラも、ロバート・オーウェンも、このことを熟考してきた人たちは皆がそう言うのだから。フローラの思考のなかでは、この世界の困窮は丈夫な網のように互いに絡まり合っている。そしてこの絡まり合いは真実だと、確信をもってよい。独立して存在するものなどない。それぞれの事物は全体に根拠をもち、全体を通して初めてなんらかの事物でありうるのだ。持続性もやはりそこに根拠がある。

ひとつひとつの事物が変化したり消滅したりしても、その事物の根拠となる規則そのものは持続する。こうしてジョンはついに、待機の時間に高尚な意味を与える仕事をもつことになった。どんな人間も、同じ人間一般のためになにかをするために、この世に生を与えられたのではないだろうか？　もしそのとおりなら、常にまず差し迫ったこと、助けになることから始めるのが論理というものだ。その他はすべて、まだそれほど成熟した洞察力をもたない者たちに任せておけばいい。どうせ待たねばならないのなら、ジョンは人類救済のためになにかをしたかった。それはしごくまっとうな行為に思われた。これまであまりに長いあいだ、自分の身を不幸から守るために、他人の不幸を固定した視線で見過ごしてきた。だがいまは違う。いまのジョンは、どうせ待たねばならないのなら、少なくとも本当に善き人間になりたかった。

ところがジョンは、またしても図像めくり機の構造について考え始めた。「困窮」というものが、目で見て即座に理解できるものならば、多くの言葉を費やすことなくなにかを見せることのできる機械は、非常に有意義ではないか！

それは、ちょうど一般選挙権の利点について考えてみようとしていたときだった。ページをめくる代わりに、同じ形状の図版を高く積み重ねることもできると、ジョンは思いついた。図版は次々と素早く金属の枠のなかに落ちていく。それぞれの図版が目に映るのは、ほんの数分の一秒間ずつ。すべては、積み上げた図版を常に同じ速度で取り出すメカニズムにかかっている。ジョンはさっそく図面を描き始めた。ハンドレバーと、巻き上げ機のついた機械だ。それはベレロフォン号の揚錨機によく似ていた。

ジョンは、自分の思いつきを書き記し、オーム博士の説明と図面も複写して、すべてをロンドンのブラウン博士のもとへ送った。この発明が日の目を見ずに終わるのは嫌だった。

あれから一年半がたつというのに、いまだにジョンは「生徒Ｆ」についてのオーム博士の論文に目を通していなかった。正体不明ながら確かな本能が、ジョンを押し留めていたのだ。そもそもジョンに内面の声を聞けと勧めたのは、オーム博士自身だ。

ジョンはほぼあらゆる旅行記を読破し、さらにスペンス、オギルビー、ホール、トンプソンの本も読んだ。《ファイティング・クックス・イン》で、自分の論理の整合性をどう保つかを学んだ。

薬剤師のビーズリーとは、薬草の宝庫であるウィンスビーの戦場を歩いた。貴族の家系について、ジョンはいまでは独自の意見をもっていた。「貴族は高貴な存在だ。これは喜ばしいことだ。でも貴族は愚かなことが多い。これは残念なことだ」

ジョンは自宅に植物を植え、収穫をするばかりでなく、屋根をふき、父を散歩に連れ出し、新たな知己を得た。

フローラ・リードとは一夜をともにし、それ以来、幾晩も一緒に過ごすようになった。ポーツマスでのメアリ・ローズとの晩に知ったあの繊細な言語を思い出し、ほかのどんな女性ともこの言語で話せることを知った。たとえ愛していない相手とでも。フローラの亡き夫である司祭には、この言語が欠けていたのだろう。司祭には聖書の言葉だけでじゅうぶんに思われたのだ。もしかしたら司祭は、そのせいで亡くなったのかもしれない——人間としての義務だけでは、他者を幸せにするには足りないのだ。自分自身は言うに及ばず。

一年半！　ジョンはフローラが開催する農業労働者の集会を手伝い、スープを配り、ビラの草稿を確認し、夜中に植字、印刷した。新たに得たばかりの知己が敵になるのを目の当たりにし、悪意ある言葉を耳にし、怒りを抑えなければならなかった。半額の俸給で生活しようと試み、ときどき鶏の世話さえした。貧しい者たちの怒り——共通の怒りと個々の怒り——を、まずはただ理解し、やがて恐れることを学んだ。ある家に火がつけられた。富農のハーディーの家だ。石壁には、赤い文字でこう書いてあった。「パンを、さもなくば血を！」「脱穀機撤廃！」なんという時代だ！

疑念に次ぐ疑念。海の上には、疑念などなかった。

フローラのことはそれほど愛していない。自分でもわかっていた。フローラとは一緒に寝るだけでじゅうぶんだった。フローラの理念は揺らがず、それは安心感を与えてくれる。ところがいま、フローラ・リードは変わろうとしていた。理念のほうは変わらずにいてくれるだろうか？　ただのかすがいにすぎないとなれば、人間としての義務にどれほどの価値があるだろう？　それとも、変わろうとしているのはジョンのほうなのだろうか？　陸の上では、すべてが「半分」だ。ジョン自身もそうだった。

ジョンは人間のおきての網から、再び浮上した。網のなかは、息を詰めなければ動くことのできない場所のようなものだった。息を吸うためには、浮き上がらねばならない。たとえまだ肺に空気が残っていても。

ジョンはフローラを怒らせるようになった。「人間は時間を超越できなくては」といったことを言うようになったのだ。

「太陽も、いまこの瞬間も、無意味だということ?」とフローラはあざ笑う。そんなときの彼女の顔には、ジョンが自身の顔に浮かぶことさえ嫌う、薄笑いが浮かぶのだった。ジョンとフローラは、自分たちでも気づかないまま、愛情に逃げ道を探してきた。だが、ふたりともいまでは気づいていた。逃げ道はないのだと。

ジョンはどんどん異端者になっていった。「困窮とは目の当たりにすればすぐに理解できるものだっていうことは、証明されているのかい?」と訊いたり、「どうして困窮には一つしか種類がないんだい?僕の意見では、いくつもの種類の困窮があって、それらは互いになんのつながりもないんだ」と言ったりした。そんなジョンのことをフローラは悲しみ、ときには答える気力もないほどだった。そうすると、ジョンのほうも悲しくなった。

人間にとって重要な事柄と不断に向き合い続けろという要求は、必然的に、常により多くの思考、行動を必要とする。ジョンは、平等への義務感をもち続ければ、いずれ自分自身のことも他者と交換可能だと考えるようになるだろう、と予感した。

だが、海軍での経験からジョンは、自分自身が重要でなくなれば人はどうなってしまうのかを、嫌と言うほど知っていた。そうなるともはや、迅速さに逃げる以外なくなるのだ。人と同じことを人より速くこなすことでしか、自分の優越性を示せなくなるのだ。そして人より速くなる可能性は、ジョンにはなかった。

ジョンはもうずっと前から、フローラにこのことを話そうとしてきた。だがフローラは海軍を知らない。

なにかが起きなくてはならない。

ジョンは朝早くに家を出た。エンダービーへ続く道を通ったあと、東へ向かい、ハンドルビーとスピルスビーを抜けて、ひたすら海へと向かった。今回は生垣の下を這い進むことなしに。アシュビーでは、ひとりの痩せた少年が柵にペンキを塗っていた。スクレンビーでは、ひとりの老人がジョンに挨拶し、パイプの火が消えるまで話し続けた。これほどの距離を歩くのは、貧しい者と太った者だけだ。

森の向こうのガンビー・ホールのほうから、狩りの一行が放つ射撃音が聞こえてきた。田舎貴族は、キツネを狩り、キジを撃ちながら、密猟者を取り締まる法律の強化について考えている。ジョンはこの国を、いまでは違った目で読み解き、多くのものを拒絶していた。たとえば、肉をひとかけら盗んだというだけの理由で、十二歳の少女をひとりの知り合いもいないヴァン・ディーメンズ・ランド〔タスマニア島の旧称。タスマンを派遣したオランダ東インド会社の総督の名にちなむ〕へ流刑にすることなどを。ジョンはインゴルドメルズに泊まり、一日中堤防に座って、海が砂に模様を描くのを、まるで初めて目にするかのように眺めた。風のうねりのなかから、もつれ合った声が聞こえるような気がした。まるで航海中の船上のように。そこでは命令が下され、歌が歌われ、冗談が飛ばされ、罵り言葉が吐かれる。マストがきしみ、滑車が鳴る。「出航」の声、「ロープを固定」の声、「メイントップスルのハリヤードへ。引き絞れ。メイントップスルを揚げろ」の声。

ジョンには海のうねりが必要だった。帆走は呼吸よりも重要だった。

夢うつつのまま、ジョンは考え続けた。さまざまな光景も目に映った。うねる川、ボート、野生動物、危険な瞬間。やがて氷山が見えてきた。流氷が船底をこすったと思うと、広々と輝く進路が開けた。氷の壁は消え、北極の夏が現れ、それとともに、時間に圧迫されることのない土地が目の前に開けた。そここそがジョンの故郷だった。リンカンシャーではなく、イギリスではなく。世界中のほかのどんな場所も、この故郷へと向かう最初の道程にすぎない——通り過ぎるためのなにかに。

インゴルドメルズに戻ると、ボリングブロークまで郵便馬車に乗った。茂みや野道が通り過ぎていくのを窓から眺めて、こう思った——この動きは錯覚だ。実際には、この場所に捕らわれたまま動けないのは茂みや野道のほうで、ジョン自身と遠くの山々のほうが、本当に旅をしているのだ。

そのとき、ジョンはペイズリー海尉を思い出した。海尉はいま、自身の船を持っている。一方ウォーカーのほうは、七十四門艦を指揮している。大砲はうらやましくなかったが、航海は別だった。

艦長にならなくては！　北極を発見しなくては！　この国のことは、そのあとに考えるのだ。すべてはそれからだ！

イギリスの歴史はビーズリーの領域で、世界の困窮はフローラの領域だ。そして機械の発明はオーム博士とその後継者の領域だ。けれどジョンの領域ではない。「生徒F」についてのオーム博士の論文を読むのは、北緯八十二度に到達してからだ。

決意は揺るがなかった。まずは捕鯨船を試してみようと思った。フローラと向き合って座ったジョンは、途方にくれたまま彼女の膝をなで、人間としての義務について、あらかじめ考え抜いた説明を始めた。「隣人のかまどに火をともしてあげたいとき、ただ方向がわかっていて、そこまできびきびと向かったところで、なんの役に立つと思う？　なにより僕のたいまつも、あかあかと燃えている必要があるんじゃないかな。動きは正しいのに、時期が尚早だったら、なんの意味がある？」

「もういいわ」とフローラは言った。「たとえ話はあまりうまくないみたいね。私はその隣人じゃないわよ」

フローラは、初めて会ったときと同様にジョンをじっと見つめた。だがその瞳は暗かった。ジョンは、いまこの瞬間の自分は、前任者——フローラの亡き夫である司祭——と同じように愚かだと気づいた。もしかしたら、その理由はフローラにあるのだろうか？「ひょっとしたら北氷洋なんてばかばかしいってわかって、すぐに戻ってくるかもしれないし……」。そう言ってはみたが、それが嘘であることには自分でも気づいていた。

フローラは黙っている。この沈黙。いつの間にかフローラは、専制君主になっていたのだ。

「またすぐに会えるかもしれないよ。戻ってきたら、新聞の編集者になるよ」。嘘を口にするのが、だんだん重荷になっていく。

「で、そうしたらたいまつが燃えるっていうの？」

「かもしれない。ああ、いや違う、こんな話は無意味だ。どうなるかなんて、さっぱりわからないんだ」

フローラは鼻をかんだ。

「あなたは編集者じゃないわ。神様のお恵みがありますように！」

フローラはジョンにキスをした。こうしてジョンは立ち去った。ああ、フローラから逃れられて、どれほどうれしいことか！　あまりの喜びに、彼女への同情さえ感じなかった。

父と妹に別れを告げるために家に帰ると、玄関前に見知らぬ馬車が停まっていた。ひとりの紳士が降りてきて、ロジェと名乗った。ピーター・マーク・ロジェ。ロンドンのブラウン博士からよろしく、との伝言を携えていた。

「ちなみに、図像めくり機についてのあの論文を読ませていただきました。著者がすでに故人なのが残念ですね。私は視覚現象にたいへん関心をもっているんです。一度私のカレイドスコープをお目にかけたいものです。近いうちに一度お話ししませんか？」

「いいえ」とジョンは答えた。「もう決めたんです。重要なアイディアはたくさんありますが、僕は自分の頭に従いたいと思います」

ミスター・ロジェは、突然どこか探るような表情になった。

「イギリスに留まるおつもりなんですか？」

「いえ。また海に出ます。それだけでなく、いつかは北極にたどり着きたいと思っています。イギリスに留まっていては、それはできません」

「それじゃあ、やはり近いうちにお話しすることになると思いますよ」。ミスター・ロジェは、目に見えてこの会話を楽しみ始めた。「私はロイヤル・ソサエティの総帥ジョゼフ・バンクス卿の使いで来ました――卿はいま、リヴスビーの領地に滞在中です。私と一緒にうかがいませんか？」

ジョンは戸惑って黙っていたが、やがてうっすらとわかってきた。

「卿はあなたをご存知です。フリンダーズのコンパスについて、あなたが書かれたものをお読みになりました。サー・ジョゼフと、海軍本部の第一書記官であるサー・ジョン・バローです……」

「どういったお話でしょう？」かすれた声でジョンは訊いた。

ミスター・ロジェはためらった。

「ほんとうは、サー・ジョゼフがご自身でお話ししたいとのご意向だったのですが。あなたには――デプトフォードで船を引き継ぎ、北極へ航海してもらいます！」

第十二章　氷洋への旅

探検隊。デプトフォードの誰もが、それの意味するところを知っていた。隊は銅板で装甲したブリッグ船、ドロシー号とトレント号の二隻から成り、そこに現在、北極で必要とされるあらゆるものが積み込まれている。

「なにより毛皮の上着とマントですよ」と毛皮職人が希望を述べる。

「面白い本がいりますよ」と本屋が言う。「だって、北極はとても退屈ですからね」

「大胆な殿方たち」とロンドン上流社会の貴婦人たちが言い、馬車に乗って、その男たちを見にやってくる。

誰もが、探検旅行についてどんな指令が下ったかを自分は知っていると自負していた。海軍本部から直接聞いたという者もいれば、探検隊の隊長であるバカン大佐から聞いたという者もいる。なかには、トレント号の指揮官であるフランクリン海尉の名を持ち出す者もいた。だがそれを聞いた者たちは、疑い深げだった。「フランクリンだって？　あいつはなにひとつ話さないじゃないか！」

「のろまな艦長なんて、ありえないよ」。士官候補生のジョージ・バックが言った。「いまでさえこうなんだから、海に出たらどうなっちまうんだ？」そんな友人を、アンドリュー・リードは賛嘆の目で眺めた。反論したのは、会話を続けるためにすぎなかった。「でもジョージ、鶏はすぐに船から降ろされたじゃないか」

「あれは間違いだったって、いまにわかるさ。鶏は新鮮な肉なんだぞ！　でもこんなのまだ序の口だ。あいつ、話すときにはいつも最初に間が入るんだ。そんなやつが、どうやって命令を下そうっていうんだよ？」

ふたりは海軍士官学校を出たばかりで、航海においてなにが大切かを熟知していると思い込んでいた。バックはすでに、フランクリンにあだ名までつけていた。「キャプテン・ハンディキャップ」だ。

船上での最初の夜。ジョン・フランクリンは熱を出して震えていた。夢とうつつをさまよいながら、無数の声を聞いた。意味不明なことを告げる声、決断を迫る声、ジョンが命じたことになっているなにかを批判する声。ばたばたと寝返りを打ちながら、ジョンは夢のなかで歯ぎしりし、毛布がびっしょり濡れるほど汗をかいた。朝になると、首と肩の筋肉が痛み、首を傾けたまま船室を出た。

それは恐れだった。恐れ以外のなにものでもない。克服しがたい恐れ。ジョンは黙ったまま船全体を見回り、挨拶を返し、報告を受け取りながら、ホーンキャッスルの読書会会員から司令官へ変身しようと努めた。それは、これまでの経験からよく知っている不安だった——もうなにも理解できず、なにもできず、黙殺されたとしても抵抗することもできないのではないかという不安。誰ひとりとしてジョンの速度に合わせてはくれず、ほかの者たちの速度に合わせようとする試みは無残な失敗に終わるのではないかという不安。

トレント号はわずか二五〇トンの船だったが、いまのジョンには、十八年前に生まれて初めて乗ったリスボンへの商船よりも大きく、全体を把握しがたいように思われた。こういった種類の不安は、なじみのものだ。これまではいつも、運に恵まれようが、そうでなかろうが、どんな仕事も最後までやり遂げることで、追い払うことができた。だがいまはそこに、新たな不安が加わっている――もしいまジョンが命にかかわる病にかかったり、海に沈んだり、司令官の任を解かれたりしたら、これまで待ち、闘ってきた何十年もが無駄になるのだ。

ニューオーリンズの戦いのあと、ベッドフォード号の船上で見出した力、落ち着き、自信は、姿を隠したままのようだった――いずれにせよ、号令ひとつで出てきてはくれない。それに、後光も欠けている――由来を誰ひとり知らない傷跡など、もうなんの役にも立たない。

不安に効く薬の名は、学習だ。ジョンはまず最初に、海軍本部からの指示を学習した。

北極はこの旅の目的地ではなく、いくつもある停泊地のひとつにすぎない。王室にとって北極とは、凍っていない海にあり、そこから太平洋へと出ることができるかぎりでしか、興味の対象にはならないのだ。

一隻の捕鯨船が、氷原はどんどん溶けてきていると報告していた。バロー書記官は、この報告を待っていた。そして即座に、自分とフランクリンという者はもうずっと前から、北極海が開けていると確信していた、と宣言した。こうして、当初は苦笑されるばかりだった北極への調査旅行が、突如として誰にとっても非常に重要なものに見えてきたのだった。

ドロシー号とトレント号は、スピッツベルゲンとグリーンランドの間を通って北極を抜け、ベーリング海峡まで航海し、カムチャツカ半島の、かつてクックが上陸したペトロパブロフスクの港に向かうことになっていた。航海日誌、旅行覚書、海図などの複製を、そこから陸路でイギリスへと送り、二隻の船はさらにサンドウィッチ島へ向かい、そこで越冬して、翌春、できれば再び北極経由でイギリスへと帰還する計画だ。

もうひとつ、直接北アメリカ大陸沿いを航海して太平洋へと出ることを試みる、ふたつ目の調査旅行が計画されていた。だがこの航路は、前者に比べて難しいとされていた。

政治家や商人たちの関心の広範なことといったら！　ジョンは船室のテーブルに書類を置くと、指でぐるぐると回し始めた。首筋が興奮で脈打っている。北極に着いたら、そこからすべてが新たに始まるのだ。とにかくたどり着きさえすれば。


ジョンはまたトレント号のことも徹底的に暗記し、関係するあらゆる数字を頭に叩き込んだ。計算できるものはすべて計算した。総重量における積荷の重量の割合、つり合い、帆の面積、側面図、喫水。早速、最初の具体的問題に取り組む必要があるようだった。トレント号の喫水が深くなるのが、日々の積載量の増加を計算に入れても、速すぎるように思われるのだ。ジョンは再び正確に計算しなおすと、第一士官のビーチー海尉を呼んだ。そして、たったいまから船の喫水の深さと、ビルジにどれだけの水が溜まっているかを、すべての見張りに報告させるように、と命じた。

海尉はジョンの不安と落ち着きのなさに気づいただろうか？　いずれにせよ、ビーチー海尉は礼儀をわきまえていた。ふたりの視線が合うと、ビーチーはまばたきして顔をそらす。話を聞くときには、甲板の板の状態を確認しているように見えたし、話すときには、白いまつげに縁取られた切れ込みのような細い目で、水平線を探しているようだった。その表情は、一種の不機嫌な用心深さ以上のものを表すことは決してなく、余分なことはひと言たりと話さない。

そう、計算はひとまず正しかった！　トレント号には穴が開いている。大きい穴ではなさそうだが、見つけることができないという欠点がある。水は船底へと流れ込んでくる――だがその水がどこから来るのかは、突き止められない。捜索は続いた。まだ港に停泊中から、すでにポンプの音を聞くことになるとは！　だが奇妙なことに、ジョンは安堵していた。浸水――ついに現実的な心配ごとができた。

探検隊の隊長デイヴィッド・バカンが、ジョンのことを海軍本部の書記官であるサー・バローのお気に入りと考えているのは明らかだった。隊長は赤ら顔の短気な男だ。長い話に耳を傾けることは決してないし、なにより浸水の穴のせいで出航を遅らせるつもりはまったくなかった。

「本気で言っているのかね？　穴が開いているが、どこにあるかわからないと？　それで、北極の夏が終わってしまうまで待てというのかね？　あと数週間、部下に水汲みをさせたまえ。そうすれば、どこから水が入ってくるのかも見つけられるだろう」

バカンの粗野な態度は、ジョンをますます落ち着かせるばかりだった。なんといっても、いまや具体的な敵ができたのだ。これは助けにも慰めにもなる。

「サー、私はもちろん、穴が開いた船でも北極海に到達します！」

この台詞はあまりに自信たっぷりで、嘲笑的に響いたので、バカンの自信は少しばかり揺らいだようだった。「シェトランド諸島に着くまでに問題が解決しなければ、トレント号を陸に上げて、外から調べてみよう」

一八一八年四月二十五日、出航日だ。桟橋は人の顔で白く埋まっている。エレノア・ポーデンもやってきて、驚くジョンに幸運を祈り、その手に長い詩を押しつけた。その詩の終わりでは、北極自身が直接話法で語り始め、自分は征服されたと宣言していた。いまやジョンにははっきりとわかった――エレノアはほんとうに自分を評価している。エレノアは、氷を切る長い鋸や、海水から塩分を抜くための器材にまで感心した。そして学術研究、催眠法、電気現象について熱っぽく語り、ジョンに向かって、北極圏では空気中に特別に強い磁気が存在するか、そしてもしそうなら、それが人間どうしの共感にどう影響を与えるかに注意を払ってほしいと頼んだ。別れ際、エレノアはジョンの首に抱きついた。その声はブンブンとうなっていた。エレノアの腰に腕を回す以外、ジョンにはどうしようもなかった。ただ、なんでもかんでも長いあいだつかんで放さないこの癖だけは、どうにかしなくては！ 抱擁が長びき、エレノア本人やほかの人たちに不審に思われる危険が迫っていることを感じて、ジョンは急いで重要な航路の計算に戻った。

こうして探検隊は出航した。水仙の花が咲いていて、岸辺の一部は黄色に染まっていた。

流れ込んでくる水は日ごとに勢いを増したが、隊にはじゅうぶんな人手がなかった。トレント号にじゅうぶんな人員を配置するには、乗組員の数が六分の一は足りない。誰もが、見張り時間の半分をポンプとともに過ごした。

シェトランドのラーウィックに着いたが、あらゆる努力にもかかわらず、ジョンは浸水の穴も、人員補強のための志願水夫も見つけることができなかった。シェトランドの住民たちは、航海と捕鯨で生活している。船が浅瀬で傾けられ、一インチごとに検査されることがなにを意味するか、よくわかっている。住民たちに向かって、銅板を強化しているだけだと言っても、彼らは呆れたように笑うだけだった。浸水する船に雇われようという者はいない。ジョンは、舷側にあるこの目に見えない穴が、自分の手から北極を奪い去るのではないかと、真剣に恐れ始めた。

バカンは、不足している人員を強制徴募で埋めようと考えていた。だがこの方法はいまでは違法なので、ジョンに向かってこう言った。「君に任せたぞ、ミスター・フランクリン！」

ジョンが第一士官のビーチーとふたりになったとき、ビーチーは灰色の目で水平線を探しながら、こう言った。「いまの乗組員でなんとかなります。彼らは優秀です。三人か四人、やる気もない人間をむりやり連れてきても、人手不足よりも悪い事態になります」
「ありがとう！」ジョンは唖然として、そうつぶやいた。
ビーチーのいいところは、必要とされる場面になって初めて自分の意見を言うところだ。

グリムスビー出身の水夫スピンクは、村のオークの古木が三本寄り集まったよりもたくさんの話を語ることができた。なによりも、スピンクはあちこちを旅していた。十二歳のときに強制的に水夫として徴用されて以来、小型船ピックル号でラプノティエールの指揮のもとに航海し、フランス軍の捕虜になり、脱走して、ヒューソンという男とともにヨーロッパを横切って、トリエステまで逃避行を繰り広げた。スピンクは、アルザスの靴職人の作るブーツは歩幅を広げてくれるので、フランス人のほぼ倍の速さで歩くことができるという話をした。シュヴァルツヴァルトに住むアレマン人の女たちが、そのテントにも似た日曜日用のスカートの下に、ナポレオンから逃げてきた兵士を二、三人隠すことができるという話、そしてバイエルン地方の真ん中で、一枚の幅の狭い板を渡しただけのボートに乗って、嵐のなか、「ゲムゼ」という名の湖を漕ぎ渡り、東岸の漁村で、やわらかい肉とともに不思議な団子を食べたおかげで、その後二週間にわたって、まったく食べ物を口にすることなく歩き続けることができたという話。これは、自分がスピンクという名前であるのと同じくらい確かな話なのだ、とスピンクは語った。

全員が甲板に駆け寄った。イッカクが見えたのだ。水面からはっきりと角が突き出ている。これは悪い兆候だった。これよりさらに悪い兆候は、たったひとつしかない。船の鐘がひとりでに鳴り始めることだ。だがそんなことが起こったためしはない。または、それが起これば船はその後すぐに、人とネズミもろとも沈んでしまうので、もはや語られることもないのだ。

誰ひとり、このことを口にする者はいなかった。なんといっても、氷の障壁の向こうに開けた北極海には、まったく別種の巨大な生物がいるだろうと予想されているのだ。海軍本部はなんと、こういった生物たちが、流氷が溶けたあと、大西洋の商船航路へと南下してきて、船のいくつかを飲み込むのではないかとさえ予測していた。トレント号の乗組員は決して迷信深くはない――とはいえ、恐れを感じずにいられる者は、ひとりとしていなかった。


反抗的な者も、怠惰な者もいない。ジョンは、いつかは最初の罰を命じねばならないだろうと覚悟していたが、いまのところそんな気配はなかった。かなり以前から、司令官は皆、懲罰日誌をつけることになっている。ジョンは毎晩のようにノートを開き、こう書き込んだ。「本日は規律違反なし」

ジョージ・バックのことは、よくわからなかった。いやむしろ、ジョージ・バックに関しては、自分のことがよくわからない、と言うべきだろうか。バックに対しては、気後れが、戸惑いが、用心深さが残っていた。その理由が仕事にあるとは思えなかった。

ジョンは、この問題を棚上げしておくことにした。バックをまったく理解できないほうが、バックを誤解するよりはましだ。もしかしたら、このバックという男が自分の命を救ってくれる日が来ないともかぎらないではないか！　直感を当てにするのもいい。だがそれは、直感がものごとをはっきりとわかりやすく伝えてくれる場合に限る。

わずかな用心深さは残った。

ジョンはいまや、繰り返しを要求し、短気を許さず、皆の利益のために他者に自分の鈍重さを押しつける勇気をもっていた。「私はなんでもゆっくりやるんだ。どうかそれに合わせてもらいたい！」ジョンはバックにそう言った。とても友好的に。するとバックの報告は有意義なものになった。人が船から落ちた？　船内で出火？　だからといって、母音をすべて飲み込んで早口で話す理由にはならない。重要なのは、どこで、なにが、いつ起きたのかを、艦長が理解することだ。混乱は、ほかのどんな外的な非常事態よりも危険だ。そして艦長の混乱は、なによりも危険だ。乗組員たちはそれを学んだ。

持久力。ジョンは睡眠を必要とせず、再び見習い水夫のように、言葉や言い回しを練習した。たとえば、命令の出し方——ミスター・ビーチー、手間をかけるが、どうか……してもらえるだろうか。ミスター・バック、どうか……してほしい、よろしく頼む。カービー、すぐに……したまえ。

ジョンは再び、固定した視線のことを考えた。固定した視線は危険だし、それはこれからも変わらないだろう。だが、その視線がもはや戦争に利用されるのではなく、さらにほんのときたま使われるだけなら、それはもはや奴隷の迅速さではなく、よき司令官に必要な瞬発力となる。総体的に個々の事例の検証と夢のほうに重きを置く司令官だ。緩慢は栄誉となり、迅速は奉仕する、というわけだ。全体の展望は、よき視線ではない。なぜなら、あまりに多くを見逃すからだ。規則にまで高められた機敏さは、どんな「現在」も、「観点」も作り出すことはない。ジョンはむしろなにも考えないことに賭け、自身の行動に確信を抱いていた。生きる指針、船を操る指針となる独自の流儀の輪郭を描くことを考えた。

もしかしたら、この自分、ジョン・フランクリンとともに、新たな時代が幕を開けるのではなかろうか？　北緯七十四度二十五分。探検隊は、すでにビュルネイ島の緯度に達していた。

北緯七十五度を越えると、雪が降り始めた。ジョンは船室のドアから鼻を突き出して空気の匂いをかぎ、白い粉雪に覆われた後甲板を見つめた。生まれて初めて雪を見たときの匂いも、いまとまったく同じだった。あたりをざっと見回すと、思い切って外に出て、自分の足跡のつきかたを確かめるために、ぎこちない熊のような動きで踊り始めた。自分をとても若いと感じた。それがあまりに強い感情だったので、即座にそのことについて考えねばならないほどだった——もしかしたら、自分は本当に若いのかもしれない！　三十過ぎという自分の年齢が、ほかの人たちの三十過ぎと同じだとどうしてわかるだろう、とジョンは思った。もし自分も時計のように遅れているとしたら、人生が終わるまでの時間も、人より長くかかることになる。ということは、自分はまだ二十歳なのだ。そのとき、ジョンは唐突に熊のダンスをやめることになった。士官候補生バックが、メインヤードから、こちらを深刻な顔で、ほとんど警告するかのようにじっと見つめているのに気づいたからだ。ジョンはバックを無視しようと思ったが、うまくいかず、結局自分の足跡をもう一度バックの目で見つめ、自分の動きを想像してみる羽目になった。すると笑いがこみ上げてきて、バックをもう一度見つめた。バックも白い歯を見せて笑顔を返した。ハンサムな男だ。

「雪は素晴らしいですね、サー！」

いや、バックの言葉からは、どんな皮肉も聞き取れない。それでも、だ！　ジョンは顔に艦長らしい皺を刻むと、ぶっきらぼうにきびすを返し、少しばかり苛立って船室へ戻った。

エレノアに頼まれた北極の磁気のことを思い出した。だが、どうやって測ったらいいのだろう？

ついに深刻な寒さがやってきた。リギングは凍りついた。動索はあまりに硬く凍り、静索となんら変わらなくなった。見張りは水を汲むばかりでなく、ロープをいつでも動かせるように、棒を使って叩く必要にも迫られた。どんな帆の操作も冒険と同様になり、おまけに寒さはどんどん増していった。誰もが心臓が破れそうなほどの咳をしていた。だがジョンは逆に、波に乗り始めた。

ジョンは雪を調査し、規律違反がいまだになかったので、懲罰日誌に雪片の形を記録した。「雪は原則として六角形である」とジョンは書いた。なんといっても、この旅の目的は研究なのだ。はるばると回り道をし、ロシアを抜けてこのトレント号の懲罰日誌がついに海軍本部に届いたときの提督たちの顔を想像すると、楽しくなった。

船は初めて流氷の狭間を帆走した。氷塊が舷側の脇をカラカラと音を立てて滑っていく。

誰も眠りにつこうとしなかった。これほど明るい状態を夜と呼ぶことに、誰ひとり慣れていなかったのだ。低い位置にある太陽が白い帆に照り映え、氷はまるでダイヤモンドの山かエメラルドの洞窟のように輝き、氷でできた町がせり上がってきては、奇抜な形状を展開する。航海用語はほとんど必要なかった。「教会」から「要塞」まで進み、「洞窟」前を通って「橋」を目指す、というふうに航海できるからだ。水面下にも氷があり、光を反射している。海はクリームがかった白に覆われ、アザラシは輝く牛乳のなかを泳いでいるようだ。

乗組員はシュラウドにぶらさがって、船尾の航跡に沿ってまるで船を追い抜こうとするかのように流れてくる輝く氷塊を眺めた。真夜中ごろ、奇妙な形に歪んだ真っ赤な太陽が沈む。世界で最も巨大なバナナだ。いや、太陽は実際には沈みさえしない――ただ少しのあいだ姿を隠し、水浴びをして、再び身体を乾かそうと昇ってくるのだ。

ビーチーが言った。「なにもかもきれいで文句なしですが、非番の者たちを眠りにつかせるには、どうすればいいんでしょう?」

永遠の黄昏の空、影はすさまじく長く、霧の塊は立ち昇るやいなや赤みがかった雲となって、北の地平線までのすべての色を変えてしまう。

ジョンは氷を覗き込み、形状を調べて、それがなにを意味するのかを理解しようと努めた。海は自力で盛り上がることができる。ここにその証拠がある。ジョンはそこに、よく見る夢が意味するものを見つけ出したように思った。

一時間、一時間と、ジョンは氷山の形を懲罰日誌にスケッチし続けた。そして色を書き加える。「左側は緑、右側は赤、十分後に入れ替わる」。目に入るものに名前をつけようとしたが、なかなかうまくいかなかった。それらはむしろ、楽譜に書き記すべき音楽だった。繊細なあぜ織のような海が、拍子をつけて氷の周りを戯れ、氷を運ぶ。そして氷自身もまた、音楽の響き同様ハーモニーを奏でる。どこか割れやすく、裂けやすいとはいえ、氷たちは沈着で、時間を超越しているように見えた。そういったものが醜いはずはない。ここではすべてが平和的だ。はるかかなた、南方のどこかでは、人類が人類の困窮を生み出している。ロンドンでは、時間はどこか支配者めいていて、誰もが調子を合わせなければならない。

北緯八十一度を越えると、氷塊は平坦な台になり、台は島になった。やがてトレント号はひどい横風を受けて止まり、そのままぴくりとも動かなくなった。「どうして進まないんだろう?」リードが下から呼びかけ、数分後、カービー兵曹も甲板に現れて言った。「どうして進んでないんだ?」

待つ時間は、乗組員たちを不安に陥れた。実際には、待ってはならない理由などなにひとつなかったにもかかわらず。それどころか、もしかしたら船は、氷原と一緒に正しい方向へと流れていくかもしれないではないか。だがすぐに、ドロシー号から信号が送られてきた。バカンの命令だ。「氷を割って、船を引っ張れ!」

十人の乗組員が、斧や鋤で船首前の氷を割って道を開こうとし、さらに十人が、船より二船体分は先に立ち、綱を持って引っ張った。数時間後には、皆があまりに疲弊しきり、勤務時間の終わりに泣き出さないように、意味もなく笑うようになった。だがこういった努力はすべて、自分たちとバカンの苛立ちを慰めるための行為にすぎなかった。皆が、船が前進するという感覚を得るためなら、どれほど無意味なこともした。

だがもし氷原が、北ではなく、南へ流れていくとしたら？　まずは、そもそもバカンがそれに気づくかどうかが疑問だった。バカンは「勘で」航海するのが好きなのだ。

ジョンは、船を引っ張る者たちを、せめて音楽で元気づけるようにと命じた。水夫のギルバートが先頭に立って、ヴァイオリンを奏でた。ギルバートはまさにうってつけの人材だった。彼のヴァイオリン演奏は、たしかに一定の数の異なる音から成ってはいたが、皆が手を止めて耳を傾けたくなる類のものではなかったのだ。

奇妙だった——目的地に近づくほどジョンは、目的地などもう必要ないと感じるようになっていった。まったき静寂、完全な時間の超越——真面目な話、そんなものがなんの役に立つというのだ？　ジョンは艦長で、船を持っている。もはや岸の一片になどなりたくなかった。何千年もを見通し、なにひとつ罪を負っていない無垢な岸辺の岩になど。時間は大きさや重さと同様、この世界で荷物や仕事を正しく配分するために必要なものだ。砂時計はひっくり返されねばならない。船の鐘は三十分ごとに打ち鳴らされねばならない。カービーが水を汲む時間がスピンクより長くならないように。バックが外で凍える時間がリードより長くならないように。これは北極に着いても同じことだろう。ジョンはそのことに満足していた。なぜならいままでは、いずれにせよあらゆるものごとに満足していたからだ。いや、バカンの総指揮だけは除いて。

北極はジョンを惹きつける。それは間違いない。だがそれは、北極に着いたあと、すべてを新しく始めたいからではない。もうすでに始まっているのだ！　目的地が重要だったのは、そこまでの道のりに到達するためだったのだ。いまジョンはその道のりにいる。その道のりをジョンは進んでいる。そして北極は再び地理上の概念となった。ジョンの渇望はただ、旅を続けることのみだった。まさにいまのように、人生の終わりまでずっと発見の旅を続けたい。それは、人生と航海におけるフランクリンの流儀だった。

バカンが六分儀で星の高さを測り、現在位置を計算した。フランクリンも同じことをした。バカンの計算結果は北緯八十一度三十一分で、フランクリンは八十度三十七分だった。バカンは少しばかり顔を曇らせて、もう一度計算しなおし、ジョンと数分差まで歩み寄った。この数分の差は、バカンの名誉を守るものにすぎなかった。氷は明らかに、人が北へ向かって砕くよりも速く、南へ向かって流れている。

やがて、ふたつの巨大な氷原が互いに近寄ってきて、ドロシー号を間に挟みこんだ。肋材が砕けた。それどころか、ドロシー号はわずかに持ち上がりさえした。ほとんど間を置かずに、損害の度合いはやや小さいとはいえ、トレント号も同じ運命をたどった。こうして探検隊は、鋲で固定されたように身動きが取れなくなった。おまけに、まるであざ笑うかのように、船尾から氷山がどんどん近づいてくる。

「どうしてこんなことになるのか、知りたいもんだ」とスピンクが言った。「もしかして、下で誰かがあの氷山を引っ張ってるんじゃないのか」。そう言って海を指す。スピンクとしては冗談のつもりだったのだが、全員がイッカクのことを思い出して、黙り込んだ。

いずれにせよ、あたりはかつてないほど静かだった。船は一インチたりとも前進していないからだ。突然、船医のギルフィランが自分の船室から駆け出してきて、叫んだ。「私のベッドの下で、水が漏れている！」

フランクリンは大工と一緒に船室へ降り、問題の箇所を見せてもらった。ギルフィランのベッドの下は、酒を貯蔵した部屋だ。「あそこではなにひとつ漏れてはならない」とフランクリン司令官は言った。一行はラム酒部屋へ入った——確かになにかが漏れている！　食糧係が貯蔵品を検査したが、欠けているものはなかった。こうして、穴が見つかった。

造船所の労働者が腐朽した楔を取り除いたあと、新しいものをはめて固定する代わりに、タールを一塊塗りつけて放っておいたのだった。タールは浸水を防ぐことはないが、穴を見えなくすることはできた、というわけだ。

トレント号の穴が塞がると、あとは酒が全員の喉を流れるばかりだった。数時間後には皆が気を取り直し、さらに、船が再び開けた海を進んでいることを確認した。

氷は己の意のままに動くのだ。

魚を捕らえるために波の谷間に沿って飛ぶフルマカモメが見えた。水面ぎりぎりを、まるで銃身を通る弾のように飛んでいく。金の水晶のように輝くタラの幼魚が、デッキの板の上に並べられている。低い位置から照らす太陽を浴びて、まるで海底から引き揚げられた宝の山のようだ。熊も見えた。白い毛皮の熊たちは、燃える鯨油に誘われて、留まるところを知らずやってくる。雪の丘を越え、沼を渡り、すべてを押しつぶす勢いで、どんどん近づいてくる。なにひとつ、熊たちを押し留めることはできない。

一度、艦載艇であたりを航海したとき、セイウチの一群が、牙と丸い頭で船をひっくり返そうとした。怒りの集団抗議だ。その直後、探検隊一行が氷塊の上に立つと、セイウチたちはその体重で、氷塊の一行とは逆側を沈めようとした。船乗りたちは傾斜を滑り始め、もう少しでセイウチたちの牙の餌食になるところだった。一行はマスケット銃を発射したが、群れがようやく泳ぎ去ったのは、重いボスの雄が死んだときだった。

次の探検は徒歩で、濃い霧が立ちこめたせいで、さらに危険なものとなった。全員が前を行く隊員の上着をつかんで歩かねばならなかった。一行は自分たちの足跡を辿って、船まで戻ろうとした。ジョン・フランクリンが、コンパスで進行方向を調整した。だがやがて、足跡がどれも妙に新しいことがわかってきた。しかも、数もどんどん増えている。コンパスと時間から考えれば、一行はとうに船に戻っているはずだった。

彼らは道に迷い、ぐるぐると輪を描いて歩いていたのだ。

ジョンは、氷で仮のキャンプ場を作るよう指示した。だがリードは、このまま歩き続けたいという意志を隠そうとしなかった。これまでの方向から直角に逸れて、とにかく進めばいい、と。

「そうすれば身体も凍えませんし、どこかには到着するはずです！」

「時間をかけて考えたい。間違いを犯す前に」とジョン・フランクリンは感じよく答えた。

そして全員に、できるだけ暖かく着込み、鯨油ランプを囲んで座るよう命じた。北極熊が現れたときに備えて、もともとマスケット銃はしっかりと装塡されていた。

ジョンは座り込んで、考えた。ほかの者たちがなにを言おうと、どんな提案、理論、質問をぶつけようと——ジョンはただうなずくだけで、ひたすら考え続けた。

ついにリードまでがバックに向かって「お前の言ったとおり『ハンディキャップ』だったな」とささやいたとき、ジョンは投げかけられる問いのすべてを、遠いかなたに押しやった。いまはただ時間が必要だ。

しばらくたったころ、リードがきいた。「サー、我々はここでただ待つばかりなのでしょうか？」だがジョンの熟考はまだ終わっていなかった。たとえ死が目前に迫っていようと、思考を拙速に中断する理由にはならない。やがて、ジョンはついに立ち上がった。

「ミスター・バック、三分おきにマスケット銃を撃つんだ。全部で三十発。その後は十分おきに三時間。その後一時間おきに二日間。命令を繰り返したまえ！」

「サー、そのころには我々は死んでいるんじゃないでしょうか？」

「そうかもしれない。だが、それまでは撃ち続けるんだ。さあ、反復を！」

バックは口ごもりながらも、命令を繰り返した。もはや誰ひとり説明など期待しなくなったころになって、ジョンは口を開いた。「この氷原全体が動いているんだ。それ以外に説明がつかない。だから、コンパス上はいつも同じ方向に歩いていたにもかかわらず、同じところをぐるぐると回っていたんだ。風があればすぐに気づけたんだが」

四時間後、霧の向こうから、かすかな銃声が聞こえてきた。やがて、こちらからの銃での呼びかけに、何度も返答の銃声が聞こえてくるようになった。その一時間後、呼びかける声が聞こえたと思うと、ついに綱を持った男たちの姿が見えた。そして彼らの背後、わずか百フィート足らずのところに、トレント号の堂々たる船首が。

「すごく運がよかったですね、サー！」安堵したバックが、生意気な口調で言い放った。だがその声には蔑みは感じられなかった。むしろ逆だ。リードは苦い顔をしている。そのリードに向かって、バックが言った。「お前の意見に従っていたら、俺たちはいまごろ、たしかにどこかにいただろうさ。つららになってな！」リードは黙ったままだ。そして突然脚を振り上げると、雪片を激しく蹴りつけた。ジョンは驚いた。どうやったら雪片を蹴ることができるのだろう？　それとも、なにか別のものがあったのだろうか？

別の日、明るい光のもとでマスト上から見ると、一行がさまよった迷路の全体がよく見渡せた。一行がいた場所から「正しい」方向へ進んでいたとしたら、船からはうんと遠ざかるところだった。誰も探すことのない、船とは真逆のどこかにたどり着いていただろう。それは、死が仕掛けた第一級の罠だった。ジョン・フランクリンは、その罠にはまらなかった。

楽になったな、とジョンは思った。バックとのあいだも、もうなんの問題もない。学校の校庭では王様だったような男たちが、自分の言葉に耳を傾けるようになるとは。そう考えたとたんに気づいた。バックは、二十年前の同級生トム・バーカーを思い出させるのだ。

北緯八十二度にも達していないのに、バカンはすでに引き返そうとした。「安全な港を見つけて、あちこち修理する必要性があるであろう」

「必要性があるであろう」――ジョンはこの耳慣れない言葉を記憶に刻みつけた。そして、きっぱりとした反論が求められていると感じた。

「修理を終える前に、北極の夏が終わります。破損はそれほど深刻ではありません。もう一度だけ試してみましょう」

「無鉄砲な男を気取るのか?」

「サー、我々はまだなにひとつ、発見も証明もしていません」

「君にひとつ言っておきたいんだがね!」バカンが答えた。「君が証明したいのは、なにか個人的なことじゃないのかね。私は君をよく見てきた。君は、自分が臆病者ではないと証明したいんだろう。ひょっとして、臆病なことが君の問題なんじゃないかね」

ジョンは、こうした言葉について深く考える必要はないと思った。「もう一度だけです、サー。もうあまり時間はありませんが、航海可能な極北の海は、それほど遠くないかもしれません」

「まっぴらごめんだ! 嵐が来たらどうするんだ?」

「そのときには、我々はきっともう航行用の水路にいて、安全です。ここからさらに西を目指しましょう」

バカンは揺れ動いた。夏は終わりに近づいている。それは事実だ。

「決断は私が下す」とバカンは言った。

五日間、探検隊は氷壁に沿って北西へと航行した。先頭はトレント号、四分の一マイル後ろにドロシー号。ジョンは望遠鏡を覗いて言った。「ドロシー号は氷に近づきすぎだ。風がやんだら波に乗せられて、氷壁にぶつかってしまう」。ビーチーがうなずいた。「退屈しているんですよ！　アザラシを見ようとしているんです。天気のほうは、とてももちそうにないというのに」。ジョンは、帆の面積を最小限に減らすよう指示した。まずは用心のためだ。

「なにがうれしいって、わかるか?」ギルバートが叫んだ。「あと六週間でサンドウィッチ島に着くはずなんだ。特派員がもう待ってるんだぞ！」

「それに女も」とカービーが付け加えた。嘆かわしいことに、カービーは女の話しかしない。どんな慈悲深い嵐も、カービーの口から言葉を奪うことはできないのだ。

嵐はあまりに突然襲ってきた。まるで待ち伏せしていたかのように。ぐんぐんと近づいてくる雷雲の上空では、相変わらず穏やかな銀色の空が微笑み続けている。それだけに、暴風の攻撃はますます凶悪に思われた。

緊張。針路変更。「詰め開き、氷から離れろ！」切り抜けられるだろうか?　素早い祈り。そのとき、同時に何人もが叫び声を上げた。「人が落ちたぞ！」船医のギルフィランが、突然風にさらわれて、海へと落ちたのだ。どうする？　ふたつの相反する緊急対応策が、互いの手足を縛り合っている。ひとつは、嵐の際には決して岸へは向かわないというもの、もうひとつは、人が落ちた場合はその者から決して目を離さず凝視を続けるというものだ。ジョンは、ここは盲目的に決断するしかない場だと決めた。これまで、こういう場合のことも考えてきた。そして、落ちた人間から目を離さないほうを取った。リーボートを降ろせ、船首を風下に向けて減速！　時間も緯度も、恐ろしいほど無駄になる。誰かが氷山の岸を指した。ドロシー号はすでに成す術もなく氷壁に寄せられ、氷塊のはざまを、ぶつかりながらぐるぐると回っている。もう脱出することはできない。すでに船は砕かれている。数時間後には粉々の破片しか残っていないだろう。アーメン。嵐に逆らって逃げるのは無理だ。

ギルフィランの身体は救い出した。だがまだ生きているだろうか？　スピンクが綱にぶら下がったまま、ギルフィランめがけて身を投げ出し、彼を船に引っ張り上げたのだった。その間、スピンクはずっと笑っていた。誰にでも、それぞれの力の源泉がある。スピンクは、命がけの行動に出るときには、笑わずにいられないのだ。ギルフィランが息を吹き返した。さあ、これからどうする？

艦載艇でドロシー号に向かう？　自殺行為以外のなにものでもない。だめだ、まだ可能なうちにとにかく逃げよう、と皆が叫んだ。だがジョン・フランクリンは、かつてノートに書きつけた言葉を覚えていた。「パルマー船長のように自分を恥じねばならない行動は、決して取らない」。あれからもう十五年だ。あのとき、ブリッジウォーター号はすぐに跡形もなく消えてしまった。ひとりも生き残らなかった。海の正義は残酷だ。常に心構えが必要だ。

乗組員たちからの問いかけが降り注ぐ。どんどん頻繁に、ますます逼迫して。だがフランクリンはじっと考え、答えなかった。荒れ狂う海は、ただの海ではない。それは大型艦載艇並みに巨大な氷塊を含み、船をまっすぐに嵐のほうへと押し出す海なのだ。やがて、はっきりとわかった。もしトレント号がこの状況を脱することができるとしたら、それは奇跡にほかならないと。だがジョンは奇跡を信じてはいなかった。奇跡など子供だましだ。

状況は明快で、ビーチーまでもが不安になり始めた。鈍重な艦長とともに、船全体が沈むのだ。だが、どうしてフランクリンはこれほど落ち着いているのだろう？　いったいなにを考えているのだろう？　どうして氷山のほうを見つめているのだろう？　望遠鏡で、いったいなにを探しているというのだろう？

「あそこだ！」そのときジョンが叫んだ。「あそこへ入るんだ、ミスター・ビーチー！」

なにを言っている？　流氷のなかへ？　自らすすんで？

「そのとおりだ！」ジョンはビーチーの肩をがっしりとつかんだ。「論理だよ！」嵐に向かってそう怒鳴る。「論理だ！　硬い氷のなかなら安全だ。ただひとつの答えなんだ！」

そのとき、本当に進入路が開けた。船幅とほとんど変わらない狭いフィヨルドが。あれを、司令官フランクリンは見つけたのだ──いまだにそれほどの余裕があったのだ。そしてフランクリンは、いまそこへ進入しろと言う。だが、もちろん無理な話だ。進入路まであと二船体というところで、巨大な氷塊が操舵輪を粉々に砕いた。ようやく入り口にたどり着いたちょうどそのとき、大きな波がトレント号を斜めに海へと押し戻した。とたんに右舷が巨大氷塊にぶつかる。全員がひっくり返った。どこかにつかまることなどとてもできない。まるで、誰かが皆の足もとの絨毯を勢いよく引きはがしたかのようだ。さらにそこに、恐ろしい音が響いた。死の合図だ──船の鐘が鳴っている。ジョンは両手両脚を使って、もがきながらなんとか立ち上がると、マストを指し示して叫んだ。「縮帆装置を外せ！」

皆が、精神病の最初の徴候に気づいたかのような視線をジョンに注いだ。次の波が襲ってきて、まるでフライパンに卵を割り入れるように、船を再び氷の壁に叩きつけた。マストが草の茎のようにしなる。この状況で、あそこに上れというのか？　そして──なんと言った？──「縮帆装置を外せ」？　鐘は狂ったように鳴り続ける。当然だ！　もうおしまいなのだから！　全員が死ぬまで、鐘は鳴りやまないだろう。船員たちは身体をこわばらせ、もはや誰ひとり動かなかった。再び波が来る。また同じことの繰り返し。この船はもうおしまいだ。

ジョン・フランクリンは、ますます不可思議な様相を見せていた。今度は右手を自分の左肩にやり、なにかをつかんで、力いっぱい引きはがす。階級章を外して、自分で自分を降格したいのか？　それともまさか、自分を真っ二つに引き裂きたい？　いずれにせよ、フランクリンは狂ったのだ、この行動が証拠だ！　ギルバートは悪態をつき、カービーは祈った。全員が祈った。カービーが再び女の話をするときは来るのだろうか？

フランクリンは、軍服の上着の袖を引きちぎったのだった。そして鐘のところまで這い進むと、嵐の二度の攻撃の合間に、第一士官に向かって言った。「ミスター・ビーチー、手間をかけるが、フォアマストの縮帆装置を外すよう取り計らってもらえるだろうか」。それからフランクリンは、分厚い軍服の生地を鐘の舌に巻きつけ、結び目を作ると、象をも絞め殺さんばかりの勢いで引っ張った。「これで静かになった！」まるで嵐も一緒に縛りつけてしまったかのような満足げな声で、フランクリンは言った。すると突然、皆に再びある種の安心感が生まれた。最も勇敢な者たちがフォアマストに上り、縮帆装置を取り外した。マストの上から、彼らはジョンがすでに知っていた現実を見た。トレント号の船首は、一部ながらすでに進入路に入っている。波の襲撃の合間に向きを変えて、氷壁から離れることができれば、フォアマストを満帆にして、船全体を進入させることもできるかもしれない。ほかの者たちが、メインマスト上の残りの帆を取り外した。誰も支えを失わなかった。そして波が引き、再び襲い掛かろうと恐ろしい助走をつけ始めたとき、トレント号は操舵輪なしでも華麗に、しなやかに向きを変え、嵐からするりと抜け出した。嵐は船を氷の山脈に押し込み、粉々に砕けつつある船尾にさらにいくばくかの破片を投げつけ、帆をぼろぼろに引き裂いた。大きな軋み音を立てて、船首がガラスのような氷壁の隙間に突き刺さり、どんどんめり込んでいく。そして、船はついに静止した。波はもうほとんど感じられず、風もぴたりとやんだ。いったい風はどこへ行ってしまったのだろう？

あらかじめ準備してきた防舷材が取り出された。分厚く詰め物をしたセイウチの皮で、船をさらなる摩擦や衝撃から守るものだ。

木の義足をつけたコックが、真っ青な顔で厨房から甲板へとひょこひょこ出てきた。「陸に着いたのか？　船を降りるのか？」

ドロシー号をどう救出すればいいのだろう？　とにかくまずは、氷壁に上ることだ！　先頭の者が、フォアトゲルンマストの帆桁から、氷山の角へと飛び移った。もちろんスピンクだ。大声で笑いながら。そして滑車装置を氷にしっかりと固定する。これで、人間、器材、リギング、そしてなにより重要なトレント号のアンカーケーブルすべてを運び上げることができる。今回も、ジョン・フランクリンには計画があるのだ。疑う余地はない。誰ひとり、なんらかの問いを投げかける必要を感じなかった。ただ、船に残ることになったビーチーだけが、簡潔にこう言った。「幸運を、サー！　きっとあの壊れた船から、全員を救い出して下さると信じていますよ」。「いや、違うよ」とジョンは答えた。「船全体を安全な場所へ救い出すんだ。ドロシー号の百フィート前方には、我々のと同じような進入路がある」。この会話をバックが聞きつけた。「どうしてわかるんです？」

「サーだ。私に呼びかけるときには、サーをつけたまえ」。ジョンはことさらゆっくりと答えた。「進入路は、見えたんだよ」

三十分間、隊員たちは裂け目だらけの氷の丘と格闘し、ようやくドロシー号を見下ろす崖へとたどり着いた。はるか下のほうで、ドロシー号はいまだに波にもまれ、氷壁にぶつかっている。とうにヤードやマスト、そして艦載艇の残骸に取り囲まれて——いったいすでに何人が命を落としたのだろう?

アンカーケーブルの先端が大急ぎでドロシー号へと繰り出され、しばらくのち、フィヨルドの向こうにある巨大な丘をぐるりと回って、台石が氷に埋め込まれた。幸いなことに、バカンは即座に作戦を理解した。複数のアンカーケーブルが一本に組み継がれて、フォアマストの足もとに置かれ、上方の氷山から、台石を手がかりにして引っ張られる。嵐は少し収まったが、波は依然として恐るべき勢いだ。

二十五人が、あらかじめ掘っておいた足場用の穴に立って、綱を引っ張った。だが船はほとんど動かない。動くとしても、せいぜい一インチずつだ。ジョンは人員を二組に分けて、ポケットから時計を引っ張り出した。一組が十分間働き、次の組と交替する。綱を放すやいなや、皆が意識を失うかのように倒れこんだ。なかには嘔吐する者もいた。おそらく船は、流れ込む水のせいでどんどん重くなっているのだろう。ジョンは、ドロシー号が破壊された場合、生き残った者を船から救い出すための準備も万端整えていた。疲れきった救出チームは、いますぐそれを実行すべきだと考えた。

「もう二時間だぞ!」とカービーが真っ青な顔であえぐ。「もう船は諦めないと」

「あいつには時間の感覚がないんだよ!」リードがあえぎ声で返す。もし息が上がっていなければ、さらになにか言っただろう。だが一時間後には、最初のひとことさえ、頭のなかで考えることしかできなくなった。もう誰ひとり話すことはできなかった。ジョンは、士官にふさわしい行動とはいえないが、ずっと皆と一緒に綱を引っ張っていた。だが、袖のないむき出しの腕が凍えてきた。

突然、船が動き出した! 一艇身ごとに、崖の下を進んでいる。やがてバカンが船首で帆の準備を整え、ドロシー号が進入路の前まで来ると、帆を張らせた。半ば打ち砕かれたブリッグ船は、四苦八苦しながらなんとか進入路に乗り入れた。英国海軍艦というよりは、むしろたっぷり水を吸った海綿に近い姿で。

救出成功！　艦載艇を一隻失っただけで、二隻の船は救われ、乗組員は全員無事だった。

バックがジョン・フランクリンのもとへ歩み寄り、言った。「サー、お許しください。あなたは我々の命の恩人です」

ジョンはバックを見つめた。努力はしたが、顔から素早く司令官らしい皺を消すことはできなかった。いったいバックはなにを謝っているのだろう？　トム・バーカーの代わりに謝っているんだ、とジョンは思った。奇妙な思いつきだった。

司令官であるジョンは、たとえなにかを理解できなくても、いつも訊き返す必要はない。なにを知る必要があるかは、自分で決めることができるのだ。そして、バックの行動の理由は、知る必要のあることがらには属さない。バックはそわそわし始め、きびすを返そうとした。だがそのとき、あらゆる返答の代わりに、ジョンはバックの肩をつかみ、彼を抱擁した。

救出劇のあいだ、ビーチーはたった五人の乗組員とともにトレント号を守り、穴をいくつか塞いでいた。ジョンはビーチーのことも抱擁した。

製帆手が、ジョンの上着の袖を再び縫いつけるために、鐘から取り外そうとした。だが、結び目のことを甘く見ていた。ほどくのに、およそ十五分かかった。

嵐ひとつが、どれほどのものを変えてしまったことか！　リードは突然もうバックと口をきかなくなった。口をきくとしても、冷たく皮肉な口調だ。ときどき、リードはどこかに姿を隠した。戻ってくると、その顔はまるで泣いたあとのように見えた。スピンクにはリードの気持ちが理解できるようで、若いリードに長い話をして聞かせた。リードただひとりに。それは、パタゴニア人たちのもとでスピンクが経験したことにまつわる話だった。南アメリカの南方に住んでいて、何頭もの雄牛の角を一度につかむことができる巨大なパタゴニア人たち。彼らのあいだには、愛における平等が成立している。そこにはひいきや偏愛というものはなく、愛は呼吸のための空気のように、普遍的に存在するという。だがリードを苦しめるのは、まさにその点らしかった。話を聞くリードの目には、本当に涙が溜まっている！　命は救われた。船も、仲間たちも――それなのにリードは、誰かが別の誰かを愛していると確信しているせいで、泣いているのだ。

「士官候補生たちのことは、さっぱりわかりませんね！」ビーチーが言った。

「リードに山ほど仕事を与えるんだ」とフランクリンは答えた。「彼は泣くのではなく、仕事を身につけるべきだ」

位置測定の結果、探検隊は北緯八十二度を越えたことがわかった。ジョンは、「生徒F」についてのオーム博士の論文を取り出した。自分はもはや生徒ではない。いまならば読める。

ジョンは論文を読むのが楽しみでさえあった。『速度による個人の成立』――これまでずっと、この論文のなかに、自分がこの先どうなるのかが書いてあるのではないかと恐れていた。だがいまのジョンは、それを望んでさえいた。もはや、悪いことが書いてあるはずがないからだ。

オーム博士は、いくつもの難しい言い回しを使っていた。たとえば、「人間どうしの相違は、一定量の知覚可能な個々の現象において測定された視覚の完全性の度合いによるものである」といった具合だ。オーム博士は、人間どうしがそれぞれ異なる理由を、目や耳の機械的な特徴といったものではなく、脳の状態に見ていた。「生徒Fは遅い人間である。それは、一度目に映ったものを、非常に長いあいだ見つめねばならないからだ。目に映る像は、徹底的な究明のために動きを止め、それに続く各像は、Fの目には映ることなく通り過ぎていく。生徒Fは、具象性のために全体性を犠牲にする。頭脳のすべては具象のために使われ、次の具象のための場所が空くまでには、しばらく時間がかかる。それゆえ遅い者は、事物の迅速な展開を追うことはできない――」

だけど自分にはなにも見ないという意志も、固定した視線もある、とジョンは思った。どうしてオーム博士はそれに言及しなかったんだろう？

「――だが、あらゆる独自の事象と、緩慢な展開とを、よりよく把握することができる」

その後オーム博士は、「時代の致命的な迅速化」について書いていた。そして、あらゆる個人の速度を機械で測定し、それぞれが特にどんな仕事に向いているかを決定することを提案していた。仕事は「全体的仕事」と「具体的仕事」に分けられる。正しい時期に速度を測定すれば、無意味な努力や苦悩の多くは無用となる。学校の段階ですでに、速い生徒のためのクラスと遅い生徒のためのクラスを作るべきだ。

「速い者は速く、遅い者は遅く、それぞれ独自の速度を保持させるべきである。速い者は、時代の迅速化に直面する『全体的仕事』に有用である。彼らは時代の迅速化に耐えることができ、御者や議員として素晴らしい仕事をするであろう。対して遅い者は、職人、医者、画家といった『具体的仕事』を習うべきだ。世間から一歩引くこういった仕事の性質から、彼らは緩慢な変化を最もよく追うことができ、速い者、統治する者の仕事を、その結果から慎重に評価することができる」

これを読んだら、フローラ・リードは怒りでさらに小声になるだろう、とジョンは思った。人間の平等性など影も形も見当たらないのだから！　だがそれは拙速な判断だった。というのも、ほんの数行先でオーム博士は、まさに先の自説から、一般選挙権についての意見を導き出していたからだ。四年ごとに、イギリス国民、または、国民のなかの遅い者だけが――女性も含めて！――実証された速い者たちのなかから最も優秀な者を選び出して、新しい政府を作らせるべきだというのだ。

「まさに遅い者こそが」とオーム博士は述べていた。「選挙の四年後に、なにが変化したか、自分の身になにが起こったかを、的確に判断することができるのである」

ジョンは非常に長いあいだ熟考し、それから論文を脇へ押しやった。「いや！」とジョンは誇り高く、同時に悲しみに満ちて言った。「先生は、むりやりひとつの論をでっち上げたんだ！」

もしオーム博士が、いまのジョンがなにをでき、なにをしているかを知ったとしたら、きっとすべてを書き直したことだろう。もしも遅い者が、あらゆる予想に反して迅速な職業をまっとうすることができれば、その者はほかのものよりも優れていることになる。

ジョンは再び、フランクリンの流儀に取り組み始めた。最初の何点かは、すでに懲罰日誌に記してある。

「私は司令官であり、そこに疑いを挟む余地は誰にも与えない。特に自分自身に。私の速度は最も遅いため、ほかの全員がそれに合わせねばならない。この点が尊重されて初めて、安全と注意力とが生まれる。私は私自身の友である。自分が考え、感じたことは、真剣に受け止める。そのために費やす時間は決して無駄ではない。以上のことは、ほかの者たちにも認める。短気と不安は、できるかぎり無視する。恐慌は固く禁じる。難破の際にまっさきに救い出すべきもの――海図、観察誌および報告書、図画」

ジョンはいまではほぼ毎日のように、新たな文章を書き加えていた。最後の文章はこうだ。「緩慢な仕事が、最も重要な仕事である。あらゆる通常の迅速な決断は、第一士官が下す」

探検隊は、苦労して修繕した船でイギリスへ戻った。そもそも帰り着けただけで幸いだった。水汲みの仕事は、往路よりも大変だった。

もしかしたら、北極に開けた海があるというのは、ただのおとぎ話にすぎないのかもしれない。だがジョンは、まだそれが証明されたわけではないと思っていた。ロンドンは、一行を拍手喝采で出迎えた。実は皆が、隊はサンドウィッチ島から直接戻ってきたと思っていたのだ。

バカンとフランクリンは、海軍本部でサー・ジョン・バローに最初の報告をした。バカンはジョンを褒めちぎり、ジョンはそのあいだどこに目をやればいいのか困るほどだった。

「ミスター・バカン、どうだね?」とバローが尋ねた。「きっと、できるだけ早くまた氷の海に戻りたいだろう」

「そうとも言えません」とバカンは答えた。「あのあたりを永遠にも思える長いあいだあちこち航海するには、男ばかりの社会を私よりも愛する者でなければなりません」

「ではミスター・フランクリン、君は?」

ジョンはバカンの最後の言葉についてよく考え、少々困惑した。バカンの答えのせいで、バローのこの問いには、もっとよく考える時間が必要な、もうひとつ別の意味が付け加えられたからだ。混乱したジョンは、かろうじて「ええ、はい。私はぜひ!」と口にすることしかできなかった。

「よろしい」。バローは、言葉をゆっくりと引き伸ばし、楽しそうに言った。「では、おそらく君に新たな任務を与えることになるだろう」

その日の午後のうちに、ジョン・フランクリンはエレノア・ポーデンのもとを訪ね、事前にしっかり準備しておいた言葉で結婚を申し込んだ。エレノアは決断を迫られて追い込まれたように感じたが、同時に自尊心をくすぐられた。だがとりあえずは話題を替えて、北極の磁気について尋ねた。「実際」とエレノアは言った。「磁気についてなにか新しいことが聞けるんじゃないかって、それだけを期待してたのよ」

磁気についてジョンが報告できることは、ジョン自身にもとてもじゅうぶんとは思えなかった。そこでジョンは、結婚の申し込みに話を戻した。エレノアは突然ジョンをとても大人びた目つきで見つめ、こう言った。「あなたは、なにかを証明してみせたいんじゃないかしら」

エレノアは――彼女の言葉を借りれば「緩慢を尊重して」――ひとまず申し込みを断った。ジョンはよく考えて、この答えを気に入ったと結論を出した。その晩、ジョンは決して安いとはいえないとある港の娼婦のもとで、再び自分を取り戻した。娼婦は、ジョンにすぐに最重要課題を証明させる代わりに、まずはカムチャツカとその地の同業の女たちについて、すべてを聞きたがった。

「もちろん、行ったんでしょう！」娼婦は何度もジョンにそう迫った。「もちろんあなた、行ったのよね。ただ、その話がしたくないだけなんでしょう！　将校はみんなそう。頑固なんだから！」

第十三章　北極沿岸への航行

今回のジョンは、探検隊の指揮権をひとりでもつことになった。だが船の司令官ではない。というのも、今回は陸路を取ることになっていたのだ。ジョンとともに旅に出るのは、医師のドクター・リチャードソン、士官候補生バックとフッド、それに水夫のヘプバーンだった。荷運び人、案内人、狩人、そして備蓄食糧は、カナダで王立毛皮貿易各社から調達することになっていた。

一八一九年、復活祭後の第六日曜日、探検隊はハドソン湾会社の小型船プリンス・オブ・ウェールズ号で、グレイヴズエンドの停泊地を出航した。ジョンは、想像力が及ぶかぎりのあらゆるものを準備していた。それればかりか、行軍の練習までして、自分の歩幅の平均値をロンドンのふたつのマイルストーンのあいだで測り、さらに、コンパスに折りたたみ式の輪を取り付けた。こうすれば、腕を伸ばし、コンパスの向こう側にある陸標の位置を測定することができるからだ。ナイフ、ボーリング機、錐、非常信号のための警笛は、全員が所持している。かんじきを固定するための針金と、郵便配達人の忠告を入れて、すさまじく肌が痒くなる羊毛の靴下、長袖の下着、くるぶしまであるズボン下も用意した。

ジョンは、よく知った人物がいることがうれしかった。ジョージ・バックだ。バックは自分から志願してきて、フランクリンと一緒ならどんな山も谷も越えてみせると宣言した。こういった言葉はジョンを戸

からだ。

りと観察した。トレント号で編み出したフランクリンの流儀を、新しい隊員たち全員にも適用したかった力があるのかは、これから見せてもらわねばならない。ほかにも人員はいる。ジョンは隊員たちをじっく官にしようと決めていた。「通常の」迅速な決断を下す人間のことだ。もちろん、バックにどれほどの能惑わせたが、頼りにできる機敏な人間がいるのはうれしいことだった。ジョンはバックを非公式の第一士

「あの男が艦長にさえならなければ、ブロッサム号は幸せな船でいられたし、船長も幸せな男でいられたんだ。あの男はとても船長とは言えなかった！」

ドクター・リチャードソンはそこで話をやめ、小さな火のついた、葉を詰め込みすぎたパイプを吸い込んだ。赤みがかった影がその痩せた顔を照らし、煙の雲が、士官食堂の窓から入り込む弱々しい黄昏の光を覆い隠すようだった。そう、ブロッサム号！　ドクター・リチャードソンは、このひどい船旅を船医として経験していて、すべてを詳細に語って聞かせた。だがフランクリンは、なぜそんなことをするのだろうと、考えずにはいられなかった。

「弱い船長は、自分を強いと言ってくれる人間なら誰にでも影響されてしまう。おべっかや耳打ちのすべてに耳を傾ける。なぜなら、真実はいずれにせよ彼の敵だからね」

ブロッサム号には卑劣な設営係がいたという。名前はキャトルウェイといい、人のことを嗅ぎまわっては、そうして得た知識を広めていた。めぼしい情報を得られないときには、自分ででっち上げた。だがブロッサム号の船長はこの男の言うことを信じ、謀反の疑いでふたりの士官に枷をはめた。ところが、この件を軍法会議にかけたとき、判決を受けたのは士官たちではなく、船長自身だった。そして誹謗中傷をした設営係は、罪人としてヴァン・ディーメンズ・ランドへ流された。ジョンは、オーストラリアの南にあ

ることの島のことを考えた。かつてマシューが沿岸を一周して調査した島だ。悪い罰じゃないな、とジョンは思った。青空のもとで働いて、ひとつの土地を耕作可能にする手伝いをするのだから。ジョンは、囚人たちの運命をそんなふうに思い描いていた。

「さて、どうしてあの船長は弱かったんだと思う?」リチャードソンがそう問いかけ、すぐに自分で答えた。「信仰の祝福がなかったんだ。主の導きに従わない者は、船を導くこともできない」。リチャードソンはまたもやパイプに火をつけた。自分の話の余韻が皆に浸透するあいだ、ジョンのほうを見ないですむ理由を探しているのかもしれない。実際この話は、皆に浸透した。リチャードソンは自分になにか言ってほしいんだ、とジョンは思った。だがジョンは慎重だった。このリチャードソンという男がそれほど信仰深いのなら、扱うのは楽ではない。リチャードソンは神から権威を引き出す――これは、フランクリンの流儀にとっては危険なことだ。神がなにを望むかについては、あまりにも多くの解釈が成り立つからだ。ジョンは宗教を、洞察と秩序を保つためには総体的に有用なものと見なしていた。だが、燃えるように情熱的な預言者や信奉者は、少々不気味だった。そこでジョンは、こう答えるに留めた。「船を導くとは、航海術のことです。それ以上は、私にはわかりません」

探検隊は陸路でアメリカ大陸北端に到達し、そこから未知の海岸線沿いに海路を東へ戻ることになっていた。そしてレパルス・ベイで、パリー艦長が船とともに一行を待ち受ける。この計画が成功すれば、ヨーロッパが二百年以上前から探している北西航路が発見されたことになる。その報酬として、莫大な賞金が出る。二万ポンド! 海峡に続く「決定的な湾」――ジョンは、オーストラリア探検以来ずっと、この夢を忘れたことはなかった。海軍本部はさらに、現地で見かけたあらゆる先住民およびエスキモー部族についての詳細な報告を望んでいた。友好的な態度が望ましい。アルコールと毛皮との交換は可能だが、火器を与えてはならない。重要なのは、先住民に、たとえばイギリスの船が座礁したときなどに、必要ならば食糧を補給して船を助けるという発想に慣れてもらうことだ――先住民の損にもならないはずだ。「どう考えたって奴らの損さ」とバックはあっさりと言う。「奴らがそれに気づかなければいいんだがな。俺たちが奴らをあてにしなきゃならないあいだは！」

一番簡潔な言葉を口にしたのは、エディンバラ近郊出身のスコットランド人ヘプバーンだった。「なんとかなるさ！」ヘプバーンは子供のころから海に出ている。乗っていた中国行きの帆船が難破した後、戦艦に拾われ、強制的に海軍に徴用された。四回も脱走を試みた。だがこの探検隊には、やはりヘプバーンも自分から志願したのだった。どうしてなのかは、本人にしかわからない。

オークニー諸島のストロムネスの停泊地で、探検隊はモラヴィア兄弟団に属するブリッグ船、ハーモニー号を目にした。フランクリン、バック、リチャードソンの三人がボートを漕がせ、船を訪ねた。そこで三人は、新婚のエスキモー夫婦数組――もちろんキリスト教徒だ――と、彼らの祈りをさらに向上させるためにそこにいたルター派の宣教師に出会った。宣教師はドイツ語とイヌイット語しか話さない。通訳なしではなんの意思疎通もできなかった。

イヌイット――エスキモーは、自分たちのことをそう呼んでいた。「人間」という意味だ。それを除けば、彼らは謙虚な印象を与え、清潔で愛想もよかった。リチャードソンはこの点について、キリスト教の祝福がすでに認められる、と言った。イヌイットたちの目を見ればわかる、と。

バックが微笑んだ。バックはしつこいほどしょっちゅう微笑む。それは、バックが自分のことが好きで、ほかの人にも好かれたい、特にフランクリンに好かれたいと思っているからだった。ジョンはそれを感じ取っていた。だが、バックがなんらかの能力をもっていて、隊の信頼感に満ちた雰囲気に寄与するのなら、それは歓迎すべきものだった。隊の雰囲気はよかった。

氷山に衝突して操舵輪が砕けるという事故のあと、プリンス・オブ・ウェールズ号はようやくハドソン湾西岸のヨーク・ファクトリーに停泊した。

陸には、記憶に刻み込むべき新しい名前と顔が溢れていた。フランス人、アメリカ大陸先住民、毛皮貿易会社の役人、それに王立工兵隊のベイという名の少佐。この少佐は、この地から五大湖までの運河を掘る可能性について調べていた。また、黒い煙を吐きながらスペリオル湖をあちこち航海している蒸気船フロンテナック号についても語った。技術はいたるところで勝利する。そして自分こそがその技術に仕える男なのだ！　と。

「紳士諸君、もしも北西航路が見つからなくても、私が船百隻に積んだ爆薬で、運河を作ってみせますよ」。ベイというのは、こういう男なのだ！　ジョンはベイをあまり好きになれなかった。だから、ただこう答えた。「そういう船の船長や乗組員を見つけるのは、難しいでしょうね」

探検隊は、数日後に早々と出航した。すでに九月で、フランクリンは冬になる前にできるだけ先へと進みたかったからだ。隊は数人の先住民とフランス系カナダ人の猟師たちを伴い、川や湖を遡ってウィニペグ湖へ、そこからサスカチュワン川を上って、交易拠点であるカンバーランド・ハウスを目指す。一行には女性も混じっていた。

猟師たちは毛皮貿易に従事し、自分たちをヴォヤジュールと呼び、フランス語しか話さなかった。誰に対しても非友好的で、愛想よくする相手はせいぜい飼い犬くらいだった。そのなかのひとり、フランソワ・サマンドレは、女をふたり所有していて、旅のあいだ、金を取って同業者たちに貸し出していた。ほかのふたりは、ひとりの女を共有しているのみだった。この女は、疑いの余地なくほかの女たちの倍は殴られていた。火酒による酔いが、この淀んだ一団を、あらゆるものに対する絶え間ない、手のつけられないほどの怒りへと導いた。自分たち自身に対して、女たちに対して、ボートに対して――さらに、犬に対してさえ。ジョンはある朝、隊の全員を集めて、乱暴を働く者、暴力を振るう者は誰であろうと追放すると宣言した。そして、一度本当にそれを実行したせいで、隊の雰囲気はわずかながら改善された。

食事には、脂肪と叩き潰した肉に砂糖とベリーを混ぜたペミカン〔北米先住民の牛肉保存食〕と呼ばれるものが供された。粘り気のある奇妙な食べ物だが、力をつけてくれる。八十ポンドずつが一塊になって、雄牛の皮に縫い込まれている。

そもそも、荷物を運ぶのがどれほど大変なことか！　ときには滝を避けて、その脇の、道も手がかりもない地面を、ボートを持ち上げて進まねばならなかった。流れとの闘いだけでもすでに肩が痛んだが、水と寒さとがそれに追い討ちをかけた。ドクター・リチャードソンも、信心深い説法だけでは、もはやどうすることもできなかった。だがドクターは、よく効く塗り薬も持っていた。

バックは有能だったが、あまりに気が短かった。確かに、隊はなかなか前進しない。だが、その速度に合わせるよりほかないのだ。ヴォヤジュールたちは一時間ごとに休憩を取り、パイプをふかす。それが必要なら、それでいい。ヴォヤジュールたちは、あらゆる川の長さをパイプで測る。だがそうするためには、パイプをふかさなければならない。でなければ、彼らの測定は正確でなくなるのだ。

エチアマミズ川で、たった一度だけ、幸運にも流れに乗って川を下り、順調に前進したことがあった。ところが突然、先住民たちが先に進もうとしなくなった。魂がまだついてきていない、待たなくてはならない、というのだ。

ジョンにはバックの焦燥が理解できたが、ふたりきりになったときに、この地の習慣に従うようにといさめた。おまけにバックは、退屈に耐えることができなかった。とりわけ、自分自身が退屈な存在には決してなりたくないと思っていた。バックは皆を楽しませたがる人物であり、常に笑いの種を探していた。ときにはそれが人の心を傷つけるものであっても。こういった長い旅では正義や公正のほうが大切なのだということを、バックは理解しようとしなかった。

ジョンは、もうひとりの士官候補生ロバート・フッドのほうを、バックよりもはるかに付き合いやすいと思い始めた。

フッドはバック同様、図画教育を受けていて、多少なりとも重要なものはすべてスケッチする任務を与えられていた。だが、重要なものとはなんだろう？　フッドは夢見がちで静かな人物だった。旅の本来の目的には頓着せず、己の空想力を掻き立てるものには、なんでも夢中になった。川が湾曲する場所の浅瀬が光を反射するようす、ヴォヤジュールたちのひび割れた鼻、鳥の群れの形。バックはしょっちゅうフッドを嘲笑した。フッドの穏やかな性格が、バックをいっそう焚きつけるのだった。フッドが第一士官に任命するにふさわしい機敏な男ではないことは、ジョンにもわかっていた。だがフッドは隊の誰よりもジョン自身に似ており、それゆえジョンはフッドを最も信頼した。

十月末、隊はカンバーランド・ハウスに到着した。一行はここに留まらねばならない。小さな川はすでに厚い氷に覆われていたからだ。貿易会社の地元代表が、まだ外装も内装も仕上がっていない建物に隊を案内した。隊はこの建物を完成させて、越冬の装備を整えることになっていた。暖炉を作ったのはフッドだった。フッドはこの点では熟練だった。フッドをヨーロッパ人隊員の誰よりも高く評価するクリー族は、「フッドは火を創る人だ」と言った。それを除けば、クリー族は白人をほとんど認めていなかった。

銃弾が、かつては強大だった部族を小さくしてしまい、残った者たちはアルコールに容赦なく首根っこを押さえられていた。

「白人の力は、どんどん大きくなるだろう」と、ひとりのクリー族の男がロバート・フッドに言った。「誰にも止められない。白人たちが没落するのは、彼らがすべてを破壊したあとだろう。そのときには、偉大な虹の戦士たちが白人を追い払い、すべてをもとどおりにするだろう」

「僕はなにも破壊しないよ」とフッドは小声で答えた。「自分の痕跡さえ残したくない。せいぜい何枚かの絵くらいだよ」

こうして、隊は毎晩のように暖炉の火を囲んだ。風雪にさらされた革のような顔で聖書を読むドクター・リチャードソン、鈍重で眠たげなヘプバーン、考えごとをしながら常にまばたきし、口を開いても一言も話さない痩せたフッド。

誰ひとりジョージ・バックをあまり好きではないことがはっきりしてきた。いつも皆を驚かせたいと思っているハンサムなバックは、やがて全員を敵に回した。だが、誰もそれをはっきりと口にはしなかった。まさにそれゆえに、バックはますますジョンに近づいた。打ち明け話をし、ジョンに対する賛嘆の念を表明し、自分も褒めてもらいたがった。それは、まるで取引のようだった——バックは、自分のジョンに対する賛嘆の念のお返しがほしかったのだ。だが、フランクリンの評価と交換できるのは実際の行動だけだったので、バックはどんどんいらだっていった。この越冬基地では、偉大な行為など成し遂げようがなかったからだ。

お茶に招待されて、現地の代理公使のもとへと向かう途中、バックは雪を踏む足音を響かせながらジョンに言った。「サー、私はやはりあなたを愛しています。これは問題かもしれませんが、破滅ではないはずです」。こんなことを冗談めかして言うとは！　ジョンは怒りで耳が赤くなるのに気づき、すべてを一撃のもとに終わらせることのできる答えを探した。だが、そんなことをしても無駄だろう。ジョンは自分の頭をよく知っていた。あまりに迅速な反応をすれば、自分で自分を制御できなくなり、とんでもないことを口走る可能性がある。ここは落ち着きと用心が肝心だ！

足音は軋み、吐く息は霧のようだった。ふたりはほとんど代理公使の丸太小屋の前まで来ていた。「破滅ではないだろうな」とジョンは言った。「だが私は、その愛に善きものを生み出してほしいと思うよ。君はなんでも大げさにしすぎるんだ、ミスター・バック。そうしなきゃならない理由でもあるのか？」

ジョンは歩幅を緩めた。この種の会話を続けるには、招待主の家の玄関があまりに急速に近づいてくるからだ。さらに、かつてスピルスビーの羊飼いから聞いて覚えた言葉が蘇った。「誇張と過小のあいだには、百パーセントの違いがある」。だがあの羊飼いは、自分でもこの言葉を守らなかった。

ふたりはともに耳を赤く染めて、ミスター・ウィリアムズの家に到着した。インドのお茶、船用乾パン、それにコーンビーフ。だが隊の食糧に関する朗報はなかった。

帰り道でジョンは、探検隊の一部が先遣隊として、冬のうちにすでにフォート・チペワイアンへ向かい、毛皮交易所で食糧を調達するべきではないかと考えた。

バックは諸手を上げて賛成した。「我々ふたりで行きましょう、サー！」だが出発日が近づくと、ジョンは同行者として、バックのほかにヘプバーンも選んだ。バックは失望し、しばらくのあいだは人を楽しませようともしなくなった。バックの飢えは、正義と理性では満たされない。だが司令官であるジョンには、ほかの選択肢はありえない。どんな運命が待ち受けようと、構うものか。

先遣隊は、一八二〇年一月十五日、かんじきを履いてカンバーランド・ハウスを出発した。ふたりのヴォヤジュールと、先住民があやつる二台の犬ぞりが一緒だった。犬ぞりには食糧が山積みで、六分儀を置く隙間もないほどだった。犬たちのために、深い雪にわだちをつけてやらねばならなかった。でないと、犬たちは互いに喧嘩しながら、あちこちを跳ねまわるばかりだからだ。

何日も、何週間も、一行は梢に風が轟く巨大な木々から成る広い森を進んだ。もしもかんじきを履いていなければ、すばらしい旅だったことだろう。かんじきは、それぞれがこれまでに犯したかもしれないあらゆる悪行に対する最悪の罰だとしか思えなかった。木と編み細工でできた巨大な鴨の足のようにブーツからぶら下がり、雪と氷とが貼りつくと、もともと何キロもある重さが、何トンにも感じられた。人間の身体は、かんじきにふさわしくは作られていないのだ。両くるぶしのあいだの距離は、もっとずっと大きくなくてはならない！ ほんの数マイル進んだところで、痛みはもう慢性的なものになった。この鴨の足がぶつかる箇所が、いつも同じだからだ。「もっとゆっくり歩け！」とジョンは警告を発した。「そうすれば力を温存できる」

バックは力強く、生き生きとしていて、速かった。あまりに速すぎる！ もしかしたら、とにかくどんな機会にも、ジョンより長くもちこたえたいと思っているのかもしれない。力の源泉としては少しばかり怪しいが、効果はあった。

バックが先を急ぐ！ バックがいらいらと皆を待つ！ バックが主導権を握る！ そしてジョンには、バックの微笑みがどんどん貪欲なものに見えてくるのだった。

「どうしてそう急ぐんだ？」とジョンは訊いた。「先は長いんだぞ」

「だからこそですよ！」バックは生意気な口調でそう言い放つと、にやりと笑った。ヘプバーンは明らかにバックに怒っていたが、階級が下なので、黙っているしかなかった。バックは常に、ヘプバーンを隊の障害と見なしていることを、本人に思い知らせた。だが実際には、進行速度を意識的に遅らせているのはジョンだった。

ヴォヤジュールたちは、考え深げに自分の鼻を見下ろし、黙っていた。バックの側について一緒に先を急ぐこともできたが、ヴォヤジュールたちにとってはこの旅は賃金と交換の仕事であり、必要以上の成果を出すことが当然と見なされるべきではなかった。それに、彼らは司令官と士官候補生とを区別することができた。

バックがとうに先を行っているにもかかわらず、一行が休憩を取っていたとき、ヘプバーンが上官のジョンに向かって、さりげなくこう言った。

「あの人は、我々に自分の力を見せつけたいんですよ！」それからヘプバーンは、まるでなにごともなかったかのように、擦りむけた足首に軟膏を塗った。ジョン・フランクリンは、コンパスと六分儀を長いあいだいじっていたが、ついにこう答えた。

「力というのは、ただの速さとは少し違う場合もあるよ」。そしてジョンは、照準儀を覗き込んだ。休憩を命じるのは、ジョン・フランクリンだった。それも、ジョン自身は休憩を必要としないときでさえ。水先案内人が休憩を必要とするのではない。休憩のほうが水先案内人を必要とするのだ。バックという男は野心においては巨人だが、長くかかるあらゆるものにおいては、時間の小人だった。

三月の末、一行はフォート・チペワイアンにたどり着いた。ジョンはすぐに毛皮貿易各社の代表たちのところへ赴き、予定されていた食糧はどうなったのかと尋ねた。だが、まさにジョンが恐れていたとおりだった――たっぷりの愛想、たっぷりの空約束、だが食糧はどこにもない。ジョンが食い下がると、愛想は少しばかり凍りつき、嘲笑が見られるようになった。「私の権限でできることならなんでも」と、地区代表のシンプソンは、自分が探検隊のためにできることを表現した。だが、残念ながらそれはあまり多くはなかった――むしろ、残酷で屈辱的と言えるほど、無に等しかった。ハドソン湾会社は北西会社へ行けと言い、北西会社はハドソン湾会社へ行けと言った。両会社は、どうやらもう何年も前から血みどろの闘いを繰り広げているようだった。どちらも、探検隊に相手よりも多くの貢献をすることで、自分たちの不利を背負いこみたくないのだった。ロンドンの総督の命令も、この地ではただの紙切れにすぎない。遠い僻地なのだ。おまけに、毛皮商人も役人たちも、陸路を行く海軍士官たちなど、まったく評価していなかった。彼らにとっては探検隊など、無知で哀れな英雄きどりにすぎない。徒歩とシラカバの樹皮でできたカヌーで、大陸北岸を巡礼する？「やつらは決して北極海にはたどり着けないさ！」バックに聞こえるところで、誰かがそう言った。「たとえ着いたとしても、エスキモーの襲撃に遭って全滅だろうな。やつらに食糧など持たせてやる必要がどこにある？　我々だってぎりぎりなんだ」

さらにジョンの耳には、粗野な褒め言葉と見せかけて、おそらく別の背景をもっているであろう言葉が聞こえてきた。「あなたはトラファルガーに参戦されたとか。あなたならきっと成し遂げられるでしょうね！　頭を使って無理なら、きっと性格のよさで！」

バックの怒りはどんどん募っていった。現地の男たちの回答をまずは礼儀正しく受け入れて、それからようやく再び質問するフランクリンの態度を、見ていられなかったのだ。フランクリンが笑いものにされているのに気づくと、自分もそのとばっちりを受けるのではないかと心配になった。ふたりだけのときには、もし自分がジョン・フランクリンの立場なら、役所の責任者にぶつけてやるつもりだという怒りの演説を、長々と披露した。演説には「君たちがどんなゲームをしているのかは、わかっているんだぞ！」という言葉が、何度も出てきた。商人や役人たちの嘲笑に加え、こんな言葉まで聞かされる羽目になったジョンは、バックを落ち着かせようとした。「負けるかもしれないゲームだって、できるようにならなくては。彼らに嘲笑されたところで、なんでもないじゃないか。私はこれまで、嘲笑されなかったことは一度もない。だが、嘲笑されたままで終わったことも一度もないよ」。「でも、あなたは人がよすぎます！」バックが怒鳴った。「なにをされても、黙っているばかりじゃないですか！」ジョンはうなずき、よく考えた。そしてこう言った。

「私は君より十歳以上年長だ。自分が賢明だと証明できる機会がくるまでは、愚鈍なふりをすることを学んできた。または、他人が私よりもっと愚鈍に見えるまでは。どうか信じてくれ！」

バックを慰めるのは骨が折れた。ジョンは、今回もバックにとって大切なのは、彼が実際に話すこと以外のなにかだと感じていた。

そんなふうだから、会話の相手としてはヘプバーンのほうが好ましかった。ヘプバーンは忠実で、ぶつぶつ不平を言わない。ヘプバーンとは、ジョンが自分で望む以上の付き合いをする必要は決してなかった。何日もひとことも言葉を交わさなくても、まったく問題はなかった。

司令官とは、医者のようなものだ。一番好ましいのは健康な者なのに、ほとんどの時間を病人のために割かねばならない。病気が重ければ重いほど、より長い時間を。

六月、リチャードソンとフッドがボートで水路をやってきて、先遣隊に合流した。ジョンはそれまでに無数の交渉を重ねて、役人たちの意見を変えることに成功していた。もしかしたらバックもそれを見て、少しは学んだかもしれない。それは、このうえない礼儀正しさ、同じ論点の際限ない繰り返し、時間の感覚の徹底的な無視から成る、神経をすり減らすような作戦だった。ジョンは誰のことも決して、本当は探検隊のためになにひとつしたくないのだろう、などと非難することはなかった。彼らの偽善をこちらからの非難で終わらせることを、ジョンは拒絶した——自分はこのゲームを相手よりも長く続けることができると知っていたのだ。ジョンは恥知らずなシンプソンを、一貫して友人、支援者として扱った。やがてシンプソンはジョンのことがあまりに疎ましくなり、突然意見を変えて、数週間分の食糧と、一ダースほどのヴォヤジュールを提供したのだった。その倍の食糧が、さらにもう一度フォート・プロヴィデンスに送られることになった。ジョンはその約束を書面で手に入れた。ジョンはシンプソンの手を力強く握り、眉ひとつ動かすことなく、あなたの気高く人間的な行いは英国民の賛辞を浴びるでしょう、と言ってのけた。

探検隊はいよいよスレイヴ川を下り、海岸を目指して北へ向かった。フォート・チペワイアンからグレート・スレイヴ湖沿岸のフォート・プロヴィデンスまでの道のりは、ヴォヤジュールたちのパイプ九十回分でしかなかった。湖を渡るのに二日要した。岸がまったく見えなくなることも多かった。強い風のせいで、隊はとある島に避難せざるをえなくなった。北極の海で予定しているカヌー旅行の練習のようなものだった。フォート・プロヴィデンスは、イエローナイフ川の河口を形成する入り江の北岸にあった。この地は北西会社に属していた。調査隊に特に協力的とは言えない北西会社も、ヴェンツェルという役人だけはつけてくれた。フリードリヒ・ヴェンツェルという名のドイツ人で、いくつかの先住民部族の言葉を話せる。先住民からの支援が得られなければ、探検は中止するしかなかった。食糧は充分とはいえず、絶えず狩りをして補充する必要があったからだ。この地で、自分たち以外の者も養えるほど狩猟に精通しているのは、先住民だけだった。ヴェンツェルは、コパーマイン・インディアンの酋長との会見をお膳立てすると約束してくれた。酋長は北西会社に借金があり、そのためいくつかの約束をすれば、部族の戦士を探検隊の同行者として獲得することが期待できるという。

先住民との会見の日が近づくにつれて、ジョンは自分がどんどん神経質に、感じやすくなっていることに気づいて、不安を抱いた。すべてが先住民たちにかかっているというのに、自分は彼らについてほとんどなにも知らないのだ！　アサバスカ語の通訳はふたりいた。ピエール・サンジェルマンと、ジャン＝バティスト・アダムだ。ヴェンツェルは恐るべき量の知識をもっているようだったが、その話し方は、索引カードを手に話す収集家のように百科事典風で、疲れるものだった。「ツァンツァ・ハット・ディネーは好戦的ですが、さらに北部に住んでいて一般に『犬の肋骨インディアン』と呼ばれるスリン・チャ・ディネーよりは信頼できます。アサバスカ語は、先住民の言葉のなかでは最も難解なもののひとつですよ、いや、ケナイ部族の言葉は別かもしれませんが、ここでは詳しい話はやめましょう」

こういった言葉は、ジョンをますます落ち着かない気持ちにさせるばかりだった。

部族の酋長はアカイチョという名だった。「大きい足」といった意味だ。思慮深い人物だといわれており、これは歓迎すべきことだった――五十年前、コパーマイン・インディアンたちは、ハーンという名の毛皮商人に北氷洋まで付き添っていった。そしてハーンは、インディアンたちが現地のエスキモーを残忍に虐殺するのを、手をこまねいて見ているしかなかったという。

ジョンは、先住民たちがカヌーを長々と連ねて湖を渡ってくるのを見つめていた。ジョンの背後の要塞にはテントが設けられ、旗がはためき、ジョンの隣には軍服を着た士官たちとヘプバーンが並んでいた。ジョンの命令で彼らは勲章をつけていたが、ジョン自身はつけていなかった。尊厳に関するジョンの本能が、最高位の者は勲章などつける必要はない、と告げていた。

アカイチョが先頭のカヌーから降りて、イギリス人たちのほうへと歩いてきた。左右を見回すこともなく、非常にゆっくりとしたその歩みを見て、ジョンは即座に、アカイチョのことは真剣に受けとめてよいと感じた。アカイチョは、配下の戦士をエスキモーたちに襲い掛からせ、その手足を切り落とさせるような人間ではない。そして、こんなふうに動く人間は、自分の口にした言葉も守るだろう。

酋長は、戦士たちとは違って、毛皮の飾りを身につけていなかった。モカシンに、青い長ズボン、その上には肩紐を交錯させた幅の広いシャツ、そして帯と、牛の角で作った火薬筒。肩からは、地面まで届くビーバーの毛皮のマントが下がっている。

まだアカイチョはひとことも話さない。どっしりと座って、勧められたパイプを吸い、勧められたラム酒のグラスに、なかの酒がほとんど減らないほどわずかに口をつけた。そしてグラスを同行者たちに差し出した。

やがてアカイチョは、ついに話し始めた。サンジェルマンが通訳した。

白人の偉大な酋長たちに我らの土地で会えたことをうれしく思う、とアカイチョは言った。部族とともに、探検隊に同行して北へと向かう用意はある。ただ、すでに最初の失望を表明しなければならない。白人たちは非常に強力な魔法の薬と、死者を生き返らせることのできる偉大な医者を伴っていると聞いていた。だから、死んだ親戚たちに再会し、彼らと話すことを楽しみにしてきた。ところが数日前、ミスター・ヴェンツェルが、そんなことは不可能だと言った。そしていま自分は、まるで友人や兄弟姉妹がもう一度死んだかのような気持ちを味わっている。だが自分はこのことは忘れて、白人の酋長たちの計画に耳を貸そうと思う。

ジョンは、少なくともアカイチョと同じだけの時間をかけて答えを準備した。そして、アカイチョよりもさらにゆっくり話すことに気を配った。

「偉大な酋長にお会いできてうれしく思います。あなたについては、たくさんのよいお話をうかがっています」

サンジェルマンが通訳を始めた。ジョンは、通訳がアサバスカ語を話すのに、ジョンの話した英語の少なくとも四倍は時間を費やしているような気がした。また、アカイチョが何度も軽くお辞儀をするのにも気づいた。ほんのわずかな英語が、現地語にするとこれほど長くなるとは、奇妙なことだ。

「私をここへ派遣したのは、人間の住むこの地球上でもっとも偉大な酋長です。世界中のあらゆる民族が、白い者も、赤い者も、黒い者も、黄色い者も、皆この酋長を愛し、敬う、酋長の子供たちだからです。酋長は善意に溢れていますが、同時に人になにかを強制する権力ももっています。ですが、強制は決して必要ではありません。なぜなら、皆が酋長の偉大さと賢明さを知っているからです」

サンジェルマンは今度は、通訳にジョンの話した時間のせいぜい四分の一しか使わなかった。ものごとにどれほどの時間がかかるかについて鋭い感覚をもつジョンは、口を閉じて熟考した。

「ミスター・ヴェンツェル、サンジェルマンは正しく通訳したのでしょうか？」

「申し訳ありませんが、サー」とドイツ人ヴェンツェルは言った。「アサバスカ語は実際、非常に――」

「ミスター・ヘプバーン」とジョンは呼びかけた。「パーキンソンのクロノメーターを持ってきてくれないか。秒針のついたやつだ」

そしてジョンはサンジェルマンに、通訳の話す言葉は、この自分がもとの文を話すのに要した時間より長くも短くもなってはならないと言い渡した。ヘプバーンが見張りをした。するとなんと、うまく行くではないか！

アカイチョはさきほどまでと変わらず、身動きもせずにそこに座っている。だがその瞳は、彼がこの出来事を非常に面白がっていることを物語っていた。

ジョンは先を続けた。白人の最も偉大な酋長は、その子供であるインディアンたちに、これまで以上に素晴らしいいろいろなものを贈ろうと思っている。それゆえ、氷の海に、地球上で最も大きなカヌーが停泊することのできる場所を見つけなければならない。また、酋長はこの地について、インディアンとエスキモーたちについて、もっと多くを知りたいと望んでいる。酋長は、インディアンと、やはり自分の子供だと思っているエスキモーとが、常に平和に暮らしているとは言えないことに、大変心を痛めている。そしてジョンは最後に、備蓄食糧が残りわずかであることを打ち明けた。食糧は喜んで分け合いたいと思っているが、そうしてしまうと、あとはインディアンたちの勤勉な狩猟に依存することになってしまう、とジョンは言った。そして、食糧の代わりに弾薬を差し上げたい、と。

アカイチョは、ジョンがエスキモーとの和解を非常に重要視していることを理解したようだった。そしてジョンに、確かに戦闘はあったと打ち明けたあと、いまでは部族は平和を渇望していると言った。だが残念なことに、エスキモーたちは非常に陰険で信用ならない人々なのだ、と。

その日の午後、今朝の会見と、交渉した個々の条件すべてを思い返したジョンは、探検隊の得た成果のみならず、その成果が生まれた経緯をうれしく思った。ジョンはそれを、人が互いに急がず、緩慢に付き合うところには、常に平和が生まれることの証明だと考えた。これはフランクリンの流儀と人類の栄誉に貢献するものだ。ジョンはお祝いに、ラム酒をひと口飲んだ。

さらに、アカイチョが即座にジョンを一同のなかで最高位の者と見抜き、中央に座っていたわけではないジョンの向かい側に腰を下ろしたことも思い出した。ジョンはこのことを、サンジェルマンに尋ねてみた。

「サー、酋長の意見では、あなたにはいくつもの命があるとのことでした。その額の傷と、それから……こういう言い方をお許しいただきたいのですが……あなたのその……『豊富な時間』のせいで。そして、不死の者は首領であるに違いない、というわけです。インディアンというのは、それほど愚かなんですよ！」ジョンは、陰鬱な顔で通訳を見つめて言った。

「酋長が間違っていると、どうして君にわかる？」

八月二日、探検隊はカヌーに乗り込んだ。二十人を超える男たちに、十人を超す先住民の女と子供たち。

隊のヴォヤジュールたちの名を、ジョンはいまではすっかり覚えていた。ペルティエ、クレディ、ヴァイアン――大柄な三人。ペロー、サマンドレ、ボパルラン――小柄な三人。ブノワという名前が、ジョンの頭に入ることを最後まで拒んだ。それは、このブノワという男が、あまりに憂鬱な目つきをしているせいだった。ジョンはブノワと話をした。ブノワはフランス系カナダ人ではなく、フランス人で、リモージュに近いサン・ティリエ・ラ・ペルシュという小さな村の出身だった。故郷を出て十年以上たっても、まだホームシックに襲われるという。「ブノワ」という簡単な名前を、「サン・ティリエ・ラ・ペルシュ」などという複雑な名前との組み合わせで覚えることになろうとは。

ジャン＝バティストとソロモンのベランジェ兄弟は、互いを嫌っていた。ベランジェ家の男は三人で、もうひとりは船乗りだったが、トラファルガーの海戦で戦死した。「狙撃手だったのか？」とジョンは訊いて、乾パンをかじったが、すぐに口を動かすのをやめて、返事を待った。「いえ、砲手でした」とソロモンが答えた。ジョンは再び口を動かし始めた。

ヴィンチェンツォ・フォンターノはヴェネツィア出身だ。ヴォヤジュールのなかの唯一の先住民はミシェル・テロアオテーで、イロコイ連邦に属するモホーク族出身だった。

コパーマイン・インディアンのなかでは、アカイチョのほかに、獣の足跡をたどることを専門とする、団子鼻のケスカラーが記憶に残った。ケスカラーには十九歳の信じられないほど美しい娘がいて、この娘のことは、探検隊の誰もが苦もなく覚えた。よりによって思慮深いドクター・リチャードソンが、まっさきにこの娘の膝に感嘆の目を向け、「神の創造」といったことをつぶやくと、彼女の腿の線を目に焼きつけようと、遠慮もなくじろじろと見つめたのだった。発見者の権利を行使して、リチャードソンは娘に、彼の目に映ったものにちなんだ名をつけた。ミス・グリーンストッキング――「緑の靴下」だ。士官候補生フッドの感性は、グリーンストッキングの細部に、さらに熱心に食いついた。フッドの目にはもはやグリーンストッキングしか映らず、彼女が動くたびに違った姿に見えるのだった。目立つ鼻、黒い髪、顎から耳にかけての誇り高い曲線。フッドはこういったものでスケッチブックをいっぱいにした。それ以来、川にも山にももう興味を示さなくなった。

探検隊は、何日もかけてイエローナイフ川を遡った。先住民の狩りの成果はじゅうぶんではなく、また、事前の取り決めに反して、部族の半分が酋長のもとに残り、食糧の多くを食べてしまったせいで、ジョンは心配し始めた。あるときアカイチョが、カヌーが転覆したせいでもらった弾薬をすべてなくしたと告げた。ジョンには、ここで怒っても意味がないことがわかっていた。フランクリンの流儀に従えば、誰の言うことも信じるべきなのだ。ジョンは残りの弾薬を配給制にして、火薬も弾丸も、狩猟のたびに毎回必要な分しか渡さないことにした。猟師は晩に、獲物か弾丸のどちらかを差し出すという仕組みだ。アカイチョはこの新しい規則を快く思わなかったが、ジョンはアカイチョが侮辱されたと感じずにすむよう、穏やかに粘り強く説得した。

あたりの風景を目にすると、力が湧いてきた。風景は、疲れ、空腹、足のまめにまで効いた。狩猟と網漁にはたいした成果が見られなかったが、少なくとも一行の目はじゅうぶん栄養を取っていた。十頭のトナカイと三十匹のコイならいい。二羽のヤマウズラと八匹の小魚ではだめだ。重労働をこなす四十人近い人間が食べる量は、相当のものだ。ヴォヤジュールたちは、滝や急流でボートを川から降ろして運ぶ際、おもだった荷物を運ぶ。そのため、すべてを絵のように美しいとは思えなくなったのは、彼らが最初だった。川が美しいのは、まっすぐ緩やかに流れているかぎりだ。森が魅力的なのは、トナカイの足跡がついているときだけだ。

　食糧はいつまでもぎりぎりのままだったので、やがてあからさまな反乱が起きた。ジョンはヴォヤジュールたちの言葉に、三十分のあいだひとことも口を挟まずに耳を傾けた。それから、自分が彼らにほとんど超人的な要求をしていることはよくわかっている、と言った。自分には無理だと思う者は、戻ってくれてかまわない。決して悪く思ったりはしない、と。「この旅は、ほかのどんな旅とも違うんだ」。ジョンはそう言って、ふと眉をひそめた。ベレロフォン号の船上で、ネルソンがまったく同じ言葉で演説を始めたのを思い出したからだ。だがいずれにせよ、この言葉は効果を発揮した。ヴォヤジュールたちは、粗野な言動とアルコールにもかかわらず、やはりどこかフランス人だったのだ。もし叱責を受ければ、去っていっただろう。だが、こう語りかけることで、ことは名誉の問題になった。ヴォヤジュールたちは、再び仕事に取りかかった。

　アカイチョは、役立たずのエスキモーたちへの贈り物の重さのせいで、隊の前進速度が遅くなっていると文句を言った。そして、もしかしたらたいへん早く冬が来るかもしれないと警告した。いまでさえもう早朝には、乾いた川の支流に薄い氷の膜が張っている。まだ八月半ばだというのに。

　フッドはグリーンストッキングへの恋にのめりこむあまり、見張りをこなすのさえ一苦労といったありさまだった。一日中、どうしたらグリーンストッキングに近づくことができるか、どうしたら彼女の小指になりと触れることができるかと、それぱかり考えているようだった。「このまま行けば」とバックがあざ笑うように言った。「あいつ、恋わずらいで死ぬことになるぞ。俺たちの目の前で身を焦がしてるんだから。早めに火を消してやらないと！」

バックの態度は、日に日に変わっていった。どんどん悪いほうへ。ヴォヤジュールたちを怒鳴りつけ、陰でフランクリンの悪口を言うようになった――ヘプバーンがそれらしいことをほのめかした。バックは先住民のことを、泥棒で嘘つきで、信頼できないと考えており、それをどんどんはっきりと態度に表すようになった。だが最悪だったのは、グリーンストッキングの目に見える、または目に見えない長所を、耐え難いほど卑猥な言葉で並べ立て、こういった長所をどう扱うべきか、フッドに手本を見せてやる、などと話すことだった。

ジョンがバックと話し、旅のことを考えてフッドの感情を尊重してほしいと頼むと、バックは挑むような目でジョンを見つめた。「感情を尊重するですって？　サー、よりによってあなたから、これほど素晴らしい忠告をいただくとは。実にありがたいことです！」恐れていたとおりだ、とジョンは思った。バックはまずジョンを愛し、それからジョンを憎むようになったのだ。こうなると、適切な感情と不適切な感情のあいだには、なんの境界もない。悲しく、危険なことだ。だがバックは絵を描くことができる！　グリーンストッキングは肖像画のモデルとしてバックの前に座り、バックはすばらしい絵を描いた。父親のケスカラーも心配で青ざめるほど。「これは美しすぎる。白人の偉大な酋長が見たら、きっと娘を欲しいと望むに違いない！」

ヴェンツェルについてバックはこう言った。「あいつは本当にドイツ人だ！　ドイツ人っていうのは、世界中のいたるところに突っ立って、どうして自分はほかの人間たちのように動けないのかって、悶々と悩んでる。そしてたいていの場合は、動けないのはただ自分たちが賢いせいにすぎないと証明しようとして、人類に教えを垂れ始めるんだ！」

ジョンはもうずいぶん前から、バックの言葉にいちいち反応しないようになっていた――ジョンの密かな第一士官は、いまではヘプバーンだ。だが今回ばかりは、ジョンはこう答えた。「それは緩慢の問題だよ、ミスター・バック！　それに実際、ヴェンツェルの知識はあなどれない」

とある湖――先住民たちは「冬の湖」と名づけた――のほとりに、調査隊は数日のあいだ滞在し、帰路にこの道を通る場合の基地として、丸太小屋を建てた。そしてコパーマイン川の長旅に備えて、塩漬けにしたり、ペミカンを作ったりするための獲物を狩った。夜の寒さは厳しくなっていった。ある朝アカイチョが、今年のうちにさらに北上することには反対だと言い出した。「白人の酋長たちは、行きたければ行けばいい。白人たちが孤独に死なずにすむように、私の部族の若い戦士たちも、何人かついていかせよう。だが、彼らがカヌーに乗り込んだ瞬間から、我々の民は全員を死者とみなして、悼むことになる」

ジョンはこの言葉と、アカイチョがフォート・プロヴィデンスで話した言葉との違いを、慎重に指摘した。だがアカイチョは、威厳をもってこう答えた。「私は私の言葉を食べる。あのときの言葉は、夏と秋のものだ。だがいまは、冬になろうとしている」

バックは「約束を守らない野蛮人」だといって激昂した。リチャードソンまでが、「この未開人どもが必要としている」キリスト教文化について、またしても語り出した。ジョンも、コパーマイン川に――そしてできれば海にまで――到達したいと考えていたが、なんらかの言葉を発する前に、一晩かけて考えた。

翌朝になると、動物も木もわずかしか存在しない地で破滅を恐れるアカイチョが正しいことがわかった。ここより北では、先住民たちでさえ、飢えや寒さで死んだことがあるのだ――ヴェンツェルが、キャンプ地全員の死を報告したことがあった。

ジョンは酋長に、親切で賢明な忠告に感謝すると述べ、ここで越冬すると伝えた。アカイチョは満足げにお辞儀をした。まるで、それ以外の返事などまったく予期していなかったというように。だがやはりアカイチョも、ジョンが折れたことをとても喜んでいたようで、うれしさのあまり饒舌になった。こうしてジョンは、アカイチョが先住民部族のあいだで大きな尊敬を集めているのは、頻繁に死者の魂と話すからだということを知った。先住民たちは、アカイチョが考えごとをしながら、一見なんの理由もなく笑ったり、唇を動かしたりするのを見ていたのだ。

丸太小屋には「フォート・エンタープライズ」という名がつけられた。ここが、これから少なくとも八か月間、探検隊の家となる。それだけは確かだった。

そして士官たちもついに、なぜ先住民たちが、湖をすでに四日も前に「冬の湖」と名づけたのかを知ることになった。

バックは、わざと粗野で大胆な態度で、グリーンストッキングに言い寄り始めた。どうやらまたなにかを証明したいらしい。これまでのところフッドはまだ、たまにグリーンストッキングの手を取り、その目を覗き込むところまでしか進んでいない。そして、バックのせいでむりやり進捗速度を上げることもなかった。ジョンは、フッドとバックのあいだに話し合いがあったのだろうと推測した。だが、たとえそうだとしても、成果はなかったようだ。バックはグリーンストッキングの身体に絶えず触れて、どの部分を自分が賞賛しているかを示した。ときにバックは、グリーンストッキングを笑わせることもあった。だがジョンは、グリーンストッキングはむしろバックを忌み嫌っていると確信していた。

ある晩ヘプバーンが、バックとフッドが夜明けに決闘をすることになったと報告してきた。もはや笑いごとではなかった。ジョンはフッドが真剣であることを疑わなかったし、バックは事態をエスカレートさせるほど思いあがっていた。ジョンはヘプバーンに、犬の見張りのあいだに、ふたりの紳士のピストルの装填口にペミカンを詰めておくようにと命じた。それから、ふたりと個別に話をした——ふたりとも、理性的に行動することを固く誓った。それでもヘプバーンは命令を遂行した。それも成功裏に――翌日、少なくとも一羽のヤマウズラが、命拾いすることになった。

ジョン・フランクリンは、素晴らしい思いつきに恵まれた。バックをヴェンツェルとともにフォート・プロヴィデンスへ戻らせ、あらかじめ約束してあった食糧の配送に従事させるというものだ。ふたりは嫌々ながら出発した。フォート・エンタープライズに、突然のように平和がやってきた。

先住民たちは狩りをする。女たちは冬の服を縫う。フッドはグリーンストッキングにかかずらっていないかぎり、素晴らしいストーブを作る。囲いのない暖炉の火よりもはるかに少量の薪しか使わないストーブだ。

フッドは、先住民の娘グリーンストッキングを、ますます熱烈に愛するようになっていた。数時間でも会わずにいたあとで再会すると、フッドの目には喜びの涙が浮かんだ。だが実際ふたりは、ときには何日も顔を合わせないこともあった。アカイチョとフランクリンは、ふたりについてはひとことも話さなかった。ふたりのあいだの出来事はあまりにも特別で、ありきたりな反対意見を述べて壊してしまうのがはばかられたのだ。だがふたりは、ほかのさまざまなことがらについて話し合った。コンパス、星、白人たちが巨大カヌーから巨大カヌーへと次々に理解し合うために使う信号、そして先住民の祭や伝説。ジョンは、こういった祭や伝説のいくつかを書き留めた。ヴォヤジュールたちは木を切り倒して、二軒目の小屋を作った。寒さは恐ろしいほどの速さで襲ってきた。アカイチョの言ったとおりだった。

こうして何週間もが過ぎた。時折ジョンは、丸々と着こんで小屋の前に座り、秋の嵐が木々の枝から最後の葉を一気にむしり取るのを眺めた。枝に残っている葉のなかの一枚を選んで、その葉が落ちるまで待った。よくそうして、目的もなく、急ぐこともなく、じっくりと何時間も考えごとをした。フォート・

プロヴィデンスから、先住民の戦士がひとり、手紙を届けてくれた。バックとヴェンツェルは、フォート・プロヴィデンスで食糧を手に入れることができず、マスクオックス島へ向かったという。食糧はそこにあるはずだということだった。さらに、エレノアからの手紙もあった。宛名書きには「北極海行き大陸横断探検隊隊長フランクリン海尉、ハドソン湾、または地球上のどこかの地」とある。華奢で素敵なエレノア！　ジョンは、いつでも誰とでも、なににについても話をするエレノアの姿を思い浮かべた。エレノアにとって、世界は言葉なのだ。だから、エレノアの意見によれば、多くのことが話し合われねばならない。だがエレノアは常に上機嫌で、なんの悪意も計略もない女性だ。プロポーズは一度断られてはいるが、やはり彼女こそ、ジョンができるだけ早く結婚したいと望む女性ではないだろうか。エレノアなら、夫が何年も家を留守にしても耐えられるだろう。彼女にはロイヤル・ソサエティと文学サークルがあるのだから。もちろん、ほかにも女性はいる——たとえば、エレノアの友人ジェーン・グリフィンだ。ジェーンもエレノアと同じように好奇心が強く、教養も高い。だがエレノアよりも脚が長く、詩は書かない。自分の思考が脚に留まりそうになったことに気づいたジョンは、ジェーン・グリフィンという人物全体を、頭から押しやった。この大自然のなかでは欲求不満になることが多く、自分で自分を慰めるのも簡単ではなかった。ベッドは革と毛皮でできていて、わずかに動いただけで音を立てるのだ。フッド以外の全員が、ときに大きな苦しみに襲われた。残る可能性は、ひとりで森に狩猟に行くことだけだ。だが、神と先住民たちはすべてお見通しだ。一度、ヘプバーンが獲物なしで狩りから戻り、動物の姿は見えなかったと報告したとき、団子鼻のケスカラーが、表情を変えずにサンジェルマンに言った。「動物はいたさ。でもあの白人が手に持ってたのは、銃じゃなかったのかもな」。配慮に富んでいるとは言えないサンジェルマンは、すぐにそれをヘプバーン本人に伝えた。最初は怒ったヘプバーンだったが、結局は自分でも笑うしかなかった。

ジョンは再びエレノアからの手紙を取り出した。エレノアはジョンに、インディアンたちの汎神論は、シャフツベリー卿のそれと比較することができるものかどうか調べてほしいと頼んでいた。そして、シャフツベリーの理論についての段落が続く。それからエレノアは、北極の氷が溶けるという理論について再び書いていた。ここ数年でどんどん乾燥しつつある気候は、この理論を強力に裏づけるものだという。この冬、テムズ河はロンドン橋からブラックフライアーズ橋まで、すっかり干上がってしまった。徒歩で河床を横切って、何百年ものあいだ、船乗りたちが税関検査を恐れて船から投げ捨ててきたさまざまな珍品を見つけることができたという。外観がどう見てもカトリック風の洗礼台さえあったとのことだ。手紙の末尾に、エレノアはこう書いていた。「二週間前、トムソン家で舞踊会がありました。ああ、親愛なる海尉殿、あなたがいてくれたらよかったのに！」エレノアはカドリーユ〔四組で踊るコントラダンス〕を踊るのが好きだ。それもいつも「愛をこめて《コン・アモーレ》」。ジョンはちっとも踊りたくなかった。

晩には、リチャードソンと話をすることが多くなった。ドクターは信心深いが、悪い男ではない。真実を知ろうとする姿勢がある。真実を話す者には寛大だった。確かにリチャードソンは、神を疑うジョンをいつの日か信仰に帰依させることができると確信してはいた。だがそれを、質問すること、耳を傾けることで実行しようとした。これは、ジョンに対しては決して間違ったやり方ではなかった。相手に忍耐力があればの話だが。月曜日の晩、リチャードソンがこう訊いた。「あなたは、虚無に対して恐怖を感じないんですか？」ジョンはじっと考え込み、火曜日まで黙っていた。火曜日、ドクターはこう訊いた。「もしも愛があるのなら、愛の総計、愛の絶頂だって、あるはずだと思いませんか？」ここでジョンは、昨日の質問に答えた。「恐怖は感じませんね。虚無というのはきっととても穏やかなものだろうと想像できますから」。そして、愛については、またもとりあえず黙っていた。水曜日の晩、ふたりは非常に長いあいだ話し合った。その日の話題は永遠の生だったからだ。リチャードソンは、去っていった人たちに再会する見通しについて語った。ジョンはこの話題に非常に興味をもったので、愛についての答えはすっかり忘れてしまった。いずれにしても、フッドを見ていると、愛は神ではなく、むしろ一種の病に帰するように思われた。

「去りつつある人がいれば、来つつある人もいます。速く来るものは、それだけ速く去っていきます。馬車の窓から外を見るようなものです。人も物も、変わらないものなどありません。それ以上は私にもわかりません」

「だから永遠の生があるんですよ」

「永遠の生に憧れたりはしませんね」とジョンは答えた。「ただ、私には二十歳から三十歳までの十年間が欠けています。もしも戦争がなければ、いまごろもうかなりの発見をしていたんじゃないかと思います」。ジョンはそれを、なんの苦々しさも交えずに言った。発見は、これからもまだいくらでもできる。

風に煽られる木々を眺めるうちに、ジョンの頭に、なつかしい名前や顔が再び浮かんできた。メアリ・ローズ、シェラード・ラウンド、ウェストール、シモンズ、オーム博士についての話に、リチャードソンは耳を傾けた。「きっと皆に再会できますよ！」リチャードソンはそう言ってジョンを慰めた。「平行する二本の線が、無限の宇宙においては交わるのと同じくらい、確かなことです」。ジョンはこれに反論した。「それは線を正しい方向にたどっていく場合のみです。逆から見れば必然的に、平行する線は互いにどんどん離れていくことになりますから」。いつしかジョンはリチャードソンに、フランクリンの流儀についても話していた。「素晴らしい」とリチャードソンは言った。「ですが、力の源泉が緩慢のみでは、じゅうぶんとは言えません。緩慢であることはひとつの手段にすぎないでしょう。しかし神は手段以上のものです。あなただって、いつかは神を必要とすることになりますよ。もしかしたらこの旅のあいだにも」

ジョンは、スピルスピーのセント・ジェイムズ教会にある、明るい音を響かせる鐘に刻んであった詩句を思い出した。去年壊れた鐘だ。ドクターに答えを返さないままではいたくなかったので、ジョンはその詩句を暗唱した。

「砂時計の砂は落ち
地球は回る
罪から目覚めよ
お前はいつまで眠っているのだ」

どうしてこの詩を思い出したのかはわからなかった。だが、ジョンがドクターにこの詩を読み上げたあと、ついにふたりは眠り込んだ。

四か月後、バックとヴェンツェルが戻ってきた。成果はなにひとつなく、おまけにふたりとも相手にその責任をなすりつけ合った。約束してあった食糧はフォート・プロヴィデンスに届いておらず、グレート・スレイヴ湖のマスクオックス島には、数袋の小麦粉と砂糖、そしてすでに封の開けられた火酒の瓶が何本も転がっているだけだったという。だが少なくともふたりは、事前に約束されていたエスキモーの通訳を見つけることができた。

バックは彼なりのやり方で、フォート・プロヴィデンスで食糧を手に入れようとした。だがバックの言葉によれば、ヴェンツェルが彼を見捨てたという。「あいつは、我々の困窮よりも、毛皮商人たちの困窮とやらのほうに理解を示したんですよ。我々のためには、なにひとつしようとしなかった」。ヴェンツェルが反論する。「ミスター・バックは、担当者たちに怒鳴り散らしたんです。あれでは手に入るものも入りませんよ！」

先住民たちが狩猟をがんばってくれれば、旅のためにじゅうぶんな食糧を確保することはまだ可能かもしれなかった。

雪はどんどん溶け始め、湖の氷は轟音を立てて割れ、水は歌った。五月になった。

フッドは変わらずグリーンストッキングを愛していた。グリーンストッキングは妊娠していた。誰の子かについては、フッドの意見以外にも、もうひとつの説があった。

エスキモーの通訳ふたりは、平たい鼻で、もじゃもじゃの髪をした、針金のように痩せた若者で、タッタノエアックとホエウトエロックという名だった。前者が腹、後者が耳といった意味らしい。この名前を発音できる者は誰ひとりいなかったので、ジョンはふたりをオーガスタスとジュニウスと名づけた。ふたりは熟練の狩人ではなかったが、素晴らしい釣りの腕をもっていた。まるで、分厚い氷の覆いを通して、魚の匂いをかぎつけるかのようだった。


六月十四日、湖と河川は再び航行可能となり、ジョンは出発を決めた。地図や文書はすべて丸太小屋の小部屋に置いて、鍵をかけた。ヘプバーンがドアに、脅すように掲げたこぶしと青白く輝く短剣の絵を釘で打ちつけた。この北の地では、先住民であろうが白人であろうが、誰もがどの小屋を使うことも許されていたので、地図やその他の文書をなんらかの方法で守る必要があった。アカイチョもやはり、絵のほうが鍵よりも役に立つだろうという意見だった。

その年初めての暖かな日は、すぐに暑い日になり、皆が汗をかいた。蚊、サシチョウバエ、ウマバエの雲のような大群が一行をすっぽりと覆い、まるで陰のなかを歩いているようだった。虫たちがどこからこれほど素早く集まってきたのか、人間の血を吸えることをどうして知っているのかは、誰にもわからなかった。むき出しの肌はどこもあっという間に腫れ上がり、血まみれになった。ヘプバーンは自分の顔に平手打ちをし続けていたが、一匹たりとも害虫を殺すことはできず、怒ってこう訊いた。「ここに探検隊が来ないときには、こいつらいったいどうしてるんだ？」

荷物をいっぱいに積んだカヌーを、まずは滑り木に載せて、雪と氷の上を引っ張らなければならなかったので、探検隊は初日には五マイルも進まなかった。夜はとても寒くなり、誰ひとり眠れなかった。寒さに震えながら、ヘプバーンはテントの暗闇に向かって怒鳴った。「この寒さなら、害虫どもも生き残れないだろうな！」だがそれは間違いだった。

グリーンストッキングは隊に同行せず、部族のもとに留まった。アカイチョの戦士のひとりも留まった――グリーンストッキングのために。フッドを除く全員が、それを知っていた。ジョンでさえ知っていた。フッドは、旅の終わりに再びここへ戻ってきて、グリーンストッキングと暮らすと話した。フォート・プロヴィデンスか、またはほかの場所で――たとえどこであろうが。皆が頷き、黙っていた。バックさえもが口をつぐんでいた。

ジョン・フランクリンは、またもや先住民たちから感嘆のまなざしを向けられることになった。というのも、ジョンは蚊一匹殺さなかったからだ。六分儀を設置するあいだに蚊に刺されると、ジョンは蚊にそっと息を吹きかけて手首から飛ばし、こう言った。「この世界には、私たちのどちらもが生きていくだけの場所はじゅうぶんにある」。アカイチョがヴェンツェルに「どうして彼はあんなことをするのか？」と尋ね、ヴェンツェルがジョンに尋ねた。答えはこうだった。「虫は食べることも、打ち負かすこともできないからね」。「確かに」とバックがジョンの背後でつぶやいた。「あれほどののろまじゃ、蚊一匹殺せないさ！」

ヴェンツェルがそれを聞いていて、ジョンに伝えた。だがジョンは、きっとバックのほうでも、ヴェンツェルがこっそり言ったことをすべて自分に伝えるに違いないと確信していた。そして、自分がそんなことにまったく関心をもたないことを、このふたりは決して理解しないだろうことも。

アカイチョはなにひとつ見逃すことはなかった。毛皮貿易会社に対するジョンの失望も、バックの愚行も、隊のぴりぴりした空気も。ある日、アカイチョは言った。

「狼は違う。互いに愛し合い、鼻先を触れ合わせ、互いに食べさせる」。アダムが通訳した。

ジョンは少々落ち着かない気分になった。隊員たちについて多少なりとも語らないかぎりは、アカイチョに答えを返すことはできない。そこでジョンはひとまずお辞儀だけして、黙っていた。その晩、ジョンは答えを見つけた。「狼について、いろいろ考えました。狼には、互いについて話をする必要がないという利点があります」

今度はアカイチョがお辞儀をした。

四週間後、探検隊はコパーマイン川の河口まであと一歩というところまでやってきた。ここから先は、川岸から銅を掘り出すエスキモーにいつ出会うかわからない。アカイチョは、部族を連れて再び南下するほうがいいと考えた。きっと、自分の戦士たちがエスキモーに対してどんな振る舞いをするか、アカイチョ自身にもはっきりとはわからないのだろう。「エスキモーたちは我々のことを、半分人間で、半分犬だと言っている。彼ら自身は、生血を飲み、蛆や干したネズミなどを食べるというのに。我々はここで引き返したほうがいい。ここから先は、自分たちで食糧を確保してほしい」

ヴェンツェルが部族に同行し、もし探検が失敗してパリーの船にたどり着けなかった場合に備えて、フォート・エンタープライズに食糧と弾薬を調達しておくことになった。

フッドはアカイチョから、部族が来年の春をどこで過ごすのかを聞きたがった。アカイチョは、なにを考えているのかわからない表情で、グレート・ベア湖の南の地域の説明をした。ケスカラーがフッドに手を差し出して言った。「腹が減ったら、たくさん飲むんだ！　でないと死ぬぞ！」

再び、皺だらけの象の肌のような素晴らしい海が見える！　まもなくここを、東インド会社の船が長い列を成して航行するようになるだろう。オーストラリア、サンフランシスコ、パナマ、サンドウィッチ島へ向かう船も。だが実を言えば——客船などに、なんの興味があるだろう！　ジョンは思わず笑い出した。気分がよかった。

丘の上は静かだった。苔に覆われた頂上から、男たちはコパーマイン川が海へと流れ込む河口を見つめた。はるかかなたには、やわらかなバラ色の空を背景に、雪に覆われた平たい島がふたつ見える——それとも、あれはすでに氷なのだろうか？　空気は空っぽに思われた。虫は影も形も見えない。一行の服がこすれる音、骨がぽきぽき鳴る音以外には、なにひとつ聞こえない。

ジョンの目の前には、未知の地が広がっていた。何十年も前の父の家の庭のように、穏やかに、果てしなく。そして海は侵しがたい存在だ。千の艦隊も痕跡を残すことはない。海は毎日違った姿を見せるが、それでいて永遠に変わらない。海があるかぎり、世界は惨めな存在ではない。

ジョンの白昼夢は、ふいに中断された。ヴォヤジュールたちが目の前にやってきて、壊れやすいカヌーで海を渡るのは嫌だと、決然と告げたのだ。

バックはヴォヤジュールたちに、まったく危険ではないと言った。フッドは、きっと楽しいよ、と言った。リチャードソンは確信をもって、そこには隊の全員を守る手があるのだと言った。ヘプバーンはこうつぶやいた。「お前ら、男か？　それとも違うのか？」ジョンはどの言葉にも、まともに耳を傾けなかった。ヴォヤジュールたちはジョンを尊敬していたので、ジョンがなにを言うかと待ち構えた。ジョンははるか遠くに目を向けたまま、言うべき言葉を準備した。それから振り返り、ソロモン・ベランジェをじっと見つめた。

「確かに、航海は散歩ではない。だが、我々がすでにあとにした危険のほうが、これから待ち受ける危険よりも大きいよ」。それからジョンは再び海に目を向け、静寂に向かって、まるで自分自身に語りかけるかのようにこう言った。「そうでなければ、我々が始めたこの旅は、続けることができない。これは我々の旅の一部なんだ」

ソロモン・ベランジェは、それならやり遂げるより仕方がない、と言った。バックは顔をしかめた。ほかのイギリス人たちは、ジョンへの感嘆の念を隠そうとしなかった。出発の準備がなされた。

バックの胸には、なにかがつかえているようだった。嘲笑したいという気持ち、悪意、怒り。だが、バックの意見を待つ者はいなかった。バックと同じような人間は、誰ひとりいないのだ。それゆえバックは結局、まるで言い訳するかのように、フッドにこう言った。

「俺はああいう話し方は嫌いだ。誰もが力を貸すべき聖者みたいな振る舞いじゃないか。まるでネルソンかなにかみたいだ！」

第十四章　飢えと死

あたり一面の骨としゃれこうべ。まるで石のように苔の上に転がっている。先住民の戦斧で切断され、ばらばらになって。それが、五十年前にサミュエル・ハーンが手をこまねいて見ているしかなかった惨劇の起こったブラディ・フォールの光景だった。

ジョン・フランクリンは、自分がエスキモーたちを必要としていることを知っていた。だから、当時の惨劇を彼らが今日まで忘れることができずにいるのではないかと恐れていた。人がなにも書き記すことのない場所では、過去は決して無害なものではない。ジョンはいま、コペンハーゲン沖の海底に沈んでいた戦死者たちのことを思い出していた。

「紳士として振る舞え」「不安は無視すること」——司令官になったいま、こういった言葉のなんとむなしいことか。

二、三人の先住民がゆっくりと近づいてくるのなら、信頼感を植えつけることもできよう。まずいのは、部族全員が一度にやってくるか、またはまったく誰もやってこない場合だ。

入り江にはなんの気配もなかった。鳥の姿さえ見えない。ジョンは、山や川、岬、入り江などにつけるべき名前のリストを手に持っていた。フリンダーズ、バロー、バンクス、イギリス人探検隊員たちの名前、それにハドソン湾会社の総督であるベレンズの名前。ああ、名前！　もし探検隊がここで飢え死にするか、殺されることになれば、こういった名前もどれひとつ残りはしない。だがいまは、少なくとも不穏な気分と戦う助けにはなってくれる。ジョンはすでに部下たちとともに、しゃれこうべの原野を歩き回ったあとだった。かつて薬剤師とともにウィンスピーの戦場跡を歩いたように。エスキモーたちとの出会いにおいてなにが重要となるかを、把握しておきたかったのだ。だがバックにとっては、古い骨の数々は明らかに、エスキモーたちが生意気な態度を取るなら殺してもかまわないという証拠でしかないようだった。

突然、ヘプバーンの目が海に釘付けになった。「うわあ、いよいよだぞ！」視界の端で、入り江が少しばかり暗くなったことしかとらえられなかったジョンは、振り向いた。

カヤックがゆうに百隻、それに何艘もの屋根のない大きなボート。船団はほとんど音もなく近づいてくる。まるで狩りの際に、獲物に忍び足で近づくように。白人たちは、大急ぎで銃を取りに走った。ジョンは怒鳴った。「装塡して、安全装置をかけるんだ。だが撃ってはだめだ。警告のための発砲も、過失による発砲もだめだ。すべてが台無しになってしまう」

エスキモーたちは、明らかに白人たちの動きのひとつひとつを追っていたようだ。船団は、まるで魚の群れのように揃ってぐるりと九十度向きを変え、イギリス人たちから約四百ヤード離れたところにある岸の先端へと向かった。

「オーガスタスとふたりだけで行ってくる」。ジョンは穏やかにそう言った。「私になにかあったら、指揮はドクター・リチャードソンに任せる」

「やつらがあなたを人質にして我々に近づき、結局全員を殺そうとしたら、どうするんです？」とバックが訊いた。

「彼らの心を味方にしなくてはならないんだ」とジョンは答えた。「いいな！　私の言うとおりにするんだ！」

オーガスタスは、ジョンの二歩後ろに下がっているようにと指示を受けた。ふたりは、フォート・プロヴィデンスにやってきたときのアカイチョと同じくらい、ゆっくりと進んだ。もしかしたら、あのときのアカイチョよりも遅かったかもしれない。ジョンはアカイチョとマシュー・フリンダーズから、指揮官たるもののありかたを学んでいた。

エスキモーたちはすでに陸に上がり、分厚い毛皮にくるまれてあたりの匂いを嗅ぐ狼の群れのように、全員が同じ方向を見つめていた。刺青の入った顔もあり、髪は黒い。彼らのひとりひとりを見分けるのは難しそうだ、とジョンは思った。やがてジョンは立ち止まり、オーガスタスの腕をしっかりとつかんだ。そして小声で二十数えてから、言った。「話を始めろ！」

オーガスタスは、ここで自分の言うべきことを知っていた。ジョンはあらかじめ、オーガスタスにこの場面で言うべき言葉を暗記させておいたのだ。それに、ジュニウスの助けを借りて、文章の意味が正しいかも確かめてあった。平和的な意図、贈り物、食糧と「いいもの」の交換、エスキモーたちは日の出のころに大きな船を見たか。そして、「平和」は何度強調しても足りない。

オーガスタスの話が終わると、エスキモーたちは腕を宙に掲げて、まるで感動したオペラの観客のように、頭の上で手を叩き始めた。いったいこの地では、拍手にはどんな意味があるのだろう？　喝采などではないかもしれない！　エスキモー全員が、大きな声でリズミカルに、こう叫んでいた。「テイマ、テイマ！」

この言葉が「復讐」という意味でなければいいのだが。ジョンは、「名声を、さもなくば死を」や「パンを、さもなくば血を」といった言葉を思い出した。オーガスタスに尋ねることはできない。手を叩くエスキモーたちに囲まれてしまっているからだ。オーガスタスを追うつもりもなかった。いまこの場では、すべてが自分の威厳にかかっているとわかっていた。そこでジョンはじっと立ったまま、どんどん大きく響き渡る「テイマ」の声を、忠誠の誓いを受ける君主のように、明るく、誇り高く受け止め、心のなかでは絶え間なく、この言葉が「こんにちは」以上の意味をもっていないことを願い続けた。

「テイマ」の意味は「平和」だった!

贈り物が譲渡された。鍋がふたつに多数のナイフ。そして物々交換が始まった。エスキモーたちは弓と矢、槍、木製の日よけ眼鏡を差し出し、目についたあらゆる機械や金属製品を欲しがった。やがてエスキモーたちは、必要なものを勝手に取っていくようになった。愛想のいい微笑を浮かべながら、あちこちに押し入っては、バックのピストルや、ヘプバーンのマントを奪っていく。バックはピストルを取り返そうとしたが、エスキモーたちは大声で「テイマ」と叫び、ピストルを手放そうとはしなかった。

ジョンはまるで山のようにどっしりと座ったまま、動かなかった。エスキモーたちのすばしこい手に対して、自分が最も無防備であることはわかっていた。そこでジョンは、ヘプバーンを呼び寄せた。ちょうどひとりのエスキモーが、ジョンの軍服のボタンを上着から切り取ろうとしているところだった。ジョンはそのエスキモーを、ただ注意深くじっと見つめていた。ヘプバーンがエスキモーの手を叩いて、フッドのところへ行かせた。フッドのところでは、別の品物と交換でボタンを手に入れることができるのだ。しばらくのあいだは、これでうまく行った。

状況は混乱していて、その場を掌握するには、ただ待つしかなかった。ジョンは、ここで自分が立ちあがり、落ち着かないそぶりを見せたり、命令を怒鳴ったりすれば、探検隊の運命はそこでおしまいだと感じていた。おまけにエスキモーたちは、銃とピストルの意味をよく知っていた。白人の誰かが武器にほんの少しでも近づけば、エスキモーたちは即座に大勢でその男を取り押さえ、「テイマ、テイマ」と大合唱しながら、言葉のリズムに合わせて、男の左脇腹を軽く叩くのだった。

フッドはロープを探し出して、天文学器材の入った箱を、腿の下にきつく結びつけた。これで、フッド自身を一緒に引きずっていかないかぎりは、器材を盗むことはできなくなった。それからフッドはスケッチブックを取り出して、エスキモーの女たちのひとりをスケッチし始めた。女の顔にある刺青、額の骨と目に重点を置いて描いていく。ほかのエスキモーたちがフッドの背後に集まり、肩越しに覗き込みながら、モデルの女に向かって、フッドがいま身体のどの部分を描いているかを怒鳴った。女は、特に正確を期すべきだと自分で考えるあらゆる箇所はすべて、気前よくフッドの前に差し出して見せた。歯、舌、右耳と左耳、両手、両足。出来上がったのは奇妙な絵だった——細部のそれぞれが互いに通常の関連性をもっていないのだ。だがエスキモーたちはその絵が大変気に入ったようで、立ち上がって頭を右に、左にと傾けては、絵のあらゆる細部を取り込もうとしている。いまではエスキモーのほとんど全員がやってきて、絵を見ようとしていた。フッドはスケッチを終えると、モデルの手に口づけをして、絵を贈った。女は喜びのあまりしばらく硬直したあと、宙に飛び上がった。

ところがそこに、魔術師がやってきた。熊の頭と毛皮に包まれて、うなり声を上げ、溜息をつきながら、四つんばいで何度も白人たちの周囲をぐるぐると回る。オーガスタスはただ、熊の魔術だ、と説明しただけだった。これは不幸を意味する場合もある。なぜなら魔術師は、スケッチと絵画を非常に危険だと見なしているからだ、と。突然、エスキモーたちが皆逃げ出した。ボートへと駆けていき、大慌てで漕ぎ去っていく。さきほど策略と巧みな技で獲得した物品も、すべて残して。それどころか、物々交換で手に入れた品まで、いくつか残っている。モデルの女は自分の絵をその場に置いて、フッドが風景の方位測定に使う製図用具である分度器をつかんだ。しかし最後の瞬間に考えを変えたらしく、分度器を戻すと、やはり絵のほうを取った。そして、女ばかりが乗っている屋根のない最後のボートに飛び乗った。ほんの数分のうちに、入り江は今朝と同じように空っぽになった。

「我々は救われた」とリチャードソンが言った。「だが、失敗には変わりない。彼らから食糧を得るのは無理だろうな」。オーガスタスがリチャードソンの意見を補強した。「彼らは、我々とかかわり合いになりたくないと思っています。彼らは西海岸のイヌイットです。夏には流木で作った小屋に住み、冬には氷の穴に住みます。ですが、常に陸に住んでいます。これまでにもよく白人に出会ったことがあって、ひどい経験をしています。本当は我々を殺そうとしていたのですが、我々の側にあまりにも強い霊がついていたのです。熊の霊が我々を食い殺そうとしました。ですが、海底に住む偉大な女が、我々の身に不幸が起こることを許さないのです」

「それなら、これから海に出よう」とジョンは答えた。「海の上なら、その偉大な女がより強力に守ってくれるだろう」

八月二十一日、探検隊はターンアゲイン岬にテントを張った。問題はさらに大きくなっていた。長くのびるバサースト湾も、探し求めるハドソン湾への水路ではないことが判明した。それは、どこかで行き止まりになるひとつの湾にすぎなかった。五日で湾の奥まで進み、五日かけて対岸沿いをまた戻った──それだけですでに、八月も半分過ぎてしまった。この失望のあとで、探検隊は沿岸をさらに東へと進んだ。冬の到来前にパリーの船にたどり着く希望を、ついにきっぱりと捨て去るまで。一行は徒歩でケント半島を最初の岬まで進み、そこをこう名づけた──ターンアゲイン岬──再度の、そして最後の折り返し地点。

一行は飢えていた。

じゅうぶんな食糧は、釣りによってさえ集められなかった。狩猟はいわずもがなだ。エスキモーたちから、漁場やアザラシの集まる場所について必要な知識を学ぶ時間さえあれば！　オーガスタスとジュニウスにとっても、ここは異郷の地だ。また、性能がよく射程距離の長い銃があれば。この荒涼の地では、動物に近づく際に身を隠すものがなにもないのだ——だがそれも、そもそも動物を目にすることがあればの話だ。

北極の地は、探検隊の想像とは違っていた。こんな死のような静寂は、予想していなかった。想像していたのは、氷山や岩の上のアザラシやセイウチ、身体を揺らしながら丘を進む白熊、岩礁を覆いつくすウミスズメやその他の大きな鳥たち、炎の海のような一面の赤い花、目にとっての音楽だった。

ジョンは岬に、奴隷制度廃止のために闘ったウィルバーフォースの名をつけたいと思っていた。だがいま、ここで引き返すことになったからには、それはもう考えられなかった。博愛主義者ウィルバーフォースの名には、旅の終着地ともなるこの岬よりも、もっとふさわしい場所があるはずだ。

ヴォヤジュールたちは、長らく味わうことのなかった生の喜びに、ようやくまた浸っていた——内陸へと戻ることができるからだ。一方、通訳であるふたりのエスキモーは、悶々としていた。内陸の奥深くに入ってしまえば、海底に住む女がもはや守ってはくれないからだ。

「あの男が船長にさえならなければ、ブロッサム号は幸せな船でいられたし、船長も幸せな男でいられた……この話はもうしましたっけ？　なんてことだ、空腹は人を愚かにするのか！」リチャードソンはそう言って黙り込んだ。

一行の記憶には空白が生まれた。正確な観察や、意味のある会話をする力はもはやなかった。ただひとつ強大になったものといえば、奔放な空想力だった。フォート・エンタープライズには、素晴らしくおいしいペミカンが待っているだろう。吊るしたトナカイのやわらかな半身、ラム酒と煙草、お茶と乾パン。

そしてフッドは、グリーンストッキングのことを話した。子供はもう生まれているに違いない、と。

とにかく前へ、南西の方角へ。フォート・エンタープライズまで！　飢えが、ほかのあらゆる心配ごとを押しやった。コロネーション湾を渡る際、開けた海で、船尾からのすさまじい嵐がカヌーを襲ったときも、ヴォヤジュールたちは眉ひとつ動かさなかった。一行は、軽いカヌーがひっくり返るのを防ごうと一日中悪戦苦闘したが、夕方ごろ、嵐が恐ろしい速さでボートを岩場へと押しやった。船乗りたちは死を覚悟したが、ヴォヤジュールたちのほうは逆に、陸を見て喜んだ。ついに陸だ。キャンプを張って、豪勢な食事が取れる。ジョンは動じずにボートに座り、左右を通り過ぎていく島々を、ひとつひとつ注意深く眺めていた。フッドはスケッチブックにかがみこみ、泡立つ波のまっただなかで、岩の形をスケッチしていた。「地図と海図、観察記、報告書、絵」と、以前ジョンは言ったことがあった。「肉とたきぎのことしか考えられなくなったら、もうそこからあまり先へは進めないぞ」。嵐のなかでも同じことだった。こうして一行は、それぞれが自分のやり方でなんとか嵐をしのぎきり、安全な湾にたどり着いた。もはや理性が予期することもなく、ほとんど誰の目も見ることのできなかった湾に。霧と暗闇のなか、一行は上陸し、その場に倒れこんだ。

夢のなかでジョンは、嵐と救済、そしてそれらすべてを壁に映し出す、新しくできた性能抜群の図像めくり機を見た。ジョンは図像めくり機の構造を頭に叩き込もうとしたが、朝になってみると、もう再構築することができなかった。だがジョンは、再び力が湧いてくるのを感じた。夢に機械が現れるときはいつも、特に眠りが深いのだ。

数日後、ジョンがフッドの名をつけたとある川の入り江で、探検隊は余分な荷物——ほとんどは贈り物の残り——をすべて丘の上に降ろし、その上に石のピラミッドを建てて、先端に英国旗を挿した。一行は、エスキモーたちが、少なくともこれからやってくる探検隊とは友好的な出会いかたをすることを期待したのだった。それから一行はフッド川を遡った。やがて巨大な滝に行く手を遮られた。尖った岩と、まるで城壁のようにそそり立ついくつもの岩壁のあいだを、水が轟音を立てて落下している。植物もない孤独な、だが壮絶に美しい場所。こここそ、奴隷解放論者ウィルバーフォースの名をつけるにふさわしい場所だ。おまけにその名なら、ハーンがつけた「血みどろの滝《ブラディ・フォール》」という名と好対照にもなる。ジョンは満足して、地図にウィルバーフォースの名を書きつけた。

気温が下がった。野生動物の姿も、足跡も見られなかった。ペミカンは底を突いた。ジュニウスが岩を指さした。表面にぬるぬるした苔が生えていて、食べることができる。ひどい味だったが、なにもないよりはましだった。その夜、全員が眠れないまま、テントに横たわることになった。苔を食べると、吐き気と下痢に襲われることがわかった。一番苦しんだのはフッドで、身体の中身が空っぽになるまで嘔吐を繰り返した。

翌八月二十八日。またしても魚二匹とヤマウズラ一羽のみ。そして、岩茸〔北極・亜北極圏に自生する地衣類。岩場に生育し、非常食として利用〕を二袋いっぱい。ヴォヤジュールたちは、これを「岩の臓物《トリプ・ド・ロシュ》」と名づけた。

ジョンはついに大きなカヌーを解体させて、持ち運ぶにも軽く、川を渡るにはじゅうぶんな大きさのふたつのカヌーを作らせた。その後さらに二マイル、非常に困難な道を進んだ。こうしてこの日は終わった。雪が降った。

イギリス人のなかに狩猟の得意な者はいなかった。ジョンには機敏さが、バックには忍耐力が欠けていたし、フッドは射撃が下手で、ドクター・リチャードソンは近視だった。せいぜいヘプバーンが、たまに幸運に恵まれるくらいだった。クレディ、ヴァイアン、ソロモン・ベランジェ、ミシェル・テロアオテー、そしてふたりのエスキモー通訳がいなければ、探検隊がすでに餓死していただろうことは、まぎれもない事実だった。だが最近のヴォヤジュールたちは、よき猟師であればあるほど、命令を無視するようになっていた。幾日も幾晩もキャンプ地を留守にし、弾薬を使いきったのか、まだ手元に残してあるのかを説明するのを拒み、狩った動物の多くを自分たちだけで食べてしまう。ただひとり、ソロモン・ベランジェだけが、いまだに誠実だった。

「いまは別の流儀が有効になったんですよ」。バックがついでのようにつぶやいた。「やつらは銃と弾薬を持ってる。我々には六分儀とコンパスしかない。これで盗みを止めようったって無理ですよ」

「我々の流儀は機能する」とジョンは答えた。「我々水先案内人なしに生きて帰れないことは、誰でも知っているんだ。それに、もし生きて帰るなら、紳士として帰りたいはずだ」

ヴォヤジュールのペローが、狩猟にはある一定の量の弾薬しか持っていかなかったと主張したとき、証拠はすべて逆を指しているにもかかわらず、バックはその言い分を認めた。バックはまたしても、なにを考えているのかわからない人間になった――今度はどんなゲームをしているのだろう？　ヴォヤジュールたちに取り入ろうとしているのだろうか？　どうせ勝てないならば、あからさまな敗北よりは服従のほうがましだと思っているのだろうか？　いまからすでに偽証する証人となって、血なまぐさい反乱が起きても生き残ろうと考えているのだろうか？

ジョンは唇を噛んで、こういった思考を頭から追い出そうとした。フランクリンの流儀によれば、こういったことは、事実になるまでは可能だと考えてはならない。だが、そのせいで己をひどく恥じながらも、ジョンはこの疑いを念のためにもち続けた。

九月一日。フッドはいまでは深刻な病気だった。岩茸を身体が受けつけないのが不運だった。フッドは、岩茸に対する身体の拒否反応のみならず、飢えのせいで、ほかの誰よりも弱っていった。

寒さが厳しくなった。分厚いぼたん雪はまだ美しく見えたものだが、いまでは乾いた白い埃のような雪が服のなかに入ってくるばかりだ。夜には、かちかちに凍った毛布を、なんとか睡眠らしきものを取れる程度にやわらかくするだけで、一時間以上かかった。一行は、翌日履く前にわざわざ解凍せずにすむように、ブーツを身体の下に敷いて横たわった。ブーツを解凍するには火が必要で、そのためにはたきぎがいる。そしてそのたきぎを探すところから始めねばならないからだ。

飢えは緩慢をもたらした。それも、目をしっかり開けたうえでの緩慢ではなく、盲目的なものだ。一行はまだ前進していたし、まだ友好的な、または確信に満ちた外面を崩さないよう努力してはいたが、当たり前のことで間違いを犯すようになった。荷物をまったく持たずにカヌーで川を渡った。どんどん近づいてくる滝の落下地点を見つめながら、なんの行動も起こさなかった。一行のこの状態は、楽しさが惨めさに変わる酩酊状態の最終段階を思い起こさせた。動物の肉は一片たりとない。岩苔までがもはや簡単には見つからず、まずは雪を掘り返して探さなければならなかった。狼が食い散らかした残骸が見つかった。トナカイの半分砕けた骨で、一行はそれを黒くなるまで火にかざして、食べようとした。「そんなことしても無駄だよ」とジュニウスが言った。「その骨からは、スープを作らないと」。ジョンはスープを作ってみようと提案したが、ほかの隊員たちは、しっかりと歯で噛めるなにかを欲していた。スープだと！　エスキモーの男に、イギリス人やフランス人の胃のなにがわかる！　ジョンは隊員たちの意向に折れた。スープを作る実験よりも、この難局を乗り切る隊員たちの意志のほうが重要だと考えたからだ。だがジュニウスはへそを曲げ、五十発の弾薬とともに姿を消し、二度と戻ってこなかった。

道徳心もまた姿を消そうとしていた。いや、実際にはすでにもう何マイルもかなたへと去ってしまっていた。弱さが多くの点においては道徳心と似て見えることも、なんの役にも立たなかった。

一歩、とにかく一歩を、河川と湖以外に遮るもののない、まっさらな雪原へ刻んでいく。

ときにジョンは、まるでジョン自身はなにもしていないかのように足が勝手にどんどん前に進むことを不思議に思った。そして、常に右のかかとが左のくるぶしに当たることも——決して左右が入れ替わることも、当たる場所が変わることもなく。弱さが各人に、どれほど自分の骨格が歪んでいるかを教えた。姿勢はどんどん前かがみになっていく。不思議だ——人間はまっすぐな背中をもって生まれるのではないか？　髭はすっかり凍りつき、火にあてなければほどくことができない。そして、かなりの重さがある。凍った髭が、人を前かがみにしてもおかしくない。思考はどんどん茫漠となり、しっかりした手ごたえを感じる前に逃げ去ってしまう。ときにヴォヤジュールの誰かが、なんでもないことに、子供じみた小さな怒りを爆発させた——ペローが、サマンドレの後ろを歩くのはもう嫌だ、いまいましいズボンの尻を阿呆みたいにぶらぶら揺らしやがって、と怒鳴る。そうかと思うと、一行はそれからまた数時間、ひと言も話さずに歩き続けた。突然、自分たちはフォート・エンタープライズに向かっているのではなく、そこから遠ざかっているのではないか、という考えが浮かんだ。もしかしたら、運命はとうの昔に決しているのではないか。

どうしてジョージ・バックにはまだこれほどの力が残っているのだろう？　これほど虚栄心が強く、移り気な人間が、これほど長く持ちこたえるなどということが、あっていいのだろうか？　美しい人間は、ときに推し量りがたい力を我がものにすることがある。自身の美しさをどんな犠牲を払っても守り抜こうと決意することで、目的意識が生まれるのだ。

夕食は岩茸だった。何時間も探したあげく、ひとりあたり片手一杯分。灰色で、皺の寄った隊員たちの顔。

九月十四日。数頭のトナカイの姿が見えたが、一頭も仕留めることができなかった。ミシェルが、興奮のあまり震える指でうっかり引き金に触れ、狙いを定める前に発砲してしまったため、すべてが水泡に帰したのだった。ミシェルは絶望のあまり泣き崩れ、クレディがそれに続いた。

フッドは一行からひどく遅れを取り、リチャードソンに支えられて、数時間後にキャンプ地へ到着した。隊員たちはすでに岩茸を集めてきていたが、フッドはこの苔を受けつけない。「ちょっとぶらぶらしてたら、遅くなったよ」。フッドはそう言って微笑むと、膝から崩れ落ちて倒れた。だが意識は失わなかった。これから起こることに対する好奇心のほうが勝ったのだ。もうちゃんと絵を描くことはできなかったが、その目と脳はいまだに、可能なあらゆるものごとをとらえていた。ただ、自身の苦しみだけを除いて。

ペローが自分の荷物に手を伸ばし、フッドのために少しばかりの肉のかけらを取り出した。ここ数日の自分の分を残しておいたのだと、ペローは説明した。そしてフッドに、片手一杯分の最後の肉を差し出した。十九人全員が泣いた。バックとヘプバーンまでもが。ペローがこの肉を本当はどこから手に入れたかなど、もはやどうでもいい！　そこに再び姿を現したのは、人間の栄誉だった。ほんのつかの間ではあったが、それはたしかにはっきりと見えた。

「それに、ジュニウスがきっと戻ってくるさ！」オーガスタスが言った。「たくさん肉を持って！」

「そうだ、肉だ！」隊員たちは互いに抱き合い、希望に酔いしれた。もうすぐ家に帰れるじゃないか！ほんの散歩みたいなものだ！

九月十四日はこうして終わった。いい一日だった。

九月二十三日。もう何日も前からカヌーの重さについて愚痴をこぼしていたペルティエが、かんしゃくを起こしてカヌーを地面に叩きつけたので、骨組みの木材が壊れた。だが、運がよければまだ修理できるかもしれないということで、ペルティエは壊れたカヌーを再び持ち上げ、運び続けねばならなかった。

やがて吹雪になると、ペルティエはカヌーを、ちょうど風が当たって両手からもぎ取られるような位置に動かした。こうして、結局カヌーはその場に残していくしかなくなった。ペルティエは、恐ろしいほどなんのためらいもなく、勝ち誇った顔を皆に見せつけた。もう一隻のカヌーは、ジャン＝バティスト・ベランジェが運んでいた——だが、いつまで続くだろう？　ジョンはジャンの良心に訴えかけた。「我々は正しい方向に進んでいる。だがカヌーがなければおしまいなんだ」

だがやがてジョンは、正しい方向に進んではいないことに気づいた。この地の磁気は信用ならず、コンパスの針は嘲るようにぐるぐると回っている。恐ろしい瞬間がやってきた。餓死寸前の司令官が、餓死寸前の隊員たちに、進行方向を変えねばならないと告げるのだ。勇気がいった。そして勇気は、いまではうんと努力しなければ奮い起こすことができないものだった。

「真実の瞬間か」。バックがつぶやき、どこか遠くを見つめた。「間違えやがって！」とヴァイアンが舌打ちする。

「君たちが私と同様に航海術について知っていれば、不安を抱くことはないはずだ。たしかにこの地を歩くのは難しいが、論理と科学に従えば大丈夫だ」

ジョンのこの言葉を隊員たちが信じたのは、そうするしかなかったからだった。皆、あまりにも弱っていて、本当になにかを信じることなどもはやできなかった。全員が、死ぬのではないかと恐れていた。

フッドの勇気は重要だった。士官候補生フッドはまるで死人のように見えたが、その確信に満ちた態度は、ほんのわずかでも自己憐憫を感じる者を恥じ入らせた。なんとなく、皆がわかっていた——フッドが死ねば、終わりはそう遠くないと。

とある湖岸で、氷を砕いて魚を捕ることをジョンが命じたとき、突然、網がすべてなくなっていることがわかった。ヴォヤジュールたちが、重すぎると思って捨ててしまっていたのだ。網はいま、何マイルも背後の雪の下に埋もれている。

二時間後、ジャン＝バティスト・ベランジェが、まるで転べと命じられた下手な俳優のように転んだ。だが、場所だけはうまく選んであった。隊はちょうど、急な傾斜面を横切っているところだったのだ。最後のボートが粉々に！

その晩、隊員たちは、雪の下から掻き出したぼろぼろのトナカイの皮を噛んだ。ここには岩茸さえなく、たきぎもなかった。

いま猫のトリムを見かけたら、すぐに撃ち殺して食べるだろうな、とジョンは思った。そんな自分に戦慄したが、その考えを自分に禁じるには、あまりにも惨めな気分だった。まさにそれゆえに、その想像はますます勢いづいて、ジョンを苦しめた。猫の肉――世界で一番美味なもの！　ジョンは、自分の妄想に別の道筋をつけようと試みた――豚の頭の煮こごり。だが裏切り者である頭は、ジョンの試みについてきてはくれず、想像のなかの煮こごりはまるで岩茸のような味で、いっぽうトリムの哀れな身体は、子牛のフィレ肉のような味なのだった。

九月二十五日、ヴォヤジュールの幾人かが、予備のブーツの甲の革を食べた。翌日には靴底を食べようとした。フッドも同じことをやってみた。だが、ほとんど飲み下すことができなかった。フッドはジョンを見て、多大な苦労をしてなんとか肩をすくめると、こう囁いた。「なかなか硬いですね！　ロンドンで次にブーツを買うときには……」

フッドは昼間はまだ持ちこたえたが、夜になると、わけのわからないことを話し始めた。グリーンストッキングとその子供のことだ。自分には小さな娘がいる、とフッドは話した。自分にはインディアンの女がふたりいる、大きい女がひとり、小さい女がひとり。それから今度は、故郷のバークシャーの庭園で、晴れた日の朝、アザミとイラクサを摘んでいる、と思い込んだ。「聞いちゃいられない！」とヘプバーンが言った。

九月二十六日、探検隊は大きな川にぶつかった。

ジョンは重い舌をなんとか動かして、うめくように言った。「これはコパーマイン川だ。ここを渡りさえすれば、もう着いたも同然だぞ！」それから一時間以上たって、一行はようやく、それが本当にコパーマイン川だと信じた。だが、すでにカヌーがなかった。「いかだを作るんだ」とジョンはうめいた。三日後、なんとかいかだらしきものが出来上がった。だが、川を渡る際に流されてしまうのを防ぐには、どうしたらいいのだろう？　泳ぎが得意だと自認するリチャードソンが、彼の言うところの「渡航所」を作るために、体に綱を巻きつけて川を渡ろうと申し出た。そしてしばし祈ったあと、服を脱いで下着姿になり、泳ぎ始めた。だが、すぐに凍りついて動けなくなってしまった。一行は綱を引っ張って、意識のないリチャードソンを川から引き上げ、服をすっかり脱がせると、雪で身体をこすった。全員が、リチャードソンの裸の身体を見つめて戦慄した。疲れ、弱り果てた顔についた、不安に満ちた十八の瞳。最初に口をきいたのは、ソロモン・ベランジェだった。「なんてことだ、俺たち、なんて痩せこけちまったんだ！」とうめく。サン・ティリエ・ラ・ペルシュ出身のブノワが、新たなホームシックの発作に襲われ、大声で泣きじゃくり始めた。しばらくすると、再び全員が泣いていた。いまでは、誰かが泣くと、すぐにそれが皆にうつるのだ。我々は子供に戻ってしまって、もう三歳以上の精神状態ではないのかもしれない、とジョンは思いながら、涙をぬぐった。絶望的な思いで、全員がリチャードソンの身体をこすり続けた。リチャードソンは意識を取り戻したが、皆、手を止めずに延々とこすり続けた。まるで最後の力を振り絞って、リチャードソンのかつての姿を取り戻し、雪と涙以外のものをその肋骨の上に盛ってやろうとするかのように。

吹雪。最初のいかだはばらばらに引きちぎれ、急流に消えていった。ふたつ目のいかだで、探検隊は十月四日、ようやく川を渡った。もうこれ以上時間を無駄にはできない。「エンタープライズまで、あとたったの四十マイルだ！」ジョンは何度も繰り返しそう言った。「もうすぐ終わりだ、あとたったの四十マイルだぞ！」だが、すでに精も根も尽き果てた人間が四十マイル歩くには、どれくらいの時間がかかるだろう？　人の意志に対して、どれほどの要求ができるものだろう？　実際、「進め！」と命ずるのは、意志の課題だった。「進め！　死ぬんじゃない！」と。だが、意志は繰り返し人の手を離れ、愚かな身体と一緒になって、即座に倒れ、眠り、死ぬための理由を、重大事項として精査し始めるのだった。意志は力強いが、虚栄心が強く、意外なことに他からの影響を受けやすかった。突然のように、力強く、高貴な反逆心で、こう宣言する。「こんなことはすべて、人間の力を超えている。いま重要なのは、休息を取る勇気だ！」疲れ果てた惨めな身体は、それを聞くやいなや長くはためらわず、重力に身を任せて倒れこむ。こういったことが、全員に同時には起こらないのが、せめてもの救いだ！

ジョンはまだ倒れてはいなかった。だが、自分にまだ力があるのは司令官だからにほかならないとわかっていた。フランクリンの流儀は、運命の気まぐれからは守ってくれない、とジョンは思った。ある状況に際して、自分が正しいときもあれば、間違っているときもある。そして、間違ったせいで死ぬこともあるのだ。やはりあのとき、スープを作るべきだった。あのときああしていれば……という後悔とともに、いま気をつけなければ大変なことになる、という思いが浮かぶ……

突然、目の前にラウスの町が見えた。ジョンは牛がたくさんいるのどかな野原のまっただなかにいて、遠くには丘や森がある。はしけが運河を航行するのさえ見える。それからジョンは町のなかにいて、市民たちが通りの両側を歩くのを見ていた。皆が感じよく挨拶を交わし、互いを尊重し、理解している。町の向こうには大きな山がある――いや、あれはジョン自身だ！　ジョンとほかの山々だけが、本当に旅をしているのだ。ジョンただひとりが、司令官なのだ。ほかの者たちのために紐を宙に掲げて……

再び我に返ると、オーガスタスがジョンの隣に座って、口笛である旋律を吹いていた。

「どうして口笛なんて吹くんだ？」とジョンは尋ねた。

「口笛は、死を追いやるんですよ」とオーガスタスが答えた。

ジョンは立ち上がった。「そういうことなんだ。私は、自分は山で、自分の足は私抜きでも前に進むと思っていた。ほかの者たちはどこにいる？　オーム先生はもうやってきたか？」

オーガスタスは、驚愕の目でジョンを見つめた。だがジョンは力強く向きを変え、さらに歩き始めた。自分がなにを一番恐れているかがわかった。狂気の海にたどり着き、下手な指揮のもとに置かれた船のように転覆して、沈んでしまうことだ。その不安が、ジョンの歩みをどんどん速めた。まるで狂気の先触れが、すでに自分に向かって両手を伸ばしているような気がした。自分が悪魔を信じているのではないかと恐れた。そうであれば、この世界の秩序は逆転し、ジョンよりさらにのろまな死者たちに追われ、必然的に追いつかれてしまう。下手な指揮下に置かれた船ばかりではなく、単に不運な船もあるのだ。

自分を狂わせるのはバックだ、とジョンは思った。自分の不信感が正しいにせよ、そうでないにせよ、バックは自分を狂わせる。バックを遠ざけねばならない。

六分儀、コンパス、フォート・エンタープライズとフォート・プロヴィデンスならびに重要な湖や河川の場所を描いたスケッチ――それが、バックがジョンから受け取ったものだった。弾薬は分割された。

バックの取り分は五分の一強だ。なんといっても、バックに同行するのは四人だけで、それもまだ一番余力のある者たちなのだから。サンジェルマン、ソロモン・ベランジェ、ボパルラン、それにオーガスタス。さらにバックは、ほかの皆よりもずっと早くに、食糧のあるフォート・エンタープライズに到着するはずだ。最初に好きなだけ食べればいい！　備蓄食糧が思ったより少なく、バックが同行者とともに多くを食べてしまうとしても、速い者たちが遅い者たちに対して公然と反旗を翻すよりはましだった。

こうすればフランクリンの流儀は守られる。ジョンは指揮官のままで、皆がこれまでどおり紳士でいられる。

バックは出発し、フランクリンは残った。いずれにせよ、まだサマンドレ、ヴァイアン、クレディを待たねばならない。この三人の状態は、いまではフッドよりも悪かった。

三十分後、サマンドレが足を引きずるように近づいてきて、ほかのふたりは倒れたまま動かない、もう立ち上がらせることはできなかった、と伝えた。

リチャードソンがふたりの様子を見に、サマンドレの足跡を追って戻った。ふたりは凍死寸前で、もはや話すこともできずに、野ざらしになっていた。リチャードソン自身も、ふたりのうちのどちらかを運ぶには弱りすぎていたので、そのままほかの隊員たちのところへ戻ってきた。

フランクリンは足をくじき、動けなかった。まだじゅうぶんな力があるのは誰だ？　一行は、まだ一番元気なブノワとペルティエに、倒れたふたりを運んでくるよう説得したが、無駄だった。それどころか、ヴォヤジュールたちはジョンに、バックのあとを追って行かせてほしい、どう前進するかはそれぞれに任せるべきだ、と迫った。ジョンはブノワの肩をつかみ、あらんかぎりの力で揺さぶった。「お前たちには方向がわからない、そうだろう？　お前たちには方向がわからないんだ！」

「ミスター・バックの足跡を追います」

「雪か雨が少しでも降ってみろ、足跡なんてもう見えなくなる。そうしたらお前たちも終わりなんだぞ！」

しぶしぶながら、ブノワは折れた。だが凍死しつつあるふたりを迎えに行くことは拒んだ。「そんなことをしたら、いずれにせよ終わりです！」

ジョンは数分のあいだ自分と闘ったあと、こう言った。

「前進！　ふたりは置いていく！」

それは敗北だった。ジョンはふたりの隊員を救うことができなかったのだ。なんという司令官だろう！いまとなっては、少なくとも残りの隊員たちを、絶望と盲目による死から守らねばならない。だがジョンの足は腫れ上がり、残酷なほど痛んだ。ジョンは、この旅が自分にとってどんな終わりを迎えるかを、かすかに予感し始めた。

ほんの数マイル行ったところで、フッドが意識を失って倒れた。運ぶことはできないので、誰かがフッドの元に残らねばならない。リチャードソンが名乗りを上げた。ジョンがフォート・エンタープライズから食糧を送り、ふたりを死から守ってくれると信じているのだ。「だめだ！」とジョンは答えた。「指揮官は私だ！　それに私のほうが、あなたよりも遅い。私がフッドの元に残るから、あなたはほかの者たちと一緒に前進してください。これがコンパスと六分儀です」

ジョンがそうしたのは、もうこれ以上は進めないからだった。それだけだ。ほかの者たちにもうついていくことができないし、それゆえ彼らをもう率いることができないからだ。

一行はテントのひとつを張って、なかにフッドを横たえた。それが済むと、リチャードソンが残りの隊員たちを自分の周りに集めた。ジョンは彼らに向かって強く訴えた。「決して離れ離れになるな！　ひとりで先に行けば、道に迷って死ぬ。そして、足跡を追うほかの者たちも破滅させる。全員一緒に進むんだ！」

ヘプバーンが一歩進み出た。「私は司令官とフッドのもとに残ります！」

リチャードソンは出発した。ジョンとヘプバーンは、たきぎと岩茸、そして動物の足跡を探した。もう誰も空腹は感じなかった。ただ弱さだけだ。いまや大切なのは、もはや快適さではなく、運の味方を得て、なんとか生き延びることだった。

ヘプバーンがヤマウズラを撃ち、ふたりはそれを焼いた。そしてフッドに食べさせた。フッドはわずかながら回復したように見えた。ジョンとヘプバーンは、自分たちのためには、少量の岩茸を見つけた。

二日後、モホーク族のミシェルが、突如テントの前に現れた。ペローとジャン＝バティスト・ベランジェと三人で、テントへ戻りたいとリチャードソンに頼んだのだという。だが残念ながら、ほかのふたりを暗闇のなかで見失ってしまい、足跡ももう見つけることができなかった、とミシェルは語った。

それを聞いて、ジョンは不思議に思った。雨も雪も降らなかったし、風もすっかり収まっていたからだ。

フォンターノもやはり死んだようだ、とミシェルは続けた。湖を渡る途中で倒れ、脚を折ったのだという。だから一行はフォンターノを置き去りにせざるをえず、ミシェルがここへ戻る途中にも、もう見かけなかった。

ミシェルは幸運にも、野垂れ死んだ狼を見つけていた。おそらくトナカイの角に突かれて死んだのだろう。ミシェルはその狼の肉を持ってきていたので、皆がそれを貪り食い、ミシェルを褒めちぎった。ミシェルは、さらなる肉を持ってくるために斧が欲しいと言った。ミシェルが行ってしまうと、ジョンは考え込み、計算を始めた。

「ミシェルはどこからあんなにたくさんの弾薬を手に入れたんだろう？　リチャードソンがミシェルにあれほどの量を渡したとは思えない。それに、どうしてさっきピストルを二挺持っていたんだろう？」

ミシェルが再び戻ってきて、さらなる狼の肉をジョンの前に置くと、ジョンはピストルのことを尋ねた。ミシェルは、ペルティエがくれたのだ、と答えた。

皆はさらに貪り食い、骨と皮ばかりに痩せた惨めな身体に力が戻ってくるのが感じられるような気になった。だがジョンは、必死で考え続けた。なにかを思い出そうとした。やがてジョンは、心のなかの像を誰にも邪魔されずに目の前に展開しようと、テントの外に出た。再びなかに入ったとき、ジョンは言った。「ひとつひとつの出来事に、注意が足らなかったんだ！　それはベランジェのピストルだ、誓ってもいい」

皆がぎょっとしてジョンを見つめた。

「僕がベランジェを殺したっていうんですか？」ミシェルが懇願するように言った。「そんなこと、絶対にありません！」突然、ミシェルの手が一挺のピストルに伸びた。

「もちろんさ」とヘプバーンが言った。「そんなこと、誰も思っちゃいないよ。どうしてそんなふうに考えるんだい？」ミシェルは再び落ち着きを取り戻した。

だがその後は、誰ももう狼の肉を食べようとはしなくなった。

何日ものあいだ、ミシェルはイギリス人ふたりが自分のいないところで話をすることのないよう気を配った。ジョンとヘプバーンが、ミシェルのいるところで話をしようとすれば、「奴隷の言葉」を選ばざるをえなかった。すなわち、ミシェルの理解できる、疑わしいところなどなにもないことを話しながら、同時にミシェルには理解できない別のことを伝達せねばならなかったのだ。「ああいうふうに、ほかの狼たちも死んだんだろうか？」ペローとフォンターノの名前は、誰もあえて口にしない。または「トナカイが狼たちを怖がらないのなら、きっとそのトナカイはもっとたくさん殺すだろうな」といった調子だ。

だがミシェルはおぼろげながら、ふたりがなにを推測し、なにを恐れているかを感じ取った。そして狩りに出ることを拒否し、どんどん専制的になって、誰がどこで寝るべきかの指示を出すようになった。だが、互いに話し合わなくても、白人ふたりにはわかっていた――もしもミシェルが正しい方角を知っていて、コンパスを扱うことができたなら、自分たちはとうに死んでいるばかりか、ミシェルの食糧となっていただろう、と。

「どうして狩りをしないんだ、ミシェル？」だがミシェルは拒絶した。「動物なんかいません。すぐに『冬の湖』へと出発するべきです。ミスター・フッドのことは、あとから迎えに来ればいいじゃないですか」

ジョンはよく考えた。「わかった。だがまずはフッドのために、食糧とたきぎを集めなければ。フッドは動けないんだからね」。ジョンはいまでは、ただただヘプバーンと話し合う機会を探すばかりだった。ミシェルはジョンの言葉に同意した。全員がテントを出て、それぞれ別々の方角へと進んだ。ジョンが、自分の居場所をヘプバーンに知らせるため、できるだけ大きな音を立てて枝を切り落としていると、テントの方向から銃声が聞こえた。ヘプバーンと同時にテントに着いたジョンは、火の横にフッドの死体が横たわっているのを見つけた。ミシェルがその横に立っていた。「ミスター・フッドは、僕の銃を掃除してくれていたんです。そのときに暴発したに違いありません」

三人は、苦労してフッドに少しばかりの雪をかけて埋葬した。ジョンとヘプバーンは、もはや長い時間をかけて話し合う必要も感じなかった。狩りに行ったはずのミシェルが、どうして銃を残していったのか？　半分意識のないフッドが、どうして銃を掃除しようなどと思いついたのか？　なにより、弾は後頭部から入って、前方へと抜けている。後頭部に弾薬の黒い跡がついていたのだ。ジョンもヘプバーンもとうに、装塡済みのピストルを常に手元に置いていた。

フッドは死に、旅を続けることが可能になった。三人はテントをたたみ、ジョンが進路を決めた。ジョンのくじいた足のせいで、その晩までには二マイルしか進めなかった。食事には、フッドの牛革のマントの一部を使った。ミシェルはふたりから一瞬たりとも目を離さなかった。

ミシェルは何度も繰り返し、「あと何マイルですか？　基地はどっちの方角にあるんですか？」と尋ねる。「まだ遠いよ」とジョンは答える。だが三日後、ミシェルは、ある岩に確実に見覚えがあると言った。フォート・エンタープライズまで一日足らずで歩ける距離にある岩だ。ジョンは首を振って、「ありえない」と言った。翌朝、ミシェルは早朝に銃を持ってテントを出た。岩茸を少し集めに行く、と言って。三人が探検隊のしんがりを務め始めて以来、ミシェルが岩茸を集めようとしたことは、これまで一度もなかった。

「それはうれしい」とジョンは言い、ヘプバーンが「君はいい人だし、いい友達だ」と付け加えた。

ふたりはテントの外の足音が遠ざかるまで待った。「あいつは銃を装塡したいだけですよ。もう空なんですよ！」とヘプバーンが言った。「あいつが戻ってきたら、こちらも素早く対応しないと！」ジョンは、まるで初めてするように、慎重にピストルを装塡した。ヘプバーンが言った。「我々はあいつの持ってきた肉を食べたんですよ。すぐに殺さないかぎり、我々も共犯者になってしまいます！」「君がそんなバカなことを言うのは初めてだな、ヘプバーン」とジョンは答えた。「ミシェルは我々を殺すつもりだ。それが理由だ――それ以上の理由などいらない。それ以上の理由など、ろくなものではない！」だがヘプバーンはいまだに、ジョンはいざとなったら引き金を引かないのではないかと恐れているようだった。「代わりに私がやります、サー。私のほうが楽にやれます！」

ジョンは腕を肩の高さに持ち上げ、テントの入口に向かって伸ばした。だが手元は荷物の後ろに隠して、戻ってくるミシェルからは見えないようにした。ピストルは、ミシェルが現れた瞬間、ほんのわずかに身体を回せば、すぐにその頭に向けられる位置にある。ジョンはこの姿勢を保った。硬直し、張りつめて。

「いや」とジョンは答えた。「私が自分でやる。十年も戦争をしてきたんだぞ──どんなことをしてきたと思ってる？　ただ、いつも間違った人間ばかりを殺すことになるんだ」

「間違った人間？」ヘプバーンには理解できなかった。「それに、その腕は大丈夫ですか、サー？」

「私は何時間でも腕を持ち上げていられるんだ」とジョンは言った。「八歳のときから。ミシェルは忍び足で近づいてきて、聞き耳を立てるだろう。大声で、たわいもないことを話さなくては。でないと、我々の計画に気づいて、外からテントの壁越しに撃ってくるぞ」

「今日はいい日になりそうですね、サー！」とヘプバーンが言った。「それに、天気もよさそうです」。それから小声で、「足音が聞こえます！」と付け加えた。

ジョンは咳払いをした。「それじゃあ、そろそろ起きようか、ヘプバーン。たきぎを取ってくるよ……」

その瞬間、ミシェルがテントの入口に現れた。銃を腰で構え、ジョンに狙いを定めている。ヘプバーンが自分のピストルを取り出し、ミシェルが銃口をヘプバーンへと移した。その光景が、ジョンの目に焼きついて静止した。次に知覚したのは、ヘプバーンがジョンの手をつかみ、長いあいだ押さえていることだった。ふたりは何分間も、ひとことも話さなかった。最初に口を開いたのはヘプバーンだった。「あなたはあいつの額を打ち抜いたんですよ、サー。ミシェルは苦しみませんでした。なにが起こったのか、気づくことさえなかったでしょう」。ジョンは答えた。「この旅は、一週間ばかり長すぎたな」。翌日、ふたりは湖岸にフォート・エンタープライズを認めた。

丸太小屋でふたりが目にしたのは、もはや立ち上がることもできない四人の生きた骸骨だった。ドクター・リチャードソン、アダム、ペルティィエ、サマンドレだ。備蓄食糧はなかった。食べ物はかけらもなかった！　四人はナイフで、半年前に捨てられたトナカイの毛皮を引っかき、ここまで履いてきたブーツを食べていた。「ほかの者たちはどこだ？」とジョンは尋ねた。ドクターが答えようとした。ジョンはドクターに、そんな墓場から出てきたような陰気な声で話すのはやめてほしいと注意した。ドクター・リチャードソンは、蜘蛛の脚のようなやせ細った指で、小屋の中央の柱をつかんで身体を起こすと、飛び出た目でジョンを見つめて、あえぐように言った。「まずはご自分の声を聞いてみたらいかがです、ミスター・フランクリン！」

リチャードソンが小屋で見つけたのは、バックの書き置きのみだった。「ここには食糧もなく、インディアンもいない。我々は誰か人を見つけるために、さらに南下する。ボパルランは死亡、オーガスタスは行方不明。バックより」。ヴェンツェルは確かにここまで来て、地図を持って帰ってはいたが、約束は果たさなかった——食糧の調達はしてくれなかったのだ。

ヘプバーンが身体を引きずるように外へ出て、動物を撃とうとした。そして幸運にも、二羽のヤマウズラを持って戻ってきた。六人の男は、貪るように生の肉を食べた——ひとりあたり、ほんのひと口にすぎなかったが。それは十月二十九日のことだった。

旅はまだ終わっていなかった。

ペルティィエとサマンドレは、瀕死の状態だった。アダムはもう立ち上がれず、這って進むことさえできなかった。下半身が腫れ上がり、ひどい痛みに苦しんでいた。

ドクター・リチャードソンは、ヘプバーンがつけた小さな火の前に座って、聖書を朗読した。それは滅多に見られない、異質で突飛な光景だった。男がひとり座って、もはやほとんど聞き取れないかすれた声で、北極地方のまっただなかにいてはやはりほとんど理解不可能な、オリエント地方の古い本に書いてある珍妙な文章を読み上げているのだ。にもかかわらず、それは全員にとって慰めだった。リチャードソンはまた、指をぱちんと鳴らすだけで救済を求めることもできるかもしれない——リチャードソン自身がそれを信じていれば、それは皆にとってもまた慰めだった。

ジョンはリチャードソンとふたりきりになると、なにが起こったかを打ち明けた。ふたりは、飛び出した目で長いあいだ互いの顔を見つめていた。ロンドンの「ジン小路」にいる惨めな酔っ払い老人のように、背を丸め、咳き込みながら。

「私でもそうしたでしょう、ミスター・フランクリン」。ようやくリチャードソンがそうつぶやいた。

「でも、いまは祈ることです。祈るんです!」

ふたりは状況について話し合った。どんどん理性は失われていく。だがふたりとも、自分の思考力のほうが、まだ相手のそれよりもましだと思っていたので、互いに相手を落ち着かせるような、果てしなく辛抱強い簡潔な言葉で話し、自分がすでに言ったことを忘れてしまうので、何度も同じことを繰り返した。

いまはすべてがバックにかかっていた。

十一月一日の夜半、サマンドレが死んだ。それに気づいたペルティエは、あらゆる望みを失い、三時間後にやはり死んだ。残った者たちは、いまではあまりに弱っていて、死体を小屋から運び出すことさえできなかった。

まだなんとか這って動くことのできるヘプバーンとジョンが、岩茸とたきぎを探そうとしたが、作業中に何度も気を失い、ほとんど成果のないまま戻った。皆はもうとうに、あらゆる不要な木を燃やし始めていた。小屋のなかのドア、棚、床板、たんす。

今度はアダムが瀕死の状態だった。何日も前からもうひとことも話さず、快適な姿勢を探そうとさえしない。

「きっと来てくれる!」とジョンは言った。

「誰が?」とリチャードソンが囁く。

「バックだ。ジョージ・バック。ジョージ・バック士官候補生。私の言うことがわかりませんか、ドクター?」

ジョンはそこで言葉を切った。リチャードソンがしばらく前から、独り言を言って——いや、つぶやいているのに気づいたからだ。リチャードソンは、何度もこう繰り返している。「……は善良だ。すべてが好転するだろう」

「誰が?」とジョンは訊いた。

リチャードソンは頭を天井に向かって動かした。

「全能の神が」

「わかりませんね」とジョンは囁いた。「あなたもご存知でしょうが、私は……」。ふたりは毛皮の毛布の残骸に包まった。火は消え、全員が死を待つばかりだった。悪臭が漂っていた。

十一月七日、コパーマイン・インディアンの酋長アカイチョが、二十人の戦士を伴って、雪に深く埋もれたフォート・エンタープライズにたどり着いた。士官候補生ジョージ・バックは、骨と皮にやせ細りながらも驚くべき強靭さで、部族の集落までの道のりを踏破し、酋長に助けを求めたのだった。それを受けたアカイチョは、厳しい寒さと、なすすべもないほど深い雪にもかかわらず、たったの五日で、グレート・スレイヴ湖から「冬の湖」までを歩ききった。アカイチョは、まだ生きているフランクリン、ドクター・リチャードソン、ヘプバーン、アダムを見つけた。

だが先住民たちは最初、死体が転がっているかぎり小屋には入らないと言い張った。彼らの主張では、死人を埋葬しない者は自身も死人であり、助ける必要はないのだった。

フランクリンひとりが、問題を把握する力をまだ保っていた。ふたつの死体を扉から引きずり出し、入口の脇で雪で覆うのに、一時間半かかった。その後ジョンは、意識を失って倒れた。

生き残った四人に、ペミカンと飲み物が与えられた。ドクター・リチャードソンは皆に、あまりに急いで大量に食べることを禁じたが、自分自身でさえその指示を守ることができなかった。やがてすさまじい胃の痛みが襲ってきた。無事だったのはフランクリンひとりだった。死体を埋葬するのに力を使い果たしたあと、あまりに衰弱したせいで、先住民たちに食べさせてもらわねばならず、より慎重な扱いを受けたからだ。先住民たちは救助された四人のもとに留まり、十日後、ともにフォート・プロヴィデンスまでの旅に出発した。

十一人が死んだ。生き残ったのは、四人のイギリス人のほかにはブノワ、ソロモン・ベランジェ、サンジェルマン、アダム、それにオーガスタスのみだった。オーガスタスは行方不明だったが、最後になってまた姿を現したのだ。だがそのときにはもう誰を死から救うこともできなかっただろう。おそらく自分の身さえ。バックと先住民だけが、生き残った者の救済者だった。

「あんな旅のあとでは」とリチャードソンが推測した。「きっと人生の残りはあっという間に過ぎ去ってしまうでしょうね」。だがフランクリンには別の心配ごとがあった。もう二度と北極探検の指揮は――それどころか、どんな指揮も――任せてもらえないのではないかと思っていたのだ。北西航路は見つからず、パリーの船に陸路でたどり着くこともできなかった。エスキモーたちと関係を築くことさえできなかったのだ。ジョンは幾晩も、どんな間違いを犯したせいであれほど多くの人命を失うことになったのか、と考え続けた。ヴェンツェルをあてにしたのが間違いだった。だがそれだけではないはずだ。エスキモーとの出会いが失敗に終わった時点で、引き返すべきだったのだろうか？　いや。ほかのエスキモー部族とは、もっとうまく行く可能性だってあったのだ。命に関わる重要なものをなくしたり壊したり、なにかを盗んだり着服したりした者は、誰であれ即座に死刑にすると脅すべきだったのだろうか？　いや。そんなことをすれば、「信頼を与え、忠誠を得る」というジョンの流儀はあっという間に崩壊していただろうし、別の流儀を適用するには、ジョンの権力はまったく足りなかった。イギリスから熟練の狩人を連れてくるべきだったのだろうか？　狩り以外にも、この寒い荒野で生き残る術を心得た者を？　だが、そんな人間がどこにいたというのだろう？

ジョンはリチャードソンに言った。「流儀は正しかったんです。でも、もっと多くのことを、適切な時期に学ぶべきでした。間違いを犯したのは私です。それでも幸運に恵まれることもあるでしょうが、私には運がなかった。流儀は正しい。どれほど正しいかを、次にはもっとうまく証明してみせます」

「私の流儀も、似たようなものですよ」とリチャードソンは答え、考え深げにうなずいた。からかっているとはいえ、そこには愛情がこもっていた。「いずれにせよ、もうあなたをブロッサム号の船長と比べようとは思いませんね！」

フランクリンはさらに考えた。「提督たちは、成果がゼロだったと不満に思うでしょう。きっと私のことを不適格だと考えるに違いありません。そして、確かにそのとおりなんです」。そう言って、フランクリンは黙り込んだ。

「でも、まったく違う視点から見れば、私は適格です。私以上の適任者はいません。提督たちがそう見てくれるよう、力を貸してやらなければ」

そう言うと、ジョンは勇気を取り戻した。最悪の瞬間にも、自分は己を信じ続けたではないか。不安も絶望も、自分の思考を麻痺させることはできなかったではないか。ジョンはいま、これまでの人生のどの瞬間よりも強かった。

北西航路、航行可能な北の海、北極。海軍本部が味方につこうが敵に回ろうが、今後の旅で、この三つの目標に到達してみせる。そして、自分の指揮下ではもう二度と、誰ひとりとして飢え死にさせることはない。それは、イギリスの王冠と同様に確かだ。

第十五章　名声と栄誉

ロンドンの時計の文字盤は白くなっていた。多くの時計が、以前は船のクロノメーターにしかなかったような秒針を備えている。時計も人間も、より正確になっていた。そこからさらなる落ち着きと品位が生まれていたなら、ジョンもそれを喜ばしく思ったことだろう。だがいたるところでジョンの目に映るのは、逆に時間の不足と慌しさだった。

それとも、ジョンのためには誰ひとりもう割く時間などないというだけなのだろうか？　いや、これは一般的な傾向に違いない。時計の鎖に手をやるほうが、帽子に手をやるよりも頻繁になっている。もう罵り言葉を聞くことはほとんどなく、「時間がない！」という叫び声がそれに取って代わっていた。

ジョンは、少しばかり疎外感を感じた。おまけに、ジョン自身にはありあまるほど時間があった。新しい任務の当てはなかった。

ジョンは嘲りと非難でロンドンに迎えられた。ブラウン博士はほとんど口をきかず、ジョン・バロー卿は無慈悲な叱責を浴びせ、ジョゼフ卿の死後新たにロイヤル・ソサエティの会長となったデイヴィス・ギルバートは、愛想はよかったが、氷のように冷ややかだった。ひとりピーター・マーク・ロジェのみが、光学、電気、緩慢、図像めくり機の新しい構造案などについて話すために、時折ジョンの住まいへとやってきた。だが、ロジェも磁気の話題は持ち出さなかった。おそらく、北極が磁気を帯びているせいだろう。これほどの過剰な気遣いは、ジョンには耐えがたかった。ほとんどの時間を、ジョンはソーホーのフリス通り六十番地のアパートの窓際に座って悶々と過ごし、北西航路の可能な位置と、どうすれば雪辱を果たし、必要な首尾一貫性をもって人生を続けることができるかについて考え続けた。通りの向かいの家では、ひとりの老女が、一日に何回も窓を磨く。ときには夜中にも。それはまるで、死ぬ前にひとつだけでいいから、誰にもけちのつけようのないなにかをやり遂げようとしているかのようだった。

通りに出ると、しばしば気分がよくなった。ジョンはそれを「甲板に出る」と呼んでいた。ロンドンじゅうを歩き回り、目標を定める。ほんのわずかな間だけでも、雪と氷と飢え、それに死んだヴォヤジュールたちのことを忘れるために。新しい建物を、ジョンは見て回った。窓税のせいで、窓の数が少なくなっている。鉄製の橋はすべて調べて回った。橋の上を走る馬車が立てる騒音が耳障りだ。それからジョンは、婦人たちのドレスに取り組んだ。いまではウェストの位置が再び下がり、身体の中央にあって、以前よりきつく締めてあるようだ。スカートと袖は、まるで婦人たちが、これからはこれまでのどの時代よりも多くの空間を要求しようというかのように膨らんでいる。

ジョンは夜も歩き回った。なかなか眠れないことが多かったからだ。ジョンに何本ものジンをおごらせようとする粗野な女たちと、何度も関わりをもった。強盗はジョンに近づこうとはしなかった。ジョンの身体は、北極探検の前と同様、再び重く、強くなっていた。

ある日曜日の早朝、ジョンはハイド・パークで、ふたりの紳士がピストルで決闘するのを見た。おそらくわざとでさえないのだろうが、ふたりともひどい腕前で、片方が軽い怪我をしただけで決闘は終結した。その日の午後、三人の酔っ払いがボートを漕ぐのを見た。ボートはロンドン橋の下の流れに苦戦し、支柱にぶつかって粉々になった。全員が溺れ死んだ。すると皆に突然、見物する時間ができた！　やはり時間が足りないというのは、流行以外のなにものでもないのだ。これがその証拠だ。

とある店で、一ペニーの料金を払って、新聞を立ち読みすることができた。ギリシアのトルコに対する反乱。中国がアヘンを禁止。海軍に最初の蒸気船。それを読んで、ジョンは笑わずにはいられなかった。この船は、外輪をひとつ砲撃で壊しさえすれば、あとはぐるぐる回るばかりで、敵の格好の標的となるだろう。さらに、議会の改革！　多数の賛成意見、多数の反対意見。だが常に重要なのは、急ぐことと時間だ。手遅れになる前に、迅速に改革を実行せよ！　手遅れになる前に、迅速に改革案をつぶせ！

ジョンは二度、グリフィン家を訪れた。だが美しいジェーンは、一年のほとんどのあいだ、教養を広めるためにヨーロッパのどこかの地を旅行している、と聞かされた。

なにをしよう？　これからどうすればいいのか？

ジョンはコーヒーハウスも訪れた。そこでなら、重要なことが思い浮かんだらいつでも、インクと羽ペンと紙をもらうことができる。ジョンにはなにも思い浮かばなかったが、それでも毎回書く道具をもらい、白い紙をじっと見つめて、考えた——なにか重要なことがあれば、ここに書こう。ということは、もしかしたら逆もいけるかもしれない——なにか書くことがあれば、重要なことを思いつくだろう。そして、本当にそのとおりになった。突然、アイディアが湧いたのだ。あまりにも突飛に思われたが、突飛であることは短所ではなく、むしろ長所だった。それが長い旅と似ているところがあるだけに、なおさらだ。そのアイディアとは、「書くこと」だった。ジョンは、弁明のために本を書こうと思ったのだ。ジョンに疑念をもつあらゆる人間が心を入れ替え、ジョンの流儀に納得するような分厚い本を。人間の意志がいかにだらしのないものかを知っているジョンは、早速この計画を書き記すことにした。そして、白い紙にこう書いた。「北極海沿岸への旅の記録——十万語以上！」こう書き記すことで、最後の瞬間にこの計画を救うことができた。というのも、頭はすでに反対意見を述べ始めていたからだ。たとえば、「ジョン・フランクリン、お前にできないことがあるとすれば、それは本を書くことだろう！」

最初の数語が、最大の難関だった。

「一八一九年五月二十三日日曜日、我々の一行は全員揃って……」我々の一行？　いや、船に乗り込んだのは我々「自身」であって、我々に属する誰か別の人間ではない。では、「探検隊」のほうがいいだろうか、いや、「私の指揮下にある隊員たち」か。しかし、これもまた正確な記述ではない。なぜなら、ジョン自身が含まれないことになってしまうからだ。ジョン自身もまた、隊員たちとともにプリンス・オブ・ウェールズ号に乗り込んだのだ。だが「私と隊員たち」も、「隊員たちと私」も気に入らない。「我々は全員揃って……」では曖昧すぎるが、「私自身を含む探検隊員全員」では、誰も読んでくれないだろう。「一八一九年五月二十三日、私の指揮のもとに我々隊員は……」――これでいい。だが、この先はどう続ける？

頭はこう言う。「投げ出してしまえ、ジョン・フランクリン、こんなことをしていては、理性を失ってしまうぞ！」意志は単調に「続けろ」とがなりたてる。そしてジョン自身はこう言う。

「もう十二語は書けたも同然だ！」

老女は窓を磨き、ジョンは本を書いた。来る日も来る日も。原稿はいまでは五万語以上にのぼり、アカイチョとコパーマイン・インディアンとの出会いの場面まで来ていた。書くのは骨が折れたが、航海に似ていた。それに必要な力と希望はそれ自体から生まれ、それ以外の生活にまで及ぶのだ。本を書く者は、いつまでも絶望してはいられない。そして、文章を書く際に生まれる絶望は、勤勉によって克服することができる。当初ジョンは特に、繰り返しと闘わねばならなかった。ジョンはこれまでの人生ずっと、ひとつのことがらにいくつもの言葉を費やすことを拒絶してきた。そのため、有用な言葉と不要な言葉を区別し、語彙はできるだけ少なくしてきた。ところがそのせいでいま、同じ言葉がひとつのページ上に十回も現れるという現象が起きるのだ。たとえば、北極圏の植物を数え上げるときに使う「現れる」という動詞。夜中にまでジョンは飛び起きて、眠りを奪うしつこい虫を探すように、繰り返しを探した。

もうひとつ、当初ジョンの気に障ったことがあった。現実の体験を懸命に書けば書くほど、その体験が遠のいていくような気がしたのだ。体験から会得したことが、文章を通すと、自分でもまるでひとつの絵のように見ることしかできないなにかに変わってしまう。親近感は消え、代わりに見知らぬものに対する刺激が再び現れる。だがいつしかジョンは、そこに欠点よりも長所を見るようになった。もちろん、なじんだものについて書くという目的を考えれば、本来失望すべきところなのだが。

「酋長は、品位と尊厳に満ちた歩き方で丘を上ってきた。右も左も見ることはなかった」――この箇所には手を加えず、そのまま残した。この文章では、あの瞬間のジョンの気持ちや、あいまいで不安な状況、そして酋長が最初の瞬間からジョンにもたらした奇妙な希望などをほとんど伝えることはできないとわかってはいたが、それでもこれは有用な文章だった。誰もが自分自身の気持ちをこの文章に込めることができ、また、そうでなければならないからだ。

こうして、書くことに対する失望は、最終的には善きものとなった――可能なものを取り込み、不可能なものを排除するという、ジョンが得意な仕事となったのだ。一万五千語を書いたあたりですでに、当初立てた諸目標は到達可能となった。

ひとつ目の目標は、著者の弁明をするならば本はうまく書けていなければならない、というものだ。これはもはや単に時間の問題だ。

もうひとつは、できるだけ多くの人にどれほどいい本かを理解してもらうためには、簡単な本でなければならない、というもの。

三つ目は、この本を持って人前に出ても見栄えがするよう、三百ページ以上の本でなければならない、というもの。

老女は死んだ。老女の磨いていた窓は、それから四日のあいだ、ほかのどの窓よりもきれいだった。ジョンは悲しかった。出来上がった本を、できれば老女にプレゼントしたかった。不機嫌に部屋に座ったジョンは、突然、この旅行記は読者を退屈させるかもしれないと思った。そして、詩人のエレノアを訪ねることにした。誰も退屈させない本を書くにはどうしたらいいかを訊こうと思ったのだ。

「もうどれくらい書いたの?」とエレノアは尋ねた。「八万二千五百語」とジョンは答えた。するとエレノアは笑いながら飛び跳ねた。ジョンは思わずエレノアの腰に手を回して支えた。だが、そうしたのが間違いだった。というのも、エレノアはその瞬間、彼女の主催する日曜文学サークルに参加するようにと、ジョンに言い渡したからだ。逃げるために、ジョンはすべてを試みた。仕事を持ち出し、最後には、宗教上の理由で日曜日の文学活動は固く禁じられているとまで言った――だが無駄だった。エレノアはひとことも信じてくれなかった。

エレノアのサークルは「アティック・チェスト」という名だった。彼女の家は、すべてがギリシア風だ。壁に張った布には、神殿の廃墟、円形劇場、オリーブの木などあらゆるモティーフが描かれている。どの椅子にも雷文模様が渦を巻き、チェス盤はコリント風の柱に支えられている。もちろん月桂樹の冠をかぶった大理石の胸像も欠けてはいない。サークルの会員の多くは、すぐにでも死にたいかのようだった。できればギリシアで、やむをえない場合はローマででも。ジョンがそれをすぐに理解したのは、何度もそう繰り返されるせいだった。

エレノアが一篇の詩を朗読し、続いてエリオットという男が朗読した。そして最後はシャープという名の禿げ頭の男だったが、彼は最初と最後に説明を加えた。おそらくそのせいで、「会話のシャープ」と呼ばれているのだろう。朗読が済むと、誰かが「感動した」というようなことを言い、黙っている者は皆、その意見に賛成か、そうでなければ、成果はなくても、少なくともなにか反対意見のようなものを言おうと苦労しているようだった。ジョンは皆の真似をして、うまくやり過ごした。詩においても会話においても、主題は人の感情や自然の力だ。共感における電気的基礎や、あらゆる物質のなかに存在する「火の粒子」――あらゆる物質にその固有の性質を付与するのだという――が話題になった。ダイアモンドは砂利が精錬されたものだという説が、ブレスラウで唱えられたという。こういった推測や認識についてきちんと考えるには、日曜日一日ではとうてい足りない。ましてやそれについて話し合うことなど無理だ。ジョンは、誰にも質問されないことを非常にうれしく思い、黙ったままほかの人たちを見つめていた。この実に生き生きとした雰囲気がどこから来るのかいまだに突き止められず、戸惑いと驚きが深まった。

だがついにひらめいた。これはゲームに違いない！　皆がそれぞれ別のやりかたで、同じゲームをしているのだ。

エレノアのように、大声で、熱狂的に自分自身のことを話す者がいる。話しているうちにどんどん勢いづいてきて、ほかの者が遮るのは容易ではなくなる。どの文章の最後にも、「だけど」と言う者もいる。だが彼らは、その「だけど」の前にほんのわずかな間を置いてから意見を述べる術を心得ている者に対しては無力だ。

ゲームの主要な規則は明らかだった。言葉をとらえ、それを可能なかぎり長くもち続けることだ。

ミスター・エリオットは、人の話を聞くとき、強風で詰め開きになった帆船と同じくらい頭を傾ける。しばらくすると、賛意を表すようにうなずき始め、そのうなずきはどんどん激しくなる。ついには、その賛意を口に出して言ってもらおうと、ほかの者たちが黙り込むことになる。ところがその後エリオットの口から出てくるのは、批判なのだ。または、ミス・タトルの場合。ミス・タトルは、まずは頭をまっすぐに起こして話を聞き始める。やがて少しずつ顎が下がり始め、最後にはレースの襟に届く。遅くともそこでミス・タトルは、相手の話が終わっていようといなかろうとおかまいなしに話し始める。こうして、話をする者は皆、ミス・タトルの顎と競走をすることになり、神経質な者は不安になって、話を短くしようと努めるのだった。

発言するつもりのないジョンは、ゲームの輪の外で気楽に観察することができた。だがやがて、それもおしまいになった。ミスター・シャープが、ジョンの旅について尋ねたのだ。ミスター・シャープのこの質問は、もう二度目だった。ほかの者たちが、そう言ってジョンをうながす。すぐに全員が口をつぐみ、ジョンの言葉を待ち受けた。こうしてジョンは、頭に反響する沈黙に向かって、貧弱で繰り返しの多い言葉をおずおずと口にする羽目になった。自分を恥じれば恥じるほど、周りはますます好意的に見つめてくる。もちろん皆、北極圏におけるジョンの大失敗についても耳にしているのだが、それをジョンに気づかせるつもりはなく、好奇心に溢れたふりをして、驚いてみせた。ジョンは話をできるだけ短くした。運よく、すぐにまた別の話題が持ち出された。瞬間と、その瞬間を凍結する芸術の力について。それは、ギリシアの壺の絵に関する話だった。この話題はジョンの興味を引いた。そこから導き出されるものがなにか、想像がつくからだ。いくつもの凍結した瞬間から、動きが作り出されるのだ！ ジョンはそれを、詩人たちに話したいと思った。だがいまとなっては、口を挟む余地がなかった。ジョンは才気溢れる文章を口にしようと、深く息を吸い込んだが、それに注意を払う者はいなかった。知っていることを話したくてうずうずしているところを見せても、誰も同情してはくれなかった。そこでジョンは再び匙を投げ、あとはただエレノアの美しい薄茶色の瞳と、その首筋でやわらかに波打つ髪を見つめて過ごした。それでじゅうぶんだった。ジョンだって、瞬間をとらえることはできるのだ。おそらく、それについて話している者たちよりもうまく。

最後の客が帰ったあと、ジョンはしばらく残った。「みんな、あなたに興味があるのよ。あなたが船を操ることができるから」とエレノアは言った。「それに、芸術家っていうのは、正義のために死ぬ人間のことを、高く評価するものなの。額の真ん中にあるその傷跡だけでもう……」。「ウィリアム・ウェストールっていう画家を知ってるかい?」とジョンは尋ねた。

「絵を見たことがあるわ」とエレノアは答えた。「『迫り来るモンスーン』っていう絵よ。とても才能のある画家だと思うわ」

そのとき突然ジョンは、エレノアも自分と同じように、正しい言葉を探すのに苦労しているのだと知った。ただエレノアの場合は、その苦労の表れ方が違うだけなのだ。「才能のある」——人間や絵を表現するのに、なんという無味乾燥な言葉だろう! 皆がジョンと同じように、正しい言葉を見つけることができないでいるのだ。ただ彼らはジョンとは違って機敏で、この欠点との付き合い方も違うのだ。

ジョンはエレノアに別れを告げると、フリス通りの住まいに戻り、昼も夜も書き続けた。最後までやり遂げるために、自分の意志に新しい餌を投げ与えた。最後の文章、という餌だ。この本の終わり方を、ジョンは決断したのだ。

「こうして、水路と陸路合わせて五五五〇マイルにおよぶ、我々の長く苦しく不運な北アメリカの旅が終わった」——最後の文章は、これ以外にはありえない!

疲れてくると、ジョンは自分の意志に、もうこの締めくくりの文章を書くことができるだろうか、と検討させた。単純な召使である意志は、言われたとおりに検討し、こう答えるしかないのだった——まだだめだ！

一八二三年の残りは、誰も予測しなかった三つの事件をもたらした。

八月、ジョン・フランクリンはエレノア・ポーデンと結婚した。

九月、出版社マレーが、ジョンの旅行記を出版した。高価な本で、一冊十ギニーだった。三週間後にはもう、マレー社は印刷が追いつかずに四苦八苦することになった。世間の皆がジョンの本を読みたがったからだ。一夜にして、ジョン・フランクリンは勇敢な探検家、偉大な人間となった。ジョンは、自己正当化などまったく試みることなく、不運な旅を正確に書き記し、なにひとつ省略せず、自身の弱さをも認めた。イギリス人は、そういったものを好む。ジョンの弱さを消し去ろうとしたら、人間らしさもろとも捨てるしかなかったであろうと、皆の意見が一致した。

皆が、フランクリンがありのままのフランクリンとして、勝つか、または滅びるところを見たがった。ジョンの知識と能力に対するいかなる疑念も、狭量で近視眼的だと見なされた。ジョンは海軍提督、学者、貴族から称えられ、誰もがほんの数日のうちに、もう何年も前からのジョンの知人となった。その同じ月にジョンはロイヤル・ソサエティに受け入れられ、海軍本部は、遅ればせながらジョンを正式に海軍大佐に任命しようと急いだ。

三つ目の事件は、ピーター・マーク・ロジェが、祝福のためにジョンを訪ねてきたときに起こった。ロジェは、ジョンはまったく緩慢ではないと告げたのだ。これまでも緩慢だったことなどない、まったく普通の人間だ、と！

そうなのだ。ジョンは突然普通の人間になり、同時に最も偉大で、最も優れた人間となった。ここに来てジョンは、リチャードソン同様、人生の残りが自分の傍らを大急ぎで通り過ぎていくのではないかと、恐れるようになった。

毎日のように、新たな祝福が届けられた。それに、新聞に書きたてられることといったら！　誰もがジョンのことを、どんな人間に見えるか、本当はどんな人間なのか、と調べてまわった。

「僕は長距離にしか向いてないんだ」とジョンはエレノアに言った。「こんな突然の混乱の際には、時間が必要だ」。ジョンはリンカンシャーのスピルスビーに引きこもり、すべてをじっくりと考えた。

エレノアは身ごもっていた。少なくともそれだけは、まだ新聞に出ていなかった。


有名人にとって、名声について熟考するのは簡単ではない。当の本人が邪魔をするからだ。じっくり考えるために、フランクリンは、名声が自分の本当の資質に拠るものだという考えを必死で締め出した。名声はむしろ、事件や評判と関わるものなのだ。ロンドン市民にとって、ジョンは「ブーツを食べた男」であり、ジョンを見ると誰もが、空腹と寒さに関する気のきいたジョークを思いつく。そう、それが答えなのだ。誰もがジョンの物語に関して、なにかを思いつくことができる、ということが。だからといって、ジョンが以前より著しく発言の機会に恵まれるわけではなかった。

ミスター・エリオットはこう言った。「英雄というのは、性格はいいが運の悪い人間のことだよ。我々はいま、かつてないほど英雄を必要としている。機械の対極を成す存在としてね」。シャープが、エリオットのわずかな息継ぎの間を突いて、口を挟んだ。「それはかなり歪んだ説明だ！　重要なのは、死への近さだよ！　英雄というのは、若くして死ぬか、十回も危うく死ぬ思いをしながら、まだ十一回目の挑戦をする人間のことだ。それに、最近では僕を除けば誰もが死を称揚しているところを見ると……」。ミス・タトルが、ちょうど顎が下がりきったところで、苛立ちを爆発させた。「ああ、結局答えは出ないのよ。みんながジョンを愛している、それだけのことなの！　愛がどんなふうに生まれるかを考えれば、すべてわかるはずよ」。フランクリンは、愛の誕生よりも、自分の新たな、強力な人気とどうやってうまく折り合いをつけて生きていくかのほうに興味があった。

フローラ・リードに、フランクリンはこう言った。「名声と滑稽は紙一重だよ。どちらも栄誉とは関係ない」

フローラはこう答えた。「確かに、あなたのことをうらやましいとはちっとも思わないわ！　稼いだお金をどうするつもり？」

「寄付するのが一番いいんだろうけど」と言って、ジョンは考え込んだ。「ただ、僕はいまでは結婚しているから……」

「あらあら！」とフローラが言った。

「それに、もし今回のことでも新しい任務をもらえなかったら、自分の船を建造しなきゃならない」

フローラは別れを告げた。することがあるから、と言って。

生まれつき緩慢な人間ではないと言われて、ジョンは少しもうれしくなかった。緩慢という性質がいまほど必要なときはない。ロジェは、かつてオーム博士がジョンの速度を測ったときに使った機械を再現させた。

「この機械にはひとつ欠陥があるんですよ」とロジェは言った。「測定の結果が、測定される人間の意見に左右されるんです。自分が緩慢でありたいと思う人は、ほんのわずかな回転数で、もう完全な絵が見えると言う。迅速でありたい人は、回転数が大きくなっても、まだ絵は見えないと言う。いつ『はい』と言うかは、被験者の自由なんですから」

「でも、私の緩慢さは、たくさんの人が目にしていますよ」とフランクリンは答えた。「それに、私は速くなりたいときにもなれなかったんです。ボールを一度も受け止められたことがないんですよ！」

「あなたがなにかをなぜできなかったのか、それを説明する理論は私にもありませんよ、大佐。無理やりひねり出す気もありません。私に言えるのは、その理由がおそらくどこにもないか、それだけです。気を悪くされましたか？」

「いいえ、たいしたことではありませんから」。フランクリンはそう答えた。「自分が緩慢なのは、自分でわかっています。そうだ、バーリングズだ！　バーリングズの灯台が、私が常に周回遅れであることを証明してくれたんです」。その話に、ロジェは並々ならぬ興味を示した。だがフランクリンはその証明について説明はせず、ぎこちなく話題を換えて、話を戻そうとするロジェの試みを、聞こえないふりでやり過ごした。

ロジェが取り組んでいる「図像めくり機」も、以前ほどフランクリンの興味を引かなかった。本を書くことで、フランクリンは別の視点を得ていた。長い時間考えて、ようやくそれをロジェに説明できるようになった。「私は発見者なんです」とジョンは言った。「発見というのは、事物がどう見えるか、どう動くかを、自分の目で直接見ることです。私は図像めくり機になにかを見せてもらいたいとは思いません」

「では、絵画や文学も否定するんですか？」とロジェが訊いた。フランクリンはロジェに、少し待ってほしいと頼んだ。そして、部屋のなかを何度か行ったり来たりした。

「いいえ」と、フランクリンはようやく答えた。「絵画や文学も、なにかがどう見えるか、どういう規則で動くかを描写するものです。でも、それがどんな速度で起こるかを描写するものではありません。絵や文学が速度を描写していると主張しても、こちらにはすぐに疑念が湧きます。それが重要なんです。ものごとがどれほどの時間続くか、どれほどの速度で変化するかは、人間が自分自身で見るしかないんです」

「よくわかりませんね」とロジェは言った。「単なる娯楽用の幻影を提供する無害な機械に対して、あまりにも大げさな反対意見じゃありませんか？　自分の目で直接見るという行為に、こういった機械が完全に取って代わることがあるならば、あなたの意見にも賛成ですよ。でも、そんなことはこの先も決して起こりっこないんですから」

窓辺に座ったフランクリンは、答えを探しあぐねた。まばたきをし、なにかつぶやき、首を振り、何度も口を開きかけては、やはりもう一度考え直した。ロジェが非常に礼儀正しいのは幸いだった。

「なにかがどれほどの時間続くか、どれほど突然変化するか」とフランクリンは言った。「それは決まっていないんです。むしろ、見る人間によって違うんです。それを受け入れるのに、ずいぶん苦労しました。私自身の速度と、私にとっての世界の動き方。たったひとつの幻想でさえ、危険になりうるんです。たとえば――」

「そう、例をお願いします！」とロジェが叫んだ。

「――人が攻撃され、戦う場合です。どれほどの速度でサーベルが当たるか、そもそも視線と動きで生き延びるチャンスがあるのか！　こういうことに関しては、真実のように見える視覚上の主張など、あってはならないんです。動きに対する私の目測が間違っていれば、私自身に対する目測、すべてに対する目測も間違っているということなんです」

今度は、話題を変えたのはロジェのほうだった。ジョンの反論と意見とは、あまりに不明瞭に思われた。そしてそれらが、普段は決して誇張を好まないほかならぬジョン・フランクリンの口から出たことに、ロジェは驚いた。

ジョン・フランクリンの父は重病で、死を口にするようになった。だが、息子がひとかどの人物になったことは、まだ認識することができた。「いつも言っていたとおりだろう」と老フランクリンはささやいた。「なにがしかの人物になれたということは、知性があるということだ。だが、どちらも重要じゃない。我々は豊かな人間として生まれて、物乞いとして死ぬんだ」

ロンドンからエレノアがやってきた。ゆったりとしたドレスに包まれて、馬車から降り立つ。顔色は悪く、病んでいるように見えた。フランクリンは、エレノアとともに早速オールド・ボリングブロークの父のもとへ向かった。

「お前の妻の姿をもう見ることができないのが残念だ」と父は言った。「だが大切なのは、彼女が健康だということだ!」

結婚前、ジョンはエレノアに恋をし、忍耐力が増したため、しばらくのあいだエレノアの愛情を得ることができた。エレノアはジョンの優しいところが好きだと言った。ジョンはエレノアの話に耳を傾けた。そして、その顔と動きをじっと見つめていれば、エレノアのおしゃべりに何日でも耐えられることに気づいた。そこに、もうひとつ新しい主題が持ち上がった。子供だ。エレノアは子供を何人も産みたいと思っていた。多産は素晴らしく古代風であり、生まれてくる新たな命が皆もっている寄る辺なさは非常に創造的で、「どこか宗教的なところがある」と思っていた。フランクリンの考えはもっと単純だったが、やはり子供はもちたかった。結婚式は少しばかり大変だった。フランクリンは、カドリーユを覚えようと努力した。どんなことでも暗記するのは好きだったが、ダンスのステップと親戚関係だけは苦手だった。だがどちらも、結婚式には不可欠のものだ。さらに、結婚式で演奏されたのは、ほとんどウィンナワルツばかりだった。ジョンにとっては到達不能の地だ。だが愛情から、ジョンはそれでも試みたのだった。

だが、フランクリンの世間での人気が絶大になって以来、エレノアの愛情は冷え始めた。エレノアは、獅子心王リチャードについての何巻にもわたる少しばかり退屈な英雄詩を出版した。だが書店が、これは

「ブーツを食べた男の妻」の作品だと宣伝し続けたにもかかわらず、売れ行きはそれほどでもなかった。こうしたすべては、詩人の愛情にとっては、いい結果をもたらさなかった。エレノアは嫌味や非難を口にし始め、もはや飛び跳ねることも、笑うこともなくなった。

だがいま、ふたりはロンドンにはいない！　フランクリンは、妻を永遠にここに引き止めておきたいと思った。妻に、自分と、スピルスビーとホーンキャッスルの穏やかな土地と、風変わりな住人たちを好きになってほしかった。妻が自分とともにここオールド・ボリングブロークに住み、これから生まれるはずのたくさんの子供たちがこの地で育つことを望んだ。

だが、現実は違った。エレノアはリンカンシャーのことをひどい田舎だと思い、土地のなまりは醜く、景色はあまりに平坦に見えることもあれば、あまりに起伏がありすぎるように見えることもあり、気候は身体に悪いと考えた。ただ、老フランクリンのことだけは好きになった。「なんてかわいらしい、素敵なご老人かしら！」エレノアは、ここに住みたいとは決して思わなかった。咳き込み続け、結局フランクリンが折れた。いつしかふたりは、愛について言い争いをするようになった。フランクリンが、もしかしたら自分は愛よりも発見の旅のほうに大きな関心があるかもしれない、そして愛においては発見に最も関心がある、と認めると、エレノアは悲壮であると同時に個人的に傷ついた顔をした。よくない取り合わせだ。「飢えと氷に打ち勝った偉大な勝利者に、これほど近づくべきじゃなかったわ！　遠くからなら力に見えるものも、近くで見れば理論と杓子定規なんですもの」。フランクリンは、この言葉についてよく考えた。エレノアの話も怒りも、邪魔したくはなかった。だが、エレノアがありのままのフランクリンとはまったく違う人間を欲しているのなら、どうすればいいのだろう？

「僕はそうでなければならないんだよ！　準備としっかりした規則なしでは、僕の頭のなかは混乱に支配されるんだ――君の頭のなかよりもずっと早くに」

「そういう話をしてるんじゃないのよ！」とエレノアは答えた。この言葉に、フランクリンは不安を抱いた。フローラ・リードと過ごした日々以来、ジョンには嫌というほどわかっていたのだ――一方が相手に、いまどういう話をしているのかを説明するような喧嘩に、出口はないのだと。

リンカンシャーを出るまでの日々、エレノアの咳はどんどんひどくなった。エレノアはメアリ・シェリーの『フランケンシュタイン』を読み、さらに悪いことに、もうほとんど口をきかなくなった。

エレノアが行ってしまうやいなや、父が死んだ。まるで、諍いが終わり、平穏が訪れるのを待っていたかのようだった。

いまや本当に、人生があまりに速く過ぎ去っていく。フランクリンはそのことに苦しんだ。「これは、まったく私の名誉に反することです」と、ジョン・フランクリンはサー・ジョン・バローに書いた。「成功も完遂もできなかった仕事のおかげで名声を得るなどと。私の仕事は、社会の福利のために、よい海図を作ることです。ですがいまの状態では、私は誰の役にも立っていません。ただロンドンにいて、新聞の取材に答え、共通するものといったら会う約束の日時くらいしかない人間たちと話してばかりいるのです。サー、お願いするのは気が引けるのですが、やはり私に新たな任務をお与えください！　私は北西航路を見つけることができると思います」

エレノアは子供を産み、ジョンは任務を与えられた。どちらも同じ日の出来事だった。新たな陸路の旅は、今回はカナダ北部のビッグ・リヴァーを下り、その河口から適切なボートで西方および東方へと続くことになっていた。フランクリンはすぐにリチャードソンに会い、隊員と装備について話し合った。ジョージ・バックがどこからか話を聞きつけ、再び同行したいと言ってきた。フランクリンとリチャードソンは、この点について相談した。ふたりは、バックにはかなりの恩があること、そのキャリアの邪魔をしたくはないことで、意見の一致を見た。「バックが男を愛する人種であっても、そんなことは問題ではありません。連れていくべきです！」それからリチャードソンはフランクリンに、病気がちの妻と子供を簡単に置いていくことができるのか、と尋ねた。

フランクリンは、ただこう答えた。「大丈夫だと思います」。リチャードソンにすべてを打ち明ける必要はないと思っていたし、ましてや不満をぶちまけるなど問題外だった。友情の天命は、計画と行動だ。それ以外はすべて、友情を騙るにせものにすぎない。

子供は女の子で、エレノア・アンと名づけられた。友人たちが祝福にやってきた。フランクリンは、「この子がエラだよ！」と紹介した。赤ん坊は手足をばたばたと動かし、殺人的な泣き声を上げた。きっと他人に判断を下されたくないと思っているのだろう。揺りかごを覗き込んでいたヘプバーンが、最後にひとこと感想を言った。「大佐にそっくりですね。まるで望遠鏡を逆側から覗いたみたいだ」。それが娘にとって褒め言葉になるとはとても思えなかったが、フランクリンは黙っていた。その後すぐ、隊員たちは再び旅の準備に熱中した。

エレノアの病気は深刻だった。医者たちが来ては去っていった。見立ては互いに矛盾しており、咳はいつまでも続いた。病気が愛を呼び戻すことはなかったが、ジョンは、いずれにせよ役には立たないエレノアのささいな悪意に対して寛大になった。傷ついたと主張すること、非難することによってジョンを意のままにしようとするエレノアの試みには、効果はなかった。ジョンはエレノアのベッドの脇に座って、優しく、申し訳なさそうな顔でその話に耳を傾けながら、もう一方では意識を集中して、ペミカンや輪かんじき、滝上りやお茶の備蓄について考えていた。

別れが迫ってきたころ、エレノアは、重要な探検家の献身的な妻としての役割に目覚めた。ジョンの目的を自分のものとし、その献身の深さによってジョンと同等の立場に立った。どんなことがあっても自分のために残ってほしくはない、断じて北西航路を結婚生活の犠牲にしてはならない、とエレノアは言った。そして、病の床から両手を突き出して、懸命に裁縫と刺繍に励み、大きな英国旗を作った。何度も針が顔に落ちた。実際、決して楽な仕事ではなかった。旗が出来上がると、エレノアはジョンの手を握って、こう言った。「旅立ちなさい、勇敢な獅子よ！　あなたの旅の最も誇り高い場所に、この旗を広げて！」「そうするよ」とジョンはもごもごつぶやいた。「喜んでそうするよ」。そう口にしながら、突然、自分はこの先も決して愛も女性も理解することはないだろうと、はっきりわかったような気がした。女性はこの世界で、男とは違うなにかを求めている。ただそれを尊重するのみだ。

ジョン・フランクリンが、探検隊の一行とともにリヴァプールで船に乗り込んでからほんの数日後、エレノアは息を引き取った。フランクリンがそれを知ったのは、何か月もたってから、カナダで、すでに亡くなっていたエレノアに宛てて何通かの慰めと励ましの手紙を書いたあとだった。フランクリンはこの悲報に、ほとんど驚きはしなかった。

「彼女は北極発見の大義のために死んだ」と新聞には載った。「確かにエレノアは死んだよ」とエリオットは言った。「だが、文学のために生きたんだ！」その言葉が、ミスター・シャープを怒らせた。「エレノアは偉大さを証明したんだ。自己犠牲が北極のためだろうと、ギリシア人の自由のためだろうと、文学のためだろうと、そんなことはどうでもいいんだよ！」ミス・タトルも長いあいだ黙ってはいなかった。「エレノアはジョンを愛していたのよ。大事なのはそれだけなの！」サークルのメンバーはまさに、誰かが誰かにいまどういう話をしているのかを説明する類の論争に突入していた。エレノアがいないことが問題だった。大声で、興奮ぎみに自分のことを話すことで、争いをあっさりと吹き飛ばしてしまった、かつてのよく笑うエレノアが。ああ、なにもかもが、なんと急いで過去になってしまうことか。

一八二五年から一八二七年まで続いた二度目の陸路の旅は、まるで夏休みの子供の夢のように易しく、幸せなものだった。

今回は、探検隊にはすべてが可能で、前回より多くを学んだ。河川を渡り、海岸沿いを探検するのに、フランクリンは性能のいいボートを作らせていたし、備蓄食糧は充分あり、毛皮貿易基地との連絡は決して途絶えることがなかった。危険でありうるのは、敵意をむき出しにしたエスキモーだけだった。だがこの点でも、一行は最大の幸運に恵まれた。出会ったのは、探検隊が持っていたもの——恐れを知らぬ心と好意——に応えてくれる部族ばかりだったのだ。フランクリンは、目に見え、耳に聞こえるものはすべて書きとめ、学んだ。なぜなら、ひとつだけ確かなことがあるからだ——エスキモーたちはこの地で生きることができる。そして、エスキモーと同じように生きれば、自分たちにもそれが可能なはずなのだ。オーガスタスが再び隊に加わり、重要なこと、一見重要ではないこと、すべてを通訳してくれた。フランクリンは、自分のものの見方から、新しい質問の仕方を作り出した。「はい」または「いいえ」で答えるしかない「二者択一の質問」をしても意味がないことに気づいたのだ。エスキモーたちはこういった問いに、複雑に混みいった礼儀上の理由から、常に「はい」で答えるからだ。そこで、フランクリンにとって最も重要な言葉は、「どのように」になったのだった。

フランクリンの覚書はどんどん埋まっていった。「エルネイネクはアザラシの膀胱を使った銛、アンゴヴァクは大きな槍、カポットは小さな槍、ヌグイットは鳥を仕留めるための投げ矢」。どの道具にも固有の意味があり、それを使いこなそうと思えば、さらに重要なことを学ぶことになった——集中力だ。集中力なくしては、この地ではなにかを見ることも、狩ることもできない。そして、なにも狩ることができないとは、死を意味する。

バックがついになにが重要かを学んだのも幸運だった。もしかしたら大人になったのかもしれないし、発見と時間をかけた観察がどのように結びついているのかを理解したのかもしれない。だがそれだけではない。「我々が知性と武器においてエスキモーに優っているとしたら、知性とは武器を使わずにすむことにある」――なんと、これが英国海軍海尉ジョージ・バックの言葉なのだ！

エスキモーたちの服装――ヒメウミスズメの羽根を詰めた皮の下穿き、キツネまたは熊の毛皮のズボン、ウサギの毛皮の靴下、ジャコウウシの毛皮のベッド――彼らの身体はどこも、凍えることなどない！

自分たちのボートを持ってきたとはいえ、白人たちは、割いたセイウチの皮と骨からどうやってよいボートを作るのかを学んだ。毛皮と備蓄用の肉を一緒に凍らせて橇にする方法も学んだ。そうすれば重量を減らすことができ、犬の負担が減る。一行はまた、凍った雪を木のナイフで削ってレンガを作り、氷の小屋を建てた。軍のどんなテントよりも熱を逃がさない家だった。ヨーロッパ人たちが旅のために持ってきたものの多くは、やがて生命を脅かす重荷と思われるようになった。

やがて、フランクリンは日記にこう書いた。「我々には、いま以上の幸せはない」

学んだ成果はみるみる増えていき、見ること、理解することに対する陶酔にも似た絶頂感が生まれた。何時間も待った末に初めて、氷に開けた穴からほんの半秒鼻先を突き出したアザラシに銛を命中させたバックは、喜びのあまり氷の上を踊りまわり、足を滑らせて仰向けに倒れると、顔を輝かせながらこう叫んだ。「やったぞ！」これまで何度も挑戦していたが、うまくいかなかったのだ。いったいバックはどうやって学んだのだろう？　本来の自分よりも俊敏になることができるものだろうか？　フランクリンは、非常の場合には固定した視線を使うことができる。だがその視線は、取捨選択することで機敏さを与えてはくれても、機敏な反応をもたらしてはくれない。「どうやってやったんだい、ミスター・バック？」

とフランクリンは尋ねた。「とても簡単なんです、サー。そのこと以外、なにひとつ考えなければいいんです」。「それなら私にもできる」とフランクリンは言った。「だが、ひとつのことに集中するとは、私にとって、頭全体が熟知するまで、それが思考のなかを駆け巡るという意味なんだが」。「そういうことではないんです！」バックが答えた。「考えるのは、脳のほんの一部、銛で突くことに関係する部分だけでいいんです。一度やってみてください！」フランクリンはためらい、「そんなことができるかどうか、まずはじっくり考えてみなければ。それからやってみるよ」と答えた。とはいえ、自分には決してアザラシを仕留めることはできないだろうとわかっていた。だがバックから聞いた話は、頭から離れなかった。

バックは仕留めたアザラシを氷の小屋に運んできた。一行は生のレバーを食べ、さらに学んだ――獲物を仕留めた人間は、獲物を食べることはない。狩りは、ほかの人間のためにするのだ。それは、フランクリンの流儀に合致するものだった。少なくとも、考えてみる価値はあった。

北西航路を発見することはできなかったが、旅は成功だった。かなりの距離の海岸線が探検され、海図に描き入れられた。民俗誌的記録も豊富で質がよかった。コパーマイン川の河口からベーリング海峡までは、いまや北西航路の道筋が明瞭にわかるようになった。残るのは、ハドソン湾とターンアゲイン岬のあいだのみだ。

「旅の最も誇り高い場所」とはどこだろう？　フランクリンは、エレノアの英国旗を、その発見者にちなんでマッケンジー河と名づけた大河の河口に立てた。

二度目のカナダ北部探検の旅行記に、フランクリンは『素晴らしい北極圏』という題をつけようとした。だが出版社の社長は大反対だった。「素晴らしい北極圏の話なんて、誰も聞きたくないんですよ、ミスター・フランクリン！　発見者が英雄としてさらに際立つには、北極圏は荒涼とした、恐ろしいところじゃなきゃだめなんです！」「でも、それが発見者の仕事ではないですか」とフランクリンは答えた。「素晴らしい面を発見するまで、探検することが」。「確かにそうです。でもそれはここだけの話ですよ！」と社長は答えた。結局、本は『北極海沿岸への二度目の旅』というあたりさわりのない題をつけられ、よく売れた。だがジョン・フランクリンの名声は、相変わらず最初の旅にのみ由来するものだった。出版社のマレー社長の言うとおりだった。二冊目の本の読者は、ジョンの最初の本からすでに知っているつもりでいることしか理解しない。そして、そんな読者を混乱させてはいけないのだ。時間は足りず、意見は固定しており、新たな発見は隠されたままだった。

ロンドンは蒸気を噴き上げていた。機械や鉄鋼構造物は日に日に増え、進歩と名づけられていた。進歩に影響を受ける者は多く、進歩に参加する者は少なかった。ほとんどの者は、目を輝かせて進歩を見つめ、感嘆をこめて「イカレてる！」と言うのだった。確かに進歩は狂気だったが、英国の名声に寄与し、進歩からなんら利益を得ない者たちも、母国を愛した。

ブルネルという名の男が――フランクリンはすでにポーツマスでその噂を耳にしていた――、一八二五年から、大型機械で泥土を掘り返し、テムズ河の下にトンネルを通そうとしていた。それに、いまでは「機関車」なるものも存在する。滑らかな鉄の車輪が滑らかな線路の上を走るにもかかわらず、優れた馬と同じ速度を出し、さらに車両を三両まで引っ張ることができる。チャールズ・バベッジはフランクリンに、巨大な計算機を作る計画について説明してくれた。家と同じくらいの大きさで、計算する部分と、印刷する部分から成るのだという。その計算機は、昼夜を問わず動き続け、世界中を対数表と航海表で覆いつくすのだ。計算可能なことがらのせいで人間の頭が煩わされることは二度とない！　才知ある人間は、数字を紙に書きつける代わりに、再び思索するようになるであろう。この計画は、フランクリンの気に入った。そう伝えると、バベッジはますます熱中して、その機械がどのように計算するかを詳しく説明し始めた。人間とは違う方法で、人間よりもずっと速く、ずっと正確に計算するのだ！　計算機は、これまでの数学をはるかに超えた、信じがたい新たな認識をもたらすだろう。貧民救済法と税法の草案を、統計の結果から直接立ち上げることさえできるようになるかもしれない。

バベッジとの会話は、けっして滑らかには進まなかった。バベッジは短気で、怒りっぽく、粗野な男だった。女も子供も、世界中のほかのどんなものも愛さず、ただ自分のアイディアだけに愛情を注いでいた。フランクリンは熟考しながら、これほどの進歩の洪水に対する支えを探して、この数学者の古臭い膝丈ズボンに視線を注ぎ続けた。フランクリン自身は、少なくともすでに新しい、丈の長いズボンを履いていて、二角帽ももはや横向きではなく、流行にならって前向きにかぶっている。

フランクリンは、なにかを理解すると、それを自分のしたいように使う。いいえ、その機械には限界があります、とフランクリンは言って、発明者バベッジを怒らせた。つまり、その機械は常に「二者択一の質問」――すなわち「はい」か「いいえ」で答えられる質問――で見つけられるものごとしか計算することができない、というのがフランクリンの意見だった。フランクリンは、エスキモーたちについて、「はい」か「いいえ」かの二者択一の問いによって新しいことを聞き出すことの不可能性について話した。「あなたの機械は、感嘆することも、混乱に陥ることもありません。ということは、未知のものを発見することもできないということです。ウィリアム・ウェストールという画家をご存知ですか？」

バベッジはフランクリンの問いを聞いてはいなかった。「船乗りにしては、あなたは頭の回転が速いですな！」と、抑えた声で言う。

「いいえ、私はえっちらおっちら考えています」とフランクリンは答えた。「でも、決して考えるのをやめません。あなたはあまり船乗りをご存知ないんです！」

ふたりはずっと友人のままだった。バベッジは確かに自分のアイディアしか愛さない人間だが、ときに他人に興味を示すこともあった。その他人が、彼のアイディアを否定する勇気を持っているときには。


フランクリンは、ジェーン・グリフィンと婚約した。それはまずなにより、ジェーンが珍しく外国滞在中ではなかったためであり、すでに次の旅行へ出ることを明言していたからだった。旅について、ジェーンはほかの誰よりもよく理解していた。ドーヴァー海峡を渡るあらゆる帆船の名前を知っていたし、ヨーロッパの通貨を一瞬でポンドとシリングに計算しなおすことができた。カレーとサンクトペテルブルク間のあらゆる役人が頭を下げる特別な通行証を常に手に入れてきたし、銀貨を何枚か上乗せすることで、関税品を完全に不可視の存在にする術を心得ていた。「君はきっと素晴らしい第一士官になれるよ」とフランクリンは言った。

ジェーンはありとあらゆることをこなした。社交、愛人役、家事、あらゆる流行の話題。顔色さえ自在に変化させられる。ジェーンはやることなすこと迅速で、おまけに忠誠心をもっていた。フランクリンの友人たちはこう言った。「これで彼の出世はもう止まらないだろうな！」

ジェーンは話すときにまばたきをし、左のまぶたを右よりも少しばかり長く閉じる癖があった。そのせいで、ジェーンの言うことにはすべて、どこかいたずらっぽい、茶目っ気のある雰囲気が加わった。お悔やみを述べるときでさえそうだった。

だが、フランクリンの関心を最も惹きつけたのは、ジェーンの「見方」だった。ジェーンは同時に起こるさまざまな事象を、驚くほど多く知覚することができた。それはジェーンがなにかひとつの事象に没頭することがなく、それゆえすぐにまた次の事象に意識を向けることができるからだった。ところがジェーンは、これらの事象のどれひとつとして忘れたりしないのだ！　まるで、すべてを記憶するためだけに記憶し、頭のなかに、目が記録した幾千もの細部から成る本物そっくりの縮小版パノラマを作り上げるかのようだった。それゆえ、ジェーンが一番好きなのは、速く走る馬車に乗って、外を眺め、決して果てることのない持久力で景色を貪欲に取り込むことだった。

ジョンも馬車に乗るのは好きだった。ジョンの「見方」は少しばかり違うとはいえ、ふたりは一緒に旅を楽しんだ。

名声はいまだに大きくなるばかりだった。英国市民は飽かず探検旅行記を読み、氷の砂漠の大胆不敵な英雄を褒め称えた。港湾労働者たちは、英雄であろうとなかろうと、ジョン・フランクリンのあり方を認めていた。「あの男が骨を折って、ほかのやつらがそこから利益を得ている。あいつも俺たちと同じなんだ！」貴族までもがフランクリンを褒めた。「あの男は英国の古い木と同じだ――半分朽ちても、すっかり枯れることはない！　ああいう人間は、世界中のどこにでも送れる！」とある食事の席で、ロッテンボロー卿はそう言った。

フランクリンは、どこへ送られたいかを自分でよくわかっていたし、それを口に出しもした。だが、新たな探検旅行の任務を得られる見通しはほとんどなかった。北西航路への関心は、急速に衰えていた。貿易にはほとんど使えなさそうなことが明らかになったからだ。「いったいこれ以上、氷の国でなにがしたいというんだね？」長官が父親のような慈愛をこめて言った。「君はより重要な任務のために必要とされているんだよ！」いったいなにがそれほど重要だというのだろう？　だが、その任務はまだ明かされないままだった。

フランクリンは北極探検の仕事を得るため、自力で海外の勤務先を探した。学問は国際的なものなのだから、なにも悪いことではない。だが成果はなかった。パリでは、地理協会の金メダルを授与されることになったため、フランス語の会話を切り抜け、演説までするはめになった。さらにロスチャイルド男爵と朝食を、オルレアン公ルイ・フィリップと夕食をともにした。フランクリンという人間に対する興味は大きかったが、さらなる北極探検に対する興味はほとんど見られなかった。エスキモーとの体験について話すと、穏やかな微笑が返ってきた。最も困難な仕事は、マダム・ラ・ドーフィーヌとのお茶会だった。ジョンは、マダムの冗漫な質問に答えずに済むなら、供された選り抜きのビスケットを即座に岩茸に取り替えることもいとわなかっただろう。

ジェーンはフランクリンを励ました。「のろますぎるですって？　いまはもう違うわ！　周りを見回してごらんなさい。あなたの速度は、まさに重要な人間が、あまり重要じゃない人間のあいだを動くときの速度じゃないの！　国王陛下だって、ウェリントンだってピールだって、ひとこと話すたびに間を入れるわ。それに、ひとつやふたつわからないことがあって、それを無視したとしても、威厳のある印象が強まるだけよ」。たとえそうでも——フランクリンは公の場に出るのが好きではなかった。ポーランド王国で若い地理学者ケグレヴィッツに出会ったのは、喜ばしい出来事だった。ケグレヴィッツ博士は発見者以外のなにものにもなるつもりはなく、それゆえ発見者とはなにを意味するかを理解していた。口数が少なく、無愛想だったが、知識欲旺盛で、あふれんばかりの野心をもっていた。身体は痩せていたが、がっしりとした不屈のバベッジを思い出させた。ケグレヴィッツとなら、人類、英雄、性格などを話題にすることなく、何時間でも話ができた。もちろん、教育の話題などのぼることはない。こういった会話は、いまでは滅多になかった。サンクトペテルブルクでは、女帝がフランクリンを引見し、フランクリンの本にはなにが書いてあるのかと尋ねた。だが、本はすでにロシア語にも翻訳されていた。オックスフォードでは法学の名誉博士号を与えられ、ロンドンでは国王にナイトの爵位を授けられて、名前に一語が加わった。「サー」・ジョン・フランクリン――ジョン・フランクリン卿だ。

ジョン・フランクリンは、いまや最も偉大で、最も優れた人間だったが、もはや最も若い人間ではなかった。皆がフランクリンに敬意を表するのは、フランクリンを遠ざけるためなのだろうか？　いくつもの礼儀正しい態度のなかに、真面目な任務の依頼はただのひとつもなかった。フェリックス・ブースというジン製造業者が、北西航路のために船を一隻買って、装備を整えてもいいと申し出てくれた。ただし、サー・ジョンが、ブースの気高い行為を旅行記で称揚する徳を持っていれば、という条件付きだった。

ついに、上からの任務が来た！　だがサー・ジョンは、手紙を読む手を悲しげに下ろした。戦艦の艦長として東アジアへ渡り、中国人が再び英国王室に敬意を抱くよう脅しに行くという任務だったのだ。だが、脅しをすぐに信じてもらえなければ、実行に移すしかないだろう、とジョンは思った。そして、この任務を断ることを許してほしいと丁重に頼んだ。自分は戦闘の司令官にはあまり向いていない、それに、ちょうど結婚を間近に控えているのだ、と。

友人たちは言った。「これで彼の出世も終わりだ。戦争に反対する人間は、なにひとつ得られない。なんてバカな真似を！　どうして誰も忠告してやらなかったんだ？」ただリチャードソンだけは、ジョンの手を握ってこう言った。「いいことかもしれませんよ。もしかしたら、英国王室が、これであなたにさらなる敬意を抱くかもしれません」

サー・ジョンは、妻――いまではレディ・フランクリンだ――とともに、海岸沿いにインゴルドメルズの堤防を歩いていた。エレノアを愛したようには、ジェーンのことは愛していなかった。だがジョンはジェーンが好きだった。ジェーンは明瞭な理性を備えた誠実な人間であり、信頼のおける同志だった。それに、幼い娘エラの母親代わりとして、ジェーンのことが必要でもあった。それ以上ではなかったが、それ以下でもなかった。ふたりは、そのことについて率直に話をした。「私たちはふたりとも好奇心が旺盛ね」とレディ・ジェーンは言った。「それに、たいてい同じ人間が鼻につく。確かにそれは愛とは言えないかもしれないけど……」

「でも、愛よりいいものかもしれない」とサー・ジョンは答えた。

ふたりは左手に干潟を、右手に湿地を見ながら、これからどうするべきかを話し合った。人生はあまりに速く過ぎ去っていく。知人の輪は巨大で、喜びよりも多くの義務をもたらす。財産はかなりのものだが、自力で北極探検に出るにはまだ足らない。

サー・ジョンは息を弾ませた。散歩は気持ちがよかった。「しっかりと運動をしないと」とリチャードソンに言われたことがある。「あなたが人生で出会う医者は、私ひとりじゃなくなりますよ。それに、そんなにたくさん食べてはだめです！」ジョンはこう答えた。「二度と飢えるのはごめんですよ！」だがそれでもジョンは、リチャードソンの医師としての忠告をよく考えてみると約束したのだった。

十年！　この十年は、まるで馬車で駆け抜けたように、あっという間に過ぎ去った。いま、ジョンは四十代半ばだ。ジョンの希望は、長く生きても決して尽きることがないほど多かったが、いまいましい体重が、秤のもう一方の皿に載っていた。「なにか運動をしなくちゃ！」とレディ・ジェーンが言った。

「わかったよ」とジョンは言った。「ミスター・ブースのところへ行って、探検旅行のための支援を受けると伝えてくる。助けになるたったひとつの運動は、それだからね。だけど、北西航路をジン通りと名づける必要はない、という要求はするつもりだよ！」

ところがその数日後、ボリングブロークに植民地大臣グレネルグ卿からの緊急公文書が到着した。国王陛下直々の個人的な望みにより、サー・ジョンにヴァン・ディーメンズ・ランドの総督の地位を提供できることをうれしく思う、という内容だった。

「オーストラリアの南よ！　長い旅になるわ」とレディ・ジェーンは言って、考え込んだ。「それに相当のお金。一年に一二〇〇ポンド！」

「流刑地だよ」とサー・ジョンは言った。

「それなら、変えなくちゃ！」とレディは言った。

その後すぐ、ジョンは不屈のフローラ・リードに再び会い、内々に意見を求めた。

「やってみるべきよ！」とフローラは言った。「北西航路にどんな価値があるというの？　名声と地理的な知識欲の役にしか立たないじゃないの。正義が実現する可能性がまだある新たな社会の建設に比べたら、なんでもないわ。そして、それをやり遂げられる人がいるとすれば、あなたよ」

「まさか！」とサー・ジョンは反論した。「僕は航海士だよ。人間を変えたいとか、なにかを押しつけたいなどとは思っていない。たまに悪い事態を防ぐことができれば、それだけでもう上等だよ」

「それに、努力のし甲斐があるわ！」フローラが付け加えた。

家に帰ると、レディ・ジェーンが新たな論点を見つけていた。「あそこからなら、南極までもそんなに遠くないわよ」

「考えてみるよ」

スピルスビーの教会には、いまでは石版がかかっていた。〈一八一二年に海上で消息を絶ったシェラード・フィリップ・ラウンド海尉を偲んで〉

「ばかばかしい、シェラードは生きてる！」ジョンは鼻を鳴らした。「オーストラリアのどこかで。いや、もしかしたらヴァン・ディーメンズ・ランドで！」

ジョン・ロスとその甥のジェイムズ・ロスが、すでにジン製造業者ブースの申し出を受けることを即決していた。フランクリンが再度問い合わせたときには、すでに遅かった。ジョンは、最後にもう一度だけ海軍本部に向かった。「残念ながら、ノーだ」とバローが答えた。「それに、もし北極探検が計画されるとしても、提督たちは――気を悪くしないでくれたまえよ――もう少し若い司令官を選ぶだろう。もちろん、君が最も有名なだけでなく、最も有能な司令官であることは、誰でも知っているが――」

「もう結構です」。フランクリンはバローを遮った。「ほかの人たちにも機会は与えられるべきです。ジョージ・バックを推薦します。若いし、もう少し歳を取れば、私よりも有能になるでしょう」

それからジョンは、慌しいロンドンの町を家まで歩きながら、総督の地位のことを考えた。自分は隊を指揮することはできる。けれど、人ごみのなかを動くのは苦手だ。植民地を統率することができるかどうかは疑わしい……

そう考えるうちに、流刑地の想像に、別の想像が入り込んできた。南極の景色だ。永遠の氷河、その光を受けて温かな湖、そこに住む魚やペンギン、それにもしかしたら、急ぐことを知らない人間たちの部族さえあるかもしれない。

いや、空想もたいがいにしろ！　南極へ行きたいというだけの理由で、植民地の統率を引き受けるわけにはいかない！　ヴァン・ディーメンズ・ランドは、それ自体独立した問題なのだ。もしかしたら、ほんのささいな悪い事態を防ごうとする最初の試みですでに、命を落とすことになるかもしれない。それくらい真剣な話なのだ。

「よし」とジョン・フランクリンは言った。「ヴァン・ディーメンズ・ランドだ。でも、やるからには真剣に！」

第十六章　流刑地

「サー・ジョンにはいささか驚かれるかもしれません」と、ドクター・リチャードソンはアレクサンダー・マコノキーへの手紙に書いた。「ときおり、すべてを知覚してはいないように見えることがあります。ひとりで笑ったり、うなったりし、考えごとにふけりたいときには、はぐらかすような答えを返します。しかし、サー・ジョンは心ある人間です。きっと友人になれることでしょう。もし……」

「もし」から先の言葉を、リチャードソンは削除した。そして、別の続きを書き始めた。「……それに私は、サー・ジョンにあなたを同志として推薦しました」。この文章もすっかり気に入ったわけではなかったが、少なくとも、書かずにおいたことをうまく覆い隠してはいる。

「サー・ジョンに迅速な行動を期待してはなりません。あなたの機転で、サー・ジョンを悪意から守って差し上げてください」

リチャードソンはためらった。自分はどうしてこんなことを書くのだろう？　マコノキーに対する疑念？　リチャードソンはこの文章をまた消した。あとからすべてを清書するつもりだった。

「絶望的な状況においても、サー・ジョンは決して諦めませんでした。きっと政治においても……」いや、違う。「このことは、決して疑念の余地なくまた……」「決して」の繰り返しだ。削除！

フランクリンがマコノキーの支援を得られなかったら？　政治を理解できず、権力地図に対して盲目だったら？　そうなれば、この手紙もなんの助けにもならない！　リチャードソンは手紙を破って投げ捨てると、両手を組んだ。手紙がうまくいかないときには、たいてい祈りが代わりになってくれる。

バーク型帆船フェアリー号は超満員だった。移住者、冒険家、教会関係者、出世主義者、改革者、そして彼らの中心に、ヴァン・ディーメンズ・ランドの新たな総督とその妻、幼い娘のエラ、さらに二十歳の姪ソフィア・クラクロフト。船には総督の個人秘書であるマコノキーも、数多くの家族とともに同乗している。さらにヘプバーンもいる。北極からの道連れ、忠実で頼もしい男。少し太ったが、それもまた安心感を与えてくれる。

一日じゅう、サー・ジョンは絶えず、こちらでも「閣下」、あちらでも「閣下」と呼ばれ続けた。まるで、全員がいつかこの言葉でジョンに呼びかけるためだけに乗船したかのようだ。「前もって感触が味わえるってわけよ」とレディ・ジェーンは言った。「いい練習になるよ」とサー・ジョンは言った。

ヴァン・ディーメンズ・ランド。一六四二年にオランダ人アベル・タスマンによって発見され、十八世紀の終わりまでテラ・アウストラリスの一部だと考えられていた島だ。マシュー・フリンダーズとその友人バスがようやく島の周囲を一周し、海図を作った。一八〇三年以来、島は流刑地となっていたが、一八二五年以来、シドニーとは別個の植民地となり、自由な入植者、つまりもともと囚人として流されてきたのではない者たちも暮らすようになっていた。

島の歴史には、これ以上問うべき点はほとんどない。地理的な個々の特徴も、ジョンは知っていた。重要な入植地の位置、岬、山、これまでに発見された河川の名前。フェアリー号に同乗している富裕な投資家のひとりがこう言った。「我々とともに、ヴァン・ディーメンズ・ランドにまったく新しい時代がやってきます。我々と、サー・ジョンとともに！」島は南の穀物庫になるのだという。地球上で最も美しい国のひとつに、そしてホバートは最も美しい町に、そして……だが、そうなってはいけないわけがあるだろうか？　ジョンは、決められた六年の任期を、前任よりも有能なだけの看守としてじっと座って過ごすつもりはなかった。入植者のいるところには開放的で実務的な気風があり、なにかを成し遂げる余地もあるはずだ。では、囚人たちは？　それは犯罪の種類による。飢えのために一斤のパンを盗んだり、貴族の領地である森で密猟をしたというなら、その囚人は単に健全な常識の持ち主であることを証明しているにすぎない。

ジョンの前任者であるジョージ・アーサーは、ヴァン・ディーメンズ・ランドを十二年にわたって統治した。アーサーはこの島を丸ごと監獄だとしか考えず、入植者のためにしたのは、囚人たちを労働力として割り当てることのみだった。この保護観察および搾取のシステムは、「アサインメント」と呼ばれていた。アサインメントを除けば、アーサーは蓄財のみに心を砕き、とてつもなく裕福になって島を去った。いったいどうやったのだろう？

島の先住民――茶色い肌と縮れ髪の民族――を、アーサーはほとんど根絶やしにしたうえ、その非道な行為を戦争と名づけて恥じなかった。アーサーについては、もうこれ以上口にしたくない！　ただ秩序のためだけに、ジョンは最初のうちは、アーサーの仕事を引き継ぐふりをするつもりだった。

総督として、ジョンは行政委員会、立法委員会と協議せねばならないことになっていた。だが総督がこれらの機関の意見とは別の決定を下した場合、誰も逆らうことはできない。総督の上にいるのは、ロンドンの植民地大臣のみだ。ただし、この大臣の命令には、一も二もなく従わねばならない。

朝になると、またしても首と肩が凝っていて不快だった。夜のあいだは汗をかき、何度も寝返りを打った。だがそれは、どんな重要な仕事にもついてまわるものだ。不安と恐慌が、あらかじめジョンを苦しめておこうとしているのだ。一度、こんな声が聞こえてきた。「ジョン・フランクリン、お前にできないことがあるとすれば、それは政治じゃないか！」

ジョンはいま、五十歳を超えている。経験とともに、死も成長し、ゆっくりとその輪郭を見せ始めている。あと十年か、もしかしたら二十年。だが家はきちんと建っており、梁が朽ちるまで、ジョンはもうなにひとつ変える必要はない。

四万二千人が暮らす植民地。いいだろう。結局のところ、総督とは操舵手のようなものだ。ジョンは言った。「これは航海術の問題だ！」行政法、刑事法についての本を読み、社会階層と、彼らがもちうる関心を頭に叩き込んだ。安い労働力を欲する土地所有者や、高所得の客を求める町の商人、賞賛と土地所有というふたつを同時に欲する役人などの立場に自分を置き換えてみた。そして、鋭い洞察によって、囚人が欲するものがなにかも見つけ出した。正義と、平等な扱い、そしてなにより機会だ！

ジョンは何時間も甲板に立って、フェアリー号のマストの先端まで、転桁索、支索、横静索、後支索を点検し、統治においてはなにが動索と静索にあたるのかと、財政制度から社会階級の変遷の速度にいたるまで例を挙げて考えた。警告の合図を認識することができるのは、準備を整えた者だけだ。政治も航海術とそれほど違うとは思えなかった。ヘプバーンの意見も同じだった。

リチャードソンの手紙によれば、アレクサンダー・マコノキーは炎のような人間愛に燃え、頭の回転が早く、意志強固で、どんな改革者にとっても最高の盟友だということだった。スコットランド人でありながら少しも教会への信仰心がなく、退屈な人間でもないそうだ。

実際、マコノキーは改革者に見えた。それだけではない。ジャコバン党員のように見える。眼光鋭い痩せた顔、尖った鼻。幅の広い口は官能的で大胆で、どこか英雄的な緊張感を漂わせて結ばれている――それがジョンに、学校時代の教師バーナビーを思い出させた。マコノキーは、新しい理論の熱烈な賛同者だった。たとえば、白人は黒人が進化して生まれたという理論。つまり、知性が肌を白くするというのだ。

だがこれは、秘書マコノキーにとってあまりいい始まりとはいえなかった。ジョンの姪のソフィアがすぐに、マコノキーの肌は人目を引くほど黒い、と言ったのだ。

逆にレディ・ジェーンはマコノキーに好感をもった。話し上手で人を楽しませる男だからだ。刑事法の非人間性について、マコノキーは人の記憶に残る賢明な言葉を口にすることができた。「人間の善を認めないならば、人間にとって善きことはないでしょう！」といったものだ。贖罪と見せしめを、マコノキーは少しも評価していなかった。「懲罰とは市民的な恐れと怠惰に起因するものです。教育だけが善き効果をもつのです！」ある日ジョンは、マコノキーの理論のひとつにこう答えた。「それは個々の場合によるよ」。哲学的過激派がこうした言葉を好まないことはわかっていた。だがマコノキーは、ここでも教育的な希望を抱いた――無理もないことだが、サー・ジョンはまだ普遍的かつ妥当な洞察にいたっていない、だがそこにいたる道を順調に歩いている、とマコノキーは言った。ジョンは思った――マコノキーは少しばかりでしゃばりだが、実際の仕事ではそんな面は見せないだろう。

ヴァン・ディーメンズ・ランドの黒々とした断崖と、裂け目に覆われた山々が見えてきたとき、レディ・ジェーンは悲しんだほどだった。大いなる旅人であるジェーンにとっては、航海はあと数か月続いてもいいくらいだったのだ。この超満員の船上でさえ。だがジョンの意見は違った。ジョンは早く仕事に取り掛かりたいと思い、仕事を楽しみにしていた。

一行の目の前には、美しい港町が横たわっていた。白い家々、その向こうにはウェリントン山——岩に裂け目のある、見る者に畏怖の念を抱かせる黒い紳士。フェアリー号が錨を下ろすと、岸辺から歓迎委員会を乗せた艦載艇が近づいてきた。黒いフロックコートを着た小柄な男が最初に船を降りて、ジョンに向かってくる。お辞儀をしていないときには、まるで兵士のように身体をまっすぐに伸ばしている。まなざしは穏やかだったが、どこか得体の知れないところがある。口は、まるで重要なことはすべて言い尽くしたのでしばらくは閉じておく、とでもいうかに見える。両手と両腕は大いに動くが、それは不安や生気のなさではなく、どこか芝居がかった品位をかもし出す。これが、植民地秘書官であり、この地で総督に次ぐ重要人物であるジョン・モンタギューだった。十年にわたり、モンタギューは前総督アーサーが全幅の信頼を置いていた人物だった。現在も引き続きアーサーの財産管理人であり、さらに義理の息子でもあった。ジョンは、居並ぶほかの官吏たちにも挨拶した。その際、名前と顔を覚えるのに、意図的に長い時間をかけた。部下たちに、早いうちに自分の緩慢さに慣れてもらおうと思ったのだ。

艦載艇が桟橋に近づいたとき、風が吹いた。停泊した小型船や捕鯨船のマストについたあらゆるロープがうなり、マストを打ちつけた。その音はまるで喜びの拍手のように響いた。岸辺には、入植者、軍隊、官吏たちが待っていた。馬に乗っている者だけで百人はいる。その後ろには、馬車がゆうに三十台は並んでいて、なかからご婦人たちが手を振っている。ジョンは耳を疑った。岸辺を埋めた彼らは、歓声をあげている。そう、歓声を！

突然、ジョンは思いあたった。もしかしたら、総督邸まで歩いていくことは許されず、馬に乗らねばならないかもしれない！　それに、どんな演説をすればいいのだろう？　それも、ことによっては馬上から。

太陽が輝いている。埠頭には小さな舞台が設えられており、その脇に、ジョンの恐れていたものが用意されていた。馬だ。たくましい若者が手綱を握っている。

モンタギューが口火を切った。歓迎の辞を述べ、希望を口にし、すべての住民の名において喜びを表明して、再び挨拶をすると、感きわまったようすで締めくくった。ジョンは恐る恐る馬のほうを振り返った。馬は鼻を鳴らし、頭を振って、若者の手から手綱をもぎ取らんばかりの勢いだ。そのときジョンは、自分の番が来たことに気づいた。

ジョンが話したのは、船上で考えておいたたったひとつの文章だった。「私は、誰もが機会を与えられることを望みます！」

馬が横目でこちらをうかがい、またしても鼻を鳴らすと、足を跳ね上げた。

「これからすぐに馬に乗るつもりはありません」とジョンは告げた。「まずはすべてをじっくりと見てみたいのです――それも、歩いて！」好意的な笑い声があがり、誰かが「静かに、静かに！」と叫んだ。サー・ジョンは銅像のように立ったまま、再び皆が静まるのを待った。そして、手綱を握った若者に、馬を連れていくよう、簡潔にきっぱりと告げた。「そのほうが得るものが多いので」と小声で付け加える。それからジョンは歩き始めた。ほかの者たちは、厳かに、少しばかり驚きながらあとに続いた。


報告書、公文書、職務規定、土地台帳、判決記録などを、ジョンはじっくりと読んだ。常に新しい専門用語に出会う。たとえば「ランド・グラント」だ。土地分配のことで、総督はほんの数年前まで、これを使えば、必要ならどこにでも、従順で感謝の念に満ちた友人たちを作ることができた。この制度からめぐりめぐって、アーサー自身の財産も形成されたのだった。さらにジョンは、土地所有者記録からシェラード・フィリップ・ラウンドの名前を探したが、徒労に終わった。ここにも、ニューサウスウェールズにも、そんな名前の入植者はいなかった。

新聞を読むのは、少しばかり奇妙な体験だった。ヴァン・ディーメンズ・ランド・クロニクル紙には、新しい総督についての記事が載っていた。「総督は世界で最もたくましい男のひとりであり、さらに文句のつけようのない紳士である。我々はいま、望んでいたとおりの総督を得たのだ。サー・ジョンが、ミスター・モンタギューの助言を受けすぎることがなければ、今後はアーサーの亡霊は、夜中に我々の夢に現れるのみとなり、以前のように警察の制服や裁判官の長衣をまとって昼日中に姿を現すことはなくなるであろう!」ジョンはこの記事に、あまり喜ぶ気にはなれなかった。ここではどうやら誇張が好まれるようだ。そう考えると、再び書類に向かった。


執務三日目。立法委員会との初の会議。威厳ある紳士たち、黒いフロックコート、厳かな演説。植民地政府の金庫には、ほとんど金がない。入植者への直接課税は、法律によって不可能! ではどうする? この問題が最後まで話し合われる前に、もう新しい問いが出てきた。「総督の階級が海軍大佐にすぎない場合、彼はタスマニアの地方連隊に命令を発することができるのか?」そこからすぐに、逃亡して入植者の家を襲う囚人に適用可能な処分についての話に移る。そこから今度は、アーサーによってヴァン・ディーメンズ・ランドの北にあるフリンダーズ島に移住させられ、そこで子孫繁栄を謳歌しているようすがないのは明らかな、最後に残った七十人の先住民についての議論が続く。だが、いったいそれが、森の盗賊や連隊や税となんの関係があるのだろう? ジョンが考えているうちに、話はもう、郵便が盗まれた場合の国の賠償責任に移り、そこからすぐに、労働力として囚人を土地所有者に割り当てる話になり、気づいたときには、主題はすでに処罰しっ……の施行令におけるわずかな修正について……処罰しっこ……

この言葉は、いまだにジョンの口からうまく出てきてくれない。なぜもっと難しい「施行令」は間違いなく言えて、「処罰執行」が言えないのだろう？　ジョンは額の汗をぬぐった。この場のすべてが、鶏小屋を思い出させる。ひとつの問題をじっくり見つめたあと、考えようと目を閉じると、それはすぐに別の問題に変身してしまう。ところが目を開けると、古い問題がいまだ解決されないまま、羽をばたつかせて逃げ回り、捕まえることができない。代わりに新しいほうの問題はそこにじっと立って、脅すような目でにらんでくるのだ。

より時間をかけられる議事日程を、できるだけ迅速に作らねばならない。一番いいのは、あらゆる会議を公開にすることだ。そうすれば、議会のベテランたちもはや殻に閉じこもってはいられず、自分たちの意図を説明する必要に迫られるからだ。あまりに多くの異なる議題が次々に出されては、集中力が途切れる。特に、混沌とした個々の像を頭に抱える男にとってはなおさらだ。

総督はジョンひとりだ。それぞれの案件において、希望や拒否にどれほどの時間を割くかを決めるのは、ジョンひとりなのだ！

その日以来、ヴァン・ディーメンズ・ランド立法委員会の会議は、公開されることになった。

執務四日目。監獄と入植地を初めて詳細に視察するまで、あと二日だ。そこでジョンがなにを見るかに、すべてがかかっている。公文書や報告書の背後に、もっとひどい事実が隠されていることはわかっていた。それゆえジョンは、倍の熱意で書類を読んだ。まず、書類と現実の出来事の一致を目指したかったからだ。視察の際には、固定した視線なしで済ますわけにはいかないだろう。目に入る光景に捕らわれたり、押しつぶされたりはしないと、ジョンは決意していた。自分は総督なのだ。全体を見通し、なにができるかを見極めねばならない。行動すること！　泣くのではなく、憎むのではなく、震えるのではなく。

マコノキーはすでに、この植民地がどう変わるべきかを知っていると自負していた。そしてジョンに助言を与えた。ジョンはマコノキーに、船が難破したあと、マシュー・フリンダーズが救助を求めて航海に出たときの話をした。「航海術においては、出発点を目的地と同様に正確に確認することが必要なんだ」。だが秘書マコノキーは、陸の戦争しか体験したことがなかった。

ジョンは視察の旅を終えた。ポート・アーサーの監獄。フリンダーズ島に住む最後の先住民たち。重罪人が働く炭鉱。ジョンはレディ・ジェーンとともに――そして上級官吏たちの助言に逆らって――汗まみれになりながら暗い通路を這い進み、あらゆる出来事を理解するまで、どこにでも、いつまでも留まり続けた。歯を食いしばって驚愕を押し殺し、仕事の進め方について質問し、たまにジェーンのほうを見ては、すぐにまた目をそらした。

炭鉱労働者の平均余命は、四年から五年だという。坑内での一日十五時間から十七時間に及ぶ重労働。あらゆる行為に対する鞭打ち。傷口に入りこむ炭塵。ポート・アーサーでのジョンの最初の質問は、囚人集団の背中に縦に彫り込まれた黒い傷跡だった。答えは「ああ、あれはバークレーの虎ですよ！」というものだった。バークレー少尉自身が、定期的な鞭打ちによって、虎の傷跡を常に新鮮に保っておくのだと、うれしそうに報告した。

いったいこの男は、どんな種類の総督を期待していたのだろう？　即時停職。バークレーおよびスレイドなる男を起訴するよう、検事へ指示。ポイント・プエル監獄のジョージ・オーガスタス・スレイドは、ほかの者による百回の鞭打ちより、自分の二十五回のほうが効果を発揮すると豪語していた。だが今後はもはや不可能だ！

ちなみに、用心が必要だった。検事はアーサーの一味なのだ。検事がなにを企むかを調べること！　覚書。

次へ！　ポイント・プエル。断崖の上に建つ少年監獄だ。毎月のように、何人もの少年受刑者が、一切を終わりにしようと崖から身を投げる。最近の自殺者は、ふたりの九歳の少年だ。ジョンは、レディ・ジェーンと姪のソフィアとともに、このふたりがまだ生きているときに会った。痩せた体、傷跡。瞳が奇妙に大きいのは、顔がやせ細っているせいだろうか。こんな顔をした人間は、もはや泣いて惨状を訴える必要もない。ソフィアは彼らの運命に心を動かされ、ふたりをただ抱きしめて、額に口づけした。看守はあからさまに嫌な顔をした。少年たちは、しょっちゅう殴られているとソフィアに囁きかけると、黙り込んだ。翌日、再びふたりのようすを尋ねたジョンは、彼らが自殺したと聞かされた。看守はよくできた作り話を披露した。罪を犯したふたりの少年は、ソフィアのことを長い金髪のせいで天使だと思い込み、天国で再会したいという不遜な望みを抱いて自殺したのだという。ジョンはこの看守の顔を覚え、別の物語を作ってやった。命令──監督義務怠慢による左遷。いまのところ、証人と証拠なしではそれ以上のことはできない。ポート・アーサーにはどんな医者がいるか？　どんな聖職者が？　現状に理解を示す寛大な見方はするな。先へ。ジョンは、そう命ずる声を聞いた。かつてインヴェスティゲーター号の船上で聞いたのと同様に、はっきりと。嫌悪感と怒りを表に出すのではなく、行動したかった。ここは船上よりも複雑だ。旗を揚げるだけでは足りないのだ。一日のうちにすべての看守を首にしたり、逮捕することはできない。なにより、総督直属の長官たちを、確たる理由なしに解雇するわけにはいかない。

その後、フリンダーズ島へ行った。ジョンはここを訪れるのを楽しみにしていた。もしかしたら、なつかしいマシューの名前がついた島だからかもしれない。それに、ヴァン・ディーメンズ・ランドに残った最後の先住民たちは、手厚い保護を受けていると聞かされてもいた……

六十七人の痩せこけた惨めな姿。もつれた髪、鈍い表情、汚れた肌と曲がった背中。これが生き残った先住民たちだとは！　無関心なようすで、荒れた醜い土地の片隅に座り、死を待っている。子供はもう生まれないが、それも当然だ。このフリンダーズ島のほかに自分たちにはなにひとつ与えられない世界で、子供たちがいったいどう生きられるというのだ？　その悲しい光景は、ジョンの目を射抜いた。ジョンは必死でその光景を頭に留めようとしたが、それは骨の髄まで入りこんできた。そこにしっかりと根を下ろして、それらの光景は尋ねる。ジョン・フランクリン、さあどうする？　ジョンは答えた。気力を奪われたりはしない！

いまとなっては、すべてがなんと違って見えることか。美しい白い家々、深紅に輝く暗き山々、青い川、袖の広いドレスを着た婦人たち、マントのボタンを掛けた紳士たち、うやうやしく持ち上げたフェルト帽の下の厳しい顔。飾り立てた言葉の裏に、別の真実が見える。

警察官はもはや秩序の番人ではなく、バッテリーポイントにある数々の豪壮な屋敷は、もはや進歩と建設への驚嘆の念を呼びさますことはない。それに、通りも、セント・デイヴィッド教会堂も、家々も、すべて囚人たちによって建設されたものではないか！

いまやジョンは、囚人がなにを望むかばかりでなく、なにを体験しているかをも知ったのだった。完成途中の船体が芳しい木の香りを振りまく新設の造船所——それも、造船労働者たちが鎖につながれて動くのを見れば、奇妙な光景になる！　サラマンカ広場の乾いた網から漂う魚のにおいも、もはや心を慰めることはない。これらの網に、断崖から身を投げた死体がどれほど頻繁にかかることか！

サー・ジョン・フランクリンは、再び机の前に張りついた。執務室が卿のおもな生活の場となった。だがサー・ジョンは、監視し、罰し、戦うことばかりを望んでいるわけではなかった。同じ信念をもつ者を見つけたかった。そうした人間が増えるべきだ。

先住民には、あの荒涼とした島よりもよい居住地を見つけなければならない。友好的に、だが慎重に、ジョンはモンタギューにそう話した。モンタギューは理解を示さず、いくつかの反対理由を挙げた。だが翌日にはもう、広大な居住地の建設に関するジョンの計画が、ロンドンに向けて送られた。

ジェーンは総督夫人の役割を完璧にこなした。ジョンが公式の場に出るときには、気配りのきく同志となった。女性監獄の問題に心を砕き、ロンドンにいるエリザベス・フライという女性と、監獄の秩序についての問題を話し合った。官吏や入植者の夫人と娘たちを招いて、弦楽四重奏や科学の講演などを聞かせた。多岐に渡る家事全般を仕切り、料理人が病気になったり逃げ出したりしたときには、出来はそこそことはいえ、喜んで二十人分の料理をした。あらゆることにためらいなく自身の意見を述べ、前任のアーサー夫人に倣ったお洒落だが愚かなファーストレディ像に甘んじることなど考えもしなかった。そんなファーストレディになるには、ジェーンはあまりに旅の経験が豊富で、あまりに多くの本を読み、地球上の三つの大陸であまりに多種多様な人間を見てきていた。ジェーンはその精神を、その美しさ同様、隠そうとはしなかった。ジョンはジェーンの判断に依存してはいなかったが、その意見は敬意をもって傾聴した。ジェーンに対する愛情は情熱とは無縁のものだったが、かつてのエレノアに対するよりも大きな信頼をジェーンに寄せていた。常に自分のそばにいてもらう必要はなかったが、そばにいても決して邪魔だとは思わなかった。幸運なことに、それはジェーンのほうでも同じだった。それは愛でないとすれば――そう、理解と呼ぶべきものだ！

「モンタギューになにかを期待しちゃだめよ」とジェーンは警告した。「あの人はアーサーの部下よ。あなたを自分に依存させて、無力にしたいのよ」

「わかってる」とジョンは答えた。

「モンタギューはきっとこう思ってるわ。総督は入れ替わるけれど、このモンタギューは残るって」

「そうかもしれない」とジョンは答えた。「だがいまはまだ、ここの事情に通じていて、しかも政府に属す機敏な第一士官が必要なんだ。そういう人間なしでは、制約を受けずに抜本的な仕事をすることはできない。ヘプバーンには無理だし、マコノキーには分別が足りない。そして愚かしいことに、女性は政府の一員にはなれない」

ジェーンにもそれはわかっていた。「政府の仕事を私が代わってあげることはできないわ。だけどあなたに警告することはできる。いまはモンタギューに気をつけてと警告しているの」

「わかった」とジョンは言った。「じゃあこちらからも、マコノキーに気をつけろと警告するよ。あいつは理想主義者だ。陶酔のせいで政治をおろそかにするわけにはいかない」

ジェーンはジョンをまじまじと見つめた。「その逆もまたしかりよ！」

夜になると、ジェーンはジョンの肩と首のあいだのくぼみに頭を預けた。そんな姿勢で眠り込むことさえあった。そんなとき、ジョンは眠らずに、ジェーンの頭が快適な位置に留まるよう気をつけていた。ときどきジェーンは冒険小説を読み、ジョンがとうにいびきをかいているころになって、ようやく明かりを消すこともあった。ある朝、ジェーンは言った。「あなた、夜中に歯ぎしりしていたわよ。心配ごとがあるのね」。ジョンはすぐに頷いた。

ジェーンの冒険心は、すでに有名になりかけていた。着任後二週間で、女性として初めてウェリントン山に登ったのだ。高さ四一六五フィート――とても散歩どころの話ではない。

ジョン・モンタギューは、緩慢な総督のためにより緩慢に話すことを、明らかに拒否していた。植民地秘書官モンタギューは、この点でかつてのベッドフォード号の海軍士官ウォーカーとペイズリーを思い出させた。モンタギューはあらゆる情報を握っていて、ほかの者たちに素早く事情を飲み込ませ、思慮深く行動し、なにひとつ忘れなかった。名前も、日時も、そしてどんなささいな侮辱も。ジョンはモンタギューに対して友好的に接したが、じっくり考えた結果、ほかの者に比べてことさら友好的に接することはしなかった。

モンタギューは野心で張りつめていた。まるで飛び上がる直前の猫のようだった。その緊張を、モンタギューは見せかけの落ち着きと率直さで隠していた。誰にでもいつでも時間を割き、膨らんだベストの上に垂らした時計の鎖をチャラチャラと鳴らしながら磊落に笑ったが、そのあいだも、得体の知れない瞳を話し相手から一秒たりともそらすことはなかった。

ジョンが立法委員会を公開行事にしたとき、モンタギューはすでに「憂慮」を示した。案の定、より立派な政府を要求する三三六人の入植者による会議がさっそく開催された。これはモンタギューにとっては警報に等しかった。ジョンが行刑に干渉したがるようになり、役人の何人かを罷免したのは、モンタギューの忠告に逆らう行為だった。ちなみにモンタギューはいまでも、先住民をよりよい地域へ移すことにも反対だった。やがてジョンが、新たに到着した囚人船に赴き、囚人たちに対して、彼らは義務ばかりではなく権利も有するのだと説くのを習慣としたとき、モンタギューは、かつてのアーサーの仲間たちを招集し始めた。だが一方で、信条とするふたつの「流刑地の鉄則」を強引に説いて聞かせることで、サー・ジョンを改心させようとも試みた。

「ひとつ。一度正しいと認識された原則からの逸脱は、いかなるものであれ裏切りである。ふたつ。これまで実行されてきた行為からの逸脱は、いかなるものであれ弱さの表れであり、犯罪者をつけあがらせることになる」

ジョンはこのふたつの文章をあらゆる側面から徹底的に検討した。そしてモンタギューに、このふたつの理論を組み合わせると、どんな変革も不可能になると指摘した。そして、自分にとっては、新たな原則を正しいと発見しながら、臆病なせいでその原則に沿って行動しない者もまた裏切り者である、と説いた。

すぐに、モンタギューがこの答えを個人的な侮辱と取ったことが明らかになった。アーサー一派の集まりで、モンタギューは楽しげであると同時に苦々しい微笑みを浮かべてこう言った。「最近では、サー・ジョンにとって私は臆病者で裏切り者らしい！　卿はまさに発見者だからね、なんでも暴かなくてはすまないんだ！」

召使のひとりを通じてマコノキーがこの話を聞きつけ、ジョンに伝えた。だがジョンは信じなかった。別の言葉で言えば、ジョンはこの指摘を無視することに決めたのだった。


エラはまさにエレノアの娘だった。フォークに肉を突き刺し、それを客に向けることをジェーンに禁じられると、強い口調で理由の説明を求めた。ジョンは娘に、こういった機会を決して逃すことはなかった雄猫トリムの話をした。「それって、町の名前になっている猫ね」とエラは言った。「なるべきだった、だよ」とジョンは訂正した。「結局、サー・メルボルンのほうが重要だということになってしまってね」。ジェーンが客たちのほうを窺って、ジョンに話題を替えたほうがいいと合図を送った。ソフィアが笑った。

早朝、ジョンは娘とともに、総督邸の庭園に植えられたユーカリの木の下を散歩した。そんなときには、すべてが単純明快に見えた。いつの日かこの植民地は、ここで起こることの半分に対して子供たちが常に目隠しされることなしに育つことのできる国となるだろう。いずれにせよ、エラはもうとうに囚人や監獄について尋ねるようになっていた。「どうして人は悪い人になるの？」と、ある日エラは訊いた。父が口を開く前に、しょっちゅう何分間もじっくり考えることには慣れていた。すでにわかっていることを別の言葉で繰り返すだけの説明よりも、そのほうがずっとよかった。「悪い人は」とジョンは言った。「自分の正しい速さを知らないんだ。間違った場面で遅すぎて、急いではいけない場面で急ぎすぎるんだ」。エラはこの答えに、さらに詳しい説明を求めた。ジョンはこう言った。「悪い人というのは、ほかの人が求めることをするときには、ゆっくりしすぎるんだ。たとえば、言いつけに従うとか、手伝いをするとか。でも、自分がほかの人から求めるものを手に入れようとするときには、急ぎすぎるんだ。たとえばお金とか……」。「でもパパだってゆっくりじゃない！」とエラは言った。「総督はゆっくりでいいんだよ！」とジョンは答えたが、すぐに後悔して口をつぐんだ。

ジョン・フランクリンの流儀は成長し、植民地に合った輪郭を取るようになった。ジョンは、少なくとも理論上は、人生と発見と統治の正しい方法を見つけたと信じていた。

「頂点に立つのは二人でなくてはならない。一人でも、三人でもなく。二人だ。一方が業務を遂行し、統治される者たちの問いや願いや脅しと歩調を合わせる。行動力があるという印象を与える必要があるが、実際には安易でどうでもいい、急ぎの仕事だけを片付ければいい。もうひとりのほうは、落ち着きを保ち、距離を置く。こちらは、決定的な場面でノーと言うことができる。なぜなら、急ぎの仕事には構わず、個々の案件を長時間じっくりと考えるからだ。あらゆる出来事の持続時間と速度とを認識し、期限を設けずに徹底的に努力する。自身の内なる声に耳を澄ませ、最良の友人に対してさえノーと言うことができる。特に第一士官に対して。その独自のリズム、注意深く守られる息の長さは、あらゆる見せかけの押しつけがましさ、出口のない偽りの必然性、かりそめの問題解決などからの逃げ場となる。だがもしノーと言った場合には、その理由を説明する義務が生じる。だがそれも、あまりに急いではならない」。フランクリンは流儀をこう表現し、書き留めた。

「それは君主制ですよ！」とマコノキーは叫んだ。「国王と宰相じゃないですか。あなたは君主制を発明したってわけです！　なんと進歩的なことか」

「いや」とジョンは言った。「これは統治そのものなんだ！　君主制はその特にわかりやすい例にすぎないよ」

「では、民衆はどこにいくんです？」とマコノキーは尋ねた。

「国王の地位に着けばいい」とジョンは答えた。「緩慢さなしでは、人はなにもできない。革命さえね」

秘書マコノキーは、まだ矛を収めなかった。「要するにそれはただ、待て、という意味にすぎません！いったいそんなことを誰に大真面目で勧めようっていうんです？　私なら、六十五歳まで待った挙句に、いまさら革命を始めようとは思いませんよ！」

「私なら、私なら、私なら、か」。ジョンは思わずそう言った。


ロンドンの政府が囚人たちを送り込んできた。デヴォンシャーで機械を破壊した労働者たち。カナダ独立を求める反逆者たち。警察にひるまなかった一般選挙権支持者。マコノキーにとって彼らは英雄で、フランクリンにとっては「政治的な紳士」だった。モンタギューは、神と王冠に対する冒瀆者と呼んだ。そして、彼らをポート・アーサーにある重罪犯用の監獄に送ることを提案した。これまでずっとそうするのが慣例だったのだ。政治犯は絶対に労働力として入植者たちに割り当てるわけにはいかないという。「政治思想の火花は簡単に飛び散りますからね！」だがジョンは、別の決断を下した。モンタギューの意見に逆らう決断は、神経をすり減らすばかりか、多くの書類仕事につながるとわかっていたにもかかわらず。モンタギューは、すでに行われた決定を妨害することにかけては、誰にも真似のできない手腕をもっていた。

さらに、マコノキーがこう言った。「事務仕事は、私にとってはあまり重要ではありません。来る日も

来る日も惨めな事務手続きをすることが、私の使命だとは思えないんです。私はこの国により聡明な精神をもたらす助けになりたい。正義のために剣を振るいたいんです！」

ジョンは答えた。「でも君にそれができるのは、事務手続きのなかでのみだよ。事務手続きにおいてこそ、特に効果的にやれるといえる。なんといっても君は私の秘書としてここにいるんだからね！」

マコノキーは誤解を受けたと感じた。うまくできた演説が聞き手になんの感銘も与えなかったときには、いつもそう感じるのだ。

マコノキーが最も熱意をもって取り組んだのは、アサインメントの廃止だった。マコノキーは閉鎖された監獄を支持しており、そこに適切な人員を配することで、科学に基づいた囚人の更正が見込めると考えていた。

正義とは教育の基盤である、とマコノキーは言った。だが犯罪者が正義を見出せるのは監獄のなかのみであり、官吏が効果的に監視することのできない民間の雇用主の下でではない、と。

ジョンの意見は違った。「監獄では、論理的に考えても、誰にも機会は与えられない。罪人はあまりに多いが、彼らの間違いは、時間感覚の混乱というただ一点にあるんだ。彼らの速度が間違っているんだ。あるときには速すぎ、あるときには遅すぎる。そんな囚人たちが、よりによって高い塀の向こうで、いったいどうやって正しい速度を学べるというんだ？　監獄では、時間のとらえ方が周囲の世界とは違うんだよ」

マコノキーには理解できなかった。それは、ジョンのあまりに訥々とした緩慢な話し方が、短気な聞き手がついていくことのできる限度を超えていたせいでもあった。だがマコノキーは、アサインメントへの反論としてなにを持ち出せばいいかは心得ていた。「入植者は、囚人を徳へと導くのに適した協力者とはいえません。入植者が囚人を改善するのではなく、囚人が入植者を堕落させてしまうんです！　アサインメントは、不公正と残虐への誘惑です。それに入植者たちは、鞭を振るうことにかけては怠惰とは言えませんし、女性の囚人をベッドへ引っ張り込みます」

ジョンは、この議論が諸論点の総動員に発展し、個々の問題点についての話が否応なく一般的な論戦に変わることを恐れた。そして、話題を変えようとした。だが議論を聞いていたレディ・ジェーンがこう言った。

「監獄の管理者は、囚人を公正に扱ったところで、いかなる物質的な利益も得ないのよ。それが影響を与えているのは、見てのとおり！　でも入植者は違うわ。彼らは囚人たちを、自分たちの利益のためによく働かせる必要があるんだから」

「そして囚人を搾取するんですよ！」と秘書は怒鳴った。

「でも、自分の家にいる他人に対してずっとひどい扱いを続けることは、どんな人間にもできないでしょう」とジェーンは答えた。「アサインメントでは、善良な者にはチャンスがある。監獄では、どんなに無害な者も人間嫌いになるわ。あなた自身が、人間の善良な本質を信じるべきだと言っているじゃないの！　でもあなたは骨の髄まで教育者で、自分の教育論から導き出される以外の自由は信用していないのよ！　どうして入植者たちの理性に賭けてみようとは思わないの？　なんといっても、この島の未来を担うのは彼らだけなのよ！」

マコノキーは今回もまた誤解されたと感じ、口を英雄的にこわばらせてお辞儀をすると、部屋を出ていった。ジョンはこの顚末をそれほど楽しいとは思えなかったが、ジェーンは笑うばかりだった。ジェーンはどんな種類の闘いも大好きだったのだ。

ジョンは自由な入植者に賭けた。アルフレッド・ステファンという、入植者たちのなかでも最も独立性の高い政治指導者のひとりと話し合い、総督主催のパーティに、初めて官吏のみならず、畜産業者や商人を招いたのだ。彼らの存在を認めるのみならず、彼らと話をしたかった。鉄鋼商人、亜麻布職工、青果店の主人、靴職人などが、初めて公式にその存在を認められたと感じ、新しい総督を賞賛した。

自由入植者たちの政治的発言権は囚人たちとまだ大差なく、それが彼らの不満だった。確かに人民を代表する議会の萌芽はある――立法委員会には、三人の入植者が入っているのだ。だがこの三人の意見は、常に政府の代表者六人によって封じられる。行政委員会のほうはもともと役人のみで構成されており、その過半数はアーサー一派だった。入植者たちに賭けたとはいえ、ジョンは、そのせいでこれ以上なく不安定で困難な道を選んだことを自覚していた。すなわち、政治的な道を。やがて、最初の失望が襲ってきた。

入植者たちは何十年ものあいだ、穀物と羊毛の高値のおかげで、多くの利益を得てきた。そのため政府に依存してはおらず、裕福で、攻撃的だった。彼らの感じやすさや、認められたいという欲求にはけ口はなく、総督配下の官吏たち以外には張りのある敵もいなかった。個々の家族が互いに嫉妬心を燃やすのは、単なる時間つぶしにすぎなかった。ホバートとローンセストンで発行され、互いに髪を逆立てて闘っている新聞各紙も、政治的な影響力をもっていないことに苦しんでいた。それゆえ、各紙はますます風刺ジャーナリズムに傾いていった。特に植民地政府に対するあてこすりに。個人の性格の解釈、個人的な侮辱、疑念の表明、等々。

ジョンは裕福な土地所有者の家々と、金をかけて飾り立てた娘たちを見てまわった。説教じみた演説に耳を傾け、手入れの行き届いた庭を眺めた。それらすべての背後に、別のものが隠されているように思われた。演説に二重の意味を感じ取れる気がした。理性の背後に隠された闘いへの欲求を。特に手つかずの自然のすぐそばで暮らす大規模な畜産業者たちはそうだった。それはジョンを憂鬱に陥れた。意地の悪いあてこすりをすぐには理解できず、もう一度繰り返してほしいと頼まねばならないことが多いことひとつとっても、すでにじゅうぶんな憂鬱の種だった。ジョンは、融通がきいて、きちんと計算ができ、友好的な性格で、商売人の忍耐強さをもつ、より多くの商人や店主を求めた。だがそういう人間は、ヴァン・ディーメンズ・ランドでは少数派だった。そして、永遠の原則とことの迅速な実行について交互に語る乗馬靴を履いた気取った紳士たちの数は、あまりに多かった。

彼らとの最初の問題はすぐに持ち上がった。ジョンが、生き残った先住民に彼らの土地のいくばくかを返そうとしたことが、乗馬靴の紳士たちに、生命と財産を脅かす攻撃だと受け取られたのだ。彼らには金とコネがあった。そして、やはりというべきか、やがてサー・ジョンに、タスマニア先住民たちをいまいる場所に留めておくようにと指示するロンドン政府からの公文書が送られてきた。マコノキーは、背後でモンタギューも一枚噛んでいるのではと推測したが、ジョンはこう言った。「ばかな！　確かに我々は敵同士だが、彼は名誉を重んじる男だよ」

刑罰執行についての意見の相違は深刻だった。乗馬靴紳士たちの新聞であるザ・トゥルー・コロニスト紙とマレーズ・レヴュー紙は、「囚人に権利を与え、体罰の乱用なるものを罰する新しい流行」について書きたてた。ジョンが個人的に話をしたある土地所有者は、ふたりきりになると、さらにはっきりとこう言った。「ポート・アーサーが恐怖の場でなくなったら、我々のところに私的に割り振られてくる囚人たちを、どうやって脅せばいいんです？　監獄が公正な扱いを受けられる天国になったら、うちの労働者たちは、そこへ行くためだけに我々主人の首を切り落とすでしょうよ！」

奇妙なことに、よりによってマコノキーが、監獄の厳格な規律の擁護者と新聞各紙にとらえられた。ただの誤解かもしれない。だが同様に奇妙なのは、マコノキーがその解釈に甘んじて、自身の像を訂正するためになにひとつしようとしないことだった。マコノキーが褒められることを好むのは明らかだった。それがたとえ間違いに起因していようと、善を成し遂げるために有効だと思っているのだ。

流儀はよかったが、信頼できる業務遂行者がいなかった。そのせいで、現実は理論とは違っていた。悪い予感がした。自分ですべてを監督しなければならないとなれば、時間を無駄にしてはならない、自分の時間はすべて植民地の利益のために使わなくてはならないという義務感に支配されることだろう。だが、そうすればするほどジョンは遅れをとり、最後には現在というものがすっぽりと手から抜け落ちてしまうだろう。こうしたさまざまなことがらが、ジョンを不安に陥れた。重荷をあらかじめ降ろしておくためだけに短絡的な決定を下す自分に気づくこともあった。

ある晩遅く、ジョンは冒険小説を読むジェーンを残して、屋敷を出た。最初は、ヘプバーンを訪ねるつもりだった。ジョンはヘプバーンに教育者の地位を与えていた。だがジョンは結局、慰めを求めるのはやめて、じっくりと考えることにした。

ラム酒を瓶からじかに飲みながら、有用で信頼に足る考えが湧いてくるのを待って、ジョンは裸足のまま総督邸の庭をうろうろと歩いた。落ち着きと集中力を守るのに、自然な緩慢さだけでは足りないとなれば、多少の後押しはするつもりだったのだ。ジョンは、これからはあらゆる事案のうち、急ぎで片付けるのはほんの一部だけにして、ほかはすべて意図的にとりわけゆっくり取り組もうと決めた。話にはより多くの間を入れ、誰かの報告を聞くときには、より頻繁に耳が遠いふりをするのだ。そしてなにかを要求されても、それを承認するのは、相手がその要求を表明するまで長いあいだ待った場合のみにする。己の時間を守護することのできる、自分自身の保護区を作らなければならない。

ラム酒は脚に来た。

ジョンはまず、お茶から始めようと思った。どんな差し迫った用件があろうと、お茶を飲む時間は守らねばならない。そしてジョンは、極端にゆっくりとカップを口に運ぶつもりだった。そう、他人の目には死んだと見えるほど。カップのなかをかきまぜるのも、左回りなのか右回りなのか、誰にもわからなくなるほどゆっくりとしようと思った。ヴァン・ディーメンズ・ランド・クロニクル紙には、こんな見出しが躍るだろう。「証拠発見！　もはやぴくりとも動かない総督！」

サー・ジョン・フランクリン閣下は忍び笑いを漏らしながら、塀の上に腰掛けた。脚をぶらぶらさせて、月光に輝く海を見つめる。目の前に、モンタギューとマコノキーがお茶の時間に途方に暮れる顔が浮かんだ。思わず吹き出し、腿を叩く。自分は総督だ。なにをしてもいいのだ！　落ち着きと明晰な理性、そして持続的な計画が必要とされる。それもこれから身につけてみせる。

ジョンは、自分の笑い声が疲れてきたのに気づいた。海はまるで星のように遠く、同時に、まるで深淵のようにはるか下方にあるような気がした。ポイント・プエルの崖の上からの眺めは、きっとこんなふうなのだろう。だがジョンは、身を投げようとはまったく思わなかった。それが、司直の手にかかることなく歳を取ったことの利点だ、とジョンは思った。自分は幸運だったのだ。

重力に逆らって海の底から立ち上がり、敵を飲み込んだり、道を示したりしてくれる水柱は、もう必要ない。白い服を着て、温かな顔を向けてくれ、安全な揺りかごに入れて揺すってくれたサガルズを、ジョンはもう恋しいとは思わなかった。なにひとつ、恋しくはなかった。いまジョンは五十二歳で、自分とほかの人々の面倒を見る立場だった。

六十歳なんてまだまだ若いわ、といつかソフィアが言ったことがある。優しい言葉だ。だがいったい、どうして六十歳だと思ったのだろう？

ソフィアには戦争から戻ったときに出会っておくべきだった、とジョンは思った。だがそのころ、ソフィアはまだ生まれてもいなかった……

ジョンは屋敷に戻った。ほろ酔いだったが、勇気が出たとはとてもいえなかった。

フランクリンの流儀？　どうせ機能などしない。それに、「流儀」という言葉はもう使いたくなかった。政敵たちが使っているからだ。どういうわけかこの概念は、彼らのあらゆる無慈悲や盲目の言い訳になっているようだった。もはや流儀はいらない！　すべてを見通すふりをするのではなく、個々の事象を観察して、本当にすべてを見通すのだ。航海術だ。

ジョンに残ったのは、どんなことも最後までやりぬくという習慣だった。陸の上では、それは難しい。

「なにを言ってる？」とジョンはつぶやいた。「楽だったことなんて、一度もなかったじゃないか！」

第十七章　海辺の男

ホバートに住むひとりの弁護士が、料理人を抱えていた。使用人として割り当てられた囚人だ。その弁護士は刑事司法の緩和を目指す熱心な闘士として知られており、囚人は料理の名人として有名で、総督邸の料理人のものよりも三倍はおいしいソースを作った。あるとき弁護士は旅行に出かけ、留守宅の管理を料理人に任せた。戻ってみると、屋敷の内装の一部は売り払われ、手提げ金庫のなかの金は消え、幾人かの人間が大きな関心を寄せるであろう書類が消えていた。料理人は、自分はなにも知らないと主張した。弁護士は料理人を罰してくれるよう役所に訴え、料理人は連行されて、道路建設の強制重労働を言い渡された。それでも囚人は、ポート・アーサーに送られなくてまだよかったと喜んだ。

そこに新たな人物が登場する。植民地秘書官だ。秩序と安寧の味方であり、原則に忠実たれという原則の闘士だ。そのほかに秘書官が重きを置くのは、美食だった。例の料理人の腕には何度も感心させられたことがあり、信頼を寄せていた。そこで秘書官は部下の司法官に、例外を設けて、料理人を再び個人の雇用主に――つまり秘書官自身に――割り当てるよう命じた。

弁護士は面白くなかった。そこで総督に苦情を言った。総督は事件を調査し、じっくりと考えたあと、料理人は判決どおり道路建設に回すよう指示を出した。植民地秘書官は、この命令に深い屈辱を感じた。

確かに原則は基本的に守られるべきだ。だが、腕のいい料理人はただの囚人とは違い、国家の利益になる存在だ。そしてこの自分、植民地秘書官は、ただの一般市民とは違うのだ。

さらにそこに、総督の個人秘書が登場する。個人秘書は、奴隷制度に反対する不屈の闘士だと自任していた。学術書を読んで、白色人種の自然な優越性を信じているため、白い肌の人間を奴隷にすることは、個人秘書にとってあらゆる悪のなかでも最悪のものだった。そしてまさにその悪を、総督が賛成する労働力分配システム、すなわちアサインメントに見ていた。個人秘書はそれを奴隷制度だと見なすが、一方で国の監獄における退屈した看守たちの残虐行為はすべて、正義が罰を与えているのだと考えていた。ただの個人秘書にすぎないとはいえ、彼は自分の地位を善のために利用することができると思っていた。そこで、高邁な思想を掲げるイギリスの法律委員会が、ヴァン・ディーメンズ・ランドの刑罰執行について詳しいことを尋ねてきたとき、個人秘書は辛辣な表現で長い報告書を書き、現地のあらゆる悪を——飲酒癖や性病までもを——すべてアサインメントのせいにしたうえ、この論を補強するために、いくつかの例外的事例を習慣的な出来事だと説明した。そして、その原稿を決然と総督発の郵便物のなかに入れたので、それは公文書と同様に総督の印を押されて、ロンドン政府のもとに届けられることになった。数か月後、総督はロンドンのタイムズ紙で、個人秘書が——ちなみに総督も同意見となっていた——入植者たちには「囚人を人間的に扱う能力がない」と述べたことを知った。入植者たちは驚愕し、総督に裏切られたと感じた。総督は個人秘書を解雇したが、公的にその行状を暴くことはしなかった。それどころか、妻の願いを聴きいれ、解雇後も期限を設けて個人秘書を屋敷に住まわせてやった。大土地所有者や植民地秘書官はそれを、総督が自身の身を守るために個人秘書を犠牲にした証にほかならないと見た。そして、実際は総督も個人秘書と同じ穴の狢なのだと主張した。「犠牲になった」個人秘書自身は、こういった声を否定することもなく、むしろ「このことでは、もっといろいろ言いたいこともあるんですがね！」といった発言をした。個人秘書は、解雇されたことを、進歩と人間性に反する行為と考えており、これまでにも増して自身を聖者ととらえるようになった。「あの総督は」と個人秘書は言った。「私が仕えるには値しません」

そのころロンドンでは、内務省および植民地省が、法律委員会の勧めについて検討していた。アサインメントを廃止すべきか？　アサインメントを導入し、非人間的なやり方で実施したかつてのヴァン・ディーメンズ・ランド総督は、いまではアサインメントに反対の立場を堂々と表明し、アサインメントを完璧な奴隷制と呼んでいた。前総督サー・ジョージ・アーサーは、いつ、どうすれば喝采を浴びることができるかを知り尽くしていたのだ。

現在の総督のほうは、そうしたことにはうとく、喝采を浴びたいとも思っていなかった。労働力分配制度を人道的なものにすることが、囚人たちに監獄の塀の外で更正を実証する機会を与えるための、現時点では最良の可能性だと考えていた。同時に総督は、引き続き監獄内の腐敗や残虐行為とも闘い続け、成果を挙げていた。総督は自身の政治を、総督の目的を理解してくれる商人、職人、船主などの都市市民の支持のもとに打ち立てようとし、立法委員会を公的な選挙による議会へと発展させるようロンドンに提案した。

時を同じくして植民地秘書官が、本人によれば個人的な理由から長期の休暇を申請し、イギリスに渡った。

ジョンは「モンタギュー」よりも「植民地秘書官」、「マコノキー」よりも「個人秘書」と呼ぶようにした。だが、そんなことをしてもほとんど役には立たなかった。役職名も名前と同様、陰鬱な言葉となってしまう。言葉を整備したところで、苦悩する不機嫌な頭が軽くなることはなかった。

マコノキー。モンタギュー。なぜ自分は、このふたりの芳しからぬ性格の紳士に怒りを感じるのだろう？　こういった類の人間なら、世間に何百人、何千人といるではないか。

鳥瞰図的視点も、役には立たなかった。慎重な視線を取り戻すために苦々しい思いから解き放たれたい者が、よりによって固定した視線に逃げ場を求めるわけにはいかない。

ロンドンが立法委員会の議会化を拒否したのは、モンタギューの働きのせいだった。それはジョンの顔をつぶす結果となった。商人や職人たちは、気をもたせられた挙句に騙されたと感じた。彼らは、サー・ジョンが最初の一歩を踏み出したのはただ、自分たちを二歩目から遠ざけるためにすぎなかったのだと考えた。「ロンドンに送る手紙には、我々と話すのとは違うことを書いているに違いない」と彼らは言った。

とどめにカヴァーデイル事件があった。

ひとりの老人が、馬から落ちてひどく身体を打ち、瀕死の床についていた。家族はドクター・カヴァーデイルのもとへ使いをやった。ドクターは囚人であると同時に、植民地政府の公衆衛生局で働く医師であり、老人の居住区の担当医だったのだ。使者は留守にしていたドクター・カヴァーデイルの帰りを待つことなく、伝言を残して戻った。だがこの伝言を、ドクターは目にすることがなかった。もしかしたら、風で紙が飛ばされたのかもしれない。患者は治療を受けることなく死んだ。家族は、医師に直接知らせを伝えたという使者の言葉をもとに、ドクター・カヴァーデイルの処罰と公衆衛生局からの解雇を求めた。モンタギューもそれを後押しし、総督も家族の求めどおりの決定を下した。だがやがて、使者の言葉の信憑性に疑いが出てきた。入植者たちは、これまでなにひとつ罪を犯すことのなかったドクター・カヴァーデイルの支持に回った。総督はドクター本人と話し、それから入植者たちとも話し、その後使者からも話を聞こうとした。モンタギューは、一度下された決定を覆すことに激しく反対した。一方、レディ・フランクリンはドクターの無実を信じ、その意見を隠すことを拒んだ。総督は使者の証言に矛盾点を見つけた。そこでドクター・カヴァーデイルの名誉を回復し、再びもとの地位に就けた。

その日以来、フランクリンにとってヴァン・ディーメンズ・ランド・クロニクル紙を読むことは、もはや楽しみではなくなった。フランクリンは無能で優柔不断だと書かれるようになった。妻の尻に敷かれ、常に妻の指示どおりに動く、かつての北極の英雄の成れの果てだと非難された。実際の総督は妻ひとりなのだ、と。ひとつだけ、辞書を引かねばわからない言葉があった。ジョンは「痴愚」だと書かれていたのだ。「弱いこと、特に精神薄弱、愚かで風変わりなこと」

ジョンは、植民地秘書官が新聞の発行者とぐるになっているのだろうと推測した。だがモンタギューはそれを否定した。ところが、それからいくらもしないうちに、モンタギューの否定は嘘だということがわかった。発行者自身が、権威ある植民地秘書官の支持を受けていると吹聴したからだ。するとモンタギューは論点を変えて、誤解だと言い始めた。自分はもう何年も前からその新聞の共同発行者であり、サー・ジョンにもそれはとうに言ってあるはずだ、それに編集方針にはほぼなんの影響力もない、というのだ。だがサー・ジョンの想像は違った。いまではモンタギューという人間がわかっていたのだ。そしてサー・ジョンは、モンタギューの地位を剝奪した。

あからさまな嘘を暴かれたモンタギューは、まさにそれゆえに、どんな罪の意識も、自身への疑念の最後のひとかけらも、すべて捨て去った。厳粛な感情がモンタギューの全身を満たした。嘘が真実になった。誰もがモンタギューの口から、レディ・ジェーンが総督に対して魔女にも似た影響力をふるっていると聞かされた。同時にモンタギューは、友情の名のもとにレディ本人のところに赴き、自分のためにサー・ジョンに口添えしてもらえないかと頼んだ。そのあまりに打ちひしがれた様子に、レディ・ジェーンは同情心から、本当に口添えをした。善き意図があればあらゆる人間は和解できると信じていたのだ。だが、レディはサー・ジョンを説得することはできなかった。モンタギューは、レディが介入してくれたことを——あらゆる論理に逆らって——、彼女が政治に口を挟むことの証拠として改めて持ち出すことで満足するしかなかった。やがてモンタギューはヴァン・ディーメンズ・ランドを去り、イギリスへ渡って、ジョン・フランクリンを総督の地位から降ろすという目的のために、ありとあらゆることを試みた。ロンドンでは、スタンリー卿が新しい植民地大臣の地位に就いていた。モンタギューはスタンリーとなんらかのつながりをもっていた。

「ひとつひとつのことがらは」とジョンはソフィアに言った。「数え上げるだけで時間がかかるし、総計は苦いものかもしれない。だがそれは政治のせいではないんだ。私自身が間違いを犯したんだ。どうしてあのふたりを、早いうちに解雇しておかなかったんだろう？」

一八四一年、タスマン記念日。大規模なレガッタが開催される日だ。

ジョンはすでに五年間、総督の地位にいる。自分より有能な総督がいることは、よくわかっていた。この仕事に通じていたからだ。航海術は重要だったが、それだけではじゅうぶんではないのだ。

港には、いたるところに銀のアカシアの花模様をつけた青い旗がひるがえっている。このシンボルマークは、レディ・ジェーンがニュージーランドへ旅立つ前に、自ら考案したものだった。総督がレガッタの開催を宣言するために浜へと降りていくとき、不在のファーストレディの代わりに同伴したのは、姪のソフィア・クラクロフトだった。

総督は、青い海軍大佐の軍服を、ボタンをすべてかけて着ていた。頭には二角帽が載っていて、はげ頭と額の傷跡の双方を隠している——植民地では最近、頭に受けた銃弾がサー・ジョンの緩慢さの理由だと囁かれているのだ。サー・ジョンの手には、赤いバラの花束。イングリッシュ・ローズだ。さまざまなシンボルを扱うだけでも、総督の仕事は山ほどある。ソフィアがなにか話しかけた。総督は落ち着かないようすでその目を見つめた。

「なんだって？」ジョンの右の耳は、どんどん聞こえにくくなっていた。トラファルガー海戦の名残である難聴は、答えを考える時間を稼ぐためにジョンがしょっちゅう持ち出した嘘だったが、いまでは本物になってしまった。剣の位置のせいで、男性が常に女性の左側を歩かなければならないのも不運だった。おまけにソフィアに身体を近づけることさえできない。現在、張り骨入りのスカートが流行しているからだ。ご婦人たちは、鐘のような形の針金枠のせいで、ますます膨らんでいた。

ソフィアが一度言った言葉を繰り返した。「悲しいの？」

「悲しくないよ。ただ耳が遠いんだ」とジョンは答えた。「それに以前よりも目も悪くなっていると思う。前より一度にたくさん見ることができるし、速く見ることもできる。でもひとつひとつのものは、前より見えにくくなってきた。それに物忘れも多い」。そのときジョンは、ジェーンには自身の状態をこれほどはっきり嘆いたりはしなかっただろうと気づいた。

ジェーンは善を信じ、誰のことも喜んで信頼し、快活に闘った。だが、周りの了見の狭さに傷つけられることがいつまでも続くと、次第に冷たく、苦しげになっていった。そして、蔑むように眉を上げて身を引き、人生を別の場所に求めるようになった。いまジェーンはニュージーランドにいる。公式には神経のせいだということになっている。だが、タスマニアの狭量な環境から当分のあいだ距離を置きたいというのが真相だった。統治にまつわるさまざまな問題から、妻をすっかり遠ざけておくべきだったのだろうか？　それとも、もっと妻を引き入れればよかったのだろうか？

軍楽隊が楽器を調律する音が聞こえてきた。ソフィアが再び話しかけてきた。ジョンは立ち止まり、聞こえるほうの耳をソフィアに向かって傾けた。「なにかのために闘いたいわ」とソフィアは言った。「でも、なんのために闘えばいいか、まだわからない」。ジョンはソフィアの怒りに燃えたかわいらしい鼻を見つめた。ソフィアは物静かな若い女性で、激しく燃え上がるよりは、深く思索する傾向にあった。まさにそれゆえに、その鼻の穴がこんなふうに膨らむのを見るのは、少しばかり滑稽で、感動的だった。ジョンは視線をそらして、ひとりの子供に笑いかけた。子供は満面の笑顔を返した。ふたりはさらに歩き続けた。また顔から笑みが消えてくれない、とジョンは思った。痴愚、精神薄弱。

「総督は首尾一貫して躊躇する人間であり、善意の巨像だ。残念ながら、真面目な演説をぶつという命取りともなりかねない傾向がある。だが少なくとも、信頼のおけない性格ではない」。リンドン・S・ニートという男が、そう書いた。トゥルー・コロニスト紙の編集部で人の性格を解釈する係だ。その数行下にはこうある。「サー・ジョンは、陸に上がったトドのように世間を動いている」。ニートは少なくとも畜産業者の手下ではない。それだけでも相当な意味のあることだ。だがそんな人間が、苦しい立場にいる総督をかわるがわる褒めたりバカにしたりする以外に、もっとましな仕事を成し遂げることはできないものだろうか？　あらゆることについてただ書きたてるばかりでなく、正しい側に立って一緒に闘うことはできないのだろうか？　まあいい。おそらくそうしたいとは思わないのだろう。

「なんのために闘うかは」とジョンは姪に言った。「もうとっくに君の心のなかにあるはずだよ」

ソフィアにこういった言葉が通じるだろうか？　経験から言えば、ジョンの言葉が通じる人間はほとんどいない。だが、誰もが理解したいと思ってはくれる。だから、それがうまくいかないと怒る。レディ・ジェーンでさえ。

だがソフィアはジョンから学びたいと思ってくれる。ソフィアはジョンの人生において、大真面目にジョンから学びたいと考える、オーム博士に続いて二人目の人間だった。最近、ソフィアは緩慢さを身につけようと決意した。そして動きも緩慢になったが、それがソフィアの場合は美しくさえ見えるのだった。

時間だ。ジョンは欄干の前に歩み寄り、レガッタの開始を待つ人々を見渡した。「女王陛下の名においいて」――ここで女王陛下のための間――「ここに、ヴァン・ディーメンズ・ランド発見から一九九年を記念するレガッタ開催を宣言する！」

万歳の声、祝砲。軍楽隊が高らかに演奏を始める。ジョンは再びソフィアの隣の観覧席に座って、望遠鏡を取り出すと、四本オールの軽ボートがスタートするのを待った。望遠鏡の性能は素晴らしい。ジョンはビールのテント、チーズの屋台、見世物小屋、射的小屋、子供たち、さまざまな花を見つめた。望遠鏡をほんのわずかに動かすだけで、首を伸ばしてスタートラインを見つめる何百人もの顔の上を、視線は一息に通り過ぎる。人は埠頭をぎっしりと埋め尽くし、岬のあたりでようやくまばらになっていた。その向こう、やや小高くなった岸壁に、ひとりの男が腰掛けていた。男は群集のなかでただひとり、スタートラインではなく、海のかなたを見つめていた。周りの喧騒にはなんの関心もないようだ。なにかもっと重要なものを待っているのだ。いや、もしかしたらそれがやってくるのを、すでに目にしているのかもしれない。望遠鏡の性能はよかったが、男はあまりに遠くにいて、顔はわからなかった。どうやら曲がった鼻に、いかつい額の持ち主のようだ。年老いた男だ。その視線は――「鷲みたいに」ではなく、「鷲みたい」。ジョンは、目の前に掲げた望遠鏡が震えているのに気づいた。

「ミスター・フォースター！」

「はい、閣下?」警察長官がジョンのほうにかがみこんだ。

「私の望遠鏡を使いたまえ。岬にいるあの老人が見えるか?」

ミスター・フォースターは、これまで一度も望遠鏡を手にしたことがないようだった。ぐずぐずと距離や焦点を調節しながら、水平線を探っている。そしてようやく男を見つけた。

「あれは、最近釈放された囚人です」

「名前は?」

「おそらく偽名でしょうが――失礼ながら、閣下、あの男は、ジョン・フランクリンと名乗っていました」

「どうして『名乗っていた』なのだ?」とジョンは尋ねたが、答えを待ってはいなかった。問いかける声、挨拶の声をぼんやりと聞きながら、気づいたときにはすでに立ち上がって、ビールのテントやチーズの屋台の前を通り過ぎ、岬の先端へと向かっていた。

年老いた男の十歩手前で、ジョンは立ち止まった。

「シェラード・ラウンド?」

男は反応せず、はるかかなたを見つめたまま、パンを食べていた。左手に持った白パンの塊をちぎり取り、それを――不思議だ、いったいどこへ入れているのだろう? ジョンにはいまだに男の横顔しか見えていない。顔の左側だ。男はまるで、パンを右の耳に押し込んでいるかに見える。背後でミスター・フォースターの声が聞こえた。「驚かないでください。実はこの男は……」

ジョンはさきほど聞いた名前を思い出し、呼びかけた。

「ジョン・フランクリン?」

男は顔をわずかにジョンに向けただけで、すぐにまた海のかなたへと視線を戻した。ジョンは男に近づき、背後をぐるりと回った。そして今度は男の右側に立つと、自らの帽子を取った。帽子を下ろすにつれて、その向こうにシェラードの顔が現れる。一インチ、また一インチ。くしゃくしゃに乱れた白髪、すすけた茶色い額には恐ろしく深い皺。奇妙に白いこめかみの下の肌――傷跡だ。そして「その光景」がジョンの目に焼きついた。ほかのすべては色あせた。本当に存在するんだ、とジョンは何度も何度も思った。本当にあるんだ。シェラードの顔は、かつてジョンがよく見たあの不安な夢を思い出させた。左右対称の物体が、突然粉々に弾け飛ぶ夢。というのも、シェラードの顔は、すでに顔ではなかったのだ。

右の頬の肉がなくなっていた。サーベルで切り取られたのか、焼け落ちたのか。頬がなく、隙間だらけの歯列が、一番奥までむき出しになっていた。

「おそらく、ナポレオン戦争の時代には船乗りだったと思われます」とミスター・フォースターが言った。「ですがいまは――こういう言い方をお許しください――痴愚です。誰とも話しません。十五年間、ポート・アーサーの監獄にいました」

「なぜ?」

ジョンはシェラードの隣に腰を下ろし、帽子を傍に置いて、シェラードと同じように海のかなたを眺めた。

「海賊行為です」とミスター・フォースターが答えた。「我々のフリゲート艦が捕らえたときには、英国のブリッグ船を所有していて、南大西洋に向かうところでした」

「ひとりにしてくれないか」とジョンは言った。「ここにいる全員を帰してほしい。あとから戻る」

ふたりは黙ったまま座っていた。シェラードは黙々とパンの塊をちぎって、横から顔に押し込み続ける。奥深くまで押し込んで、噛みながら、またこぼれ落ちることがないよう、手を受け皿にして掲げている。シェラードの心は凪いでいるようだった。なにかを待っているには違いないが、焦燥感は少しもない。その視線は水平線に定められているが、一瞬先にそこでなにか決定的なことが起こるのを待ちうけているようすとは違う。

ジョンは、ついに見つからなかったサクセンバーグ島を思った。

当時、シェラードは言ったものだ。「誰にも見つけられなかったら、島は僕のものだ」

「どこへ行くつもりだったんだ、シェラード?　サクセンバーグか?」

反応はない。ジョンは崩壊した顔の片側に目を戻すと、いったいこの顔のなにがそれほど凄惨なのだろ

う と考えた。誰もが、相手には美しい顔で親しみを込めて見つめてほしいと願う。そこに自身の好ましい姿が反映されていることを願い、だからこそ、相手の顔が嘲るように笑いかけたり、脅したり、髑髏の歯を軋ませて呪いの言葉を吐くように見えると、恐れおののくのだ。ただそれだけのことなのだ！　それがわかれば、シェラードの顔にも耐えることができる。

それでもジョンは、感情を抑えきれなかった。それは、シェラードの顔とは表面的にしか関係のない感情だった。ジョンは支えを失ったような心細さを感じ、自分が悲しいのかうれしいのか、その感情が同情なのか知識欲なのか、わからなかった。だが頭のなかの出来事が、その異質さでジョンを苦しめることはなかった。それは闘いではなく、むしろ風に揺れる水面のようで、思考は海岸近くの底波のように湧き上がってきた。

みんな行ってしまった、とジョンは思った。メアリ・ローズ、シモンズ、モックリッジ、マシュー。エレノアも僕を置いていってしまった。僕が病床のエレノアを置いて探検に出たのは、去ろうとする彼女の意志に沿うものだったにすぎない。けれどシェラードは戻ってきた。恐ろしく打ちのめされて。僕の名前をもつ囚人。僕に統治され、僕に罰せられた。

ジョンは突然、自分は善き人間だろうかと考えた。それは、迫ってきては砕け散る波のような、答えの出ないいくつもの問いのひとつにすぎなかった。まるで海がもて遊ぶ砂のような問い。ジョンはどんな問いも受け入れ、その問いを信じて、それがもたらす苦しみに甘んじたかった。自分は善き人間であったことなどない、とジョンは思った。緩慢も善き人間を作ってはくれない。それに、ときにはもっとずっと悪しき人間であるべきだった。

そのとき、シェラードがジョンにパンを差し出した。ジョンに目を向けることなく、ジョンがちぎり取れるように、塊をそのまま。飢餓に備えたラウンド式備蓄、「フランクリン港」、冷凍倉庫、五千人への食料供給。すべてがありありと蘇った。ジョンはパンをちぎり、涙を流しながら噛んだ。ワニみたいだ、と思った。そのうえ、笑いまでこみ上げてくる。マコノキーも、モンタギューも、タスマニアの政治も、すべてがはるかかなたへと遠のいた。

シェラード・ラウンドは穏やかにそこに座り、水平線を見守っていた。もはやなにものにも動じない海岸の岩。シェラードは僕の目標に到達したんだ、とジョンは思った。

両手で目を覆って、注意深く暗闇を見つめる。再びあたりを見回したとき、どれほどの時間がたったのかはわからなかった。すべてがくっきりと見えるようになっていた。子供たち、ボート、観覧席。ジョンを見つめる人々の顔は、どれも優しく感じられた。すっきりとして、活力に満ちている自分を感じた。ジョンは自らの人生に感謝した。頭と身体で、力強く。奇妙に若返った気がした。

フォースターが声をかけた。

「閣下、表彰式です！　勝者がもう――」

ジョンはただ笑って、言った。「勝者は待たせておけ！」

シェラードはいま、総督邸で暮らしている。シェラードが周りの世界をまだ知覚しているのか、もしそうならどれほどなのか、誰にもわからない。昼間のシェラードは、いつも海岸の同じ場所に、奇妙に生き生きとした目をして座っている。「余命はあと六週間もないでしょう」。総督の指示でシェラードを診察したドクター・カヴァーデイルが言った。「不治の病です。ですが、我々よりも満足しているように見えますね」。「もしかしたら、現在を見つけたのかもしれない」。ジョンはそうつぶやいた。「いずれにせよ、シェラードは発見者として死ぬんだ」。ドクター・カヴァーデイルは、驚いた目でジョンを見つめた。

ソフィアに恋をしていることを、ジョンが打ち明けた相手は自分自身のみで、本人には告げなかった。帯剣はせずにソフィアの右側に並んで公園を歩いたり、ソフィアがひとりで歩くときには、窓からその動きを眺めた。ソフィアとともにお茶を飲み、延々とカップのなかをかきまわしながら、ウィリアム・ウェストールや、北極の海岸線について話した。それ以上を自分に許すつもりはなかった。再び愛を抱いたジョンだが、その愛を、いまでは本来それにふさわしい場所へしまっておくことができた。ジョンがこれまで成したすべてのことがらの栄誉は、それが長く続くか、長く続くことを意図したという点に依拠している。この規則に例外を設けることが、自分に幸運をもたらすとは思えなかった。ある晩、ソフィアはジョンとふたりきりでサロンにいたとき、突然ジョンを抱きしめた。ジョンはソフィアの髪をなでながら、平静を保つために、立法委員会の職務規定を大急ぎですべて暗唱した。あらゆる条文の最後は、こう締めくくられるのだった。「汝の妻の名はジェーンである！」それからジョンは、ソフィアのつむじに口づけた。だがそれだけだった。

「私はもうすぐ、間違いなく解任されるだろう。だからもうどんな戦術も必要ない」。ジョンはもはや、乗馬靴の紳士たちや、彼らの新聞のどんな意見にも配慮する必要はなかった。残りの時間を、永遠の足跡を残すことに使いたかった。島の海岸線すべてを新しく測量させ、海図を修正した。捕鯨業者と地元の商船主は、すべての停泊税を免除された。その結果、船の数が急速に増えた。「もう少し船乗りが増えるのは、この島にとっていいことだ！」ジョンは公式の場でそう言った。幾人かの大土地所有者の怒りの抗議にもかかわらず、ジョンは、島から流刑地の印象を取り除くためにあらゆることをした。そして、ロンドンに島の改名を申請した。ヴァン・ディーメンズ・ランドに代わって、島は将来タスマニア島と呼ばれるべきである。なぜなら、商人、職人、町の入植者たちは、自身のことを誇りをもってタスマニア人と呼び、古い名前を嫌っているからだ。ジョンは立法委員会と行政委員会の抵抗には構わず、タスマニア博物館を創立し、乏しい予算を使って議事堂を建設し、劇場を支援した。ヒューオン川沿いの土地を買い、寛大な条件とわずかな金で、元囚人たちに賃貸しした。何週間にもわたって毎晩のように、学者や聖職者、入植者たちと、教育について話し合った。新しい学校を創設しようと思っていたのだ。

ジェーンがニュージーランドから戻ると、ジョンは政府のあらゆる仕事に関して、堂々と妻に意見を求めた。政府の各部署における公式の発言権こそなかったが、ジェーンはあらゆる会議に出席した。ジェーンの非公式の役割は、やがて当然のものとして受け止められるようになった。悪意ある声や噂は、次第にやんだ。総督が自分でふさわしいと思う助言者を選ぶことは、弱さではなく卓越性の証だと、認められるようになったのだ。

穀物と羊毛の値段が下がり、植民地の財政は逼迫した。厳しい時代だった。さらに、とどめを刺すかのように、ロンドンがこれまでになく大量の囚人を送り込んできて、同時にアサインメントを完全に廃止した。新しい監獄を建設し、囚人を養うため、より多くの資金の調達が必要になった。フランクリンは、軽罪の囚人にはできるかぎり頻繁に恩赦権を行使し、不信感と首尾一貫性をもって看守たちを監視した。ジョンに抵抗するのは、いまでは大土地所有者と、アーサー一派の残党、それに監獄の官吏たちのみとなった。「だがそれだけいれば、僕を追い落とすにはじゅうぶんだよ」。ジョンは、なんでもないことのように、ジェーンにそう言った。

「その前に、島のまだ知らない場所をあちこち回りましょう」とジェーンが要求した。

「そして新しい学校について審議しよう」

シェラードは幸運を運んできた。いや、不幸と、不幸を招く人物とを遠ざけたというほうが当たっているかもしれない。シェラード自身はなにも言わず、おそらくなにも理解していなかったが、総督邸を完全に避けている者でなければ、誰でもその効果を感じられた。衝撃、悲しみ、深慮、朗らかな平穏、積極性。ジョンは、シェラードを政府の会議に参加させることを考えてみたが、あまりに突飛に思われて却下した。それに、シェラードの海への愛を尊重したからでもあった。シェラードにとって、会議などは時間の無駄にすぎないだろう。

医師の明言にもかかわらず、シェラードはまだ死のうとは思っていないようだった。ダーウェント川の河口に停泊する船を目にするたびに、目に見えて喜んでいた。錨を下ろすのは囚人船ばかりではない。古いフェアリー号は、多くの学者を乗せてきた。そのなかには、ポーランドの地質学者ストルゼレツキと、あの苦悩する魂をもった、精確を求めてやまぬ不屈の土地測量者ケグレヴィッツがいた。数週間後、エレバス号とテラー号が入港した。ジョンの友人ジェイムズ・ロスが指揮を執る船で、南極を調査することになっていた。ロスのためにジョンは、私財を投じて天文観測所を作った。

まるでシェラードの視線が、水平線の彼方から善き意思をもった人々を招き寄せ、それ以外の者を視界に入らない場所に留めるかのようだった。

「新しい学校は、生徒を退屈させることなく、持続性を教える場所でなければならないのね」。レディ・ジェーンはそう言って考え込んだ。「でも、それこそまさに学校にできないことだわ」

恐ろしいほど雨が降っていた。満足に火を熾すことさえできない。だが、囚人隊員のひとりであるガヴィガンは最善を尽くし、旅行者は皆、子供のように満足しきっていた。「総督はまたしても、思いつきを実行に移す」とクロニクル紙の記者は書いていた。「おそらく間近に迫っているであろう旅立ちの準備をする代わりに、奥方と囚人の一団とともに、ブッシュへの冒険の旅に出るというのだ！」ようやく、少なくとも煙が立ってきた。「生徒たちは、発見することを学ばなくては。特に自身のものの見方とその速度を。それぞれが自分独自のものを」とジョンは言った。ジェーンは黙っていた。ジョンの目がいまだにある一点に定められているあいだは、話はまだ終わっていないことを知っていたからだ。

「悪い学校は」とジョンは続けた。「教師よりも多くを見ることを、生徒に禁じる――」

「でも逆に、教師に生徒よりも多くを見ろと強制することはできないでしょう！」

「教師は尊重の心をもつべきだ」とジョンは答えた。「誰のことも急がせてはならない。それに、よく観察することができなくては」

「そういう命令を出すつもりなの？」

「手本を見せるんだよ。尊重の心は、見ることから来るんだ。教師は教師であるだけではだめだ。発見者でもなければならない。僕にはそういう教師がいた」

「学校の創設者としての私たちは、教える教科以外を指示することはできないのよ」とジェーンは言った。

「それすらできないよ。もし教会が反対すればね！　教会はラテン語を入れたいんだ」

「あなたはなにを入れたいの？」

「生徒たちに機会を与えるものなら、すべて。数学、図画、なにより自然観察」

雨はますます激しくなり、火は消えた。ジョンはテントの入口を閉じた。ジェーンがジョンの首と肩のあいだの窪みに頭を預ける。「それを全部、ラグビーにいるアーノルド博士に書いて送るべきよ。博士なら、校長にふさわしい人を知っているかもしれないわ」

四人隊員たちは実績を積み、認められていった。特に、最年長であるガヴィガン。注意深さと沈着さのせいで赤い目をした、太ったたくましい男だ。思慮深く頼りになるのは、フレンチも同様だった。身長七フィート二インチ、まるで中肉中背の男ふたりを縦に積み重ねたかのような外見だ。川を渡る際、自身の身長をたのんでよく深みにはまるが、決して足が川底から離れることはない。ほかの十人も、数か月のあいだだけでも尊厳を守りたいと思っている囚人にしかもてない熱意を、常に発揮し続けた。

茂みでレディ・ジェーンが足をくじき、しばらくのあいだ木製の担架で運んでもらわねばならなくなった。雨は降り続き、川は溢れた。時間は足りなかった。スクーナーが一隻、もう何週間も前から、ゴードン川の河口で一行を待っていたのだ。一行は予定よりも遅れていた。やがて、フランクリンの名をつけられた川に着いたが、ボートなしでは渡ることができない。スクーナーに見捨てられれば、一行はおしまいだ。というのも、行きにはまだうまく渡ることのできた小川が、いまでは轟々と渦巻く大河に変わっていたからだ。引き返すことはできない。「誰かが川を渡って、連絡をしなくては」とジョンが言った。

「私がガヴィガンをかついで川を渡ります」と、長いあいだ考えた末に、フレンチが言った。「私なら川底に足が届きますし、ガヴィガンの体重が支えになってくれるでしょう」。フレンチは、重いガヴィガンを肩にかついで、川に入っていった。途中でやはり倒れ、急流に姿を消したが、ふたりとも生きて対岸にたどり着き、両手を筒にして「クーイー」と叫んだ。タスマニア先住民の言葉で、万歳という意味だ。それからふたりは、ゴードンまでの十五マイルを四時間弱で歩き切り、ちょうどスクーナーが錨を上げようとしていたまさにその瞬間、川の湾曲地点にたどり着き、出航を押しとどめたうえ、いくらかの食糧をもらって、五時間後に再びフランクリン川にたどり着くと、「クーイー」と呼びかけた。

二日後、しっかりした舷外浮材つきボートが完成して、一行は足を濡らすことなく川を渡った。旅は幸運な終わりを迎えた。ジョンはふたりの救済者に、残りの刑期を免除した。ふたりとも、自由になるやいなや結婚した。というのも、この点もまた囚人と市民との違いだったからだ。囚人は結婚することができないのだ。

シェラードはもはや、悪を追い払うために海岸へ降りることができなくなった。病の床に慣れねばならず、実際、抵抗もせずに慣れた。一八四三年がシェラードの没年になることは、もはや避けようがなかった。シェラードは本当にどんどん鷲に似ていき、黄ばんだ紙のように血の気のない顔をしていた。

ホバートの停泊地に一隻の船が現れ、ひとりの男を陸に降ろした。男は絶え間なく驚きの声を上げていた。総督邸への道を尋ね、なにを教えられても「おかしい、おかしい！」と言った。男はサー・ジョンと話がしたいと申し出て、長いあいだ待たされたあと、ついにジョンの部屋に通され、自己紹介した。「アードリー・アードリーです」と男は言って、なんらかの反応を待っているようだった。ジョンはただ礼儀正しくうなずいて、男を見つめ続けた。「アードリー・アードリー」と男は再びつぶやいた。ジョンは、この丁寧な繰り返しに礼を述べ、だがこれ以上繰り返すのはやめてほしいと頼んだ。「それが私の名前なんです！」と男は答えた。「私はあなたの後任としてヴァン・ディーメンズ・ランドの総督になります。こちらがスタンリー卿からの手紙です」。おそらく男は、ジョンが即座に官吏全員に自分を華々しく紹介するだろうと期待していたようだ。だがジョンはただ大声で笑うばかりで、しかもその笑いは決して終わらないかのようだった。ようやく笑いが引き、ジョンは肩をすくめた。「ミスター・モンタギューは、私にあらゆる不面目をなすりつけることに成功したようだ。いったいどうやるんだろう？」

そしてジョンは、荷造りを始めた。

シェラードはヴァン・ディーメンズ・ランドに残って、死を待つことになった。

ヘプバーンは新しい学校の下級教師の職を引き受けた。小さなエラは、ポニーを置いていかなければならないせいで泣いた。ソフィアは、愛する男性が不当な扱いを受け、傷つけられたことを知っているせいで泣いた。「私が女王陛下だったら！」しゃくりあげながら、ソフィアは言った。ジェーンは笑い、罵り、全体を展望する視線で、引越しのすべてを采配した。

別れの日、海岸と港は、普通ならレガッタの日にしか見られないほどぎっしりと人で埋め尽くされた。ジョンは、騎乗した三百人と、百台を超える馬車を数えた。入植者たちは、ジョンに手を振るために、一家揃って遠方からやってきた。恐ろしいほどの数の女や男がジョンの手を握った。多くは目に涙を浮かべて。元囚人たちも来たし、船乗りや、小農民、仕立て見習い職人、罠猟師もやってきた。その中心にはドクター・カヴァーデイルと、トゥルー・コロニスト紙のミスター・ニートがいた。ニートはジョンのところへ駆け寄ると、その手を握り、こう言った。「この国がいつの日か尊厳とよき隣人への道を見つけることがあれば、それは閣下の気高く忍耐強い精神が残した足跡を追うものになるでしょう！」ニートの手は汗で濡れていた。だがそれも、その洗練された偉大な言葉から、慰めの効果を奪うことはなかった。ジョンはニートの汗で濡れた自分の手を胸に当てて、お辞儀をすると、こう言った。「私はただ、誰もが機会を与えられることを望んだにすぎません」

第十八章　エレバス号とテラー号

ジョン・フランクリンは、外務および植民地大臣の尊大な顔を、目をそらさずにじっと見つめながら、説明を求めた。「閣下、なぜミスター・モンタギューの証拠もない作り話をお信じになり、その話をもとに動かれたのです？　私の話もお聞きくださらず」

大英帝国植民地の管理者として、事実上世界で最も強大な権力をもつ支配者のひとりである第十四代ダービー伯爵スタンリー卿は、素晴らしく優雅に右の眉を持ち上げた。これは、卿がしっかりと自分のものにしている技だ。どちらの眉も、片方だけ独立して持ち上げることができる。

「君に説明するつもりはない。私が説明の義務を負うのは、女王陛下と首相閣下に対してのみだ」。スタンリーは、一度決めた意見を変えることは尊厳にもとると考えていた。スタンリーは、かつてのジョンの父を思い出させた。昔ジョンをスケグネスから連れ戻し、部屋に閉じ込めたときの父を。いまではジョンは、あの当時の父のそのまた父親にも近い歳で、スタンリー卿は息子でもおかしくなかった。愚かで、無慈悲な息子。それは、自分の尊厳を保つには相手を貶めるしかないと双方が思う出会いのひとつだった。

大臣のガラスのような視線に向かって、ジョンはこの機会のためにじっくり考えてきた言葉を投げかけた。

「あなたがお選びになったやり方を批判するのは、私の仕事ではありません。ですが、これまでの植民地省の歴史において、あの処分に相当する事例はかってないことを申し上げておきたいと思います」。そしてジョンは立ち上がり、お辞儀をすると、退出許可を求めた。心のなかではこう考えていた。私はお前を知っているが、お前は私を知らない。もしかしたら、女王と首相がお前にまったく同じ質問をするように仕向けることだって、できるかもしれないんだぞ。

この会談のあと、ジョンは何時間も街を歩き回った。敗北を受け入れる気には少しもならず、あらゆる的確な言葉で身を固めていった。ときどき縁石につまずいたり、ちょうど店から出てくる人にぶつかったりした。選び抜かれた言葉のために、傷やこぶを作ったというわけだ。だがそれもすべて、その言葉をなんらかの形でスタンリー卿に伝えるためだった。

だが次第に、ジョンは平静を取り戻した。このロンドンの街のなかでは、自分の怒りがちっぽけなものに思われた。いずれにせよ、これほど見るもの、読むものが多いと、自分という人間に集中するのも難しかった。通りは、まるでいくつもの文字が叫び声を発しているようだった。こちらでは安い辻馬車を売り込む言葉、あちらでは純正のジンや貴重な煙草のために列をなす人たちの言葉、そのあいだには、木綿の布に大きく書かれ、木の棒にくくりつけられて揺れる文字たち——一般選挙権を求める人々が、デモ行進をしているのだ。すべてを同時に見て、読むのは、ジョンには難しかった。新しく複雑な言葉が、常に目の前に現れるのだからなおさらだ。そういった言葉のひとつは、「銀板写真」だった。ジョンは近づいていって、小さく書かれた文字を読んだ。「自然という鉄筆で、あなたの肖像画を作りませんか？」それからすぐ、眼鏡店でさらなる看板を見つけた。「眼鏡！　寄る年波の贈り物！」宣伝は成功しているようだ。かつては視力の欠如か、せいぜい博学の象徴でしかなかった眼鏡が、いまでは多くの人の顔を飾っている。若い者の顔まで。

さらにジョンは、豪華な葬列をふたつ見かけ、最近ではフロックコートばかりでなく、棺までもが「ウェストを絞って」作られていることを知った。まるで、チェロが墓へと運ばれていくようだ。

とある書店に、ジョンは一時間留まった。ベンジャミン・ディズレーリには、まだ彼が小さな少年だったときに出会ったことがあるが、いまでは小説を二作出している。それに、リンカンシャーの親戚のひとりであるアルフレッド・テニソンが、ロンドンでも売れるまずまずの詩を書いている。

それからジョンは、蒸気船から出る石炭の煙が充満した港を歩いた。だが視界はまだじゅうぶんに明るかった。船渠の労働者のひとりが叫んだ。「見ろ、フランクリンだぞ！ ブーツを食った男だ」

ジョンはさらにベスナル・グリーンまで歩き、地下にある住居のかびくさい匂いをかいだ。そういった住居のひとつにジョンを招待したがった、十三歳になるかならないかの痩せた少女の言葉に、辛抱強く耳を傾けた。少女の兄弟のうちふたりは、店から生煮えの牛の足を盗んで食べたために、流刑地に送られたという。少女は、おじさんのために服を脱いであげる、と言った。とてもゆっくり脱ぎながら、歌を歌ってあげる。全部合わせてたったの一ペニー。ジョンは心を動かされ、胸が苦しくなった。そして少女に一シリングやると、戸惑いながらその場を逃げ出した。

ここには窓ガラスはほとんどなく、ドアも必要なかった。泥棒に盗まれるものなどないからだ。警備は強化されたようで、いたるところに制服を着た男たちが目を光らせている。思慮深いことに、武器は持っていない。

キングズ・クロス駅では、蒸気機関車がうなりを上げるのを聞きながら、立ったまま新聞を読んだ。いまではロンドンの人口は三百万人だ。毎日のように二百フーダーの小麦がパンになり、何千頭もの牛が殺されている。だが、それでも足りない。

ちなみに、物乞いたちはあまりに早口だった——長いあいだ邪魔をしてはならないと思っているのか。もっとゆっくり話せば、邪魔になどならず、会話のきっかけになるものを、とジョンは思った。だが物乞いたちは、まさにそれを避けたいのかもしれなかった。

それからの数週間、ジョンは友人たちを訪ね歩いた。まだ生きている友人たちだ。

リチャードソンは言った。「いまでは我々も六十歳ですよ、親愛なるフランクリン。ふたりとも、古い航路船のように任務を解かれた。しかし、だからといって名声は変わることがありません」

ジョンは答えた。「私は五十八歳と半年です！」

ブラウン博士は大英博物館内で、本と植物標本に囲まれてジョンを迎えた。話をするあいだ、親指を用心深く二つ折り判の本にはさんでいた。ジョンがスタンリーの仕打ちを訴えたとき、ブラウン博士はうっかり親指を本から抜いてしまい、両者に毒づいた。尊大なスタンリー卿と、わからなくなったページ数に。そしてこう言った。「アシュリーと話してみますよ！　あれは心ある男です。彼がピール首相に話してくれるでしょうから、まあようすを見ましょう。きっとうまくいきますよ！」

若いディズレーリの家で、ジョンは画家のウィリアム・ウェストールに会った。ウェストールの眉は、いまでは灰色のもじゃもじゃの藪で、目をほぼ覆い隠していた。話し方は途切れ途切れで、ときには個々の単語の羅列にすぎなかったが、ジョンとの再会を喜んでいるのは明らかだった。話題はやはりまた、美と善とはまず創り出されねばならないものか、それともすでにこの世界のなかに存在するのかという問いに行きついた。ジョンは発見者として、後者を信じていた。ディズレーリが素晴らしい言葉を発した。だがジョンは、そのどれひとつとして記憶に留めることができなかった。

数日後、ジョンはバローを訪ねた。バローはとても元気そうに見え、生き生きと話したが、実際は「はい」と「いいえ」という答えしか理解していなかった。そして「いいえ」を受け入れるのを嫌がった。

「もちろん探検隊を指揮するんだ、フランクリン！　エレバス号とテラー号はもうすでに準備を整えているし、金もある。いいかげんに北西航路を発見しなくては。まったく嘆かわしいことだよ！　君をこの任務から遠ざけるほど重要な仕事が、いったいどこにあるというのかね？」ジョンは事情を説明した。「それがスタンリーという男だ！」バローはそう罵った。「なんでもいいかげんなやり方をして、おまけに正しいと認められたがる。私がウェリントンと話してみよう。ウェリントンならピールと話してくれる。そしてピールがスタンリーを呼び出すんだ！」

チャールズ・バベッジもまた罵った。だがいつものとおり、自分の話だった。「計算機？　完成させることを禁じられましたよ！『高すぎる』ときたものです。でも北西航路のための金はあるんですな。北西航路などなんの役にも立たないことは、子供でも知っているというのに――」。そこでバベッジははっとして口をつぐみ、不安げにジョンの目を覗き込んで、少し声を和らげると、先を続けた。「もちろん、あなたが発見なさるならうれしいことです」。「私は行きません」とジョンは言った。「ジェイムズ・ロスが行くでしょう」

ピーター・マーク・ロジェは、有用な知識の普及を目指す協会を設立しており、その会議を率いる傍ら、言語研究も行っていた。だが図像めくり機のことも、まだ完全に忘れたわけではなかった。「図像の制作を除けば、あとの問題はすべて解決しているんですよ。大陸のフォイクトレンダーとかいう会社が、銀板写真で試しているみたいですがね、あれはだめですよ。図像のひとつひとつにおいて、なかの人物が適切な動作の段階で静止して写真に納まる必要があるんですから。それに、ほんの一秒の動画のために、少なくとも十八枚の図像が必要なんですよ。あまりに複雑で、悠長すぎるやりかたです」

だが、ロジェがフランクリンを訪ねてきたのは、なによりジェーンがいまどんな姿をしているかに興味があったからだった。ロジェ自身は、疑いなく世間で最も美しく優雅な老紳士だった。

最後にジョンは、海軍本部の水路学者であるビューフォート大佐に会った。ビューフォートはジョンに、自身が提唱した風力階級について説明した。いまでは海軍のあらゆる航海日誌に用いることが定められている基準だ。ふたりとも、どんな風速にもそれにまつわるなんらかの話を思い出したため、説明には長い時間がかかった。別れ際に、ビューフォートは言った。「スタンリーのことですが、バーリングに話してみましょう。きっと彼がピールに話してくれますよ。簡単なことです！　ところで——本当にもう北極に行くつもりはないんですか？」

ジョンは答えた。「ジェイムズ・ロスが行きます」

そう、ジョンには、ジョンのために行動を起こしてくれる友人たちがいた。だが彼らのためになにかをしてやった覚えはほとんどない。まさにそれが友情なのだろう。

一八四五年一月、ジョン・フランクリンはピール首相からの手紙を受け取った。ちょっとした話し合いに来てほしいという。金曜日の十一時、ダウニング街十番地。

ジェーンは言った。「どんな話にせよ、首相がタスマニアに投資するつもりだとは思えないわね」

「私のこれまでの経歴で」とサー・ロバート・ピール首相は言った。「これほど熱心な友人をもった人間には会ったことがないよ。君についての話は、これまで五とおりの形で聞いた。どれも、スタンリー卿より君に有利な内容だった」。ピールは笑いながら、かかとを揺らした。「だが私も君については、すでにいくらか知っていたんだよ。それも、より重要なことをね。ラグビーにいるドクター・アーノルドは、私の知人だ」。ジョンはお辞儀をして、賛意の表情で黙っているほうが得策だと考えた。サー・ロバートがかかとを揺らし終わったとき、自分になにを要求してくるかは、まだわからない。

「単刀直入に言おう。私はスタンリー卿の仕事に口を挟むつもりはない」とピールは言った。「やろうと思ってもできない。なにしろスタンリーは、あらゆるものごとを、私とは違ったやりかたで始めるからね。すでに生まれからしてそうだ」

相手の目をあまり長いあいだ見つめすぎないよう、ジョンは視線を落としていったが、硬い襟もとを留める明るい色のリボンのところで視線は自然に止まった。首相の襟はあまりにきつく締まっていて、角が常に頬に突き刺さっていた。それが、幅の狭すぎる長いズボンとともに、首相の自虐的なほど品行方正な印象を強めていた。そのズボンは本来、美しい肢体をさらに美しく見せるものなのだろうが、ピールの短い脚は、ズボンのせいでさらに短く見えるばかりだった。ジョンは、ピールをなんとなく好きになり始めていた。「君を准男爵に昇格させるよう」とピールは続けた。「女王陛下に推薦することを強く勧められたのだが」――ここでかかとが上がる――「ただ、そうすることはスタンリー卿への侮辱となるし、ほかの理由からもそれは考えられない。私の頭には、それよりももっといい案があるんだ。まずは座ろうじゃないか！」

この人は私に似ていなくもない、とジョンは思った。この人にとって、秩序は当然のものではないのだ。頭のなかに混沌を抱えていて、必死に努力しなければならないのだ。市民階級の男。自身のリズムを苦労して勝ち取った。私は一生のあいだ兄弟を探してきた。もしかしたらこの人とは、少なくとも従兄弟くらいにはなれるかもしれない。

「学校創設についての君の手紙を読んだよ」とピールは言った。「ドクター・アーノルドが、オックスフォードで私にくれたんだ。緩慢な視線、固定した視線、展望する視線。素晴らしい！　個々の速度や速度の段階が異なることを土台にした寛容という考え――非常に納得できる。学校については、我々の意見は一致している。学ぶことと見ることは、教育よりも大切だ。ここのところ私は、常に使命感をもった教育というものと関わっていてね。国教会会員、メソジスト派、カトリック教徒、長老派。全員に一致しているのは、こうだ――見ることなど重要ではない、神意にかなった性格こそがすべて、とね」

自分の意見に賛同を表すこれほど多くの言葉をもらって、ジョンの胸は温かくなった。だが、いまだに用心深さは捨てていなかった。理論家として褒められることは、実践家が望むすべてではない。

「学校には、我らの航海士の魂がもっと注ぎ込まれねばならないな」とピールは言った。「そして伝道師の魂はもっと減らすべきだ」。ピールはベストのポケットから時計を引っ張り出して、時間を見るために右の膝に載せた。つまり遠視ということだ。ジョンはその噂を聞いたことがあった。「簡単に言おう、ミスター・フランクリン。私は新しい公共機関を作りたい。女王陛下から委託された教育のための施設を。そうすれば、多くの教育者の要請にこたえることができるし、同時に彼らを牽制することができる。新しい機関は、なによりも児童保護と労働時間規則の遵守のためのものだ。統一規則計画を検査し、すべての学校と青少年の状態について、毎年包括的な報告を提出する。そのためには、なにごとにも慌てることなく、自身の目的を追わず、宗教や世界改善といった目標を掲げず、周囲の怒号にもびくともしない人間が必要だ。名声があり、清廉潔白で、指名しても宗教集団から挑発だと受け取られることのない人物でなければならない。すべてが君にあてはまるんだよ、ミスター・フランクリン！」

ジョンは顔が赤くなるのを感じ、喜びにすっかり身を任せてしまうまいと努めた。ここにいるピールという人物は、ジョンと同様、自身の必要に迫られて緩慢さを発見したようだ。そして明らかに、緩慢を世間に通用させようと考えている。ジョンは、壁を抜けて広い戸外へ出たかのように感じた。一生のあいだ抱き続けた理想郷が、再び目の前に現れた。不必要な高速化との闘い、世界と人間との、緩やかで段階的な発見。海の真ん中から、もの言う柱が立ち現れたようだった。個人の時間を有効に利用するためではなく、時間を保護し、慎重さ、繊細さ、思索を蓄えるために作られた機械や施設を、ジョンは目の前に思い浮かべた。もはや学ぶことが抑圧されることも、抑圧することを学ぶこともない学校も、可能に思われた。英国よりも力のある国はない。そしてその英国の首相よりも力のある人間はいない。そして、ロバート・ピールほど尊敬を集める男もいない。もしこの男が兄弟だったら……

「答えは、ゆっくり時間をかけて考えてくれたまえ」と言って、ピールは再び時計を膝に載せた。「それから、まだ誰にもこの話はしないでくれ。もしアシュリーがこの話を聞きつけでもしたら……」

ジョンは再び用心深さを取り戻した。シャフツベリー伯爵アシュリー卿？　まさに児童労働を廃止するために闘っている人物ではないか。ジョンは勇気を奮い起こして、尋ねた。

「私はあまり多くをやりすぎてはいけないということでしょうか？」

「我々は完全に理解し合ったようだな」と首相は言った。「大切なのは、大いなる尊厳をもって、故意に足踏みすることだ。あまりに急激な改革は、まさにこの分野では、不必要に多くの危険を呼ぶことになる――いや、君にわざわざこんなことを言う必要はないね！」

「要するに、あらゆることを手がけるが、あまり多くを成し遂げることはない人間を必要となさっているのですね」。ジョンは考え込み、そして立ち上がった。ここで目をつぶって、この怪しげな話を受けるべきだろうか？　もちろんそれだけの甲斐はあるだろう。ジョンは窓辺に寄った。ピールの苛立ちをはっきりと感じながらも、徹底的に考え抜いた。そして振り向いた。「サー・ロバート、あなたは私に正しい申し出をしてくださいました。ですがそれは、逆の理由からの、間違った目的のための申し出です。おっしゃるとおり、このことは誰にも話すべきではないでしょう」。そう言ってジョンはお辞儀をすると、退出した。

人生で初めて、ジョンは今後のすべてについて、長く考える必要を感じなかった。まっすぐに海軍本部へ行き、驚くバローに、たったいまから再び艦の指揮を執る準備があると告げた。

それが合図になったかのように、すべての道が開けた。二日のうちに、ジョンはエレバス号とテラー号の指揮を引き継いだ――直前に、善良なるジェイムズ・ロスが、健康上の理由から探検旅行の指揮を諦めねばならないと報告してきたのだ。北西航路を見つけるのに最もふさわしく、最も優れているのがジョン・フランクリンであることに疑いの余地はなかった。同じことは船にも言えた。エレバス号とテラー号は頑丈に造られた元臼砲艦で、少しばかり鈍重ではあったが、その代わり丈夫で広々としており、リギングを見れば三本マスト帆船であることがわかった。提督たちは、これらの艦の装備に関しては、ジョンのどんな望みもかなえてくれ、それればかりか、ジョンが思いつかなかったことまでやってくれた。

ジェーンがピール首相との話し合いについて訊こうとすると、ジョンはただこう答えた。「特になにもなかったよ。首相は緩慢を発見したんだ」


五月九日の午後、サー・ジョンとレディ・フランクリンは、クイーンスクエアのホールでルートヴィヒ・ヴァン・ベートーヴェンという作曲家のピアノソナタ三曲を聴いた。演奏したのは、モシェレスという名のかくしゃくとした老紳士だ。ジョンはあまりに高い音はどれも好きではなかったし、低い音はもう少し長く続いてほしいと思った。だが、印象深い調べが繰り返されるのはうれしかった。もともとそれほど多くを期待していたわけではなかった。ジョンは自身の耳の悪さに打ちのめされた。音楽についてはなにも知らないに等しいし、速いパッセージにはついていけないような気がした。そこで、探検旅行における肉の補給について考えた。質と保管方法、塩の含有量、生きた家畜の選別――なにひとつとして、偶然に委ねるつもりはなかった。二、三度越冬をすることになれば、単なる幸運だけで生き延びることはできない。徹底的な準備あるのみだ。

最後のソナタを聴いていたとき――〔作品番号一一一〕という名だ――奇妙な感覚に襲われた。ジョンの思考は、牛の半身や食糧樽をはるかに超えた高みに上り、目は視線の方向を変えることのないまま、老ピアニストとグランドピアノから離れた。音楽は、悲壮であると同時に軽やかで明瞭で、ゆるやかな楽章は、まるで海岸を歩くかのようだった。波と、足跡と、繊細な模様の砂。同時にそれは、馬車からの視線にも似ていた。馬車から外を見る者は、常に自由に遠方の景色を遠ざけたり、近くの景色を輝かせたりすることができる。ジョンはそこに、あらゆる思考の繊細な葉脈を体験するような気がした。あらゆる構造の要素と、同時に恣意性を、あらゆる観念の存続と逃避を。ジョンは、自身が深い洞察力をもち、楽観的になった気がした。最後の音が響き終わって数分後、突然ジョンは悟った――勝利も敗北も、まったく存在しないのだと。それは、人間によって設定された時間の観念のなかを浮遊する恣意的な概念にすぎないのだと。

ジョンはモシェレスのもとへ行って、こう言った。「あのゆるやかな楽章は、まるで海のようでした。海のことならよく知っているんです」。モシェレスはジョンに笑いかけた。この老人が、なんという笑顔を見せることか！「もちろんです、サー、ええ、海ですね。ひたすら簡潔に、そして歌うように《モルト・センプリーチェ・エ・カンタービレ》。よき別れのように」

家に帰る途中、ジョンはジェーンに言った。「まだまだいろいろなものがあるんだな。北西航路が終わったら、少し音楽を学んでみようと思うよ」

とあるアトリエで、探検隊の士官と下士官全員が、記念のためにひとりずつ銀板写真に納まった。全員が順番に、ひだのついたビロードのカーテンの前に立ち、姿勢を正し、堂々と写真機を見つめた。撮影に必要な明るさは火薬を燃やして作り出したので、まるで戦場のような匂いがした。サー・ジョンは、禿げ頭を隠すために帽子をかぶったままでいた。そのため、最年少の士官候補生にいたるまで皆が、ジョンを思いやって帽子をかぶったまま撮影に臨んだ。「その他の点でも、優秀な人員です。この隊は黄金にも値しますよ」と、副官であるクロージャー大佐が言った。「そのとおりだ」とジョンはうなずいた。「ちょっと待ってくれ！」そう言ってジョンは、忘れないようになにかを書きつけた。それからしばらくして、ジョンはピーター・ロジェに一通の手紙を書き送った。「図像めくり機に銀板写真を使う場合、撮影される人物が毎回ひとつのポーズをやめ、それから改めてまた別のポーズを取り直す必要がないくらいに、それぞれの図像間の時間的間隔を縮めることが必要です。人物が皆自然に動くことができるほど、一秒あたりの撮影枚数を増やすことができるかもしれません。ちなみに、図像めくり機に対する私の憂慮は、まだ払拭されていません。大切なのは、この機械を正しい理由から、正しい目的のために使うことです。航海から戻ったら、この点について、いくつか技術的な提案をしたいと思います」

五月十九日の朝、二隻の艦が港を離れると、ソフィアは艦に背を向けて泣いた。ジョンはその姿を後甲板から目にした。ジェーンが、なにか冗談を言ってソフィアを元気づけようとしているようだった。ジェーンの快活な無理解のほうが、ほかの誰かの深い同情よりもずっと慰めになることを、ジョンは知っていた。エラはほかのなにものにも気をそらされることなく手を振り続け、かつて母親がしたのと同様、笑いながら飛び跳ねた。旅は一年以上続くことはないだろうと、皆が考えていた。クロージャーさえもがこう言った。「うまく行けば、今年の夏には戻ってこられるでしょう」

二時間後、グリーンハイスの埠頭は、大きく湾曲するテムズ河の向こうに遠のいた。エレバス号はラットラー号という名の小型外輪船に、テラー号はさらに小型のブレイザー号に曳かれてテムズ河を下った。何十年にもわたって、ジョンにとって航海術の知恵とは、遮るものさえなければ船は自力で目的地に達するという点に存した。決して「あそこへ行こう！」と言ったことはなく、常に「船をあそこへ向かわせよう」と言った。だから、別の船に曳かれて進むことについて、まず気持ちを納得させねばならなかった。ラットラー号が吐き出すもうもうとした煙からは、エレバス号の高くそびえる船首にいてさえ逃れることができないのだから、なおさらだった。ジョンは咳き込みながら不平を言ったが、心の底ではスケグネスで過ごした子供時代のように幸福だった。隣に立つエレバス号の艦長フィッツジェイムズの肩をつかんで、揺さぶった。「我々は順調に進んでいる」とジョンは言った。「逃亡は成功だ！」フィッツジェイムズは礼儀正しい笑い声を上げた。「すまない！」とジョンは小声で謝った。フィッツジェイムズがソフィアに狂おしいほどの恋をしていることに、気づいていたのだ。「一年、二年というのは、長い時間です」とフィッツジェイムズ海尉は答えた。「私もそう思うよ」とジョンもつぶやいた。ジョンはむしろ旅には三年かかると予想しており、進歩を信奉する者たちが、いくつもの島が散らばるカナダ北部の海図に一本の線を引き、指でその上をたどりながら、船も指より少し速度が遅いだけで、やはりこの線上を進むのだと考えているのを見て、からかいたいような気分になった。千マイルを帆走し、それから八か月間、氷に閉じ込められて待ち、それから再び数百マイル帆走し、またしても待つ——そうなればまもなく、緩慢に関するあらゆる概念が、こういった者たちの頭から消えるだろう。三か月待ったあとでは、彼らは自分たちが再び動くことがあるとはもはや信じられず、理性を失うことだろう。

次の宿駅は、オークニーのストロムネス。手紙を送るための駅だ。カムチャツカのペトロパブロフスクが、手紙を受け取る場所だ。船には七羽の伝書鳩がいて、二千冊の本と、ふたつの手回しオルガンがある。ほぼ三十とおりの演奏方法があるオルガンだが、作品番号一一一は演奏できない。備蓄食糧は、四度の冬を越すこともできるほど積んである。ラットラー号とブレイザー号のふたりの紳士は——フランクリンは、この二隻の船が、他の船のように女性名で呼ばれることを認める気にはどうしてもなれなかった

——ロナ島で別れを告げ、去っていった。そして、やがて海岸の前に浮かぶふたつの小さな汚れた雲にすぎなくなった。

一か月のあいだ、大量に荷を積み、船体を銅張りした二隻の艦は、大西洋を進んだ。この間、十二回の礼拝を、ジョンは自ら執り行った。乗組員たちは、説教がそれに対応する聖書の章から来るものではないことに気づいたが、それでも満足した。航海長が言った。「我らのフランクリンは司祭様だ。艦長の服を着てはいるが、それだけ余計に神々しいのさ」

七月末、一行はバフィン湾でエンタープライズ号という名の捕鯨船を見た。船長が艦にやってきて、フランクリンと話した。今年の氷は、去年よりも手ごわいとのことだった。「我々はちゃんと潜り抜けられると信じています」。フランクリンは真面目な顔でそう言った。「そして、乗組員は私を信頼しています」捕鯨船の船長は、論理の男だった。「ではサー、あなたが亡くなったらどうなるのですか?」ジョンは手すり越しに海を見下ろした。「そのときは、私が乗組員たちを信頼します。私という人間から残るものが、常に私自身である必要はありません」。これは、ジョンが奇妙な説教で披露した言葉のひとつだった。

いい風が吹いていたので、両者はまたすぐに別れることになった。エンタープライズ号は船首を風上に向けたままそこに留まり続けた。鯨の姿が認められたからだ。エレバス号とテラー号は北極を目指して北西へ向かった。互いの姿が見えなくなる前に、雪が降り始めた。

あらゆる装備を整えた強靭な船、熱心な水夫たち、りりしい士官たち。実に辛抱強く、なにものにも惑わされない老紳士の指揮のもとに、皆が恐れを知らず、快活に働く——それが、世界の目に焼きついた探検隊の姿だった。

第十九章　偉大なる航路

一八四五年の冬の到来まで、フランクリンはランカスター海峡から、海軍本部の命令どおり南西ではなく、北への航路を探し続けた。航海可能な北極海が見つかることを、いまだに望んでいたのだ。だが二隻の船はコーンウォリスという大きな島の周りを回るばかりで、どんどん巨大になっていく氷塊のほかにはなにも見つけられなかった。フランクリンは一八四六年の春まで、ビーチー島の安全な湾で越冬した。ビーチー島という名前は、トレント号でのフランクリンのかつての第一士官にちなんでつけられたものだ。ここで三人が死亡した。ふたりは病死、ひとりは溺死だった。一行は、まるでイギリスの村の墓地にあるような、丁寧に名前を彫った墓石を建てた。その後、エレバス号とテラー号は再び海へと乗り出し、今度は南西へ向かった。だがこの年も、あまり幸運とはいえないようだった。流氷はどんどん巨大になっていく。二隻の船は、そびえ立つ氷塊の合間を、惨めなほどの緩慢さで懸命に進み続けた。だがフランクリンは、恐れもひるみもしなかった。

いくつもの流氷が互いにぶつかり合う危険な海峡を、フランクリンはピール海峡と名づけた。サー・ロバート・ピールを称えての命名だとは言いかねた。

乗組員はよく働き、フランクリンを信頼していた。冗談を飛ばす気分は少しばかり強くなったが、まだ憂慮するほどではなかった。探検隊がもはや機能しなくなったときに、どんな声が聞こえるものかを、フランクリンはよく知っていた。小さな心配ごとは多かったが、大きな心配ごとはなかった。

ジェーン・フランクリンは、エラとソフィア・クラクロフトとともに、冬をマデイラで過ごした。春になると、三人は西インド諸島を訪れた。ジェーンは、探検隊の運命を案ずるソフィアの心痛をいささか大げさだと感じ、気晴らしをしてはと思ったのだ。エラはそこからイギリスへ戻り、ジェーンとソフィアはニューヨークへ向かった。

ヘラルド紙に載った広告を、ふたりは読んだ。「マダム・リーンダー・レントが、愛情、結婚、不在の友人について占います。人生のあらゆる出来事を予言します。マルベリー通り一六九番地、奥の棟の二階。女性二十五セント、男性五十セント。追加料金で、即座に結婚を実現させます」。ロンドンでは決して占い師のもとになど行かないであろうジェーンだったが、この分野も研究してみなくてはと心に決めた。そこでふたりはマダムのもとへ向かった。マダム・レントは二十五歳くらい、恐ろしいほど不潔で、頭はほとんど禿げ上がっていた。ビール瓶に挿した獣脂ろうそくの光のもとで、マダムはジョン・フランクリンの運命を占ってカードを並べ、ジョンはたいへん元気にしていると言った。ちょうど人生の目的地にたどり着こうとしているところだ、だがそれを一気に成し遂げることはなく、徐々に実現するだろう、と。ふたりが結婚を望んでいるわけではないと気づくと、マダムはがっかりして二十五セントを受け取り、外にはまだ助けを求める人が十一人待っていると告げた。

帆の力だけでは、もはや前進することはできなかった。流氷はどんどん厚みを増し、閉ざされた氷原になっていった。乗組員は、見張り時間の半分を、船首のロープを引っ張るか、氷をかち割り、鋸で切って進路を開くことに費やした。フランクリンは、激しい咳にもかかわらず、何日も陣頭に立ち続け、ほとんど眠ろうともしなかった。ただ、ときどきフィッツジェイムズを相手にバックギャモンをして、そのたびに勝った。

七月十五日、フランクリンはちょうど六分儀を手に甲板に立ち、星の位置から現在地を測定していた。そのとき、エレバス号の船尾の向こうにある氷原から、叫び声が聞こえた気がした。どんな人間の叫び声よりも大きな声だった。フランクリンは驚いて六分儀を置くと、船尾を見つめた。不審なものはなにも見えない。テラー号の背後で、大きな卵のような太陽が、水平線沿いを東へ這い進んでいる。何千もの氷塊が海から突き出ている。まるで赤いガラスでできた町のようだ。だがそれは動く町で、二隻の船とともに南へじりじりと進んでおり、決して止まることがない。ジョンは水平線にある燃えるような卵を見つめて、こう考えた――いったいどうして太陽なんだろう。太陽とはなんだろう。ジョンの脚がくずおれた。気をつけろ、すべてばかばかしいたわごとだ、と思った。倒れるとき、ジョンは六分儀を抱え込み、守ろうとした。六分儀についてマシューから最初に習ったのは、倒してはならない、ということだった。ジョンは意識を失った。

気がつくと、船室の床に敷いた毛布の上に横たわっていた。自分の上にかがみこんだフィッツジェイムズとゴア海尉の顔が見えた。そこに、見習い医師グッドサーの顔が加わった。だが彼らの顔は、頭を特定の位置に動かさなければ見えなかった。これまで慣れ親しんできた、顔からの視線の軸は、いまや対象を認識するためには、その脇を素通りしなければならなかった。まるで鶏だ、と戸惑いながらジョンは思った。いや、むしろ思おうとした、と言うべきか。なぜなら、思考に必要なあらゆる言葉が、思い浮かばなかったからだ。三人の不安を取り除こうと、なにか言おうともした。だが口から出たのは、おそらくあまり明瞭とはいえない音だったのだろう。三人の顔はますます不安げになった。しかし、笑うことと、起き上がることならできるに違いない！　ジョンはやってみた。だが右足がどうしても動かなかった。さらに、いまだに空のあの赤い物体と、ガラスの町が見える。以前はどんな視界にも混じる光景ではなかったはずだが。それに、あの物体はなんという名だったろう？　あの明るい物体は。ここにいたって、はっきりとわかった——なにかが起きたのだ。

なにかが、もうとうに起きていてもおかしくはなかったのだ。それが誰かを襲わねばならないのなら、ジョン自身を襲うのが一番いいと思った。

一八四六年の夏、ロンドンにはありとあらゆる知らせが溢れ、北極からのなんらかの新情報など、届いたとしても、ほとんどなんの印象も残すことはなかっただろう。

議会は、もうずいぶん前からすっかり時代遅れとなっている穀物法をめぐってもめていた。アイルランドを飢餓が襲い、大惨事になるのも近いとあって、関税主義に反対する決断を下す必要にますます迫られていた。たとえ影響力のある一握りの土地所有者が大騒ぎしようと、パンの値段はいい加減に下がらなくてはならない。保守党の党首として、長年にわたって穀物法の擁護者だったロバート・ピールは、超然と、勇敢に、公然と態度を翻した。そして穀物法を廃止し、そのため高位の貴族である政治家仲間の怒りを買った。首相の地位こそ失ったが、ピールは飢えた者たちの感謝の念を勝ち取った。

一八四六年七月十五日、レディ・フランクリンとソフィアは、絵のように美しいクリッパー船のふたりきりの乗客として、ニューヨークからロンドンへ戻る途中、輝く太陽のもと、アイルランドの南海岸を回っていた。ふたりは、ロンドンに着いたらエレバス号とテラー号からの最初の知らせを受け取れるだろうと期待していた。

スピルスピーでは、その同じ日、恐ろしい嵐が巻き起こった。古い木が幾本もなぎ倒され、ふたりの人間が開けた道路で雷に打たれて死んだ。家々の屋根が飛び、貧民街の小屋のいくつかは、あっさり風に吹き飛ばされた。穀物は雹に打たれて畑に倒れた。その日、氷の海でなにが起こったかを、スピルスビーの住民たちに話して聞かせれば、きっと彼らは耳を傾けたことだろう。だがその数分後には、再び自身の運命のほうにかかりきりになっただろう――当然のことだ。

九月十二日、キング・ウィリアムズ・ランドの海岸沖をねじのように回転する氷塊に、二隻の船は決定的に閉じ込められた。南へ流れるいくつもの流氷群はここで、漏斗のような役割を果たすふたつの海岸線のせいで合流し、積み重なるのだった。巨大な氷塊が持ち上がり、一、二日のあいだ、まるで三角帆のように、太陽にぎらぎらと照らされて、空中にそびえる。そして、やがて反対側へと崩れ落ちていく。塔や山がそびえ立ってはまた沈み、氷の塊は、まるで鋤き返されるかのように、ぐるぐると回転した。水夫たちは、来る日も来る日も艦の命をかけて闘い、休みなしに氷塊を切り崩し、爆破し、引きずった。氷原の予測できない動きのせいで船の胴部が押しつぶされる危険はどんどん増し、やがて船はついに圧力のせいでぐんぐん持ち上げられ、最後には氷の台座の上で静止したように見えた。こうなったら、支えであるこの台座を壊さないよう、力を尽くさねばならない。建築学的に精確な図面が描かれ、静力学的な計算がなされ、錨が下ろされた。船が氷とともに南へと流されていくことを、フランクリンは知っていた。もちろん緩慢な流れで、大陸の海岸にたどり着くのは何年も先になるだろう。だがフランクリンは、艦と乗組員とを、この氷の碾き臼によって、安全な場所へと無事に救い出したかった。

フランクリンは甲板に座り、もはや名前を知らない太陽を眺めながら、上機嫌で希望に満ち溢れた姿を見せようとした。話すことも書くこともできず、どこへ移動するにも手助けが必要だった。料理人が食事を口に運んだ。ときにはフィッツジェイムズがその役を引き受けた。だが、少しばかり努力をすれば、まだ海図と計算表とを読むことはできたし、首を振ったり、うなずいたり、指し示したりすることで、なにをするべきかを指示することはできた。それどころかバックギャモンさえ続け、勝利しては、歪んだ楽しそうな顔で笑った。フランクリンの精神的な健康を疑う者はなかった。フランクリンが生きているかぎり、なにも失われることはない。人が死ぬときには常に、死にゆく者のためにすべてが回る。一八〇五年のシモンズ、一八二一年のフッド海尉、一八二五年のエレノアのときも彼女なりにそうだったし、一八四二年のシェラード・ラウンドもそうだった。そしていま、一八四六年のジョン・フランクリン。

食糧はまだ半分残っていて、平静を失いさえしなければ、あと一度か二度の越冬は可能だった。そして、平静を保つことこそ、ジョン・フランクリンの強みだった。

一八四七年の春にも、艦は氷を抜け出ることができなかった。壊血病の最初の犠牲者が出た。フランクリンは、探検隊員をじっくりと観察した。その際、狭くなった視界は妨げではなく、むしろ助けになった。乗組員たちの道徳心は衰えることがなく、むしろ育っていった。だがまさにそれこそが、ジョン・フランクリンの知るあらゆる緩慢な破局のありかただった。最初の数人が死ぬと、残った者たちの怠惰と安逸は、理性の把握力を超えた強さになる。だが、大多数が危険に陥るよりずっと前に、破局へのあらゆる認識は存在する。それが再び失われるのは、本当に最後になってからだ。探検隊員たちは、まだそこには至っていなかった。フランクリンは生きている。フランクリンは死よりも緩慢なのだ。そしてそれが、救済になるかもしれなかった。

一八四七年の五月に実施された調査行軍で、士官と水夫から成る一隊が、エレバス号からキング・ウィリアムズ・ランドを越えて、グレート・フィッシュ川の河口まで進んだ。そこから先、西への海岸線はすでに知られていた。フランクリン自身が、二十五年前に海図を描いたのだ。隊が艦に戻り、この出来事を報告すると、フランクリンは顔の片側で笑い、もう片側で泣いた。北西航路が見つかった。だがそれは、誰もがすでに予感していたとおり、実際は氷のせいでまったく役に立たない代物だった。フランクリンは、祝宴を開きたいという意志を伝えた。そして、そのとおりになった。それは、その日だけで三人の乗組員が死んだにもかかわらず、やはり祝宴だった。生きている者全員が、再び希望を抱いた。

フランクリンは海図を指し、必死で学びなおした単語をひとつひとつ、回らぬ舌で懸命に発した。突き出した首、見開いた目――まるで、いまにも出発しそうな馬車に飛び乗ろうとする子供のようだ。だが、正しいことを言うときに、見た目が美しくある必要はないし、いくら時間がかかってもいい。

老司令官が言わんとすることを、クロージャーとフィッツジェイムズが理解するまで、数時間かかった。ふたりは、いまから正確に六週間後、最も強靭で健康な者たちを連れて南へと出発し、毛皮貿易基地か、エスキモーか、インディアンのところまでたどり着いて、救助を求めるべきだ、というのだ。いますぐではなく、冬になってからでもない。なにより、来年の春になってからではだめだ！　バーレングラウンズにトナカイが見つかるのは晩夏のあいだだけであること、そして、トナカイを狩るには、まだ力が残っていなければならないことを、フランクリンは知っていた。

ふたりの士官は互いにちらりと目を見交わして、すぐに合意を固めた――病人たちを決して見捨てたりはしない、と。

一八四七年六月十一日、英国海軍少将サー・ジョン・フランクリンは、六十二歳で、二度目の卒中発作を起こして死亡した。

砕氷係が積氷を爆破して、墓穴を作った。乗組員全員が集まり、帽子を取った。クロージャーが祈りの言葉を唱えた。小銃斉射の音が、澄み渡った凍てつく空に響き、それからボート用の錨を錘としてつけた棺が、ゆっくりと下ろされた。墓穴には水が入れられ、ほんの数時間のうちに凍りついて、黒いガラスのような墓標板になった。「よき旅を」と、沈黙に向かってフィッツジェイムズが言った。

それは、形だけの虚しい言葉ではなかった。流れゆく氷塊とともに、老司令官もまたしばらくのあいだ海を漂うであろうことは、確かだったからだ。

一八四八年、海軍本部から三つの捜索隊が送られた。そのうちの一隊の指揮を執ったのは、驚くほどの速さで健康を回復したジェイムズ・ロスだった。だが三隊とも、捜索した場所はあまりに北のほうだった――フランクリンが航海可能な北極海があることを生涯信じていたのを、ジェイムズ・ロスは知りすぎるほどよく知っていたのだ。捜索隊は氷のなかで越冬し、翌年、目的を果たせないまま戻った。一八五〇年まで、さらに何隻もの船が送られた。それらは北極圏の群島のあいだをくまなく捜索し、大きな島のひとつひとつを正確に測量して、海図を作製した。だがフランクリンについては、最初の冬をビーチー島で過ごしたということ以外には、なにも見つからなかった。ここにいたって、海軍本部は捜索を打ち切ろうとした。本当ならすでに一八四九年に打ち切られるところだったのだ――レディ・フランクリンがいなければ。

ジェーンは世間の喝采を一身に浴びて、夫の捜索を続行させるために奔走した。使えるものならすべて使った。ジェーン自身の財産とジョンの財産、賢明さと説得力、怒りと嘲り、そして、必要とあらばいつでも、本物の涙と嘘の涙。敵のすぐ近くにいようと、海軍本部の向かいにあるホテルに部屋を借りた。ジェーンの登場は恐れられた。役人たちは居留守を使ったが、無駄だった。ジェーンは、あらゆる報告書を徹底的に読み、卓越した記憶力を有していたので、すぐに北極航海の専門家になった。アメリカ合衆国の大統領、ロシアのツァーリ、気前のよいニューヨークの百万長者のほか、影響力をもつか専門知識を有する世界中の数百人の人間と手紙をやりとりした。自発的な捜索に極北へ向かうよう捕鯨業者たちを鼓舞するために、シェトランド諸島のラーウィックまで出向いた。航海士たちを前にしても、造園協会の婦人たちを前にしても、同じように素晴らしい演説を行った。誰もジェーンに逆らうことはできなかった。新聞各紙は、探検家の英雄的な妻について讃歌を書きたてた。ジェーンは自身の財産で何隻もの船を買い、山のような志願者のなかから自分で人員を選び、捜索隊を編成した。ジョン・バローは、死ぬ少し前にこう言った。「私の後継者はジェーンだ！」

不文律で、または明確に記載された法律においても、女性には――たとえ女王にさえ――許されないことが、ジェーンには許された。胆力を見せること、男たちに対抗して自分を貫き通すことが。まさにその男たちが、ジェーンに賛意を表した。なんといってもジェーンの行動は、北極の氷に閉じ込められた夫とその他百三十名の男たちのためのものなのだから。

忠実な友人たち、高潔な僕《しもべ》たちも見つかった。老ドクター・リチャードソンは、友を探すために再び極北の地へと向かった。ジョン・ヘプバーンもタスマニアから戻ってきて、同行した。すべてにわたって、ソフィアはレディ・フランクリンの傍に留まった。しばしば、フランクリン捜索にレディ自身よりも熱心に携わっているように見えたが、それを不審に思う理由は、誰ひとり持ち合わせていなかった。ソフィアはジェーンの秘書であり、使者であり、友人であり、救援運動の象徴であり、ジェーンの演説の前口上を述べ、ジェーンを慰めた。レディが自身の船の人員を自由に選べるのと同様、求婚者のなかから好きに夫を選ぶこともできたにもかかわらず、ソフィアは結婚しなかった。一八五二年までふたりは、フランクリンと乗組員たちの死亡が公式に宣言されることを妨げ、それでも宣言が行われてしまうと、世間の憤慨を引き起こすことに成功し、海軍本部の高官たちは、官庁街を去るときには馬車の窓を覆うほどになった。

当然ながら、財産は瞬く間に減っていき、結婚相手が裕福ではなく、遺産が減ることを恐れるジョンの娘の不興を買った。だが、英雄の妻の絶対的な地位には、誰ひとりかなわなかった。父親の粘り強さを大いに受け継いだ娘のエラでさえ。

「ジェーンとソフィア」は、女性どうしの友情と忠誠心のシンボルにもなった。ふたりが互いに愛情を交わしていることは、敬虔な者たちの徳への情熱が、幸運にも見過ごしてくれた。それでもなんとなく気づく者はいたが、彼らはそれほど道徳心に厚くはなく、まったく取るに足らないことだと受け取った。

だが、最も重要なことは成し遂げられないままだった。フランクリンとその部下たちの運命は、依然として闇のなかだったのだ。謎の解明にはいまだに高額の賞金が約束されていたので、一八五二年以降も、捕鯨業者や裕福な友人たちの自発的な捜索は続いた。それになにより、ひとつの目標のために財産を最後の一ペニーまで犠牲にすることを固く決意したジェーンとソフィアがいた。

一八五七年、ジェーン・フランクリンは、今度こそ本当に最後の船を買った。フォックス号という名の小型スクリュー船だ。そしてその船を、すでに操舵手としてフランクリン捜索に参加したことのある若い船長に委ねた。レオポルド・マクリントックというその男のことをジェーンは息子のように愛し、マクリントックはジェーンを母のように敬愛していた。マクリントックは、謎の解明と賞金のみでなく、ジョン・フランクリン自身に興味をもつ人間のひとりだった。リチャードソン、ヘプバーン、レディ・フランクリンやソフィアから、ジョン・フランクリンについて多くを聞き、ジョンの二冊の著書を読み、ジョンがさまざまなアイディアを書きつけたトレント号の懲罰日誌を見ることまで許された。「この人にとにかく会ってみたい！」とマクリントックは言った。「そのために、この人を見つけます。生きている可能性だってじゅうぶんありますよ。エスキモーたちのもとで暮らしているかもしれません。この人は決して急いで生きてはこなかった。だからきっと、それほど急いで生きるのをやめることもないでしょう」

それがマクリントックという男だった。小柄で筋肉質で、黒い頬髯を生やしている。スコットランド出身の乗組員とデンマーク人通訳を連れて、一八五七年六月三十日、マクリントックはアバディーンの港から出航した。

一八五九年五月六日、マクリントックの捜索隊は、キング・ウィリアムズ・ランドで、ピラミッド型に積み上げた石の下に、クロージャーとフィッツジェイムズの署名入りの紙を見つけた。それは探検隊の運命とフランクリンの死を伝えるもので、一八四八年に書かれていた。二隻の船はもはや氷から抜け出ることができず、探検隊は船を捨てたのだった。報告は次のように締めくくられていた。「明日、ここから我々は徒歩でグレート・フィッシュ川の河口へ向かって出発する」

書かれたとおりの方向に捜索が続けられた。その結果、新たな捜索はもはや不要であることがわかった。

百五名の隊員たちは、一八四八年の春、エレバス号とテラー号から出発した。だがそのときすでに、肉体的にも精神的にも深く疲弊していたことは明らかだった。いくらもしないうちに、瀕死の一行はいくつものグループに分かれ、そのうちのひとつは船へと戻ろうとした。銀製食器を持って歩く者も多かった。おそらくエスキモーに食糧と交換してもらうためだろう。また、重いボートを氷上に引きずっていく者もいたが、それらはどこかの時点で置き去りにせざるをえなかった。ほとんどの場合、備蓄食糧の一部も一緒に置き去りにされた。そんなボートの一艘の横に、マクリントックは幾体もの人骨と、四十ポンドのまだ食べられるチョコレートを見つけた。グレート・フィッシュ川の河口にある入り江には、さらに多くの人骨があった。多くはまだ、色あせてはいるが完全に揃った軍服を着ていた。

マクリントックは、その入り江を飢餓の入り江《スターヴェイション・コーヴ》と名づけた。氷に閉じ込められた船を覚えている、または一八四八年に沈んだという話を聞いたことがあるというエスキモーたちにも会った。ひとりの年老いた女は、白人たちの最後の行軍を遠くから目にしてさえいた。「あの人たちは、歩きながら死んでいった。歩いていたり、立っていたりするちょうどその場所で倒れた。そして死んだ」。なぜエスキモーたちは、白人たちを助けてやらなかったのか？「恐ろしくたくさんいたし、私たち自身が、かつてないほどひどい飢えに苦しんでいたから」

マクリントックは、エスキモーたちが見つけた探検隊の一連の持ち物を、物々交換で手に入れた。銀のボタン、ナイフやフォーク、懐中時計がひとつ、それにフランクリンの勲章のひとつまであった。マクリントックは、本やノートはないかと訊いた。ああ、紙の束も見つけたが、子供たちにおもちゃとして与えた、と彼らは答えた。いまではなにも残っていないという。マクリントックは失望してエスキモーたちの小屋を去り、飢餓の入り江に戻った。

いまだに食糧が見つかるため、破局が飢えによってのみ引き起こされたと信じる者は、誰ひとりいなかった。ごく自然に思いつく答えは、壊血病だった。人骨を調査した結果、多くの者が歯を失っていたことがわかった。だがなによりもうひとつ、調査でわかったことがあった——命がけで生き延びようとした残った探検隊員たちは、この場所で、絶望的な最終手段に出たのだ。マクリントックは、鋭い切断面のあるばらばらの骨を見つけた。鋸を使ったとしか考えられない。船医がマクリントックの向かいにかがみこんだ。ふたりの視線が合った。

船医がささやいた。「私の立場から申し上げれば……壊血病は、物質欠乏病です。壊血病で死んだ人間の肉には、壊血病を患う者が生き延びるために必要とするまさにその栄養素が欠けています。結局は——」

「どうぞ遠慮なく続けてください」とマクリントックは言った。

「無意味だったということです」

埋葬するために骨を集め終わると、マクリントックは言った。「彼らは尊厳をもった、勇敢な船員たちでした。ただ、彼らにとっては時間が長すぎたんです。時間とはなにかを知らない者は、どんな光景も理解することができません。この光景もそうです」

マクリントックの言葉を聞いていない唯一の人間は、イラストレイティド・ロンドン・ニュース紙のカメラマンで、人骨のようすを写真に収めるために、大急ぎで写真機――タルボットが発明した装置――を設置していた。

文献についての覚書

ジョン・フランクリンは実在の人物である。私が自分では決して思いつくことなどなかったであろう現実のエピソードの数々は、この小説の数えきれないほどの細部を豊かにしてくれた。それゆえ、歴史上のフランクリンについてのノンフィクションを少なくとも何冊か挙げておくことは、私の義務だと思う。これらの本は、当然のことながら多くの点でこの小説とは異なっている。

フランクリンの親族と、彼の積んだキャリアに関する詳細は、以下の本で読むことができる。

Roderic Owen: *The Fate of Franklin*, London 1978.

ならびに

Henry D. Traill: *The Life of Sir John Franklin, R.N.*, London 1896. 本書は、前掲のオーウェンの本に先立つフランクリン伝の古典である。

リスボンへの旅と、コペンハーゲンの戦いで起きた個々の出来事については、これらの本では言及されていない。

オーストラリアへの旅に関しては、より多くのことがわかっている。たとえば以下を参照。

Matthew Flinders: *A voyage to Terra Australis, undertaken for the purpose of completing the discovery of that vast country and prosecuted in the years 1801, 1802 and 1803 in His Majesty's Ship The Investigator*. 全二巻および地図。London 1814. これは公式の旅行記である。

偉大な航海士フリンダーズについては、特に以下を参照のこと。

James D. Mack: *Matthew Flinders 1774-1814*, Melbourne 1966.

北極圏への最初の旅については、以下の探検記がある。

Frederick W. Beechey: *A Voyage of Discovery towards the North Pole, performed in His Majesty's Ship Dorothea and Trent*, London 1843.

また、二度の陸路の旅については、フランクリン自身の手になる以下の記録を参照。

John Franklin: *Narrative of a Journey to the shores of the Polar Sea in the years 1819, 20, 21, and 22*, London 1823.（同年にドイツ語にも翻訳されており、ワイマールで出版された）

ならびに

John Franklin: *Narrative of a Second Journey to the Polar Sea in the years 1825, 26, 27*, London 1829.（同年にワイマールでドイツ語版刊行）

この小説においては、飢餓の旅から先は正確な年代順では記述していない。また、先住民ミシェルにまつわる体験においては、フランクリンとドクター・リチャードソンの役割を入れ換えた。

フランクリンが中国における軍事活動の指揮を委ねられることはなかった。だが彼は一八三〇年から三三年までギリシア領海における海軍の指揮官であり、そこで武力衝突を回避することに成功した。

タスマニア時代について最良の情報は、以下の本にある。

Kathleen Fitzpatrick: *Sir John Franklin in Tasmania 1837-1843*, Melbourne 1949.

フランクリン最後の旅の経緯については、多くの鋭い仮説が立てられた。最も有名なのは以下である。

Richard J. Cyriax: *Sir John Franklin's last Arctic Expedition*, London 1939.
Leopold McClintock: *The Voyage of the >Fox< in the Arctic Seas. A. Narrative of the Discovery of the Fate of Franklin and his Companions*, London 1859.
Vilhjalmur Stefansson: *Unsolved Mysteries of the Arctic* (*p36-: The lost Franklin Expedition*), London 1921.
Noël Wright: *The Quest for Franklin*, London 1959.

フランクリンの最初の妻については、本人とジョンが交わした手紙から、最も多くを知ることができる。

Edith Mary Gell: *John Franklin's Bride, Eleanor Anne Porden*, London 1930.

ジェーン・フランクリンについては以下を参照。

Frances Joyce Woodward: *Portrait of Jane. A Life of Lady Franklin*, London 1951.

フランクリンの影響の跡は、まずなによりタスマニアのホバートに見られる。

スピルスビーには、今もフランクリンの生家が残っている。さらにスピルスビーとロンドンに、フランクリンの等身大以上の立像がある。ウェストミンスター寺院には記念碑があり、アルフレッド・テニソンの詩がついている。"Not here! The white North has thy bones, and thou,/ Heroic Sailor Soul,/ Art passing on thine happier voyage now/ Towards no earthly pole."（ここではない！　白銀の北の大地に汝の骨はある、そして／雄々しき船乗りの魂よ／汝は今、より幸福な旅をしている／地上にはあらぬ極みへと）

カナダの大陸北側の群島海域全体は、今日では「フランクリンの領域（フランクリン地域）」と呼ばれている。

S・N

訳者あとがき

遅い者は、より多くを見る――この小説の原書の表紙カバーには、こんな言葉がある。この言葉のとおり、本書は十九世紀イギリスの探検家ジョン・フランクリン（一七八六―一八四七）の生涯を、「緩慢」という観点から描いた小説だ。

一般的にジョン・フランクリンといえば、全滅したフランクリン隊の悲劇を思い浮かべる人が多いのではないだろうか。妻ジェーンの執念の捜索劇や、のちに明らかになった人肉食などの凄惨でスキャンダラスな経緯は冒険史上有名で、今日にいたるまで語り継がれている。だが実はフランクリンは、この最後の遠征以前にも、幾度も北極圏探検に出ている。さらに、若いころにはオーストラリア探検隊に加わり、海軍で対ナポレオン戦争を戦い、のちにはタスマニア総督も務めるなど、多彩な経歴をもつ人物だ。ジョン・フランクリンは世界をどう見て、どう生きたのか。偉大な冒険家の生涯を描いた歴史小説であると同時に、本書は「時間」についての繊細で鋭敏な小説でもある。

幼いころから海を夢見ていたジョンだが、「とろい」せいでいつもいじめられていた。だが「とろい」ことは、粘り強いことでもある。ジョンは村の友人たちとのボール遊びでは、ボールを受け止めることはできないが、代わりに何時間も紐を宙に掲げたまま、じっと立っていることができた。さらに、「緩慢」であるとは、ものごとをじっくり考え、その本質を見抜く目をもつことでもある。

己の強い意志を貫き、誰からも適性がないと思われた海軍に入隊、オーストラリア探検、トラファルガー海戦、そして北極圏遠征……。ジョンは時代に翻弄されながらも、その波に乗り、自身の夢に忠実に、次々と冒険の旅に出る。そして、当初は大きなハンディだと思われたその「緩慢さ」が、いつも自身や仲間の危機を救う。冒険を重ねるたびに、ジョンの「緩慢」にはどんどん磨きがかかり、やがてそれは信念にまで高められる。「サー」の称号を得、作り上げた「フランクリンの緩慢の流儀」を駆使して、流刑地タスマニアの総督も務める。そして最後の北極圏遠征――。

卓越した文章力で、ジョンの「遅さ」で見た独特の世界が描かれていく。映画のスローモーション場面を見るような、印象的で美しい場面の連続だ。読み進むうちに、本書の真の主役は「緩慢」そのものなのではないかと思えてくる。読後、作品のなかの独特の時間の流れにゆったりと身を委ねたまま、本を閉じてふとあたりを見回すと、現実の世界の時間の流れが実際に緩やかに感じられる。「遅い者」の目を通して見た、より色鮮やかで繊細な世界が目の前に広がる。

著者はきっと「緩慢」という概念を描くためにフランクリンという題材を選び、本書を書いたのだろう――私もまた、そう思った数多くの読者のひとりだった。ところが、事実は逆だったのである。

本書はいまからちょうど三十年前、一九八三年に刊行されてベストセラーとなったあと、ドイツ現代文学の名作として今日まで四十七版を重ね、息ながく読まれ続けている。二〇〇七年、著者ナドルニーが六十五歳になるのを記念して刊行された新版に、著者自身による初めての「あとがき」が収録された。このなかで著者は、『緩慢の発見』執筆の動機と経緯について、自身の人生を回想しながら語っている。

シュテン・ナドルニーは、一九四二年にドイツのブランデンブルク地方に生まれた。両親はともに作家だった。子供時代を過ごしたのはバイエルン地方のキーム湖畔で、幼いころからキーム湖の湖岸線の探索に情熱を傾けた。ちなみに、本書のなかでスピンクという水夫の語る「ゲムゼ」とは、このキーム湖《ゼー》のことだ。バイエルン方言では、「キームゼー」が「ゲムゼ」と聞こえる。バイエルンとキーム湖に対する、ナドルニーの密かなオマージュだ。やがて、カナダに移住した友人を通して北極圏に興味を抱き、古い地図を眺めては、「ターンアゲイン岬」といった変わった名称について、あれこれと想像をめぐらすようになった。そしてそれをきっかけに、その地を探検したジョン・フランクリンに憧れを抱くようになった。ジョン・フランクリンのことが少しでも書いてあると思われる本は片っ端から読んだが、当時ドイツ語で書かれたそういった本は限られていて、フランクリンについては、基本的な経歴以外には多くのことがらが未知のままだった。そういったものを、著者は想像でうめていった。ジョン・フランクリンという人間に、才能に恵まれながらも成功することのなかった小説家である父ブルクハルト・ナドルニーを重ねて、どんどん惹かれていった。思春期になると、好きになった女の子たちにもジョン・フランクリンのことを熱心に語った。（いまでは、話を聞かされた女の子たちに同情しているという。）ジョン・フランクリンはシュテン・ナドルニーの親密な友となり、つねに傍らに寄り添って人生をともに歩む仲間となった。

軍隊、教職、映画界と紆余曲折を経て小説を書き出した著者は、一九八一年、*Netzkarte*（邦訳『僕の旅』明星聖子訳、同学社、一九九八年）でデビュー。その後、二作目の小説の題材に、長きにわたる人生の道連れジョン・フランクリンを選んだ。自分にとって大切な存在であるジョンの魅力を読者に伝えるために、なにか鍵となる「テーマ」が欲しい――一方で著者は、画家だった祖父や、作家だった父、そして自身の職業体験を通じて、「緩慢」という概念に思いを巡らせていた。こうして、「緩慢」とフランクリンとを結びつけるというアイディアが浮かんだ。著者は、フランクリンという人間を描くために、いわば「緩慢」を「発見」したのだ。

書き進めるうちに、当初はフランクリンという人物を際立たせるための手段に過ぎなかった「緩慢」が、「幸運な手がかり」であることがわかってきた。それでも、執筆当時は、常に恐怖感がつきまとっていたという。もし小説が失敗すれば、著者自身のみならず、愛するフランクリンの名までもを汚すことになる。ジョン・フランクリンを「興味深くはあっても半分障害を背負ったような人間に仕立て上げ、議論の渦中に引っ張り込んでしまう」のではないか――そんな恐怖との闘いと、執筆後に訪れた平穏を、著者は淡々と振り返る。

「私はフランクリンを見出し、愛した。それから書くことを発見し、フランクリンの性格を、実在のフランクリンと緩やかに繋がる形で創り出し、それを後悔はしていない。いずれにせよ、いまはもう」

小説が完成したことで、ジョン・フランクリンはもはや小説の題材ではなく、再び著者の古い友人に戻った。いまでも著者は、ジョン・フランクリンについて、大型帆船と探検の時代について、あらゆる本を読むという。そして、朗読会などの折に、読者から「時代の拙速さを批判するために、ジョン・フランクリンという人物を選んだのはなぜか」と問われれば、眉ひとつ動かさずに、礼儀正しく、正直に答えることにしている。

以上の、ナドルニー自身による詳細で感動的ですらある「あとがき」に、訳者が付け加えるべきことはないような気がする。ナドルニーは『緩慢の発見』以降も、*Selim oder Die Gabe der Rede.* 1990, *Ein Gott der Frechheit.* 1994, *Er oder ich.* 1999, *Ullsteinroman.* 2003（いずれも未邦訳）など数々の小説を発表、いずれも高い評価を得ている。二〇一二年発表の最新作 *Weitlings Sommerfrische* は、文芸評論家たちが毎月投票で選ぶ「読者に最も読んでほしい本」のリストにおいて、七月および八月に第一位を獲得している。今年七十一歳だが、まだまだ第一線で活躍する小説家だ。

『緩慢の発見』はいまやドイツ文学の古典とさえいえる小説だ。三十年にわたって各国語に翻訳され、世界中の読者に愛されてきた本書を、ようやく日本の読者にも届けられることをうれしく思っている。

翻訳に際しては、*Die Entdeckung der Langsamkeit*. Piper 2007 を使用した。今回も多くの方のお力をお借りした。まずなにより、十九世紀イギリスの海軍にも帆船にも造詣のない私が、専門用語や概念が頻出する本書をなんとか訳し終えることができたのは、友人のお父上である早川昌さんのご協力のおかげにほかならない。船に関する豊富な専門知識で、私の膨大な初歩的疑問にわかりやすく、我慢強く答えてくださったことに、厚くお礼を申し上げたい。

著者シュテン・ナドルニーさんは、三十年前の作品に対する私からの度重なる細かい質問に、あるときは記憶を掘り起こし、あるときは資料を再度見直して、毎回快く丁寧に答えてくださった。また、白水社の金子ちひろさんは、日本語に対する鋭敏な感覚と丁寧な編集で支えてくださった。おふたりにも心からの感謝を伝えたい。

二〇一三年八月

浅井晶子

訳者略歴
一九七三年大阪府生まれ
京都大学大学院人間・環境学研究科博士後期課程単位認定退学
訳書にS・スタニシチ『兵士はどうやってグラモフォンを修理するか』（白水社）、T・ブルスィヒ『太陽通り』（三修社）、A・ブラウンズ『鮮やかな影とコウモリ』（インデックス出版）、同『ノック人とツルの森』、U・ティム『カレーソーセージをめぐるレーナの物語』、J・フランク『真昼の女』（以上、河出書房新社）A・カピュ『アフリカで一番美しい船』（ランダムハウス講談社）、J・ツェー『シルフ警視と宇宙の謎』、P・メルシエ『リスボンへの夜行列車』（以上、早川書房）など
二〇〇三年マックス・ダウテンダイ翻訳賞を受賞

〈エクス・リブリス〉
緩慢の発見

二〇一三年一〇月　五日　印刷
二〇一三年一〇月二五日　発行

著　者　シュテン・ナドルニー
訳　者 ©浅《あさ》井《い》晶《しょう》子《こ》
発行者　及川直志
印刷所　株式会社三陽社
発行所　株式会社白水社

東京都千代田区神田小川町三の二四
電話　営業部〇三（三二九一）七八一一
　　　編集部〇三（三二九一）七八二一
振替　〇〇一九〇-五-三三二二八
郵便番号　一〇一-〇〇五二
http://www.hakusuisha.co.jp
乱丁・落丁本は、送料小社負担にて
お取り替えいたします。

誠製本株式会社

ISBN978-4-560-09030-5

Printed in Japan